Tim LaHaye und Jerry B. Jenkins

Die Ernte

Die letzten Tage der Erde

Roman

Projektion J

Titel der Originalausgabe:
Soul Harvest

Published by Tyndale House Publishers, Inc.
Wheaton, Illinois

ISBN 3-89490-292-2

Die Bibelstellen wurden der Einheitsübersetzung entnommen.

Auf der Grundlage der neuen Rechtschreibregeln.

Übersetzung: Eva Weyandt
Umschlaggestaltung: Michael Wenserit; Julie Chen
Satz: Projektion J Verlag
Druck und Verarbeitung: Ebner Ulm

2 3 4 02 01 00 99

Unseren neuen Brüdern und Schwestern gewidmet

Prolog: Was bisher geschah …

Bucks Mut sank, als er den Kirchturm der New Hope-*Gemeinde entdeckte. Er war noch knapp 600 Meter entfernt und die Erde bebte und bewegte sich noch immer. Gebäude stürzten zusammen. Hohe Bäume fielen um und legten sich quer über die Straße. Buck brauchte einige Minuten, um die Schutt-, Holz- und Betonhaufen zu überwinden. Je näher er dem Gemeindehaus kam, desto leerer fühlte er sich innerlich. Nur noch der Kirchturm war erhalten geblieben. Sein Fundament stand noch fest. Die Scheinwerfer des Range Rovers fielen auf ordentlich nebeneinander stehende Bänke; einige davon waren noch vollkommen unbeschädigt. Der Rest des Gemeinderaums, die gewölbten Deckenbalken, die bemalten Fenster, alles fort. Das Verwaltungsgebäude, die Gruppenräume, die Büros – alles war dem Erdboden gleichgemacht.*

Ein einziger Wagen war in einem Krater zu entdecken, der früher einmal der Parkplatz gewesen war. Die vier Reifen waren geplatzt und der Wagen war platt auf die Erde gedrückt worden. Zwei Menschenbeine ragten unter dem Fahrzeug hervor. Buck hielt den Range Rover etwa 100 Meter von dem Wagen entfernt an. Seine Tür ließ sich nicht öffnen. Er löste den Sicherheitsgurt und stieg auf der Beifahrerseite aus. Und plötzlich war das Erdbeben vorbei. Die Sonne schien wieder. Es war ein strahlender, sonniger Montagmorgen in Mount Prospect, Illinois. Buck spürte jeden Knochen in seinem Körper. Er stolperte über den unebenen Boden zu dem kleinen, platt gedrückten Auto. Als er nahe genug herangekommen war, entdeckte er, dass ein Schuh an dem eingezwängten Körper fehlte. Doch der noch verbleibende Schuh bestätigte seine schlimmsten Befürchtungen. Loretta war von ihrem eigenen Wagen erdrückt worden.

Buck stolperte und fiel kopfüber in den Dreck. Irgendetwas verletzte ihn an der Wange. Er ignorierte es und kroch zu dem Wagen. Er machte sich innerlich auf das gefasst, was ihn erwarten würde, und versuchte mit aller Kraft, das Fahrzeug von dem Körper wegzuschieben. Doch es rührte sich nicht. Alles in ihm wehrte sich dagegen, Loretta einfach hier liegen zu lassen. Aber wohin sollte er den Leichnam bringen, selbst wenn er ihn befreien konnte? Schluchzend kroch er nun über den Schutt und suchte nach dem Eingang des unterirdischen Schutzbunkers. Schließlich fand er den Lüftungsschacht. Er legte die Hände darüber und rief nach unten: »Tsion! Tsion! Sind Sie da?«

Er drehte sich um und legte nun sein Ohr an den Schacht. Kühle Luft stieg von dem Schutzraum auf. »Ich bin hier, Buck! ... Wie geht es Loretta?«

»Sie ist tot!«

»War das das große Erdbeben?«

»Allerdings!«

»Können Sie zu mir kommen?«

»Ich werde zu Ihnen kommen, und wenn es das Letzte ist, was ich tue, Tsion! Sie müssen mir helfen, nach Chloe zu suchen!«

»Im Augenblick geht es mir gut, Buck! Suchen Sie ruhig zuerst nach Chloe. Ich werde auf Sie warten!«

Buck drehte sich um und blickte in die Richtung, in der Lorettas Haus stand. Blutende Menschen in zerrissenen Kleidern stolperten umher. Einige fielen hin und schienen vor seinen Augen zu sterben. Er wusste nicht, wie lange es dauern würde, Chloe zu finden. Zwar hatte er Angst vor dem, was ihn erwarten würde, aber er würde nicht aufgeben, bis er das Haus gefunden hatte. Wenn es nur eine noch so geringe Chance gab, zu ihr zu gelangen, sie zu retten, würde er sie wahrnehmen.

Über Neu-Babylon war die Sonne wieder aufgegangen. Rayford drängte Mac McCullum, nach Bagdad weiterzufliegen. Die drei Männer sahen unter sich nichts als Zerstörung. Krater von den Meteoren, Brände, eingestürzte Gebäude, aufgerissene Straßen.

Als der Flughafen von Bagdad in Sicht kam, ließ Rayford den Kopf hängen und weinte. Einige Flugzeuge waren zur Seite gekippt, andere ragten aus tiefen Höhlen im Boden auf. Der Terminal war dem Erdboden gleichgemacht, der Tower eingestürzt. Überall lagen tote Menschen herum.

Rayford machte Mac ein Zeichen, den Hubschrauber zu landen. Doch als er sich umsah, wusste er Bescheid. Er konnte jetzt nur noch beten, dass Hatties und Amandas Flugzeug während des Bebens noch in der Luft gewesen war.

Als die Rotoren zum Stillstand gekommen waren, wandte sich Carpathia an Mac und Rayford. »Hat jemand von Ihnen ein funktionierendes Telefon?«

Rayford empfand einen so großen Ekel, dass er an Carpathia vorbeigriff und die Tür aufstieß. Er stand auf und sprang aus dem Hubschrauber. Dann griff er hinein, löste Carpathias Sicherheitsgurt, packte ihn am Kragen und zerrte ihn aus dem Hubschrauber. Carpathia landete auf seinem Hintern. Er sprang aber schnell wieder auf, so als sei er zu einem Kampf bereit. Rayford stieß ihn gegen den Hubschrauber.

»Captain Steele, ich kann ja verstehen, dass Sie aufgebracht sind, aber –«

»Nicolai«, zischte Rayford durch seine zusammengebissenen Zähne, »Sie können das erklären, wie Sie wollen, aber ich möchte Ihnen eines sagen: Sie haben gerade den Zorn des Lammes erlebt!«

Carpathia zuckte die Achseln. Rayford stieß ihn noch einmal gegen den Hubschrauber und stolperte davon. Er lief auf die Stelle zu, an der der Terminal gestanden hatte, und betete, es möge das letzte Mal sein, dass er in den Trümmern nach dem Leichnam eines geliebten Menschen suchen musste.

»Als das Lamm das siebte Siegel öffnete, trat im Himmel Stille ein, etwa eine halbe Stunde lang. Und ich sah: Sieben Engel standen vor Gott; ihnen wurden sieben Posaunen gegeben. Und ein anderer Engel kam und trat mit einer goldenen Räucherpfanne an den Altar; ihm wurde viel Weihrauch gegeben, den er auf dem goldenen Altar vor dem Thron verbrennen sollte, um so die Gebete aller Heiligen vor Gott zu bringen. Aus der Hand des Engels stieg der Weihrauch mit den Gebeten der Heiligen zu Gott empor. Dann nahm der Engel die Räucherpfanne, füllte sie mit glühenden Kohlen, die er vom Altar nahm, und warf sie auf die Erde; da begann es zu donnern und zu dröhnen, zu blitzen und zu beben.

Dann machten sich die sieben Engel bereit, die sieben Posaunen zu blasen.«

Offenbarung 8,1–6

1

Rayford Steele trug die Uniform seines Feindes und er hasste sich dafür. In seiner blauen Kluft marschierte er durch irakischen Sand zum Flughafen von Bagdad und wunderte sich gleichzeitig über die Widersinnigkeit seines Unterfangens.

Von überall her hörte er das Jammern und die Schreie von Hunderten von Menschen, denen er nicht würde helfen können. Wenn er seine Frau überhaupt noch lebend finden wollte, musste er so schnell wie möglich zu ihr gelangen. Aber hier gab es kein schnelles Vorankommen. Nur Sand. Und was war mit Chloe und Buck, die sich in den Vereinigten Staaten aufgehalten hatten? Und mit Tsion?

Verzweifelt und außer sich vor Entsetzen über das Geschehene riss er sich seine elegante Jacke mit der gelben Litze, den schweren Epauletten und den Streifen an den Ärmeln, die ihn als Chefpilot der Weltgemeinschaft auswiesen, vom Leib. Rayford nahm sich nicht einmal die Zeit, die goldenen Knöpfe zu öffnen. Sie fielen in den Wüstensand. Er ließ sich die maßgeschneiderte Jacke von den Schultern gleiten und umklammerte den Kragen mit seinen Fäusten. Drei-, vier-, fünfmal schlug er mit dem Kleidungsstück heftig auf den Boden. Sand wirbelte auf und legte sich auf seine blank geputzten Lederschuhe.

Rayford dachte darüber nach, alle Kleidungsstücke loszuwerden, die ihn an seine Bindung an Nicolai Carpathias Regime erinnerten, doch dann fiel sein Blick auf die reich verzierten Streifen am Ärmel der Jacke. Er zerrte daran und versuchte, sie abzureißen, als könnte er sich dadurch von seinem Rang im Dienst für den Antichristen befreien. Aber sie waren so fest aufgenäht, dass sie nicht einen Millimeter nachgaben. Wieder schleuderte Rayford die Jacke auf den Boden. Er trampelte darauf herum, um seinen Zorn abzureagieren. Und schließlich erkannte er, warum sie so schwer gewesen war. Sein Telefon steckte in der Tasche.

Als er sich bückte, um die Jacke aufzuheben, wurde er ruhiger und sein gesunder Menschenverstand kehrte zurück. Da er nicht wusste, was er in den Ruinen seiner Eigentumswohnung noch vorfinden würde, konnte es sein, dass seine Uniform sein einziges ihm noch verbliebenes Kleidungsstück war.

Wütend zog er die Jacke wieder an. Er machte sich nicht einmal die Mühe, den Sand auszuschütteln. Als er festen Schrittes auf die Überreste des Flughafengebäudes zuging, war Rayfords Gestalt viel weniger beeindruckend als gewöhnlich. Ohne Mütze und mit abgerissenen Knöpfen hätte er genauso gut Überlebender eines Flugzeugabsturzes sein können.

Rayford konnte sich nicht daran erinnern, dass er während all der Monate, die er bereits im Irak lebte, jemals vor Sonnenuntergang gefroren hatte. Doch das Erdbeben hatte scheinbar nicht nur die Landschaft verändert, sondern auch die Temperaturen. Rayford hatte sich an feuchte Hemden und einen klebrigen Film auf seiner Haut gewöhnt. Doch nun ließ der gelegentliche, seltsame Wind ihn frösteln.

Er wählte Mac McCullums Nummer und hielt sich das Telefon ans Ohr.

In diesem Augenblick hörte er die Rotoren von Macs Hubschrauber hinter sich. Er fragte sich, wohin dieser wohl flog.

»Mac hier«, ertönte McCullums ernste Stimme.

Rayford wirbelte herum und beobachtete, wie der Hubschrauber der untergehenden Sonne entgegenflog. »Ich kann kaum glauben, dass mein Handy noch funktioniert«, meinte Rayford. Er hatte es zu Boden geschleudert und darauf herumgetreten, und außerdem hatte er angenommen, dass das Erdbeben auch die Funkverbindungen unterbrochen hätte.

»Sobald ich außer Reichweite bin, wird es nicht mehr funktionieren, Ray«, erwiderte Mac. »Soweit ich sehen kann, ist alles zerstört. Im näheren Umkreis funktionieren diese Geräte wie Walkie-Talkies. Aber eine richtige Funkverbindung werden Sie damit vermutlich nicht mehr herstellen können.«

»Also keine Möglichkeit, in die Staaten zu telefonieren?«

»Unmöglich«, erwiderte Mac. »Ray, Potentat Carpathia möchte mit Ihnen sprechen, aber zuerst –«

»Ich möchte aber nicht mit *ihm* sprechen. Das können Sie ihm ruhig sagen.«

»Aber bevor ich Sie an ihn weitergebe«, fuhr Mac fort, »möchte ich Sie daran erinnern, dass wir für heute Abend verabredet sind. Oder?«

Rayford verlangsamte seinen Schritt und starrte zu Boden. Verwirrt fuhr er sich mit der Hand durch die Haare. »Was? Wovon sprechen Sie überhaupt?«

»In Ordnung, sehr gut«, sagte Mac. »Dann gilt unsere Verabredung also noch. Und nun möchte der Potentat –«

»Sie wollen also später mit mir sprechen, Mac, das habe ich verstanden, aber geben Sie mir nicht Carpathia, sonst werde ich –«

»Ich übergebe jetzt an den Potentaten.«

Rayford nahm das Telefon in die rechte Hand. Am liebsten hätte er es auf den Boden geschleudert, aber er riss sich zusammen. Wenn die Kommunkationswege wieder frei waren, wollte er in der Lage sein, mit Buck und Chloe zu sprechen.

»Captain Steele«, ertönte die emotionslose Stimme Nicolai Carpathias.

»Am Apparat«, erwiderte Rayford, wobei er sich nicht die Mühe machte, seine Abscheu zu verbergen. Er ging davon aus, dass Gott ihm alles vergeben würde, was er zum Antichristen sagte, schluckte aber trotzdem hinunter, was ihm auf der Zunge lag.

»Obwohl wir beide wissen, wie ich auf Ihre ungeheuerliche Respektlosigkeit und Insubordination reagieren könnte«, erklärte Carpathia, »habe ich beschlossen, Ihnen zu vergeben.«

Rayford marschierte immer weiter. Er biss wütend die Zähne aufeinander, damit er den Mann nicht anschrie.

»Ich merke, dass Sie keine Worte finden, um Ihre Dankbarkeit auszudrücken«, fuhr Carpathia fort. »Und jetzt hören Sie. Ich habe ein sicheres Versteck, ausgerüstet mit Vorräten und allem, was wir brauchen, zu dem auch meine internationalen Botschafter und mein Stab kommen werden. Sie und ich, wir wissen beide, dass wir einander brauchen, darum schlage ich vor –«

»Sie brauchen mich nicht«, widersprach Rayford. »Und ich brauche Ihre Vergebung nicht. Ein hervorragender Pilot sitzt gerade neben Ihnen, darum möchte ich vorschlagen, dass Sie mich vergessen.«

»Seien Sie bereit, wenn er landet«, entgegnete Carpathia mit einem Anflug von Ungeduld in der Stimme.

»Mein einziges Ziel ist im Augenblick der Flughafen«, sagte Rayford. »Und ich bin schon fast da. Lassen Sie Mac nicht noch näher an diesem Chaos landen.«

»Captain Steele«, sagte Carpathia in einem herablassenden Tonfall, »ich bewundere Ihren unbeirrbaren Glauben, dass Sie Ihre Frau noch finden werden, aber wir beide wissen doch, dass das ausgeschlossen ist.«

Rayford schwieg. Er befürchtete, dass Carpathia Recht hatte, aber das würde er niemals zugeben. Und ganz bestimmt würde er seine Suche nicht aufgeben, bis er herausgefunden hatte, ob Amanda überlebt hatte oder nicht.

»Kommen Sie mit uns, Captain Steele. Steigen Sie einfach wieder ein und ich werde Ihren Ausbruch vergessen.«

»Ich werde nirgendwohin gehen, bis ich meine Frau gefunden habe! Lassen Sie mich mit Mac sprechen.«

»Officer McCullum ist beschäftigt. Ich werde ihm gern etwas ausrichten.«

»Mac könnte dieses Ding fliegen, ohne auch nur seine Hände zu gebrauchen. Und jetzt lassen Sie mich mit ihm sprechen.«

»Wenn Sie ihm nichts ausrichten möchten, Captain Steele –«

»Ist ja schon gut. Sie haben gewonnen. Sagen Sie Mac –«

»Aber, aber, wir wollen doch nicht unhöflich werden, Captain Steele. Ein Untergebener sollte seinen Vorgesetzten –«

»In Ordnung, *Potentat* Carpathia, sagen Sie bitte Mac, er soll mich abholen, wenn ich bis 22 Uhr nicht zurückgekommen bin.«

»Und falls Sie einen Weg finden sollten zurückzukommen: Der Schutzbunker befindet sich dreieinhalb Meilen nordöstlich des ursprünglichen Hauptquartiers. Sie werden ein Passwort brauchen. Es lautet: ›Operation Zorn‹.«

»Wie bitte?« Carpathia hatte also gewusst, was noch kommen würde?

»Sie haben richtig verstanden, Captain Steele.«

Cameron »Buck« Williams stieg vorsichtig über die Trümmer in der Nähe des Luftschachts, aus dem er die klare Stimme von Rabbi Tsion Ben-Judah gehört hatte, der in dem unterirdischen Schutzbunker festsaß. Tsion hatte ihm versichert, dass er nicht verletzt sei, nur verängstigt. Außerdem litt er unter Platzangst. Dieser Bunker war auch so schon klein genug, ohne dass das Gemeindehaus darüber zusammengestürzt war. Für den Rabbi gab es keinen Weg nach draußen, es sei denn, jemand grub ihn aus.

Aber Buck fühlte sich wie ein Arzt, der entscheiden musste, wer seine Hilfe dringender benötigte. Nachdem er Tsion versichert hatte, dass er zurückkommen würde, machte er sich auf den Weg zu dem Haus, in dem er seine Frau zu finden hoffte.

Auf dem Weg zu seinem Wagen kam Buck erneut an den sterblichen Überresten von Loretta vorbei. Sie war so eine gute Freundin gewesen, zuerst für den verstorbenen Bruce Barnes und dann auch für die anderen Mitglieder der *Tribulation Force,* Rayford, Chloe, Bruce, Buck und Amanda. Und vor kurzem war noch Tsion hinzugekommen.

War es möglich, dass nun nur noch er und Tsion übrig waren? Buck wollte gar nicht darüber nachdenken.

Das Zifferblatt seiner Uhr war mit einer harten Schicht aus Schlamm, Asphalt und winzigen Splittern bedeckt. Er wischte sie an seinem Hosenbein ab und spürte, wie dieser Belag seine Hose zerriss und seinen Oberschenkel zerkratzte. Es war neun Uhr morgens in Mount Prospect. Buck hörte die Sirenen, die normalerweise vor einem Luftangriff und einem Tornado warnen sollten, außerdem die Sirenen von Krankenwagen – eine ganz in der Nähe, zwei weitere etwas entfernt. Rufe. Schreie. Schluchzen. Motorengeräusche.

Würde er ohne Chloe leben können? Buck hatte eine zweite Chance bekommen; er war aus einem ganz bestimmten Grund hier. Er wollte die Frau, die er liebte, an seiner Seite haben und betete – sehr selbstsüchtig, wie er feststellte –, dass sie nicht schon vor ihm in den Himmel gegangen war.

Aus den Augenwinkeln heraus bemerkte er, dass seine linke Wange anschwoll. Er hatte weder Schmerz gefühlt noch Blut bemerkt und angenommen, es handle sich um eine harmlose Verletzung. Jetzt war er sich dessen jedoch nicht mehr sicher. Er griff in seine Brusttasche und holte seine Sonnenbrille mit dem Spiegelglas heraus. Ein Glas war zerbrochen. Das Spiegelbild, das ihm aus dem anderen entgegenblickte, war alles andere als anziehend. Zerzauste Haare, vor Furcht weit aufgerissene Augen und ein offen stehender Mund, mit dem er nach Luft schnappte. Die Wunde blutete nicht, doch sie schien tief zu sein. Aber er hatte jetzt keine Zeit, sich darum zu kümmern.

Buck holte das andere Glas aus seiner Hemdtasche und warf es weg, steckte die Brille jedoch wieder in die Tasche. Sie war ein Geschenk von Chloe gewesen. Während er zum Range Rover zurückging, betrachtete er aufmerksam den Boden. Wie ein alter Mann ging er langsam und vorsichtig über Glassplitter, Nägel und Steine hinweg.

Buck kam erneut an Lorettas Wagen und ihren sterblichen Überresten vorbei. Er war fest entschlossen, nicht hinzusehen. Doch plötzlich bewegte sich die Erde und er stolperte. Lorettas Wagen, den er noch Augenblicke zuvor keinen Zentimeter hatte bewegen können, schaukelte und verschwand. Der Boden unter dem Parkplatz hatte nachgegeben. Buck legte sich auf den Bauch und blickte über den Rand einer neuen Spalte. Der zerbeulte Wagen lag etwa drei Meter unter der Erdoberfläche auf einer Wasserleitung; die geplatzten Reifen wiesen nach oben. Auf dem Wrack unnatürlich zusammengerollt und jetzt für ihn gut zu ergreifen lag die Leiche von Loretta. Es würde sicher noch weitere Erdbewegungen geben. Lorettas Leiche zu erreichen, würde dann unmöglich sein.

Langsam erhob sich Buck. Plötzlich merkte er, dass die holprige Fahrt durch das Erdbeben seinen Gelenken und Muskeln mehr geschadet hatte, als er gedacht hatte. Er betrachtete den Schaden an seinem Wagen. Obwohl dieser sich überschlagen hatte und hin- und hergeschleudert worden war, wirkte er noch bemerkenswert fahrtüchtig. Die Fahrertür war eingedrückt, die Windschutzscheibe lag in Splittern im Wageninneren verteilt und der Rücksitz war an einer Seite aus der Verankerung gerissen worden. Ein Reifen war bis zum Stahlgürtel aufgeschlitzt, schien aber noch die Luft zu halten.

Wo waren Bucks Telefon und sein Laptop? Er hatte sie auf den Beifahrersitz gelegt. Obwohl es eigentlich unmöglich war, hoffte er, dass beides in dem Chaos nicht hinausgeschleudert worden war. Buck öffnete die Beifahrertür und sah auf dem Boden des Wagens nach. Nichts. Er suchte auch unter den Rücksitzen. Ganz hinten in einer Ecke lag sein Laptop. Er hatte sich geöffnet und ein Scharnier des Bildschirms war zerbrochen.

In einer Tür fand Buck auch sein Telefon. Er rechnete nicht damit, jemanden zu erreichen, denn vermutlich waren alle Funknetze zusammengebrochen (genau wie alles andere auf der Erde). Er schaltete es ein. Das Gerät zeigte an, dass kein Funknetz vorhanden war. Trotzdem, er musste es versuchen. Er wählte Lorettas Nummer – und hörte nicht einmal die Störungsansage der Telefongesellschaft. Dasselbe geschah bei der Nummer der Gemeinde und bei Tsions Telefon.

Bucks Orientierungspunkte waren nicht mehr vorhanden, und er war froh, dass der Range Rover über einen eingebauten Kompass verfügte. Alle Ampeln und Masten waren umgeknickt, die Straßenmarkierungen verschwunden, Bäume umgeknickt, Gebäude lagen in Trümmern, Zäune waren überall verstreut.

Buck überprüfte noch einmal, ob das Allradgetriebe des Range Rovers eingeschaltet war. Er konnte kaum drei Meter fahren, ohne dass der Wagen eine Erhöhung bewältigen musste. Aufmerksam sah er nach vorn, damit der Wagen nicht noch mehr beschädigt wurde, als er es bereits war – es konnte durchaus sein, dass der Rover bis zum Ende der Trübsalszeit durchhalten musste. Und das war bestenfalls in fünf Jahren.

Während Buck sich über die großen Brocken von Asphalt und Beton, die einst Teil der Straße gewesen waren, vortastete, betrachtete er erneut die Überreste der *New Hope*-Gemeinde. Die Hälfte des Gebäudes schien jetzt unter der Erde zu liegen und sein Grundriss hatte sich gedreht. Die Bänke, die früher nach Westen ausgerichtet gewesen waren, zeigten nun nach Norden und glänzten in der Sonne. Der gesamte Boden der Sakristei schien sich um 90 Grad gedreht zu haben.

Als er am Gemeindehaus vorbeifuhr, blieb er abrupt stehen und blickte noch einmal genauer hin. Licht fiel zwischen den Bänken hindurch, nur an einer Stelle nicht. Irgendetwas versperrte Buck die Sicht. Er legte den Rückwärtsgang ein und setzte vorsichtig zurück. Auf dem Boden unter einer der Bänke entdeckte er ein Paar Tennisschuhe. Auch wenn Buck es kaum erwarten konnte, zu Lorettas Haus zu fahren und nach Chloe zu suchen, wollte er nicht einfach jemanden hier in den Trümmern liegen lassen. War es möglich, dass jemand überlebt hatte?

Er trat auf die Bremse und kletterte über den Beifahrersitz nach draußen. Achtlos trat er auf alles, was ihm die Sohlen seiner Schuhe hätte aufschlitzen können. Für Vorsicht hatte er keine Zeit. Etwa drei Meter von den Turnschuhen entfernt verlor Buck den Halt und fiel der Länge nach hin, konnte sich jedoch mit den Händen abfangen.

Mühsam zog er sich wieder hoch und kniete sich neben den Turnschuhen hin. Die Füße eines Menschen steckten noch darin. Dünne Beine in dunklen Bluejeans führten zu schmalen Hüften. Von der Taille an war der Körper unter der Bank verborgen. Die rechte Hand steckte unter dem Körper, die linke lag frei. Buck tastete nach dem Puls, fand aber keinen. Die Hand war breit und knochig, der Ehering eines Mannes steckte am Ringfinger. Buck zog ihn ab. Er nahm an, die Frau würde ihn gern haben wollen, sollte sie überlebt haben.

Buck packte den Mann an der Gürtelschnalle und zog ihn unter der Bank hervor. Als der Kopf in Sicht kam, wandte Buck sich ab. Er hatte Donny Moore an den Augenbrauen erkannt. Der Rest seines Haares, sogar seine Koteletten, waren blutverschmiert.

Buck wusste nicht, was er angesichts der Toten und Sterbenden in einer Zeit wie dieser tun sollte. Wo sollte man beginnen, die Millionen Toten, die es auf der ganzen Welt gegeben hatte, zu bestatten? Buck schob den Toten vorsichtig wieder unter die Bank zurück, stieß dabei aber auf ein Hindernis. Vorsichtig griff er nach hinten und fand Donnys beschädigten Aktenkoffer. Buck versuchte, ihn zu öffnen, doch dieser war mit einem Zahlenkombinationsschloss verschlossen. Darum nahm er den Koffer zum Range Rover mit und versuchte erneut, sich zu orientieren. Er war zwar nur knapp vier Blocks von Lorettas Haus entfernt, aber würde er bei all dieser Zerstörung auch die Straße finden können?

Rayford fasste neuen Mut, als er in der Ferne am Flughafen von Bagdad Aktivität wahrnahm. Zwar sah er mehr Wracks und Chaos am Boden als herumlaufende Menschen, aber wenigstens waren nicht alle Menschen ums Leben gekommen.

Eine kleine, dunkle Gestalt mit einem höchst merkwürdigen Gang tauchte auf. Fasziniert beobachtete Rayford einen stämmigen Asiaten mittleren Alters, der einen dunklen Anzug trug. Der Mann kam direkt auf Rayford zu, der gespannt abwartete und sich fragte, ob dieser ihm wohl helfen könnte. Doch als der Mann näher kam, bemerkte Rayford, dass dieser seine Umgebung gar nicht wahrnahm. Er trug nur einen Schuh, den anderen schien er verloren zu haben. Seine Anzugjacke war zugeknöpft, aber seine Krawatte hing draußen. Von seiner linken Hand tropfte Blut. Sein Haar war zerzaust, doch seine Brille schien das, was er erlebt hatte, unbeschadet überstanden zu haben.

»Sind Sie in Ordnung?«, fragte Rayford. Der Mann ignorierte ihn. »Kann ich Ihnen helfen?«

Der Mann humpelte vorbei und murmelte in seiner Sprache etwas vor sich hin. Er steuerte direkt auf den Tigris zu. »Warten Sie!«, rief Rayford ihm nach. »Kommen Sie zurück! Lassen Sie mich Ihnen doch helfen!«

Der Mann ignorierte ihn weiterhin. Rayford wählte erneut Macs Nummer. »Ich möchte mit Carpathia sprechen«, sagte er.

»Sicher«, erwiderte Mac. »Unsere Verabredung für heute Abend steht doch noch, oder?«

»Natürlich, und jetzt lassen Sie mich mit ihm sprechen!«

»Ich meine, unsere persönliche Verabredung.«

»Ja! Ich weiß zwar nicht, was Sie auf dem Herzen haben, aber ja, ich habe verstanden. Und jetzt muss ich unbedingt mit Carpathia sprechen.«

»Okay. Tut mir Leid. Da ist er schon.«

»Haben Sie Ihre Meinung geändert, Captain Steele?«, fragte Carpathia.

»Wohl kaum. Hören Sie, beherrschen Sie auch asiatische Sprachen?«

»Ein paar. Warum?«

»Was heißt das?«, fragte er und wiederholte die Worte, die der Mann gesagt hatte.

»Das ist einfach«, antwortete Carpathia. »Das bedeutet: ›Sie können mir nicht helfen. Lassen Sie mich in Frieden.‹«

»Lassen Sie Mac umkehren, bitte. Dieser Mann wird erfrieren.«

»Ich dachte, Sie wären auf der Suche nach Ihrer Frau.«

»Ich kann doch nicht zulassen, dass ein Mensch in seinen sicheren Tod läuft!«

»Millionen sind tot oder liegen im Sterben. Sie können nicht alle retten.«

»Dann wollen Sie diesen Mann also sterben lassen?«

»Ich sehe ihn nicht, Captain Steele. Wenn Sie meinen, Sie könnten ihn retten, dann bitte. Ich möchte nicht kalt erscheinen, aber im Augenblick liegt mir die ganze Welt am Herzen.«

Rayford klappte sein Telefon zu und eilte dem langsam humpelnden Mann nach. Als er näher kam, erkannte Rayford entsetzt, warum der Mann so merkwürdig lief und warum er eine Blutspur hinter sich herzog: Er war von einem funkelnden Metallstück durchbohrt worden, das offensichtlich ein Stück eines Flugzeugrumpfes war. Wie es kam, dass er noch am Leben war, wie er überlebt hatte oder aus dem Wrack geklettert war, war Rayford ein Rätsel. Das Metallstück reichte von seiner Hüfte bis zu seinem Hinterkopf. Es musste die lebenswichtigen Organe um Zentimeter verfehlt haben.

Rayford berührte den Mann an der Schulter. Er entwand sich ihm. Schwerfällig setzte der Asiat sich hin und mit einem tiefen Seufzer sank er auf dem Sand zusammen und tat seinen letzten Atemzug. Rayford fühlte nach dem Puls, war aber nicht erstaunt, keinen mehr zu finden. Überwältigt vor Schmerz wandte er sich ab und kniete in dem Sand nieder. Schluchzen schüttelte seinen Körper.

Rayford hob die Hände zum Himmel. »Warum, Gott? Warum muss ich das sehen? Warum schickst du mir jemanden in den Weg, dem ich gar nicht helfen kann? Bitte verschone Chloe und Buck! Bitte, gib, dass Amanda noch am Leben ist! Ich weiß, ich verdiene es nicht, aber ich kann ohne sie nicht weiterleben!«

Normalerweise fuhr Buck vom Gemeindehaus aus zwei Straßen in Richtung Süden, dann zwei nach Osten, um zu Lorettas Haus zu kommen. Aber nun gab es keine Straßen mehr und auch keine Bürgersteige oder Kreuzungen. So weit das Auge reichte, waren alle Häuser dem Erdboden gleichgemacht worden. Konnte es sein, dass es auf der ganzen Welt so aussah? Tsion hatte gesagt, dass ein Viertel der Weltbevölkerung dem »Zorn des Lammes« zum Opfer fallen würde. Aber als Buck die Zustände in Mount Prospect sah, würde es ihn erstaunen, wenn tatsächlich ein Viertel der Bevölkerung noch am Leben wäre.

Er lenkte den Rover in Richtung Südosten. Wenn man von der Umgebung absah, war es ein wunderschöner Tag. Der Himmel war strahlend blau, wo er nicht gerade von Rauch und Staub verdunkelt war. Keine Wolken, sondern nur herrlicher Sonnenschein.

Aus den Hydranten schossen Wasserfontänen in die Höhe. Eine Frau kroch aus den Trümmern ihres Hauses hervor, einen blutigen Stumpf an der Schulter, wo ihr Arm hätte sein müssen. Sie schrie Buck zu: »Töten Sie mich! Töten Sie mich!«

Er rief: »Nein!« und sprang aus dem Rover, als sie sich bückte, eine große Glasscherbe von einem zerbrochenen Fenster aufhob und sich damit über den Hals fuhr. Während Buck auf sie zulief, sprach er unentwegt auf sie ein. Er hoffte nur, dass sie zu schwach war, um sich mehr als eine oberflächliche Verletzung zuzufügen, und er betete, dass sie die Hauptschlagader verfehlte.

Er war nur noch wenige Meter von ihr entfernt, als sie plötzlich stehen blieb und ihn anstarrte. Das Glas fiel klirrend zu Boden. Sie trat einen Schritt zurück, stolperte und fiel in sich zusammen. Mit einem lauten Krachen schlug ihr Kopf auf einem Betonstück auf. Ihre Augen starrten Buck leblos an, als er ihren Mund öffnete, seine Lippen auf ihre legte und einen Wiederbelebungsversuch unternahm. Ihre Brust hob sich, und das Blut begann zu tröpfeln, aber es hatte keinen Sinn mehr.

Buck sah sich um und fragte sich, ob er versuchen sollte, ihren Leichnam zu bedecken. Auf der gegenüberliegenden Seite stand ein älterer Mann am Rand eines Kraters und schien kurz davor zu stehen, sich hineinzustürzen. Buck konnte es nicht mehr ertragen. Wollte Gott ihn vielleicht auf die Möglichkeit vorbereiten, dass Chloe nicht überlebt hatte?

Müde stieg er in den Range Rover. Ihm war klar geworden, dass er niemandem helfen konnte, der seine Hilfe gar nicht wollte. Wohin er auch sah, erblickte er nichts als Zerstörung, Feuer, Wasser und Blut.

Fast gegen seinen Willen ließ Rayford den Toten im Wüstensand liegen. Was würde er tun, wenn er weitere Menschen sah, die im Sterben lagen? Wie konnte Carpathia dies alles ignorieren? Hatte er denn keinen Funken Mitleid in sich? Mac wäre geblieben und hätte geholfen.

Rayford glaubte schon fast nicht mehr daran, Amanda jemals lebend wiederzusehen, und obwohl er alle seine Möglichkeiten ausschöpfen würde, um sie zu finden, wünschte er schon beinahe, er hätte einen früheren Zeitpunkt für das Treffen mit Mac vereinbart. In seinem Leben hatte er schon schreckliche Dinge gesehen, aber das Blutbad auf diesem Flughafen übertraf alles. Ein Schutzbunker, selbst wenn es der des Antichristen war, war besser als das hier.

2

Buck hatte über alle möglichen Katastrophen berichtet, aber als Journalist hatte er keine Schuldgefühle empfunden, wenn er die Sterbenden ignoriert hatte. Normalerweise waren die Sanitäter bereits zur Stelle, wenn er am Schauplatz eintraf. Er konnte nichts weiter tun, als ihnen nicht im Weg zu stehen. Buck war stolz darauf, dass er durch seine Anwesenheit niemals den Sanitätern die Arbeit schwer gemacht hatte.

Doch nun gab es nur ihn. Als er die zahlreichen Sirenen hörte, erkannte er, dass andere Menschen woanders bereits bei der Arbeit waren, aber ganz bestimmt gab es zu wenige Helfer. Er konnte 24 Stunden am Stück nach Überlebenden suchen, doch angesichts des Ausmaßes der Katastrophe würde das kaum ins Gewicht fallen. Ein anderer würde vielleicht Chloe ignorieren, um seinen Lieben zu helfen. Diejenigen, die – wenn auch verletzt – irgendwie mit dem Leben davongekommen waren, konnten nur hoffen, dass sie jemanden fanden, der bereit war, sie zu retten.

Buck hatte nie an übersinnliche Wahrnehmungen geglaubt, nicht einmal, bevor er zum Glauben an Christus gekommen war. Doch im Augenblick empfand er eine so tiefe Sehnsucht nach Chloe, eine solche Verzweiflung allein bei dem Gedanken, dass er sie verloren haben könnte, dass er glaubte, es nicht ertragen zu können. Sie musste doch spüren, dass er an sie dachte, für sie betete, unter allen Umständen versuchte, sie zu finden und ihr zu helfen!

Nachdem er sich dazu durchgerungen hatte, die verzweifelten und verwundeten Menschen, die ihm winkten oder ihm etwas zuriefen, zu ignorieren, hielt Buck den Wagen schließlich an. Die Gegend kam ihm bekannt vor. Zwar sah nichts so aus wie vor dem Erdbeben, aber die Straßenzüge, die von der bebenden Erde aufgebrochen worden waren, lagen noch in etwa derselben Anordnung da wie vorher. Die Pflasterung von Lorettas Straße stand nun senkrecht in die Höhe und blockierte den Blick auf das, was von den Häusern noch übrig geblieben war. Buck stieg aus seinem Wagen aus und kletterte auf die Asphaltmauer. Die aufgebrochene Straße war gut einen Meter dick, eingebettet in Kies und Sand auf der anderen Seite. Er griff nach oben und grub seine Finger in den weichen Teil. Nun konnte er den Block sehen, in dem sich auch Lorettas Haus befand.

Vier große Häuser hatten an diesem Straßenabschnitt gestanden. Lorettas Haus war das zweite von rechts gewesen. Der gesamte Block sah nun aus wie die Spielzeugkiste eines Kindes, die geschüttelt und schließlich ausgeschüttet worden war. Das Haus unmittelbar vor Buck war noch größer gewesen als das von Loretta. Es war aus den Fundamenten gerissen worden, nach vorn gekippt und zusammengestürzt. Das Dach war in einem Stück zur Seite gerutscht, wahrscheinlich als das Haus auf dem Boden aufschlug. Buck konnte die Dachbalken so gut erkennen, als würde er auf dem Speicher stehen. Alle vier Wände des Hauses lagen in Trümmern, der Fußboden war aufgebrochen und lag überall verteilt. An zwei Stellen ragten leblose Hände an steifen Armen aus den Trümmern heraus.

Ein hoher Baum mit einem Durchmesser von knapp eineinhalb Metern war entwurzelt worden und auf den Keller gestürzt. Wasser stand auf dem Zementboden und der Wasserstand stieg langsam immer weiter. Ein Gästezimmer in der nordöstlichen Ecke des Kellers schien seltsamerweise unversehrt. Es war aufgeräumt und ordentlich. Doch bald schon würde es unter Wasser stehen.

Buck musste sich zwingen, das nächste Haus zu betrachten – Lorettas Haus. Er und Chloe hatten nicht sehr lange dort gewohnt, aber es war ihm vertraut. Das Haus war kaum noch zu erkennen. Es schien vom Boden hochgehoben worden und dann wieder hinuntergestürzt zu sein. Das Dach war auseinander gebrochen und hatte sich über die Trümmer gelegt. Der Dachfirst befand sich nun etwa einen Meter über dem Boden. Drei große Bäume, die vor dem Haus gestanden hatten, waren über die Straße gestürzt. Ihre Äste hatten sich ineinander verfangen.

Zwischen den beiden zerstörten Häusern befand sich eine kleine Metallhütte, die sich zwar ein wenig gedreht, aber scheinbar keinen großen Schaden davongetragen hatte. Wie konnte es sein, dass so hohe Häuser durch ein Erdbeben wie Streichhölzer herumgeworfen wurden und eine kleine Hütte für Gartengeräte dieses Erdbeben unbeschadet überstand? Vermutlich war diese Hütte so beweglich gebaut, dass sie sich den Erdbewegungen hatte anpassen können.

Ein Feuerwehrwagen mit einer provisorischen Lautsprecheranlage kam langsam angefahren. Noch während Buck an der Asphaltmauer hing, hörte er die Ansage: »Bleiben Sie Ihren Häusern fern! Kehren Sie nicht in Ihre Häuser zurück! Wenn Sie Hilfe brauchen, begeben Sie sich zu einem offenen Bereich, an dem wir Sie finden können!«

Ein halbes Dutzend Polizeibeamte und Feuerwehrleute saßen in einem riesigen Leiterwagen. Ein uniformierter Beamte beugte sich aus dem Fenster. »Sind Sie in Ordnung, Kumpel?«

»Ich bin in Ordnung!«, antwortete Buck.

»Ist das Ihr Wagen?«

»Ja!«

»Den könnten wir bei den Rettungsarbeiten gut gebrauchen!«

»Ich muss versuchen, einige Menschen auszugraben!«, erklärte Buck.

Der Polizist nickte. »Aber versuchen Sie nicht, eines dieser Häuser zu betreten!«

Buck ließ sich zu Boden gleiten. Er ging auf den Feuerwehrwagen zu, der langsam zum Stehen kam. »Ich habe die Ansage gehört, aber was soll das alles?«

»Wir machen uns Sorgen wegen möglicher Plünderer und wegen der Einsturzgefahr.«

»Offensichtlich!«, erwiderte Buck. »Aber Plünderer? Sie sind die einzigen unverletzten Menschen, die mir bisher begegnet sind. Es ist nichts Wertvolles mehr übrig geblieben, und wo würde jemand seine Beute hinbringen, selbst wenn er etwas finden würde?«

»Wir führen nur Befehle aus, Sir. Versuchen Sie nicht, eines dieser Häuser zu betreten, okay?«

»Natürlich werde ich das versuchen! Ich werde mich durch die Trümmer dieses Hauses graben, um zu sehen, ob jemand, den ich kenne und liebe, noch am Leben ist.«

»Glauben Sie mir, Mann, in dieser Straße werden Sie keine Überlebenden finden. Los, verschwinden Sie hier.«

»Was wollen Sie tun? Mich verhaften? Steht denn das Gefängnis noch?«

Der Polizist wandte sich an den Fahrer. Buck wollte eine Antwort. Anscheinend war der Polizist vernünftiger als er, denn der Wagen fuhr langsam wieder an. Buck kletterte an dem hoch stehenden Straßenstück hinauf und rutschte auf der anderen Seite wieder herunter. Er versuchte, den Schlamm an seiner Hose abzuwischen, doch er klebte zwischen seinen Fingern fest. So gut es ging, klopfte er sich ab, dann eilte er zwischen den umgestürzten Bäumen hindurch zur Vorderfront des eingestürzten Hauses.

Rayford hatte den Eindruck, dass er immer weniger sehen konnte, je näher er dem Flughafen von Bagdad kam. Große Erdspalten hatten jeden Zentimeter der Landebahnen verschluckt und mehrere Meter hohe Berge von Sand und Erde aufgeworfen, die nun den Blick auf den Terminal versperrten. Rayford bekam kaum noch Luft. Zwei Jumbo Jets, die offensichtlich voll besetzt und startbereit auf der ost-westlichen Startbahn gestanden hatten, schienen hintereinander auf die Startfreigabe gewartet zu haben, als das Erdbeben sie ineinander warf. Nun lagen zahlreiche leblose Körper um die Maschinen herum. Wie groß musste die Wucht des Zusammenstoßes gewesen sein, wenn so viele Menschen starben, ohne dass ein Feuer ausgebrochen war?

Aus einem breiten Graben auf der hinteren Seite des Terminals, mindestens eine Viertelmeile von Rayford entfernt, kletterten einige Überlebende aus den Überresten eines Flugzeuges, das ebenfalls regelrecht verschluckt worden war. Schwarzer Rauch stieg tief aus der Erde auf, und Rayford wusste, dass er, falls er nahe genug gewesen wäre, die Schreie von Überlebenden gehört hätte, die nicht mehr die Kraft besaßen, um herausklettern zu können. Von denen, die es schafften, rannten einige fluchtartig davon, während die anderen, vorwiegend Asiaten, wie in Trance durch die Wüste taumelten.

Der Terminal selbst, früher ein ansehnliches Gebäude aus Stahl, Holz und Glas, war in sich zusammengestürzt. Die Trümmer waren so weit verstreut, dass keiner der Pfeiler noch höher war als einen halben Meter. Hunderte von Toten lagen herum. Rayford hatte den Eindruck, durch die Hölle zu gehen.

Er wusste, wonach er suchte. Amanda war auf eine Pan Continental 747 gebucht gewesen, der Fluglinie, bei der er früher gearbeitet hatte. Sie sollte auf der großen Süd-Nord Landebahn aufsetzen.

Falls sich das Flugzeug bei dem Erdbeben noch in der Luft befunden hatte, hätte der Pilot versucht, in der Luft zu bleiben, bis es vorüber war, dann hätte er nach einer ebenen Fläche gesucht, auf der er landen konnte. Falls das Flugzeug bei Ausbruch des Erdbebens jedoch schon gelandet war, konnte die Maschine überall in diesem Bereich stehen, der nun vollkommen in der Erde versunken und mit Sand zugedeckt war. Es war eine sehr große, lange Landebahn, aber sicherlich würde Rayford in der Lage sein, ein Flugzeug zu finden, bevor die Sonne unterging – falls es tatsächlich dort begraben war.

Es könnte natürlich auch auf einer der anderen Landebahnen heruntergekommen sein und bereits begonnen haben, zum Terminal zu rollen. Er konnte nur hoffen, dass es gut zu sehen war, und beten, dass er etwas würde tun können für den Fall, dass Amanda auf wundersame Weise überlebt hatte. Der bestmögliche Fall, abgesehen davon natürlich, dass die Maschine während des Erdbebens noch in der Luft gewesen war, wäre, dass die Maschine gelandet und entweder zum Stehen gekommen oder sehr langsam gerollt war, als das Erdbeben begann. Wenn sie sich dann noch in der Mitte der Landebahn befunden hatte, als diese von der Erde verschluckt wurde, bestand die Chance, dass die Maschine noch intakt war und aufrecht auf dem Boden stand. Aber wer wusste schon, wie lange der Sauerstoff reichen würde?

Rayford hatte den Eindruck, dass im Terminal auf einen Überlebenden zehn Tote kamen. Die Überlebenden mussten sich außerhalb des Terminals aufgehalten haben, denn im Innern des Gebäudes schien kein einziger Mensch mit dem Leben davongekommen zu sein. Die wenigen uniformierten Soldaten der Weltgemeinschaft, die mit ihren Waffen das Gebiet patrouillierten, wirkten genauso schockiert wie alle anderen. Gelegentlich warf einer von ihnen Rayford einen finsteren Blick zu, aber sie sprachen ihn nicht an, wollten nicht einmal seinen Ausweis sehen, wenn sie seine Uniform bemerkten. Mit den losen Fäden da, wo einst die Knöpfe gesessen hatten, sah er genauso aus wie jeder andere glückliche Überlebende der Crew eines Flugzeuges.

Um zu der in Frage kommenden Landebahn zu gelangen, musste Rayford an den zombihaften, blutenden Menschen vorbei, die aus einem Krater kletterten. Er war froh, dass ihn keiner von ihnen um Hilfe bat. Die meisten schienen ihn nicht einmal zu bemerken. Einer folgte seinem Vordermann, als würde er darauf vertrauen, dass irgendjemand vorne in der Reihe eine Ahnung hätte, wo Hilfe zu finden war.

Von tief unten aus der Erdspalte hörte Rayford Jammern und Stöhnen, das er bestimmt nie wieder würde vergessen können. Falls er irgendwie hätte helfen können, hätte er es getan, doch er fühlte sich nur schrecklich hilflos.

Endlich erreichte er die große Landebahn. Da, direkt in der Mitte, lag der vom Sand verwehte, aber gut erkennbare Rumpf einer 747.

Eine Stunde lang würde es vielleicht noch hell sein, aber die Sonne ging bereits unter. Während Rayford am Rande der Erdspalte entlangeilte, schüttelte er den Kopf und blinzelte. Er schirmte seine Augen gegen das Licht ab und versuchte, sich auszumalen, was passiert war. Nachdem er sich der Maschine bis auf etwa 30 Meter genähert hatte, war klar, was geschehen war. Die Maschine hatte sich etwa in der Mitte der Landebahn befunden, als der Asphalt um mindestens 15 Meter abgesackt war. Das Gewicht des Asphalts hatte den Sand hochgedrückt. Die Maschine hing nun auf beiden Flügeln über dem Abgrund und drohte jeden Augenblick abzustürzen.

Irgendjemand hatte die Geistesgegenwart besessen, die Türen zu öffnen und die Notrutschen aufzublasen, aber auch die Enden der Rutschen hingen mehrere Meter über der abgesackten Landebahn in der Luft.

Wenn die Sandmauern an der Seite des Flugzeugs nur ein wenig weiter auseinandergelegen hätten, hätten die Flügel das Flugzeug keinesfalls halten können. Der Rumpf ächzte und stöhnte. Das Flugzeug würde noch weitere drei Meter tiefer stürzen können, ohne dass jemand ernstlich verletzt würde und Hunderte könnten gerettet werden, wenn es nur gerade aufsetzte.

Rayford betete verzweifelt, dass Amanda noch gesund wäre. Er hoffte, dass sie noch angeschnallt gewesen war, dass das Flugzeug gestoppt hatte, bevor die Landebahn absackte. Je näher er kam, desto offensichtlicher wurde, dass das Flugzeug in Bewegung gewesen sein musste, als das Erdbeben losgebrochen war. Die Flügel hatten sich mehrere Meter tief in den Sand gegraben. Vermutlich war das der Grund dafür, dass das Flugzeug nicht in den Abgrund gestürzt war, aber es wäre ebenso tödlich für jeden gewesen, der nicht angeschnallt gewesen war.

Rayfords Mut sank, als er beim Näherkommen feststellte, dass dies keine Maschine der Pan-Con, sondern der *British Airways* war. Er durchlebte ein Wechselbad der Gefühle und war kaum in der Lage, die einzelnen Gefühle zu identifizieren. War er tatsächlich ein so kalter, selbstsüchtiger Mensch, dass er hoffte, seine eigene Frau hätte überlebt, und dann enttäuscht war, wenn Hunderte von Passagieren dieser Maschine vielleicht gerettet wurden? Er musste sich der hässlichen Wahrheit über sich stellen, dass ihm nämlich in erster Linie Amanda am Herzen lag. Wo war nur ihre Maschine?

Er blickte sich um. Was für ein Hexenkessel! Er hatte keine Ahnung, wo er noch nach der Pan-Con-Maschine suchen sollte. Bis er nicht sicher wusste, was Amanda zugestoßen war, würde er nicht glauben, dass sie tot war. Da er nicht wusste, wo er sonst noch suchen sollte, und auch Mac nicht anrufen und diesem mitteilen konnte, dass er ihn früher abholen sollte, wandte er seine Aufmerksamkeit wieder der Maschine der *British Airways* zu. In einer der geöffneten Türen stand eine Flugbegleiterin und betrachtete hilflos ihre gefährliche Position. Rayford legte die Hände an den Mund und rief ihr zu: »Ich bin Pilot! Ich glaube, ich weiß, wie wir Sie da herausbekommen können!«

»Ist irgendwo Feuer ausgebrochen?«, schrie sie zurück.

»Nein! Und Treibstoff dürfte auch nicht mehr allzu viel da sein! Sie scheinen nicht in Gefahr zu sein!«

»Die Maschine ist schrecklich instabil!«, rief sie zurück. »Soll ich alle Passagiere nach hinten schicken, damit wir nicht mit der Nase nach unten gedrückt werden?«

»Davor brauchen Sie keine Angst zu haben! Die Flügel stecken im Sand fest! Alle sollen in die Mitte des Flugzeugs kommen. Versuchen Sie, ob Sie über die Flügel aussteigen können!«

»Können wir davon ausgehen, dass sie das Gewicht aushalten?«

»Nein! Aber Sie können auch nicht darauf warten, dass eine Rettungsmannschaft Sie herausholt! Dieses Erdbeben hat die ganze Welt erschüttert, und es ist unwahrscheinlich, dass bald Hilfe eintrifft. Es könnte Tage dauern, bis man sich um Sie kümmern kann!«

»Diese Menschen wollen sofort aussteigen! Sind Sie denn sicher, dass das funktioniert?«

»Nicht hundertprozentig! Aber Sie haben keine Wahl! Bei einem Nachbeben könnte das ganze Flugzeug absacken!«

Soweit Buck wusste, hatte sich Chloe allein in Lorettas Haus aufgehalten. Seine einzige Hoffnung bestand darin zu erraten, in welchem Teil des Hauses sie sich gerade befunden hatte, als es zusammenstürzte. Ihr Schlafzimmer im ersten Stock des Hauses war nun unter einer Masse von Steinen, Tapeten, Glas, Fensterrahmen, Putz, Nägeln, Drähten und Möbeln begraben. Darauf lag noch die Hälfte des auseinandergebrochenen Daches.

Chloes Computer hatte im Keller gestanden, der nun von den beiden anderen Stockwerken des Hauses verschüttet war. Buck hatte keine Wahl. Er musste einen großen Teil des Daches forträumen und anfangen zu graben. Wenn er sie nicht im Schlafzimmer oder im Keller fand, war seine letzte Hoffnung die Küche.

Er hatte keine Stiefel, keine Handschuhe, keine Arbeitskleidung, keine Schutzbrille, keinen Helm. Alles, was er besaß, waren die schmutzigen Kleider, die er am Leibe trug, seine Straßenschuhe und seine bloßen Hände. Es war zu spät, sich über eine Tetanus-Infizierung Gedanken zu machen. Er sprang auf das Dach und kletterte daran hoch, um zu sehen, wo seine Schwachpunkte lagen und wo es auseinander brechen könnte. Es machte einen soliden Eindruck, wenn auch ein wenig instabil. Er rutschte wieder herunter und drückte mit all seiner Kraft gegen das Dachgesims. Doch er musste feststellen, dass er es unmöglich allein schaffen konnte. In der Hütte würde er vielleicht eine Axt oder eine Säge finden.

Die Tür ließ sich nicht öffnen. Sie klemmte. Bei dem Erdbeben hatte sich die Hütte so verzogen, dass sich die Tür nicht bewegen ließ. Mit aller Kraft rammte Buck mit seiner Schulter gegen die Tür. Diese stöhnte protestierend, bewegte sich aber nicht. Sechsmal trat er dagegen, dann rammte er sie noch einmal mit der Schulter. Wieder nichts. Schließlich nahm er Anlauf, doch er rutschte auf dem Gras aus und fiel der Länge nach hin. Voller Zorn nahm er einen noch größeren Anlauf und beschleunigte langsam. Dieses Mal warf er sich mit einer solchen Wucht gegen die Tür, dass er sie aus der Verankerung riss und er zusammen mit ihr zu Boden fiel. Ein gezacktes Stück des Daches verletzte ihn am Brustkorb. Er drückte die Hand auf die Verletzung und spürte etwas Feuchtes, aber wenn er sich nicht gerade eine Arterie verletzt hatte, würde er nicht aufgeben.

Er nahm Schaufeln und Äxte mit zum Haus und stützte mit den langstieligen Gartengeräten das Dach ab. Als Buck sich dagegen lehnte, hob sich der Rand des Daches und irgendetwas rutschte unter die noch verbliebenen Dachziegel. Er bearbeitete sie mit einer Schaufel und dachte darüber nach, wie lächerlich das Ganze wirkte und was sein Vater wohl sagen würde, wenn er gesehen hätte, dass er das falsche Werkzeug für den falschen Job verwendete.

Aber was sollte er sonst tun? Zeit war der wesentliche Faktor. Seine Chancen standen sowieso schlecht. Andererseits hatte es schon die merkwürdigsten Dinge gegeben. Tagelang waren Menschen unter Trümmern am Leben geblieben. Aber falls Wasser in die Fundamente des Nachbarhauses eindrang, was war dann mit diesem hier? Und wenn Chloe nun im Keller eingeschlossen war? Er betete, dass ihr Tod, falls sie schon sterben musste, schnell und schmerzlos war. Er wollte nicht, dass sie vielleicht qualvoll ertrinken müsste. Auch befürchtete er, dass sie einen elektrischen Schlag bekommen könnte, wenn die elektrischen Leitungen mit dem Wasser in Berührung kamen.

Nachdem er ein Stück des Daches entfernt hatte, schaufelte Buck die Trümmer beiseite, bis er auf größere Brocken stieß, die er mit der Hand forträumen musste. Er befand sich in einigermaßen guter Verfassung, aber er war diese Arbeit nicht gewohnt. Seine Muskeln schmerzten, er keuchte und schwitzte, als er schwere Stücke der Wand und des Fußbodens beiseite räumte. Nur langsam kam er voran.

Buck schob Rohrleitungen aus dem Weg und warf den Deckenputz zur Seite. Schließlich tauchte das Bett auf. Es war wie ein Streichholz zusammengedrückt worden. Buck grub sich weiter zu der Stelle, an der Chloe häufig an einem kleinen Schreibtisch gesessen hatte. Es dauerte eine weitere halbe Stunde, diesen Schreibtisch freizuräumen. Immer wieder rief er Chloes Namen. Wenn er innehielt, um zu Atem zu kommen, lauschte er auf das kleinste Geräusch. Würde er ein Stöhnen, einen Schrei, einen Seufzer hören? Wenn sie auch nur das leiseste Geräusch von sich gab, würde er sie finden!

Verzweiflung stieg in Buck hoch. Das ging alles viel zu langsam. Er traf auf große Stücke des Fußbodens, die viel zu schwer waren, als dass er sie hätte bewegen können. Die Entfernung zwischen den Bodenbrettern des oberen Schlafzimmers und dem Betonboden des Kellers war eigentlich gar nicht so groß. Jeder, der dazwischen eingeschlossen worden war, wäre sicherlich erdrückt worden. Aber er konnte nicht aufgeben. Wenn er allein nicht mehr weiterkam, würde er eben Tsion holen. Dieser konnte ihm helfen.

Buck nahm die Geräte mit und warf sie über die Asphaltmauer. Von dieser Seite darüberzuklettern, war sehr viel schwieriger als von der anderen Seite, weil der Schlamm sehr rutschig war. Er grub seine Füße fest in die weiche Masse und gelangte schließlich an die Stelle, von der aus er den Asphalt auf der anderen Seite der Erhöhung erreichen konnte. Er zog sich hinauf und ließ sich auf der anderen Seite hinuntergleiten. Dabei stieß er sich den Ellbogen an. Schließlich warf er die Geräte in den Kofferraum des Range Rovers und setzte sich, schmutzig wie er war, ans Steuer.

Die Sonne ging im Irak bereits unter, als mehrere Überlebende anderer Flugzeugabstürze sich zu Rayford gesellten, um die Rettung der Überlebenden der *British Airways* 747 zu verfolgen. Rayford stand hilflos dabei und hoffte, dass alles gut ausging. Auf keinen Fall wollte er dafür verantwortlich sein, dass sich jemand verletzte oder sogar zu Tode kam. Aber er war davon überzeugt, dass die Passagiere keine andere Chance hatten, als über den Flügel auszusteigen. Er betete, dass sie in der Lage wären, den steilen Sandhügel zu erklimmen.

Rayford fasste Mut, als er sah, dass die ersten Passagiere vorsichtig auf die Flügel traten. Offensichtlich hatte die Flugbegleiterin die Leute versammelt und dazu gebracht, dass sie zusammenarbeiteten. Rayfords Optimismus verwandelte sich schnell in Bestürzung, als er bemerkte, wie viel Bewegung die Passagiere verursachten und wie sich dies auf die an sich schon instabile Lage des Flugzeugs auswirkte. Das Flugzeug würde auseinanderbrechen. Was würde dann mit dem

Rumpf geschehen? Falls die eine oder andere Seite zu schnell zur Seite kippte, könnten Dutzende von Menschen dabei ums Leben kommen. Diejenigen, die nicht angeschnallt waren, würden zum einen oder anderen Ende des Flugzeugs geschleudert werden.

Rayford wollte den Leuten zurufen, sie sollten sich im Flugzeug verteilen. Sie mussten sehr viel präziser und vorsichtiger zu Werke gehen. Aber es war bereits zu spät und außerdem würden sie ihn gar nicht hören. Im Inneren des Flugzeugs musste ein ohrenbetäubender Lärm herrschen. Die beiden Reisenden, die sich schon auf dem rechten Flügel befanden, sprangen noch in den Sand.

Der linke Flügel gab zuerst nach, riss aber nicht vollkommen ab. Der Rumpf drehte sich nach links, und es war klar, dass die Passagiere im Innern auch zu dieser Seite geschleudert wurden. Der hintere Teil des Flugzeugs senkte sich zuerst. Rayford konnte nur hoffen, dass der rechte Flügel rechtzeitig nachgeben würde, um dies auszugleichen. Erst im letzten Augenblick geschah dies. Doch obwohl das Flugzeug fast genau auf den Reifen landete, war es viel zu weit abgesackt. Die Passagiere in seinem Innern mussten schrecklich durcheinander geworfen worden sein. Als der Vorderreifen platzte, bohrte sich die Nase des Flugzeuges so tief in den Asphalt, dass Unmengen Sand aufgewirbelt wurden und die Maschine verschütteten. Rayford steckte sein Telefon in die Hosentasche und zog die Jacke aus. Er und die anderen Zuschauer begannen, das Flugzeug auszugraben, damit die Passagiere genügend Sauerstoff bekamen. Innerhalb kürzester Zeit war seine Kleidung schweißgetränkt.

Die Passagiere im Flugzeug hatten ihrerseits begonnen, sich von innen auszugraben und sie trafen sich auf halbem Weg. Plötzlich hörte Rayford die Rotoren eines Hubschraubers. Wie alle anderen ging er davon aus, dass es ein Rettungshubschrauber war. Doch dann fiel es ihm wieder ein. Falls das Mac war, musste es bereits zehn Uhr sein. Machte Mac sich Sorgen um ihn oder lag ihm viel eher an einem Gespräch?

Von der Erdspalte aus rief Rayford seinen Kollegen an und erklärte diesem, er wolle sich zuerst davon überzeugen, dass niemand an Bord der 747 ums Leben gekommen sei. Mac teilte ihm mit, er würde in der Nähe des Terminals auf ihn warten.

Wenige Minuten später kletterte Rayford aus der Erdspalte. Er war froh, dass alle Passagiere überlebt hatten. Jedoch konnte er seine Jacke nicht mehr finden. Aber das war auch egal. Er nahm an, dass Carpathia ihn sowieso bald feuern würde.

Rayford ging um die Trümmer des Terminals herum zur anderen Seite. Macs Hubschrauber wartete etwa 100 Meter entfernt. Rayford nahm an, dass keine Hindernisse im Weg lagen, und beeilte sich. Amanda war nicht da und dies war ein Ort des Todes. Er konnte es kaum erwarten, den Irak zu verlassen, doch für den Augenblick genügte es ihm schon, Bagdad hinter sich zu lassen. Vielleicht kam er nicht umhin, Carpathias Schutzbunker mit diesem zu teilen, doch sobald er dazu in der Lage war, wollte er eine große Distanz zwischen sich und Nicolai legen.

Rayford ging noch schneller. Obwohl er schon Anfang 40 war, war er noch gut in Form. Doch plötzlich stolperte er. Ein Toter hatte ihm im Weg gelegen und er war der Länge nach auf einen anderen Toten gestürzt. Rayford erhob sich und rieb sich sein schmerzendes Knie. Etwas langsamer ging er zum Hubschrauber weiter.

»Lassen Sie uns losfliegen!«, sagte er, als er an Bord kletterte.

»Das brauchen Sie mir nicht zweimal zu sagen«, erwiderte Mac und ließ den Motor an. »Ich muss dringend mit Ihnen sprechen!«

Es war Nachmittag, als Buck die Trümmer des Gemeindehauses erreichte. Er stieg gerade aus der Beifahrertür aus, als ein Nachbeben die Erde erschütterte. Der Wagen wurde angehoben und Buck zu Boden geschleudert. Er drehte sich um und beobachtete, wie die Überreste des Gemeindehauses durcheinander fielen. Die Bänke, die das erste große Beben überstanden hatten, splitterten jetzt und wurden umhergeschleudert. Buck wollte sich gar nicht vorstellen, was mit dem Leichnam von Donny Moore passiert war. Vielleicht hatte Gott seine Beerdigung selbst in die Hand genommen.

Buck machte sich Sorgen um Tsion. Hoffentlich war dieser nicht noch weiter verschüttet worden. Buck kroch zum Luftschacht. Nur über diesen Schacht bekam Tsion Sauerstoff. »Tsion! Sind Sie in Ordnung?«

Eine schwache, atemlose Stimme antwortete ihm. »Gott sei Dank, Sie sind zurückgekommen, Cameron! Ich lag hier mit der Nase beim Luftschacht, als ich das Rumpeln hörte und etwas durch den Schacht fiel. Gerade noch rechtzeitig rollte ich mich zur Seite. Hier unten liegen Teile von Ziegelsteinen. War das ein Nachbeben?«

»Ja!«

»Verzeihen Sie, Cameron, aber ich bin nun wirklich lange genug tapfer gewesen. Holen Sie mich endlich hier heraus!«

Es dauerte mehr als eine Stunde, bis Buck den Eingang zum unterirdischen Schutzbunker erreichte. Sobald er die Tür frei geräumt hatte, begann Tsion, von innen dagegenzudrücken. Gemeinsam schafften sie es, die Trümmer beiseite zu schieben. Tsion blinzelte ins Licht und atmete tief die frische Luft ein. Fest nahm er Buck in den Arm und fragte: »Was ist mit Chloe?«

»Ich brauche Ihre Hilfe.«

»Dann lassen Sie uns gehen. Irgendeine Nachricht von den anderen?«

»Es kann Tage dauern, bis die Kommunikationskanäle in den Mittleren Osten wieder stehen. Amanda müsste eigentlich mittlerweile bei Rayford sein, aber ich habe keine Ahnung, wie es ihnen geht.«

»Eines steht fest«, meinte Tsion mit seinem breiten israelischen Akzent. »Wenn Rayford sich in der Nähe von Nicolai aufhielt, dann ist ihm bestimmt nichts geschehen. In der Bibel steht ganz klar, dass der Antichrist von jetzt an noch mindestens ein Jahr am Leben bleiben wird.«

»Ich hätte nichts dagegen, wenn ich seinen Tod ein wenig beschleunigen könnte«, meinte Buck.

»Dafür wird Gott schon sorgen. Aber noch ist nicht der richtige Zeitpunkt. So schlimm es für Captain Steele sein muss, in der Nähe eines solchen Menschen zu leben, wenigstens wird ihm nichts passieren.«

Nachdem sie abgehoben hatten, setzte sich Mac McCullum über Funk mit dem Schutzbunker in Verbindung. »Wir sind noch mit Rettungsarbeiten beschäftigt und werden erst in ein oder zwei Stunden kommen. Over.«

»Roger. Ich werde den Potentat davon in Kenntnis setzen. Over.«

Rayford fragte sich, was wohl so wichtig war, dass Mac es riskierte, Nicolai Carpathia anzulügen.

Nachdem Rayford seine Kopfhörer aufgesetzt hatte, fragte Mac energisch: »Was um Himmels willen ist hier los? Was hat Carpathia vor? Und was soll das mit dem ›Zorn des Lammes‹ und was in aller Welt habe ich gesehen, als ich dachte, ich würde den Mond sehen? Ich habe schon eine Menge Naturkatastrophen miterlebt, und ich habe auch schon einige seltsame atmosphärische Phänomene gesehen, aber ich schwöre bei den Augen meiner Mutter, einen Vollmond, der so rot wie Blut war, habe ich noch nie gesehen. Wie hängt das mit dem Erdbeben zusammen?«

Endlich, dachte Rayford, *dieser Bursche ist reif für den Glauben.* Aber Rayford war auch verwirrt. »Ich werde Ihnen meine Meinung dazu nicht vorenthalten, Mac, aber zuerst sagen Sie mir, warum Sie glauben, *ich* könnte das erklären.«

»Ich spüre das. Nicht in einer Million Jahre würde ich wagen, so mit Carpathia zu sprechen, wie Sie es getan haben, obwohl auch ich merke, dass er nichts Gutes vorhat. Sie scheinen überhaupt keine Angst vor ihm zu haben. Ich hätte mich beinahe übergeben, als ich den blutroten Mond erblickte, aber Sie verhielten sich so, als wüssten Sie, dass er da sein würde.«

Rayford nickte, antwortete aber nicht sofort auf diese Bemerkung. »Ich habe eine Frage an Sie, Mac. Sie wussten, dass ich am Flughafen von Bagdad versucht habe, etwas über meine Frau oder Hattie Durham herauszufinden. Warum haben Sie mich nicht gefragt, was ich in Erfahrung gebracht habe?«

»Das geht mich nichts an, das ist alles«, erwiderte Mac.

»Kommen Sie mir nicht so! Wenn Carpathia nicht mehr weiß als ich, hätte er wissen wollen, was aus Hattie geworden ist und ob ich etwas herausgefunden habe.«

»Nein, Rayford, es ist, wie es ist. Sehen Sie, ich wusste einfach – ich meine, alle wissen –, dass es unwahrscheinlich ist, dass Ihre Frau oder Miss Durham einen Absturz überlebt haben.«

»Mac! Sie haben doch mit eigenen Augen gesehen, dass Hunderte von Menschen aus dieser 747 ausgestiegen sind. Sicher, neun von zehn Menschen sind hier gestorben, aber viele haben auch überlebt. Und wenn Sie Antworten von mir haben wollen, dann fangen Sie besser an, mir welche zu geben.«

Mac deutete auf einen freien Platz, den er mit seinem Suchscheinwerfer beleuchtet hatte. »Wir werden dort unten reden.«

Tsion hatte nur sein Telefon, seinen Laptop und Kleider zum Wechseln mitgenommen, die man ihm in sein Versteck geschmuggelt hatte. Buck wartete, bis sie neben dem aufgeworfenen Asphalt in der Nähe von Lorettas Haus geparkt hatten, bis er ihm von Donny Moore erzählte.

»Ein schlimmer Tod«, meinte Tsion. »Und er war –?«

»Derjenige, von dem ich Ihnen erzählt habe. Der Computerfachmann, der unsere Laptops zusammengeschlossen hat. Eines jener stillen Genies. Jahrelang hatte er diese Gemeinde besucht, und es war ihm schrecklich peinlich, zugeben zu müssen, dass er zwar diesen astronomischen IQ hatte und doch geistlich blind gewesen war. Er sagte, er hätte die ganze Zeit das Wesentliche des Evangeliums überhört. Und daran sei ganz allein er schuld. Bevor all diese Menschen verschwunden sind, ist seine Frau nie in den Gottesdienst mitgekommen. Sie sah keinen Sinn darin. Bei der Entrückung haben sie ihr Kind verloren. Und nachdem Donny zum Glauben gekommen war, folgte ihm auch bald seine Frau. Sie waren wirklich echte Christen.«

Tsion schüttelte den Kopf. »Wie traurig, so zu sterben. Aber jetzt sind sie wenigstens mit ihrem Kind vereint.«

»Was soll ich Ihrer Meinung nach mit seinem Aktenkoffer machen?«, fragte Buck.

»Wieso?«

»Donny muss etwas sehr Wichtiges darin aufbewahrt haben. Er hatte ihn ständig bei sich. Aber ich kenne die Zahlenkombination nicht. Sollte ich die Sache einfach auf sich beruhen lassen?«

Tsion schien tief in Gedanken versunken. Schließlich meinte er: »In einer Zeit wie dieser muss man überlegen, ob etwas darin sein könnte, das der Sache Christi dienen könnte. Der junge Mann würde wollen, dass Sie es bekommen. Wenn Sie jedoch nur persönliche Dinge darin finden, wäre es nur richtig, seine Privatsphäre zu achten.«

Tsion und Buck kletterten aus dem Rover. Sobald sie ihre Geräte über die Mauer geworfen und selbst darüber geklettert waren und sehen konnten, was von Lorettas Haus übrig geblieben war, fragte Tsion aufgeregt: »Buck! Wo ist Chloes Wagen?«

3

Rayford war sich nicht sicher, ob er McCullum trauen konnte. Mac war zweimal geschieden und gerade 50 geworden. Kinder hatte er keine. Er war ein vorsichtiger und fähiger Pilot, vertraut mit den verschiedensten Flugzeugtypen und hatte sowohl militärische als auch zivile Flugzeuge geflogen.

Mac war immer ein freundlicher, interessierter Zuhörer gewesen. Sie kannten sich noch nicht lange genug, dass Rayford von ihm mehr Entgegenkommen hätte erwarten können. Zwar war er ein kluger und sehr engagierter Mann, doch ihre Beziehung war eher oberflächlicher Natur. Mac wusste, dass Rayford Christ war; aus dieser Tatsache machte Rayford keinen Hehl. Aber Mac hatte niemals das leiseste Interesse dafür gezeigt. Bis jetzt.

Rayford war klar, dass er sich in Acht nehmen musste. Mac hatte seinen Gefühlen für Carpathia endlich Ausdruck verliehen und war sogar so weit gegangen zu sagen, dass dieser »nichts Gutes im Sinn« hatte. Aber wenn Mac nun ein Informant war und nicht nur als Pilot für Carpathia arbeitete? Wie leicht könnte er Rayford eine Falle stellen. Konnte er es wagen, Mac von seinem Glauben zu erzählen und ihm zu sagen, dass er und die *Tribulation Force* alles über Carpathia wussten? Und was war mit der Abhöranlage in der Condor 216? Auch wenn Mac nun Interesse für Christus zeigte, würde Rayford dieses Geheimnis für sich behalten, bis er sicher wusste, dass Mac es ehrlich meinte.

Mac stellte den Motor des Hubschraubers ab. Er ließ nur die Kontroll-Leuchten an und das Funkgerät auf Bereitschaft. In der Wüste war es stockdunkel, nur der Mond und die Sterne waren am Himmel zu sehen. Wenn er es nicht besser gewusst hätte, hätte man ihn davon überzeugen können, dass der kleine Hubschrauber auf einem Flugzeugträger mitten auf dem Ozean trieb.

»Mac«, sagte Rayford, »erzählen Sie mir von dem Schutzbunker. Wie sieht er aus? Und woher wusste Carpathia, dass er ihn brauchen würde?«

»Keine Ahnung«, erwiderte Mac. »Vielleicht hat er ihn nur für den Fall bauen lassen, dass sich noch mehr seiner Botschafter gegen ihn stellen würden. Er liegt sehr tief, ist aus Beton gebaut und wird ihn vor Strahlung schützen. Und ich verrate Ihnen noch etwas: Er ist so groß, dass sogar die 216 hineinpasst!«

Rayford war wie vor den Kopf geschlagen. »Die 216? Aber die habe ich doch am Ende der großen Startbahn in Neu-Babylon stehen gelassen.«

»Und ich sollte sie heute Morgen ganz früh abholen.«

»Wohin?«

»Haben Sie mich neulich nicht nach der neuen Versorgungsstraße gefragt, die Carpathia bauen ließ?«

»Dieses einspurige Ding, das nur zum Zaun des Flughafens zu führen scheint?«

»Ja. Nun, an der Stelle, wo die Straße endet, befindet sich ein Tor im Zaun.«

»Sie haben das Tor also geöffnet«, meinte Rayford, »und sind wohin gerollt? Über den Wüstensand?«

»So sieht es aus«, erklärte Mac. »Aber eine riesige Fläche dieses Sandes ist mit irgendetwas behandelt worden. Würden Sie nicht denken, dass eine so große Maschine wie die 216 in den Sand einsinken würde, falls sie jemals so weit käme?«

»Sie wollen mir sagen, Sie haben die 216 über diese Versorgungsstraße zu einem Tor im Zaun rollen lassen? Wie groß ist denn dieses Tor?«

»Gerade groß genug, dass der Rumpf durchpasst. Die Flügel sind höher als der Zaun.«

»Und wohin haben Sie die Condor vom Flughafen aus gebracht?«

»Dreieinhalb Meilen nordöstlich des Hauptquartiers, genau wie Carpathia gesagt hat.«

»Dann liegt dieser Schutzbunker also in bevölkertem Gebiet?«

»Durchaus nicht. Ich bezweifle, dass irgendjemand ihn ohne Carpathias Wissen jemals zu Gesicht bekommen hat. Er ist riesig, Ray. Und der Bau muss Jahre in Anspruch genommen haben. Ich hätte zwei Flugzeuge dieser Größe darin unterbringen können und der Raum wäre nur zur Hälfte gefüllt gewesen. Der Bunker liegt etwa zehn Meter unter der Erde und ist mit ausreichend Vorräten, Wasser, Betten, Kochvorrichtungen ausgerüstet. Was Sie sich nur vorstellen können.«

»Wie hat denn dieser unterirdische Bunker den Erdbewegungen standhalten können?«

»Teils Findigkeit, teils Glück, nehme ich an«, meinte Mac. »Das ganze Ding schwebt. Es ist an einer Art Membran aufgehängt, die mit einer hydraulischen Flüssigkeit gefüllt ist und auf einer gefederten Plattform liegt, die alle Erschütterungen abfängt.«

»Ganz Neu-Babylon liegt also in Trümmern, nur die Condor und Carpathias kleines Versteck, oder sollte ich vielleicht besser sagen, großes Versteck, sind vor jedem Schaden bewahrt geblieben?«

»Und jetzt kommt das wirklich Geniale, Ray. Die Erschütterungen waren zwar ziemlich stark, doch die Technologie hat es überstanden. Das Einzige, was sie nicht verhindern konnten, obwohl sie es vorausgesagt hatten, war, dass der riesige Haupteingang, durch den sie auch das Flugzeug hereingebracht hatten, vollkommen verschüttet wurde. Ein paar kleinere Eingänge auf der anderen Seite des Hauptdurchganges sind jedoch offen geblieben und Carpathia hat bereits die Räumungsarbeiten für den Haupteingang verlasst.«

»Will er denn weg? Kann er die Hitze nicht vertragen?«

»Nein, das ist es nicht. Er erwartet Besuch.«

»Aha, seine Könige sind also unterwegs!«

»Er nennt sie Botschafter. Er und Fortunato haben große Pläne.«

Rayford schüttelte den Kopf. »Fortunato! Ich habe ihn in Carpathias Büro gesehen, als das Erdbeben begann. Wie konnte er überleben?«

»Ich war genauso erstaunt wie Sie, Ray. Ich habe ihn nicht durch die Tür zum Dach kommen sehen, es sei denn natürlich, ich habe ihn übersehen. Meiner Meinung nach hatten nur diejenigen, die auf dem Dach standen, auch nur den Hauch einer Überlebenschance, als das Gebäude zusammenstürzte. Und selbst dann sind sie immerhin 60 Meter in die Tiefe gestürzt und Trümmer flogen ihnen um die Ohren. Aber ich habe schon Seltsameres gehört. Ich habe von einem Mann in Korea gelesen, der auf dem Dach eines Hotels stand, als es zusammenbrach, und er sagte, er hätte sich gefühlt, als würde er auf einer Betonplatte schweben, bis er auf dem Boden aufschlug. Er kam mit einem gebrochenen Arm davon.«

»Und wie hat Fortunato es nun geschafft?«

»Sie werden es nicht glauben.«

»Im Augenblick glaube ich alles.«

»Also, die Sache war so: Ich habe Carpathia zum Schutzraum gebracht und den Hubschrauber in der Nähe des Haupteingangs gelandet. Wie ich schon sagte, war der Eingang vollkommen verschüttet, darum hat mich Carpathia zu einem kleineren Seiteneingang dirigiert. Als wir den Schutzraum betraten, waren bereits eine große Anzahl Leute an der Arbeit, fast so, als sei nichts passiert. Ich meine, ein paar haben gekocht, sauber gemacht, aufgeräumt, all das.«

»Und Carpathias Sekretärin?«

Mac schüttelte den Kopf. »Ich nehme an, sie ist bei dem Einsturz des Gebäudes ums Leben gekommen, zusammen mit den meisten anderen Angestellten aus dem Hauptquartier. Aber er hat sie und all die anderen bereits ersetzt.«

»Unglaublich. Und Fortunato?«

»Er war auch nicht da. Irgendjemand informierte Carpathia davon, dass es keine Überlebenden im Hauptquartier gäbe, und ich schwöre, Ray, für mich sah das so aus, als würde Carpathia blass werden. Es war das erste Mal, dass ich ihn erschüttert gesehen habe, es sei denn, wenn er so tut, als würde er über irgendetwas in Wut geraten. Ich denke, diese Wutanfälle sind immer geplant.«

»Ich auch. Und was ist nun mit Leon?«

»Carpathia erholte sich sehr schnell wieder und sagte, er würde sich darum kümmern. Er erklärte, er käme sofort zurück, und ich fragte ihn, ob ich ihn irgendwohin bringen sollte. Er wehrte ab und ging. Wann haben Sie ihn das letzte Mal allein irgendwohin *gehen* sehen?«

»Noch nie.«

»Genau. Er war etwa eine halbe Stunde fort und kam dann mit Fortunato zurück. Fortunato war von Kopf bis Fuß mit Staub bedeckt und sein Anzug war ruiniert. Aber sein Hemd steckte in der Hose, seine Jacke war zugeknöpft und die Krawatte gerade gezogen. Er hatte keinen Kratzer abbekommen.«

»Und was hat er gesagt?«

»Ich habe eine richtige Gänsehaut bekommen, Ray, als ich seine Geschichte hörte. Etwa 100 Menschen hatten sich um ihn versammelt. Fortunato bat mit bewegter Stimme um Ruhe. Dann behauptete er, beim Einsturz des Gebäudes sei er zusammen mit all den anderen schreiend und weinend nach unten gefallen. Auf halbem Weg hätte er sich gefragt, ob er vielleicht das Glück haben würde, irgendwo eingeschlossen zu werden, wo er genügend Sauerstoff haben würde, bis Rettungsmannschaften ihn finden würden. Er sagte, er hätte gespürt, dass er gefallen und gegen große Betonbrocken gestoßen sei. Dann hätten sich seine Füße plötzlich in etwas verfangen und er sei kopfüber nach unten geschossen. Als er aufgeschlagen sei, so erzählte er, hätte es sich angefühlt und auch so geklungen, als sei sein Kopf aufgeplatzt. Und dann hätte er das Gefühl gehabt, als sei das ganze Gebäude auf ihn gestürzt. Er hätte gespürt, wie seine Knochen gebrochen und seine Lungen geplatzt seien. Danach sei alles um ihn herum schwarz geworden. Er hätte das Gefühl gehabt, als hätte jemand sein Leben ausgeknipst. Er glaubte tatsächlich, dass er gestorben sei!«

»Und doch stand er da in seinem staubigen Anzug und kein Kratzer war an ihm zu sehen?«

»Ich habe ihn mit eigenen Augen gesehen. Er behauptet, er hätte tot dagelegen, hätte nichts mitbekommen, aber auch keine von diesen Erfahrungen gemacht, von denen manche Menschen berichten, die losgelöst von ihrem Körper schweben. Er hätte nur Dunkelheit erlebt, als habe er tief und fest geschlafen. Er sei aufgewacht, von den Toten wiedergekommen, als er seinen Namen hörte. Zuerst hätte er gedacht, er würde träumen. Er hätte das Gefühl gehabt, ein kleiner Junge zu sein, und seine Mutter riefe leise seinen Namen, um ihn aufzuwecken. Doch dann, berichtete er, hätte er Nicolais lauten Ruf gehört: ›Leonardo, komm heraus!‹«

»Waaas?!«

»Ich sage die Wahrheit, Ray. Ich bekam eine richtige Gänsehaut. Ich war nie besonders religiös, aber ich kenne diese Geschichte aus der Bibel. Irgendwie klang es so, als würde Nicolai so tun, als sei er Jesus oder so etwas.«

»Halten Sie die Geschichte für eine Lüge?«, fragte Rayford. »Sie wissen doch, in der Bibel steht, dass der Mensch einmal sterben wird. Keine zweite Chance.«

»Das wusste ich nicht, und ich wusste auch nicht, was ich von dieser Geschichte halten sollte. Carpathia weckt einen Menschen von den Toten auf? Wissen Sie, zuerst habe ich Carpathia geliebt. Ich konnte es kaum erwarten, für ihn zu arbeiten. Es gab Zeiten, in denen ich dachte, dass er ein gottesfürchtiger Mann sei, vielleicht sogar so etwas wie eine Gottheit. Doch das passte nicht dazu, dass er mich gezwungen hat, vom Dach abzuheben, als die Menschen an den Kufen hingen und um ihr Leben schrien. Und wie er Sie fertig gemacht hat, weil Sie den Überlebenden in der Wüste helfen wollten! Welcher gottesfürchtige Mensch tut so etwas?«

»Er ist kein gottesfürchtiger Mensch«, entgegnete Rayford. »Er ist das genaue Gegenteil.«

»Sie sind also der Meinung, er sei der Antichrist, wie viele behaupten?«

Nun war es heraus. Mac hatte ihm die Frage gestellt. Rayford wusste, dass er unvorsichtig gewesen war. Hatte er nun sein eigenes Schicksal besiegelt? Hatte er sich einem von Carpathias Henkern ausgeliefert? Oder meinte Mac es ernst? Wie konnte er das sicher wissen?

Buck wirbelte herum. Ja, wo war Chloes Wagen? Sie parkte ihn immer in der Einfahrt vor der Garage, in der Loretta ausrangierte Sachen aufbewahrte. Lorettas Wagen stand normalerweise in der anderen Garage. Es wäre unlogisch gewesen, wenn Chloe ihren Wagen in Lorettas Garage gefahren hätte, nur weil Loretta zum Gemeindehaus gefahren war. »Er könnte sonstwohin geschleudert worden sein, Tsion«, erklärte Buck.

»Ja, mein Freund, aber nicht so weit, dass wir ihn nicht sehen könnten!«

»Er könnte in eine Erdspalte gerutscht sein.«

»Wir sollten uns umsehen, Cameron. Wenn ihr Wagen da ist, können wir davon ausgehen, dass auch sie da ist.«

Buck ging die Straße entlang und sah zwischen den eingestürzten Häusern und in allen Erdspalten nach, doch er konnte nichts finden, das auch nur im entferntesten Chloes Wagen ähnlich sah. Als er hinter den Überresten von Lorettas Garage wieder mit Tsion zusammentraf, zitterte der Rabbi. Obwohl er erst Mitte 40 war, wirkte Tsion plötzlich alt. Er ging mit unsicherem Schritt, stolperte und fiel auf die Knie.

»Tsion, sind Sie okay?«

»Haben Sie den Wagen gefunden?«, fragte Tsion mit kaum hörbarer Stimme. »Ich habe schon viel Verwüstung und Chaos gesehen, aber das hier ist wirklich überwältigend. So viel Tod und Zerstörung …«

Buck legte Tsion die Hand auf die Schulter und spürte, dass Schluchzen seinen Körper schüttelte. »Tsion, wir dürfen das ganze Ausmaß der Katastrophe nicht an uns herankommen lassen. Irgendwie muss ich es von mir fern halten. Ich weiß, dass es kein Traum ist. Ich weiß genau, was wir durchmachen, aber ich darf nicht dabei stehen bleiben. Das schaffe ich nicht. Wenn ich zulasse, dass es mich überwältigt, könnte ich niemandem mehr helfen. Wir brauchen einander. Wir sollten stark sein.« Buck bemerkte, dass seine eigene Stimme zitterte, als er Tsion ermahnte, stark zu sein.

»Ja«, erwiderte Tsion mit tränenerstickter Stimme. Er bemühte sich um Fassung. »Die Herrlichkeit des Herrn muss unser Schutz sein. Er wird uns helfen.«

Daraufhin erhob sich Tsion und nahm eine Schaufel zur Hand. Bevor Buck ebenfalls eine Schaufel ergreifen konnte, begann Tsion, bei der Garage zu graben.

Das Funkgerät des Hubschraubers schaltete sich ein. So hatte Rayford Zeit, in sich hineinzuhören, nachzudenken und leise zu beten, dass Gott ihn davor bewahrte, etwas Dummes zu sagen. Noch immer wusste er nicht, ob Amanda tot oder noch am Leben war. Er wusste nicht, ob Buck oder Tsion noch auf der Erde oder bereits im Himmel waren. Sein oberstes Ziel war es jetzt, sie zu suchen und wieder mit ihnen vereint zu sein. Setzte er nun alles aufs Spiel, wenn er sich Mac offenbarte?

Der Funker aus dem Schutzbunker fragte Mac nach seiner Position.

Mac blickte Rayford bedauernd an. »Wir tun besser so, als wären wir in der Luft«, sagte er und ließ den Motor an. Der Lärm war ohrenbetäubend. »Wir sind noch immer mit Rettungsarbeiten in Bagdad beschäftigt«, erklärte er. »Wird noch mindestens eine Stunde dauern.«

»Verstanden.«

Mac stellte den Hubschrauber wieder ab. »Das hat uns ein wenig Zeit verschafft«, erklärte er.

Rayford schloss kurz die Augen. »Gott«, betete er im Stillen, »ich kann nichts tun, als dir zu vertrauen und meinem Instinkt zu folgen. Ich glaube, dass dieser Mann es ernst meint. Wenn das nicht der Fall ist, dann bewahre mich davor, etwas zu tun, das ich nicht tun sollte. Wenn er es aber ernst meint, möchte ich ihm gern sagen, was er wissen muss. Du hast so deutlich zu Buck und Tsion gesprochen. Könntest du mir nicht ein Zeichen geben? Irgendetwas, das mir klarmacht, dass ich das Richtige tue?«

Unsicher blickte Rayford Mac in die Augen. Gott schien zu schweigen. Er hatte es sich nicht zur Gewohnheit gemacht, direkt zu Rayford zu sprechen, obwohl Rayford schon sehr viele Gebetserhörungen erlebt hatte. Aber nun gab es kein Zurück mehr. Zwar hatte er von Gott kein grünes Licht bekommen, aber er hatte auch nicht das Gefühl, dass Vorsicht geboten war. Ihm wurde klar, dass er nichts zu verlieren hatte.

»Mac, ich werde Ihnen meine Geschichte erzählen und alles, was meiner Meinung nach im Augenblick passiert, von Nicolai und dem, was meiner Meinung nach noch kommen wird. Aber bevor ich das tue, müssen Sie mir sagen, was Carpathia über Hatties oder Amandas Ankunft heute Abend in Bagdad weiß.«

Mac seufzte und wandte den Blick ab. Rayford sank der Mut. Ganz offensichtlich würde er etwas zu hören bekommen, das er lieber nicht hören wollte.

»Nun, Ray, die Wahrheit ist, dass Carpathia weiß, dass Hattie sich noch immer in den Staaten aufhält. Sie ist bis Boston gekommen, aber er hat erfahren, dass sie in ein Flugzeug nach Denver gestiegen ist, bevor das Erdbeben begann.«

»Nach Denver? Ich dachte, von da wäre sie gekommen!«

»So war es auch. Dort wohnt ihre Familie. Niemand weiß, warum sie wieder zurückgeflogen ist.«

Mit erstickter Stimme fragte Rayford: »Und Amanda?«

»Carpathias Leute haben ihn darüber informiert, dass sie in einem Pan-Con-Flug aus Boston saß. Die Maschine hätte eigentlich vor dem Beginn des Erdbebens in Bagdad sein sollen, doch aus irgendeinem Grund haben sie über dem Atlantik Zeit verloren. Auf jeden Fall befanden sie sich in irakischem Luftraum.«

Rayford ließ den Kopf sinken und rang um Fassung. »Dann ist es also irgendwo in der Erde verschwunden«, sagte er. »Sonst hätte ich es am Flughafen sehen müssen.«

»Ich weiß es nicht«, meinte Mac. »Vielleicht wurde es von der Wüste vollkommen verschluckt. Aber über den Verbleib aller anderen Flugzeuge, die Bagdad auf dem Radar hatte, weiß man Bescheid; das scheint also nicht wahrscheinlich.«

»Dann gibt es also noch Hoffnung«, meinte Rayford. »Vielleicht hatte der Pilot so viel Verspätung, dass er sich noch in der Luft befand und einfach oben geblieben ist, bis das Erdbeben vorbei war und er eine Stelle fand, an der er die Maschine landen konnte.«

»Vielleicht«, erwiderte Mac, aber Rayford bemerkte die Spur eines Zweifels in seiner Stimme. Mac glaubte nicht daran.

»Ich werde nicht aufhören, sie zu suchen, bis ich es weiß.« Mac nickte und Rayford spürte, dass da noch etwas war. »Mac, was verbergen Sie vor mir?« Mac senkte den Blick und schüttelte den Kopf. »Hören Sie, Mac. Ich habe bereits angedeutet, was ich von Carpathia halte. Das ist ein großes Risiko für mich. Ich weiß nicht, wem Ihre Loyalität gilt, und ich bin drauf und dran, Ihnen mehr zu sagen, als gut für mich ist. Wenn Sie etwas über Amanda wissen, das ich erfahren muss, dann sollten Sie es mir sagen.«

Mac holte zögernd Luft. »Das, was ich weiß, wollen Sie wahrscheinlich lieber gar nicht wissen.«

»Ist sie tot?«

»Vermutlich«, erwiderte Mac. »Ich weiß es nicht mit Bestimmtheit, und ich glaube, auch Potentat Carpathia weiß es nicht sicher. Aber es ist viel schlimmer, Rayford. Es ist viel schlimmer, als wenn sie tot wäre!«

In Lorettas Garage zu gelangen, schien selbst für die beiden erwachsenen Männer unmöglich zu sein. Sie war an dem Haus angebaut gewesen und schien am wenigsten beschädigt zu sein. Die Garage war nicht unterkellert, darum konnten ihre Fundamente nicht so tief abrutschen. Als das Dach eingestürzt war, waren die beiden Garagentore so zusammengedrückt worden, dass die einzelnen Holzpanele einige Zentimeter übereinanderstanden. Ein Tor war fast einen Meter nach rechts verzogen. Bei dem anderen sah es nicht sehr viel besser aus. Sie ließen sich nicht von der Stelle bewegen. Buck und Tsion konnten nichts anderes tun, als sie aufzuhacken. In ihrem normalen Zustand wäre das kein Problem gewesen, doch im Augenblick wurden die Tore noch zusätzlich von großen Teilen des Daches und den Dachbalken versperrt.

Buck hatte den Eindruck, dass er mit seiner Axt auf Stahl einhieb. Er hielt die Axt in beiden Händen und schlug mit seiner ganzen Kraft zu, doch er schaffte es nicht, mehr als nur ein paar Splitter aus dem Tor herauszuschlagen. Es war ein qualitativ sehr hochwertiges Tor und nur schwer aufzubrechen.

Buck war erschöpft. Nur seine unterdrückte Trauer und der Schock des Erlebten ließen ihn weitermachen. Mit jedem Schlag seiner Axt wuchs sein Wunsch, Chloe zu finden. Ihm war klar, dass die Umstände gegen ihn waren, aber er glaubte, ihren Verlust ertragen zu können, wenn er mit Sicherheit wusste, dass sie tot war. Er hoffte und betete, dass sie noch am Leben war oder dass er sie finden würde und an ihrem Leichnam erkennen könnte, dass sie einen relativ schmerzlosen Tod erlitten hatte. Es würde jedoch nicht mehr lang dauern, befürchtete er, dass er beten würde, sie unter allen Umständen zu finden.

Für sein Alter war Tsion Ben-Judah noch gut in Form. Bis auf die Zeit, in der er sich versteckt halten musste, hatte er jeden Tag an der frischen Luft gearbeitet. Er hatte Buck erzählt, dass er nie ein großer Sportler gewesen sei, aber er wüsste, dass die Gesundheit des Geistes auch von der Gesundheit eines Körpers abhinge. Tsion setzte alle seine Kräfte ein, das Tor aufzuhauen und seine Schwachpunkte herauszufinden. Er keuchte und schwitzte; trotzdem bemühte er sich, während der Arbeit eine Unterhaltung in Gang zu halten.

»Cameron, Sie rechnen doch nicht damit, Chloes Wagen hier drin zu finden, oder?«

»Nein.«

»Und wenn das nicht der Fall ist, werden Sie dann daraus schließen, dass sie irgendwie entkommen ist?«

»Das hoffe ich.«

»Dann ist dies also ein Prozess der Eliminierung?«

»Genau.«

»Sobald wir uns davon überzeugt haben, dass ihr Wagen nicht hier ist, Cameron, sollten wir versuchen, aus dem Haus zu retten, was zu retten ist.«

»Was zum Beispiel?«

»Lebensmittel. Ihre Kleider. Haben Sie nicht gesagt, dass Sie Ihr Schlafzimmer bereits freigeräumt haben?«

»Ja, aber ich habe den Schrank oder seinen Inhalt nicht gesehen. Da kann nicht mehr viel übrig sein.«

»Und die Kommode? Bestimmt haben Sie doch auch da Sachen drin.«

»Stimmt, gute Idee«, meinte Buck.

Zwischen zwei Axthieben am Garagentor hörte Buck noch ein anderes Geräusch. Er hörte auf zu schlagen und hob die Hand, damit auch Tsion innehielt. Der ältere Mann stützte sich auf seine Axt und holte Luft. Buck erkannte das Geräusch eines Hubschraubers. Es wurde so laut und kam immer näher, dass Buck annahm, es müssten zwei oder gar drei Hubschrauber sein. Doch es war tatsächlich nur ein Hubschrauber, der allerdings so groß war wie ein Bus. Einen ähnlichen Hubschrauber hatte er Jahre zuvor im Heiligen Land während eines Luftangriffes gesehen.

Doch dieser Hubschrauber, der nur wenige hundert Meter entfernt aufsetzte, ähnelte diesem grauschwarzen israelischen Transporthubschrauber nur in seiner Größe. Dieser hier war weiß und schien gerade vom Fließband gelaufen zu sein. In großen Buchstaben waren die Initialen der Weltgemeinschaft darauf zu erkennen.

»Ist es denn zu glauben!?«, fragte Buck.

»Was halten Sie davon?«, erwiderte Tsion nur.

»Keine Ahnung. Ich hoffe nur, dass die nicht nach Ihnen suchen.«

»Offen gesagt, Cameron, ich glaube, im Augenblick hat die Weltgemeinschaft das Interesse an mir verloren, meinen Sie nicht?«

»Das werden wir bald erfahren. Kommen Sie.«

Sie ließen ihre Äxte sinken und krochen zu dem aufgeworfenen Asphaltstück, das noch wenige Stunden zuvor die Straße vor Lorettas Haus gewesen war. Hinter diesem Berg versteckt, beobachteten sie, wie der Hubschrauber der Weltgemeinschaft ganz in der Nähe eines umgestürzten Strommastes landete. Ein Hochspannungskabel zischte über den Boden, während mindestens ein Dutzend Männer aus dem Hubschrauber ausstiegen. Ihr Anführer sprach in ein Walkie-Talkie und innerhalb weniger Sekunden war der Strom in diesem Gebiet abgestellt und die Funken sprühende Leitung beruhigte sich. Der Anführer wies einen seiner Leute an, auch die anderen Leitungen abzutrennen.

Zwei uniformierte Männer holten ein großes, rundes Gestell aus dem Hubschrauber und die Techniker schlossen in Windeseile eine Ersatzleitung an den nun von allen Stromleitungen abgetrennten Strommast an. In der Zwischenzeit bohrten ein paar andere Arbeiter mit einem großen Erdbohrer ein neues Loch für den Strommast. Aus einem Betonmischer wurde schnell härtender Beton in das Loch gegossen. Vier Männer stellten einen tragbaren Flaschenzug auf. Die anderen brachten den neu ausgestatteten Strommast in Position. Sie hoben ihn in einem Winkel von etwa 45 Grad an und drei Offiziere schoben sein Ende in das Loch. Der Flaschenzug richtete den Strommast auf und er sank tief in das mit Beton gefüllte Loch ein.

Innerhalb weniger Sekunden waren alle Geräte wieder in dem Hubschrauber verstaut und der Arbeitstrupp der Weltgemeinschaft flog davon. In weniger als fünf Minuten war ein Strommast, an dem auch die Telefonleitungen befestigt gewesen waren, erneuert worden.

Buck wandte sich Tsion zu. »Ist Ihnen klar, was wir gerade gesehen haben?«

»Unglaublich«, staunte Tsion. »Das ist jetzt eine Funkstation, oder?«

»Allerdings. Sie ist niedriger, als sie eigentlich sein sollte, aber sie wird ihre Aufgabe erfüllen. Jemand ist der Meinung, dass es viel wichtiger ist, die Kommunikationskanäle in Ordnung zu bringen, als die Elektrizität oder Telefonverbindungen wiederherzustellen.«

Buck holte sein Telefon aus der Tasche. Zumindest ganz in der Nähe dieses neuen Mastes zeigte es seine volle Leistungsstärke und guten Netzempfang an. »Ich frage mich«, sagte er, »wie lange es dauern wird, bis genügend Masten errichtet sind, dass wir wieder überallhin telefonieren können.«

Tsion hatte sich bereits wieder auf den Weg zur Garage gemacht. Buck holte ihn ein. »Lange wird es bestimmt nicht dauern«, meinte Tsion. »Carpathia hat sicherlich ähnliche Arbeitstrupps, die in der ganzen Welt rund um die Uhr arbeiten.«

»Wir machen uns besser bald auf den Weg«, schlug Mac vor.

»Aber natürlich!?«, erwiderte Rayford und seine Stimme troff vor Ironie. »Sie glauben doch nicht wirklich, dass ich mich von Ihnen zu Carpathia und seinem Schutzbunker zurückbringen lasse, bevor Sie mir etwas über meine Frau erzählt haben, das schlimmer ist als ihr Tod?«

»Ray, bitte zwingen Sie mich nicht, noch mehr zu sagen. Ich habe bereits zu viel gesagt. Mit absoluter Sicherheit weiß ich nichts und ich traue Carpathia nicht.«

»Erzählen Sie«, forderte Rayford ihn auf.

»Aber wenn Sie so reagieren, wie ich es sicherlich tun würde, dann werden Sie nicht mehr über das sprechen wollen, was *ich* eigentlich von Ihnen wissen wollte.«

Das hätte Rayford beinahe vergessen. Mac hatte Recht. Die Aussicht, schlechte Neuigkeiten über seine Frau zu erfahren, hatte ihn vergessen lassen, dass er sich mit Mac über wichtige Dinge hatte unterhalten wollen.

»Mac, ich gebe Ihnen mein Wort, ich werde Ihnen alle Ihre Fragen beantworten und über alles mit Ihnen sprechen, über das Sie reden wollen. Aber Sie müssen mir sagen, was Sie über Amanda wissen.«

Mac schien sich noch immer zu sträuben. »Also gut, zuerst einmal weiß ich, dass diese Pan-Con-Maschine nicht genügend Treibstoff gehabt hätte, um woanders zu landen. Wenn das Erdbeben begann, bevor sie auf dem Boden aufgesetzt hatte, und dem Piloten klar wurde, dass er in Bagdad nicht landen konnte, muss er irgendwo ganz in der Nähe heruntergegangen sein.«

»Das ist ja eine gute Nachricht, Mac. Da ich das Flugzeug in Bagdad nicht gefunden habe, muss es irgendwo hier in der Umgebung sein. Ich werde weitersuchen. Aber erzählen Sie mir jetzt, was Sie wissen.«

»In Ordnung, Ray. Ich denke, wir befinden uns nicht in einer Situation, in der wir uns etwas vormachen sollten. Wenn Sie das nicht davon überzeugt, dass ich keiner von Carpathias Spionen bin, dann werden Sie sich nie überzeugen lassen. Wenn herauskommt, dass ich Ihnen das erzählt habe, bin ich ein toter Mann. Also egal, was Sie denken oder wie Sie auf das reagieren werden oder was Sie ihm zu gern sagen würden, Sie dürfen kein Wort über das verlieren, was ich Ihnen nun anvertraue. Verstanden?«

»Ja. Ja! Also, worum geht es?«

Mac holte tief Luft, sagte aber kein Wort. Rayford war drauf und dran, die Geduld zu verlieren. »Ich muss aus diesem Cockpit raus«, sagte Mac schließlich und schnallte sich ab. »Los, Ray. Steigen Sie aus, ich will nicht über Sie hinwegsteigen müssen.«

Mac hatte sich bereits erhoben und stand gebückt zwischen seinem und Rayfords Sitz. Rayford schnallte sich ab, öffnete die Tür und sprang hinaus in den Sand. Er wollte nicht mehr betteln. Er war nun fest entschlossen, Mac nicht in den Hubschrauber einsteigen zu lassen, bevor dieser ihm nicht gesagt hatte, was er wissen wollte.

Mac stand vor ihm, die Hände tief in seinen Hosentaschen vergraben. Am wolkenlosen Himmel war der Vollmond zu sehen, der sein Licht auf Macs rotblondes Haar, auf seine hageren Gesichtszüge und die Sommersprossen auf seinem wettergegerbten Gesicht warf. Er sah aus wie ein Mann, der gerade auf dem Weg zu seiner eigenen Hinrichtung war.

Plötzlich trat Mac vor und legte beide Hände auf den Hubschrauber. Er ließ den Kopf hängen. Endlich drehte er sich zu Rayford herum. »Also gut. Es geht um Folgendes. Aber vergessen Sie nicht, dass Sie mich gezwungen haben, es Ihnen zu sagen. ... Carpathia spricht von Amanda, als würde er sie kennen.«

Rayford verzog das Gesicht und streckte die Hände aus. Er zuckte die Schulter. »Er kennt sie ja auch. Was soll das also?«

»Nein! Ich meine, er spricht von ihr, als würde er sie wirklich kennen.«

»Was soll das heißen? Eine Affäre? Das weiß ich besser.«

»Nein, Ray! Ich meine, er spricht von ihr, als würde er sie schon viel länger kennen als Sie.«

Rayford wäre beinahe in den Sand gefallen. »Sie wollen doch nicht etwa sagen –?«

»Ich sage Ihnen, dass Carpathia hinter verschlossenen Türen Bemerkungen über Amanda fallen lässt. Sie habe viel Teamgeist zum Beispiel. Sie sei genau am richtigen Platz. Sie spiele ihre Rolle gut. Solche Sachen. Was soll ich davon halten?«

Rayford brachte kein Wort heraus. Er konnte es einfach nicht glauben. Nein, natürlich nicht. Aber allein die Vorstellung, dass dieses Scheusal von einem Mann solche Andeutungen über den Charakter einer Frau machte, die Rayford so gut kannte!

»Ich kenne Ihre Frau kaum, Ray. Ich habe keine Ahnung, ob diese Möglichkeit besteht. Ich wiederhole nur, was –«

»Es ist nicht möglich«, brachte Rayford schließlich heraus. »Ich weiß, dass Sie sie nicht kennen, aber *ich* kenne sie.«

»Ich erwarte ja nicht, dass Sie mir glauben, Ray. Ich sage nicht einmal, dass mich das misstrauisch macht.«

»Sie brauchen nicht misstrauisch zu sein. Dieser Mann ist ein Lügner. Er arbeitet für den größten aller Lügner. Er würde alles über jeden sagen, um seine Pläne voranzutreiben. Ich weiß nicht, warum er es für nötig hält, ihren Ruf zu besudeln, aber –«

»Ray, ich sage ja nicht, dass er Recht hat oder so etwas. Aber Sie müssen zugeben, dass er seine Informationen von irgendwoher beziehen muss!«

»Sie wollen doch nicht etwa andeuten –?«

»Ich will gar nichts andeuten. Ich sage nur –«

»Mac, ich kann zwar nicht sagen, dass ich Amanda schon lange kenne. Ich kann nicht sagen, dass sie mir Kinder geboren hat wie meine erste Frau. Ich kann nicht sagen, dass wir schon 20 Jahre zusammen sind, wie ich es mit Irene war. Aber ganz gewiss kann ich sagen, dass wir nicht nur Mann und Frau sind. Wir sind Bruder und Schwester in Christus. Wenn ich Irenes Glauben geteilt hätte, hätten sie und ich auch eine wahre Seelenverwandtschaft erlebt, aber das war mein Fehler. Amanda und ich haben uns kennen gelernt, nachdem wir beide zum Glauben gekommen waren. Das hat uns sofort miteinander verbunden. Dieses Band kann niemand durchschneiden. Diese Frau ist keine Lügnerin, sie hintergeht mich nicht. Niemand könnte so gut sein. Niemand könnte mein Bett teilen, meinem Blick stand halten, mir so ernsthaft versprechen, mich zu lieben und mir treu zu sein, wenn alles nur eine Lüge ist. Das hätte ich gemerkt! Es ist ausgeschlossen!«

»Das reicht mir, Cap«, meinte Mac.

Rayford war wütend auf Carpathia. Wenn er Mac nicht versprochen hätte, diese Angelegenheit vertraulich zu behandeln, hätte man ihn nur schwerlich daran hindern können, zum Funkgerät zu laufen und sofort mit Nicolai zu sprechen. Er fragte sich, wie er diesem Mann gegenübertreten sollte. Was würde er sagen oder tun, wenn er ihm später begegnete?

»Warum sollte ich von einem Mann wie ihm etwas anderes erwarten?«, meinte Rayford.

»Gute Frage«, bemerkte Mac. »Aber jetzt fliegen wir besser wieder zurück, meinen Sie nicht?«

Am liebsten hätte Rayford noch weiter über die Fragen gesprochen, die Mac interessierten, aber andererseits war ihm auch nicht mehr nach Reden zu Mute. Falls Mac das Thema noch einmal aufgriff, würde Rayford sich darauf einlassen. Aber falls Mac ihn zufrieden ließ, würde er gern auf eine andere Gelegenheit warten.

»Mac«, sagte er, als sie sich im Hubschrauber anschnallten, »da wir ja sowieso auf einer Rettungsmission unterwegs sind, hätten Sie etwas dagegen, im Umkreis von 25 Meilen nach dem Flugzeug zu suchen?«

»Bei Tageslicht wäre es bestimmt sehr viel einfacher«, wandte Mac ein. »Soll ich Sie morgen wieder herbringen?«

»Ja, aber wir wollen schon jetzt einmal einen Blick auf dieses Gebiet werfen. Wenn das Flugzeug irgendwo in der Nähe von Bagdad runtergegangen ist, dann müssen wir schnell sein, wenn wir noch Überlebende finden wollen.«

Rayford bemerkte das Mitleid auf Macs Gesicht.

»Ich weiß«, meinte Rayford. »Ich träume. Aber ich kann nicht einfach zu Carpathia zurücklaufen und bei ihm unterkriechen, wenn ich nicht alles getan habe, um Amanda zu finden.«

»Ich habe nur überlegt«, meinte Mac. »Falls Carpathias Behauptungen der Wahrheit entsprechen –?«

»Das ist nicht der Fall, Mac. Und das meine ich ernst. Und jetzt hören Sie auf damit!«

»Ich sage ja nur, dass Carpathia sie, falls es doch so ist, vielleicht in ein anderes Flugzeug gesetzt und sie an einen sicheren Ort gebracht hat.«

»Oh, ich verstehe!«, meinte Rayford. »Meine Frau hat also für den Feind gearbeitet und ist aus diesem Grund noch am Leben?«

»So habe ich das nicht gemeint«, beschwichtigte ihn Mac.

»Was haben Sie denn gemeint?«

»Ach, lassen wir das. Wir brauchen nicht mehr darüber zu sprechen.«

»Ganz bestimmt nicht!«

Doch als Mac in immer größeren Kreisen um den Terminal herumflog, sah Rayford auf dem Boden nichts als Sand. Für ihn war es jetzt das Wichtigste, dass er Amanda fand, aber gleichzeitig wollte er auch beweisen, dass sie tatsächlich die war, für die er sie hielt.

Doch als sie die Suche abbrachen und Mac über Funk durchgab, dass sie nun endlich auf dem Weg zum Schutzbunker waren, hatte sich der Hauch eines Zweifels bei Rayford eingeschlichen. Obwohl er sich deswegen schuldig fühlte, konnte er seine Skepsis auch nicht abschütteln. Er fürchtete sich vor dem Schaden, den dieser Zweifel in seiner Beziehung zu der Frau anrichten konnte, die er so sehr liebte und achtete. Ganz fest nahm er sich vor, diesen Zweifel aus seinen Gedanken auszulöschen.

Sein Problem war, dass er trotz seiner Liebe zu ihr und all der Empfindungen, deren er seit seiner Umkehr fähig war, noch immer diesen scharfen, analytischen Verstand besaß, der ihn in seinem Beruf so erfolgreich hatte werden lassen. Für ihn war es entsetztlich, dass er einen Zweifel nicht einfach beiseite schieben konnte, weil er nicht zu dem passte, was er in seinem Herzen empfand. Er musste Amanda entlasten, indem er irgendwie ihre Loyalität und die Echtheit ihres Glaubens bewies – mit ihrer Hilfe, wenn sie noch am Leben war, und ohne ihre Hilfe, wenn sie tot war.

Es war bereits Nachmittag, als Buck und Tsion endlich ein so großes Loch in eine der Garagentüren gehauen hatten, dass Tsion hindurchkriechen konnte.

Tsions Stimme klang so heiser und leise, dass Buck sein Ohr an die Öffnung legen musste. »Cameron, Chloes Wagen ist tatsächlich hier. Ich kann die Tür gerade so weit öffnen, dass das Innenlicht angeht. Der Wagen ist leer, nur ihr Telefon und ihr Computer liegen drin.«

»Wir treffen uns an der Rückseite des Hauses!«, rief Buck. »Schnell, Tsion! Wenn ihr Wagen da ist, dann muss sie auch hier sein.«

Buck hob so viele Geräte auf, wie er tragen konnte, und lief zur Rückseite des Hauses. Dies war der Beweis, auf den er gehofft und um den er gebeten hatte. Falls Chloe unter den Trümmern begraben lag und falls auch nur die geringste Chance bestand, dass sie noch am Leben war, würde er keine Ruhe geben, bevor er sie gefunden hatte.

Mit seiner ganzen Kraft machte sich Buck an die Arbeit. Tsion erschien und nahm sich eine Schaufel und eine Axt. »Soll ich woanders anfangen?«, fragte er.

»Nein! Wir müssen zusammenarbeiten, wenn wir etwas erreichen wollen.«

4

Ich dachte, er hätte staubige Kleider?«, flüsterte Rayford Mac zu, als sie in den behelfsmäßigen Eingang von Carpathias riesigen unterirdischen Schutzbunker geführt wurden. Am hinteren Ende des Gebäudes stand die Condor 216. Zwischen den vielen Untergebenen und Assistenten wirkte Fortunato in seinem frischen Anzug sehr elegant.

»Nicolai hat ihn bereits fein gemacht«, murmelte Mac.

Seit mehr als zwölf Stunden hatte Rayford schon nichts mehr gegessen, aber erst jetzt machte sich sein Hunger bemerkbar. Die erstaunlich aufgekratzte Menge von Carpathias »Lakaien« hatte sich an dem aufgebauten Büfett bedient und sich, mit Tellern und Tassen beladen, einen Platz gesucht.

Rayford war plötzlich wie ausgehungert. Auf den Tischen bemerkte er Schinken, Hühnchen und Rindfleisch sowie alle möglichen Delikatessen aus dem Mittleren Osten. Fortunato schüttelte ihm lächelnd die Hand. Rayford erwiderte sein Lächeln nicht und gab ihm nur flüchtig die Hand.

»Potentat Carpathia würde uns gern in wenigen Augenblicken in seinem Büro sehen. Aber bitte bedienen Sie sich doch erst am Büfett.«

»Dagegen habe ich nichts einzuwenden«, meinte Rayford. Obwohl er ein Angestellter war, hatte er das Gefühl, im Lager des Feindes zu essen. Doch es wäre dumm gewesen, Carpathia mit leerem Magen gegenüberzutreten, nur um ein Zeichen zu setzen. Er musste bei Kräften bleiben.

Als Mac und er sich am Büfett etwas zu essen nahmen, flüsterte Mac: »Vielleicht sollten wir aufpassen und nicht zu kameradschaftlich erscheinen.«

»Ja«, erwiderte Rayford. »Carpathia weiß, wo ich stehe, aber ich nehme an, er hält Sie für loyal.«

»Das bin ich nicht, aber diejenigen, die das zugeben, haben keine Zukunft.«

»Wie ich zum Beispiel?«, fragte Rayford.

»Sie und Zukunft? Keine lange. Aber was soll ich sagen? Er mag Sie. Vielleicht fühlt er sich sicher, weil er weiß, dass Sie nichts vor ihm verbergen.«

Rayford aß nur mit großem Widerwillen. *Es ist vielleicht das Essen des Feindes,* dachte er, *aber es erfüllt seinen Zweck.*

Als Rayford und Mac in Carpathias Büro geführt wurden, fühlte sich Rayford plötzlich schrecklich ausgelaugt. Macs Anwesenheit erstaunte Rayford. Bisher hatte dieser noch an keinem Gespräch mit Carpathia teilgenommen.

Wie häufig während einer internationalen Krise schien Nicolai nur mit großer Mühe ein Grinsen unterdrücken zu können. Auch er hatte frische Sachen angezogen und wirkte ausgeruht. Rayford wusste, dass er selbst schrecklich aussah.

»Bitte«, forderte Carpathia sie auf, »Captain Steele und Officer McCullum, nehmen Sie doch Platz.«

»Ich ziehe es vor, stehen zu bleiben, wenn Sie nichts dagegen haben«, erwiderte Rayford.

»Das ist nicht nötig. Sie sehen sehr erschöpft aus und wir haben wichtige Dinge zu besprechen.«

Nur widerstrebend setzte sich Rayford in einen Sessel. Er verstand diese Menschen nicht. Er befand sich in einem wunderschön eingerichteten Büro, das dem in Carpathias Hauptquartier sehr ähnlich sah. Wie kam es nur, dass dieser Mann auf alle Eventualitäten vorbereitet war?

Leon Fortunato stand neben Carpathia. Nicolai saß auf seinem Schreibtisch und starrte Rayford an. Ray beschloss, die Initiative zu ergreifen. »Sir, meine Frau. Ich –«

»Captain Steele, ich habe eine schlechte Nachricht für Sie.«

»Oh, nein.« Rayfords Verstand ging sofort in Abwehrhaltung. Er hatte nicht das Gefühl, dass Amanda tot war, darum war sie es auch nicht. Es war ihm egal, was dieser Lügner sagte – der Mann, der es wagte, den Eindruck zu vermitteln, sie sei seine Spionin. Wenn Carpathia sagte, dass Amanda tot sei, wusste Rayford nicht, ob er es schaffen würde, Macs Vertrauen zu wahren und nicht auf den Mann loszugehen, ihn zu zwingen, die Verleumdungen, die er verbreitet hatte, zurückzunehmen.

»Ihre Frau, Gott sei ihrer Seele gnädig, wurde –«

Rayford umklammerte die Sessellehne so fest, dass er glaubte, seine Fingerspitzen würden platzen. Er biss die Zähne aufeinander. Der

Antichrist selbst wünschte seiner Frau, Gott möge ihrer Seele gnädig sein? Rayford zitterte vor Wut. Verzweifelt betete er, dass Gott ihn, falls wirklich stimmte, dass er Amanda verloren hatte, gebrauchen möge, den Tod von Nicolai Carpathia herbeizuführen. Das würde zwar erst nach dreieinhalb Jahren der Trübsalszeit passieren, und in der Bibel wurde vorausgesagt, dass der Antichrist danach vom Satan zum Leben erweckt werden würde. Von da an würde der Satan in ihm wohnen. Trotzdem, Rayford flehte Gott um das Vorrecht an, diesen Mann töten zu können. Welche Befriedigung ihm das verschaffen würde, wusste er nicht. Auf jeden Fall musste er sich sehr zusammenreißen, damit er nicht auf der Stelle auf den Mann losging.

»Wie Sie wissen, war sie an Bord eines Pan-Continental-Fluges von Boston nach Bagdad. Das Erdbeben brach nur wenige Augenblicke, bevor die Maschine aufsetzen sollte, los. Unseren Informationen zufolge erkannte der Pilot offensichtlich den Ernst der Lage. Ihm wurde klar, dass er in der Nähe des Flughafens nicht würde landen können. Darum zog er die Maschine wieder hoch und flog eine Kurve.«

Rayford wusste, was nun kommen würde, falls die Geschichte stimmte. Der Pilot hatte vermutlich nicht mehr genügend Zeit, an Höhe zu gewinnen, wenn er gleichzeitig mit der Maschine eine Kurve flog.

»Die Verantwortlichen der Pan-Con informierten mich darüber«, fuhr Carpathia fort, »dass das Flugzeug bei dieser Geschwindigkeit einfach nicht in der Luft bleiben konnte. Augenzeugen berichten, die Maschine habe es bis zum Ufer des Tigris geschafft, sei zum ersten Mal etwa in der Hälfte des Flusses aufgeschlagen, dann mit der Nase zuerst ins Wasser gestürzt und untergegangen.«

Rayford spürte jeden Herzschlag. Er senkte den Kopf und rang um Fassung. Schließlich sah er Carpathia wieder an. Er wollte mehr Einzelheiten wissen, konnte seinen Mund aber nicht öffnen, geschweige denn auch nur ein Wort herausbringen.

»Die Strömung dort ist sehr stark, Captain Steele. Aber die Pan-Con teilte mir mit, ein Flugzeug wie dieses würde wie ein Stein untergehen. Es sind keine Trümmerteile und Leichen ans Ufer gespült worden, und es wird noch Tage dauern, bis wir die Ausrüstung für eine Rettungsaktion haben. Es tut mir sehr Leid.«

Rayford glaubte ihm nicht. Genauso wenig glaubte er an Amandas Tod. Noch weniger ließ er sich einreden, sie hätte mit Nicolai Carpathia im Bunde gestanden.

Buck arbeitete wie ein Besessener. Seine Finger waren aufgerissen und voller Blasen. Chloe musste hier irgendwo sein. Er wollte nicht reden, er wollte nur graben. Aber Tsion sprach gern immer alles durch. »Ich verstehe nicht, Cameron«, sagte er, »warum Chloes Wagen an Lorettas Platz in der Garage stand.«

»Ich verstehe das auch nicht«, erwiderte Buck abwehrend. »Aber er ist da, und das bedeutet, dass sie hier irgendwo sein muss.«

»Vielleicht ist der Wagen durch das Erdbeben in die Garage katapultiert worden«, spekulierte Tsion.

»Das ist unwahrscheinlich«, entgegnete Buck. »Aber es ist mir auch egal. Ich mache mir noch immer Vorwürfe, dass ich ihren Wagen nicht vermisst habe, als ich herkam.«

»Und was hätten Sie angenommen?«

»Dass sie davongefahren wäre! Entkommen.«

»Ist das denn nicht noch immer möglich?«

Buck richtete sich auf und versuchte, seine schmerzenden Muskeln zu strecken. »Zu Fuß hätte sie nicht entkommen können. Das Erdbeben kam so plötzlich. Es gab keine Vorwarnung.«

»Oh, aber natürlich gab es eine Vorwarnung.«

Buck starrte den Rabbi an. »Sie hielten sich doch in dem unterirdischen Versteck auf, Tsion. Woher wollen Sie das wissen?«

»Ich habe ein Rumpeln gehört, ein paar Minuten, bevor das Beben begann.«

Buck hatte in seinem Range Rover gesessen. Er hatte gesehen, wie die Hunde aufgeregt bellend herumgelaufen waren und auch andere Tiere, die man sonst zu dieser Tageszeit nicht zu Gesicht bekam. Bevor der Himmel schwarz wurde, hatte er bemerkt, dass sich kein einziges Blatt bewegte, jedoch die Ampeln und die Verkehrsschilder schwankten. In diesem Augenblick war ihm klar geworden, dass das Erdbeben bevorstand. Zumindest eine kurze Vorwarnung hatte es gegeben. War es möglich, dass Chloe die Situation vielleicht doch richtig eingeschätzt hatte? Was hätte sie in einem solchen Fall getan? Wohin wäre sie gegangen?

Buck begann erneut zu graben. »Was sagten Sie noch, war in ihrem Wagen, Tsion?«

»Nur ihr Computer und ihr Telefon.«

Buck hörte auf zu graben. »Könnte sie in der Garage sein?«

»Ich fürchte nicht, Cameron. Ich habe mich sorgfältig umgesehen. Wenn sie da drin war, als das Haus eingestürzt ist«, meinte Tsion, »würden Sie sie sowieso nicht finden.«

Die Vorstellung gefällt mir vielleicht nicht, dachte Buck, *aber ich muss es wissen.*

Rayford versteifte sich, als Carpathia ihn an der Schulter berührte. Er stellte sich vor, wie er aus seinem Sessel aufsprang und auf Carpathia losging. Mit geschlossenen Augen saß er da. Innerlich kochte er vor Wut, so stark, dass er glaubte, jeden Augenblick explodieren zu müssen.

»Ich kann Ihren Kummer nachempfinden«, sagte Nicolai. »Vielleicht können auch Sie meine Trauer über die vielen Menschen verstehen, die bei dieser Katastrophe ihr Leben verloren haben. Das Beben hat die ganze Welt erschüttert. In jedem Land sind große Schäden entstanden. Nur Israel ist verschont geblieben.«

Rayford entwand sich Carpathias Berührung und fasste sich wieder. »Und Sie glauben nicht, dass dies der Zorn des Lammes war?«

»Aber Rayford«, sagte Carpathia. »Sie wollen doch sicherlich einem höheren Wesen nicht eine so böswillige und gehässige Handlungsweise unterstellen.«

Rayford schüttelte den Kopf. Was hatte er sich dabei gedacht? Wollte er tatsächlich versuchen, den Antichristen davon zu überzeugen, dass er im Unrecht war?

Carpathia setzte sich hinter seinen Schreibtisch auf einen hochlehnigen Lederstuhl. »Ich möchte Ihnen schon jetzt sagen, was ich den übrigen Leuten später mitteilen werde. Sie brauchen dann nicht zu dem Treffen zu erscheinen, sondern können sich in Ihr Quartier zurückziehen und ein wenig ausruhen.«

»Ich habe nichts dagegen, mir Ihre Mitteilung zusammen mit den anderen anzuhören.«

»Sehr großherzig, Captain Steele. Doch da ist auch einiges, das ich nur Ihnen sagen möchte. Ich zögere, dieses Thema anzuschneiden, solange Ihr Verlust noch so frisch ist, aber Sie verstehen sicher, dass ich Sie hätte inhaftieren können.«

»Sicher hätten Sie das tun können«, erwiderte Rayford.

»Aber ich habe beschlossen, dies nicht zu tun.«

Sollte er nun dankbar oder enttäuscht sein? Ein Gefängnisaufenthalt klang gar nicht so übel. Wenn er wüsste, dass es seiner Tochter, Buck und Tsion gut ging, könnte er auch das ertragen.

Carpathia fuhr fort: »Ich verstehe Sie viel besser, als Sie denken. Wir wollen unsere Auseinandersetzung vergessen, und Sie werden weiterhin Ihren Dienst für mich tun, wie Sie es bisher getan haben.«

»Und wenn ich meinen Posten niederlege?«

»Diese Möglichkeit haben Sie leider nicht. Sie werden das überwinden wie auch schon andere Krisen. Ansonsten werde ich Sie wegen Insubordination anklagen und verhaften lassen.«

»Sie wollen also unsere Auseinandersetzung einfach vergessen? Sie wollen jemanden für sich arbeiten lassen, der lieber nicht für Sie arbeiten würde?«

»Mit der Zeit werde ich Sie schon für mich gewinnen«, erwiderte Carpathia. »Ihnen ist klar, dass Ihre Wohnung zerstört wurde?«

»Ich kann nicht sagen, dass mich das überrascht.«

»Arbeitstrupps werden versuchen, alles, was noch brauchbar ist, zu retten. In der Zwischenzeit werden wir Sie mit einer Uniform und allem Lebensnotwendigen versorgen. Sie werden ein angemessenes, wenn auch nicht unbedingt luxuriöses Quartier vorfinden. Oberste Priorität für meine Regierung ist der Wiederaufbau Neu-Babylons. Es wird die neue Hauptstadt der Welt werden, das Zentrum von Banken, Handel, Religion und Regierung. Die größte Herausforderung für die Welt liegt im Bereich der Kommunikation. Wir haben bereits mit dem Wiederaufbau eines internationalen Netzwerks begonnen, das –«

»Die Kommunikation ist wichtiger als die Menschen? Wichtiger als die Aufräumarbeiten in Gebieten, die sonst vielleicht verseucht werden? Als das Begraben der Leichname? Die Zusammenführung von Familien?«

»Alles zu seiner Zeit, Captain Steele. Solche Bemühungen bedürfen ebenfalls der Kommunikation. Glücklicherweise kommt mein ehrgeizigstes Projekt gerade rechtzeitig. Erst vor kurzem hat sich die Weltgemeinschaft das alleinige Besitzrecht aller internationalen Satelliten und Betreibergesellschaften gesichert. In nur wenigen Monaten wird es das erste weltweite Kommunikationsnetzwerk geben. Es wird funkgesteuert und mit Sonnenenergie betrieben sein. Ich nenne es Zellular-Solar. Wenn erst die Funkstationen wieder aufgestellt und die Satelliten in eine geosynchrone Umlaufbahn gebracht sind, wird jeder in der Lage sein, jederzeit mit jedem Menschen auf der ganzen Welt zu kommunizieren.«

Carpathia konnte seinen Stolz nun nicht mehr verbergen. Falls diese Technologie funktionierte, würde das Carpathias Machtposition auf dieser Welt noch untermauern. Seine Übernahme war dann vollkommen. Er besaß und kontrollierte dann alles und jeden.

»Sobald Sie und Officer McCullum dazu bereit sind, werden Sie meine Botschafter herfliegen. Nur eine Handvoll großer Flughäfen auf der Welt sind noch betriebsbereit, aber mit dem Einsatz kleiner Flugzeuge sollten wir in der Lage sein, meine wichtigsten Männer zu den wenigen Flughäfen bringen zu lassen, an denen Sie sie dann mit der Condor 216 abholen und zu mir bringen können.«

Rayford konnte sich nicht konzentrieren. »Ich habe einige Bitten an Sie«, sagte er.

»Ich habe es gern, wenn Sie mich um etwas bitten«, meinte Carpathia und grinste.

»Ich hätte gern gewusst, was aus meiner Familie geworden ist.«

»Ich werde sofort jemanden darauf ansetzen. Und?«

»Ich möchte gern ein oder zwei Tage lang von Mac auf dem Hubschrauber eingewiesen werden. Es könnte sein, dass ich eines Tages jemanden nur in einem Hubschrauber befördern kann.«

»Was immer Sie wollen, Captain, das wissen Sie.«

Rayford warf Mac einen kurzen Blick zu. Dieser wirkte verwirrt. Eigentlich hätte ihm klar sein sollen, was er vorhatte. Wenn Mac tatsächlich kein großer Carpathia-Anhänger war, hatten sie ernste Dinge zu besprechen. Das würde hier in dem Bunker nicht möglich sein, wo vermutlich jeder Raum abgehört wurde. Rayford wollte Mac für das Reich Gottes gewinnen. Er wäre eine wundervolle Ergänzung der *Tribulation Force*, vor allem, solange er vor Carpathia verbergen konnte, auf welcher Seite er tatsächlich stand.

»Ich verhungere fast, Cameron«, stöhnte Tsion. Sie hatten sich schon halb durch die Trümmer gearbeitet. Mit jeder Schaufel wuchs Bucks Verzweiflung. Es gab genügend Hinweise, dass Chloe in diesem Haus gewohnt hatte, aber keinen darauf, dass sie noch dort war, ob tot oder lebendig.

»Ich bin bald beim Keller angekommen, Tsion. Fangen Sie doch schon bei der Küche an. Vielleicht finden Sie ja dort etwas zu essen. Ich habe auch Hunger.«

Obwohl Tsion sich nur auf der anderen Seite des Hauses befand, fühlte sich Buck plötzlich sehr einsam. In seinen Augen brannten Tränen, während er verbissen die Trümmer beiseite räumte.

Am frühen Abend kletterte Buck müde aus dem Keller und ging zur Rückseite des Hauses. Er zog seine Schaufel hinter sich her, bereit, Tsion zu helfen, und in der Hoffnung, dass der Rabbi etwas zu essen gefunden hatte.

Tsion hob gerade ein Stück eines zersplitterten Schreibtischs.

»Versuchen Sie, den Kühlschrank frei zu räumen?«, fragte Buck.

»Genau. Der Strom ist zwar schon seit Stunden ausgefallen, aber es muss noch etwas Essbares drin sein.«

Zwei große Dachbalken lagen vor der Kühlschranktür. Als Buck versuchte, sie beiseite zu schieben, verfing sich sein Fuß in der Ecke des zersplitterten Schreibtischs und Papiere und Telefonbücher fielen zu Boden. Eines war die Adressenliste der Mitglieder der *New Hope*-Gemeinde. *Die können wir vielleicht noch gut gebrauchen,* dachte er. Buck rollte die Liste zusammen und steckte sie in seine Hosentasche.

Wenige Minuten später saßen Buck und Tsion kauend gegen den Kühlschrank gelehnt. Den ärgsten Hunger konnten sie zwar stillen, doch Buck hatte das Gefühl, eine ganze Woche lang schlafen zu können. Auf keinen Fall wollte er aufhören zu graben. Er befürchtete, Hinweise darauf zu finden, dass Chloe tot war. Dankbar nahm er zur Kenntnis, dass Tsion im Augenblick nicht das Bedürfnis hatte, sich zu unterhalten. Buck musste nachdenken. Wo würden sie die Nacht verbringen? Was würden sie morgen essen? Aber im Augenblick wollte Buck nichts anderes, als sich ausruhen, essen und an Chloe denken.

Wie sehr er sie liebte! War es möglich, dass er sie noch keine zwei Jahre kannte? Als sie sich kennen gelernt hatten, hatte sie sehr viel älter als 20 gewirkt, und jetzt war sie so reif wie jemand, der 15 Jahre älter war. Sie war ein Geschenk von Gott, kostbarer als alles, was er, abgesehen von der Erlösung, je bekommen hatte. Was wäre sein Leben nach der Entrückung noch wert gewesen, wenn Chloe nicht gewesen wäre? Sicherlich wäre er dankbar gewesen und hätte sich der tiefen Gewissheit erfreut, dass sein Leben mit Gott in Ordnung gebracht war, aber er wäre auch sehr einsam und allein gewesen.

Buck war auch dankbar für seinen Schwiegervater und Amanda. Dankbar für seine Freundschaft mit Chaim Rosenzweig. Dankbar für seine Freundschaft mit Tsion. Er und Tsion würden mit Chaim reden müssen. Der alte Israeli war noch immer begeistert von Carpathia. Das musste sich ändern. Chaim brauchte Christus. Das galt auch für Ken Ritz, den Piloten, mit dem Buck einige Male geflogen war. Er würde sich nach Ken erkundigen, sichergehen, dass es ihm gut ging, und hören, ob seine Flugzeuge noch flugtüchtig waren. Buck schob sein Essen beiseite und ließ den Kopf hängen. Er war so schrecklich müde.

»Ich muss nach Israel zurückkehren«, sagte Tsion.

»Hm?«, murmelte Buck.

»Ich muss in mein Heimatland zurückkehren.«

Buck hob den Kopf und starrte Tsion an. »Wir sind heimatlos«, erklärte er. »Wir können kaum um den nächsten Block fahren. Wir wissen nicht, wie wir den morgigen Tag überleben sollen. In Israel werden Sie als Verbrecher verfolgt. Denken Sie, sie werden Sie einfach vergessen, jetzt, wo sie mit den Aufräumarbeiten beschäftigt sind?«

»Ganz im Gegenteil. Aber ich muss annehmen, dass die 144 000 Zeugen, zu denen ich gehöre, zum großen Teil aus Israel kommen. Viele werden natürlich auch zu Stämmen gehören, die über die ganze Welt verteilt sind. Aber die meisten Juden werden aus Israel kommen; sie werden so eifrig sein wie Paulus, aber neu im Glauben stehen und keine Vorkenntnisse haben. Ich fühle mich aufgerufen, mich ihnen anzuschließen und sie zu lehren. Sie müssen mobilisiert und ausgesandt werden. Bevollmächtigt sind sie bereits.«

»Nehmen wir einmal an, ich schaffe Sie irgendwie nach Israel. Wie soll ich Sie am Leben erhalten?«

»Denken Sie etwa, Sie hätten mich auf unserer Flucht durch den Sinai am Leben erhalten?«

»Ich habe mitgeholfen.«

»Sie haben mitgeholfen? Sie amüsieren mich, Cameron. In vieler Hinsicht, ja. Ich verdanke Ihnen mein Leben. Aber Sie befanden sich in ebenso großer Gefahr wie ich. Das war Gottes Werk und wir beide wissen es.«

Buck erhob sich. »Das stimmt. Trotzdem, Sie dahin zurückzubringen, wo Sie verfolgt werden, erscheint mir verrückt.«

Er half Tsion aufzustehen. »Verbreiten Sie doch einfach die Nachricht, ich sei bei dem Erdbeben ums Leben gekommen«, schlug der Rabbi vor. »Dann kann ich in Verkleidung und unter einem dieser falschen Namen zurückkehren.«

»Ohne plastische Chirurgie wird Ihnen das nicht gelingen«, entgegnete Buck. »Sie sind leicht zu erkennen, sogar in Israel, wo jeder Mann Ihres Alters so aussieht wie Sie.«

Das Sonnenlicht wurde bereits schwächer und verschwand, als sie die Küche endlich ausgegraben hatten. Tsion fand Plastiktüten und packte Nahrungsmittel ein, die er in den Wagen brachte. Buck suchte ein paar Kleider aus den Trümmern von seinem und Chloes Schlafzimmer, während Tsion Chloes Computer und ihr Telefon aus der Garage holte.

Beide hatten nicht mehr die Kraft, über den Asphaltberg zu klettern, darum nahmen sie den langen Weg darum herum. Als sie den Range Rover erreichten, mussten sie an der Beifahrerseite einsteigen.

»Und was denken Sie nun?«, fragte Tsion. »Falls Chloe tatsächlich hier irgendwo liegen würde, hätte sie uns sicher gehört und nach uns gerufen, meinen Sie nicht?«

Buck nickte traurig. »Ich versuche, mich damit abzufinden, dass Chloe irgendwo im Untergeschoss ist. Ich habe mich geirrt, das ist alles. Sie war weder im Schlafzimmer noch in der Küche oder im Keller. Vielleicht ist sie ja auch in einen anderen Teil des Hauses gerannt. Man braucht schon schweres Gerät, um die ganzen Trümmer beiseite zu räumen und sie zu finden. Ich darf gar nicht daran denken, sie dort liegen zu lassen, aber ich kann heute Abend einfach nicht mehr weitermachen.«

Buck fuhr zum Gemeindehaus. »Sollen wir die Nacht im Schutzbunker verbringen?«

»Ich fürchte, er ist nicht mehr stabil«, meinte Tsion. »Eine weitere Erschütterung und er wird über uns zusammenstürzen.«

Buck fuhr weiter. Er befand sich eine Meile südlich des Gemeindehauses, als er in eine Gegend kam, in der die Häuser zwar ziemlich mitgenommen aussahen, jedoch nicht eingestürzt waren. Viele Gebäude waren beschädigt, aber die meisten standen noch. Vor einer mit Butanfackeln erleuchteten Tankstelle hatte sich eine Autoschlange gebildet.

»Wir sind also nicht die einzigen Zivilisten, die überlebt haben«, meinte Tsion.

Buck reihte sich in die Schlange ein. Der Tankstellenbetreiber hatte ein Gewehr an die Tanksäulen gelehnt. Mit lauter Stimme, um den Generator zu übertönen, rief er: »Ich nehme nur Bargeld! 20 Gallonen sind das Limit! Wenn es weg ist, ist es weg.«

Buck drehte den Tankverschluss auf und sagte: »Ich gebe Ihnen 1 000 in bar für –«

»Den Generator, ja, ich weiß. Nehmen Sie sich eine Nummer. Bis morgen kann ich 10 000 dafür bekommen.«

»Wissen Sie, wo ich einen anderen bekommen könnte?«

»Ich weiß gar nichts«, meinte der Mann müde. »Mein Haus ist zerstört. Ich werde heute Nacht hier schlafen.«

»Brauchen Sie Gesellschaft?«

»Eigentlich nicht. Wenn Sie gar nichts anderes finden, kommen Sie zurück. Ich würde Sie nicht abweisen.«

Buck konnte ihm keine Vorwürfe machen. Wo sollte man in einer Zeit wie dieser anfangen, Fremde aufzunehmen, und wo aufhören?

»Cameron«, begann Tsion, als Buck wieder in den Wagen einstieg, »ich habe nachgedacht. Wissen Sie, ob die Frau dieses Computerfachmannes bereits vom Tod ihres Mannes erfahren hat?«

Buck schüttelte den Kopf. »Ich bin seiner Frau nur einmal begegnet und kenne nicht einmal ihren Namen. Einen Augenblick.« Er wühlte in seiner Tasche und zog das Mitgliederverzeichnis der Gemeinde heraus. »Da ist es ja schon«, sagte er. »Sandy. Ich werde sie anrufen.« Es erstaunte ihn gar nicht, dass sein Anruf nicht durchkam, doch er war überrascht, dass er die Ansage hörte, alle Leitungen seien besetzt. Das war immerhin schon ein Fortschritt.

»Wo wohnen die beiden?«, fragte Tsion. »Wahrscheinlich steht das Haus ja nicht mehr, aber wir könnten trotzdem nachsehen.«

Buck suchte die Straße im Adressenverzeichnis heraus. »Ich habe keine Ahnung, wo das ist.« Vor sich sah er einen Streifenwagen mit Blinklicht. »Wir sollten den Polizisten fragen.« Der Beamte lehnte an seinem Wagen und rauchte eine Zigarette. »Sind Sie im Dienst?«, fragte Buck.

»Ich mache gerade eine Pause«, erwiderte der Beamte. »An einem Tag habe ich mehr gesehen, als ich gern in meinem ganzen Leben gesehen hätte, falls Sie verstehen, was ich meine.« Buck nannte ihm die Adresse. »Ich weiß nicht, wie ich Ihnen das erklären soll, aber, ach, folgen Sie mir einfach.«

»Sind Sie sicher?«

»Heute Abend kann ich sowieso nichts mehr tun. Eigentlich habe ich heute noch keine gute Tat getan. Folgen Sie mir, und ich zeige Ihnen die Straße, wenn Sie möchten. Dann fahre ich weiter.«

Wenige Minuten später bedankte sich Buck mit Lichthupe bei dem freundlichen Polizisten und fuhr vor einem Doppelhaus vor. Tsion öffnete die Beifahrertür, aber Buck legte ihm die Hand auf den Arm.

»Zeigen Sie mir Chloes Telefon.«

Tsion suchte in einem Bündel, das er in eine Decke gewickelt hatte, nach dem Handy. Buck öffnete es und stellte fest, dass es nicht ausgeschaltet worden war. Er holte einen Adapter für den Zigarettenanzünder aus dem Handschuhfach und schaltete das Gerät an. Daraufhin drückte er den Wahlwiederholungsknopf. Er seufzte. Auf dem Display erschien seine eigene Nummer.

Tsion nickte und sie stiegen aus. Buck holte eine Taschenlampe aus dem Kofferraum. Die Fenster der linken Seite des Hauses waren zerbrochen und eine Mauer war eingestürzt. Buck kletterte auf den Trümmerhaufen und leuchtete mit seiner Taschenlampe in eines der Fenster.

»Leer«, sagte er. »Keine Möbel.«

»Sehen Sie nur«, meinte Tsion. Ein Schild lag im Gras, auf dem stand: ›Zu vermieten‹.

Das Nachbarhaus wirkte bemerkenswert intakt. Die Vorhänge waren zurückgezogen. Buck beugte sich über das Eisengeländer an den

Stufen und leuchtete in das Wohnzimmer. Es sah bewohnt aus. Buck versuchte, die Eingangstür zu öffnen und fand sie unverschlossen. Als er und Tsion auf Zehenspitzen durch das Haus schlichen, bemerkten sie, dass irgendetwas an dem kleinen Frühstückstisch in der Küche nicht stimmte. Buck hielt die Luft an und Tsion wandte sich erschüttert ab.

Sandy Moore hatte mit ihrer Zeitung und ihrem Kaffee am Tisch gesessen, als eine riesige Eiche mit voller Wucht durch das Dach gekracht und auf sie gefallen war. Die Finger der jungen Frau lagen noch um den Tassengriff und ihre Wange ruhte auf der *Chicago Tribune*. Wenn ihr Körper nicht auf Zentimeter zusammengepresst gewesen wäre, hätte man annehmen können, sie würde schlafen.

»Sie und ihr Mann sind scheinbar fast im selben Augenblick gestorben«, meinte Tsion leise. »Aber Kilometer voneinander entfernt.«

Buck nickte. »Wir sollten die junge Frau begraben.«

»Wir werden es nie schaffen, sie unter dem Baum hervorzuziehen«, erklärte Tsion.

»Wir müssen es versuchen.«

Auf der Straße fand Buck Bretter, die sie als Hebel unter den Baum schoben, aber ein Baumstamm, der so breit war, dass er ein Dach, eine Mauer, ein Fenster, eine Frau und einen Tisch zerstören konnte, war nicht so leicht beiseite zu schieben.

»Dazu brauchen wir schweres Gerät«, sagte Tsion.

»Wozu?«, fragte Buck. »Niemand wird je in der Lage sein, all die vielen Toten zu begraben.«

»Ich gestehe, ich denke weniger an die junge Frau als daran, dass wir vielleicht einen Platz zum Wohnen gefunden haben.« Buck sah ihn erstaunt an. »Was denn?«, fragte Tsion. »Ist das nicht ideal? Die Straße draußen ist noch einigermaßen in Ordnung. Dieser Raum hier, der den Elementen preisgegeben ist, kann leicht abgedichtet werden. Ich weiß zwar nicht, wie lange es dauern wird, bis die Stromversorgung wieder funktioniert, aber –«

»Sie brauchen kein Wort mehr zu sagen«, fiel Buck ihm ins Wort. »Wir haben keine andere Möglichkeit.«

Buck fuhr den Rover hinter das Haus und stellte ihn so ab, dass er von der Straße aus nicht zu sehen war. Anschließend luden er und Tsion die Sachen aus dem Wagen. Als Buck durch die Hintertür das Haus betrat, bemerkte er, dass sie vielleicht doch Mrs. Moores Leichnam unter den Baum würden hervorziehen können. Der Baum hing mit den Zweigen an einem schweren Schrank fest. Er würde also nicht noch weiter herunterfallen, wenn sie den Boden darunter irgendwie aufhackten.

»Ich bin so müde, dass ich mich kaum noch auf den Beinen halten kann, Cameron«, sagte Tsion, als sie die schmale Treppe zum Keller hinunterstiegen.

»Ich kann auch nicht mehr«, bestätigte Buck. Er leuchtete mit der Taschenlampe die Decke ab und entdeckte Sandys Ellbogen, der durch den Boden getrieben worden war. Im Keller suchten sie zwischen den vielen Computerersatzteilen nach Donnys Werkzeugkiste. *Ein Hammer, ein Meißel, ein Stemmeisen und eine Säge müssten ausreichen,* dachte Buck. Er stellte eine Trittleiter unter die Stelle, und Tsion hielt sie fest, während Buck darauf festen Halt suchte. Dann begann er mit der anstrengenden Aufgabe, das Stemmeisen durch die Bodendielen zu treiben. Sein Arm schmerzte, aber er harrte aus, bis er ein paar Löcher geschlagen hatte, die groß genug waren, um die Säge ansetzen zu können. Er und Tsion wechselten sich mit dem Sägen ab. Das Sägeblatt war nicht besonders scharf und es schien eine Ewigkeit zu dauern.

Sie bemühten sich, Sandy Moores Leichnam mit der Säge nicht zu berühren. Als sie bis zu ihrer Taille gekommen waren, ließ das Gewicht ihres Oberkörpers die Bretter unter ihr nachgeben und sie fiel langsam in Bucks Arme. Er keuchte und hielt die Luft an, versuchte mühsam, sein Gleichgewicht zu halten. Sein Hemd war über und über mit ihrem Blut bedeckt. Sie war leicht wie ein Kind.

Tsion half ihm herunter. Als Buck ihren Leichnam zur Hintertür trug, konnte er an nichts anderes denken, als dass er damit gerechnet hatte, Chloes Leichnam in den Trümmern von Lorettas Haus zu finden – und jetzt trug er die Leiche einer anderen Frau nach draußen. Vorsichtig legte er ihren Körper in das feuchte Gras und grub mit Tsions Hilfe schnell ein Grab. Diese Arbeit war nicht so schwer, weil das Beben die obere Erdschicht gelockert hatte. Bevor sie die Tote in das Grab legten, holte Buck Donnys Ehering aus der Tasche. Er legte ihn in ihre Handfläche und schloss ihre Finger darum. Danach schaufelten sie das Grab zu. Tsion kniete nieder und Buck folgte seinem Beispiel.

Tsion hatte Donny oder seine Frau nicht gekannt. Er hielt keine Grabrede, sondern zitierte nur eine alte Liedstrophe. Buck konnte nicht mehr an sich halten. Er schluchzte so laut, dass er noch auf der Straße zu hören war. Aber niemand war in der Nähe und er konnte die Tränen nicht mehr zurückhalten.

Buck und Tsion fanden im ersten Stock des Hauses zwei kleine Schlafzimmer, das eine mit einem Doppelbett, das andere mit einem einzelnen Bett ausgestattet. »Nehmen Sie das größere Bett«, beharrte Tsion. »Ich bete, dass Chloe bald zu Ihnen kommt.« Buck nahm ihn beim Wort.

Buck ging ins Bad und zog seine schmutz- und blutverschmierten Sachen aus. Im Schein seiner Taschenlampe wusch er sich notdürftig und trocknete sich mit einem Handtuch ab, dann ließ er sich in Donny und Sandy Moores Bett fallen.

Buck schlief den Schlaf des Trauernden und betete, dass er nie mehr würde aufwachen müssen.

Auf der anderen Seite der Weltkugel wurde Rayford Steele durch einen Telefonanruf seines Ersten Offiziers geweckt. Es war neun Uhr am Dienstagmorgen in Neu-Babylon, und ob er wollte oder nicht, er musste sich dem neuen Tag stellen. Zumindest hoffte er auf eine Gelegenheit, Mac von Gott zu erzählen.

5

Rayford verzehrte langsam sein reichhaltiges Frühstück. Auf der anderen Seite des Ganges saßen Dutzende von Assistenten über Landkarten gebeugt und bevölkerten die Telefon- und Funkkabinen. Er kaute langsam. Mac saß neben ihm und trommelte mit den Fingern auf den Tisch. Carpathia saß mit Fortunato und anderen Personen seines Stabes an einem Tisch in der Nähe seines Büros. Im Augenblick drückte er ein Handy ans Ohr und sprach ernst in die Muschel. Dem Saal hatte er den Rücken zugewandt.

Rayford betrachtete ihn ohne großes Interesse und dachte über sich selbst nach. Er fragte sich, wo er stand und wie es um seine Entschlossenheit bestellt war. Wenn stimmte, dass Amanda mit der 747 untergegangen war, blieben noch Chloe, Buck und Tsion, um die er sich Gedanken machen musste. Konnte es sein, dass er als einziges Mitglied von der *Tribulation Force* übrig geblieben war?

Rayford zeigte überhaupt kein Interesse dafür, mit wem Carpathia sprach oder worüber er sich unterhielt. Falls er mit einer Vorrichtung das Gespräch hätte abhören können, hätte er es nicht getan. Er hatte gebetet, bevor er zu essen angefangen hatte. Sein Gebet war ambivalent gewesen, denn er bekam sein Essen vom Antichristen. Trotzdem hatte er gegessen. Und es war gut, dass er es getan hatte, denn seine Stimmung begann, sich zu bessern. Keinesfalls konnte er Mac überzeugend von seinem Glauben berichten, wenn er so deprimiert war.

Macs unruhiges Herumrutschen machte auch ihn nervös. »Sie können es wohl kaum erwarten zu fliegen, nicht?«, fragte Rayford.

»Ich kann es kaum erwarten zu reden. Aber nicht hier. Zu viele Ohren. Sind Sie denn bereit dazu, Ray? Nach allem, was Sie durchgemacht haben?«

Mac schien es gar nicht abwarten zu können, von Gott zu hören. Warum musste es auf diese Weise passieren? Wie sehr hatte Rayford versucht, zu seinem ehemaligen Chefpilot Earl Halliday durchzudringen, aber der hatte kein Interesse gehabt und war nun tot. Erfolglos hatte er versucht, Hattie Durham mit der Guten Nachricht zu erreichen, und jetzt konnte er nur beten, dass sie noch am Leben war und Gelegenheit hatte, sich Gott zuzuwenden. Und da saß Mac, der ihn regelrecht anflehte, ihm die Wahrheit zu sagen, und Rayford läge viel lieber noch im Bett.

Er schlug die Beine übereinander und verschränkte die Arme. Er musste sich zwingen, sich diesem Tag zu stellen. Carpathia, der hinten in der Ecke saß, drehte sich plötzlich um und starrte ihn an. Das Telefon hielt er noch immer ans Ohr gepresst. Nicolai winkte heftig, doch dann schien ihm bewusst zu werden, dass es unpassend war, einem Mann gegenüber so enthusiastisch zu wirken, der gerade seine Frau verloren hatte. Sein Gesicht verfinsterte sich und sein Winken wurde steif. Rayford reagierte nicht, obwohl er Carpathias Blick standhielt. Nicolai krümmte den Zeigefinger.

»Oh nein«, sagte Mac. »Lassen Sie uns bloß hier verschwinden.«

Aber sie konnten Nicolai Carpathia nicht einfach ignorieren.

Rayford war in reizbarer Stimmung. Er wollte nicht mit Carpathia sprechen; Carpathia wollte mit *ihm* sprechen. Er konnte zu Rayford kommen. *Was ist aus mir geworden?,* fragte sich Rayford. Er spielte Spielchen mit dem Beherrscher der Welt. Anmaßend. Dumm. Unreif. *Aber es ist mir egal.*

Carpathia klappte sein Telefon zu und steckte es in die Tasche. Er winkte Rayford zu, der so tat, als würde er es nicht sehen und ihm den Rücken zudrehte. Rayford beugte sich zu Mac. »Also, was wollen Sie mir heute beibringen?«

»Sehen Sie nicht hin, aber Carpathia möchte, dass Sie zu ihm kommen.«

»Er weiß, wo ich sitze.«

»Ray! Er könnte Sie noch immer ins Gefängnis werfen lassen.«

»Ich wünschte, er würde es tun. Also, was wollen Sie mir heute beibringen?«

»Ihnen etwas beibringen! Sie haben solche Vögel doch schon geflogen.«

»Das ist lange her«, erwiderte Rayford. »Mehr als 20 Jahre.«

»Hubschrauber zu steuern ist wie Fahrrad fahren«, erklärte Mac. »In einer Stunde werden Sie besser sein als ich.«

Mac sah über Rayfords Schulter, erhob sich und streckte seine Hand aus. »Potentat Carpathia, Sir!«

»Würden Sie Captain Steele und mich einen Augenblick entschuldigen, Officer McCullum?«

»Wir treffen uns im Hangar«, meinte Rayford und nickte Mac zu.

Carpathia setzte sich neben Rayford auf McCullums Stuhl. Er knöpfte seine Anzugjacke auf und beugte sich vor, die Arme auf die Knie gestützt. Rayford hatte noch immer die Beine übereinandergeschlagen und die Arme verschränkt.

Carpathia war sehr ernst. »Rayford, ich hoffe, Sie haben nichts dagegen, wenn ich Sie beim Vornamen nenne, aber ich weiß, was Sie gerade durchmachen.«

Rayford hatte einen bitteren Geschmack auf der Zunge. »Bitte, Herr«, betete er im Stillen, »hilf mir, dass ich meinen Mund halten kann.« Es war eigentlich logisch, dass die Verkörperung des Bösen ein schleimiger Lügner war. Anzudeuten, dass Amanda zu seinen Leuten gehört hatte, in der *Tribulation Force* ein Maulwurf für die Weltgemeinschaft gewesen war, und dann auch noch Trauer über ihren Tod vorzuheucheln, das war wirklich ein starkes Stück. Ein Kopfschuss wäre zu gut für ihn. Rayford stellte sich vor, wie er den Mann quälen würde, der die Mächte des Bösen gegen den Gott des Universums führte.

»Ich wünschte, Sie wären schon früher hier gewesen, Rayford. Na ja, natürlich bin ich froh, dass Sie sich ausruhen konnten, denn das hatten Sie dringend nötig. Aber diejenigen von uns, die bereits das erste Frühstück eingenommen haben, konnten Leon Fortunatos Bericht von gestern Abend noch einmal hören.«

»Mac hat mir davon erzählt.«

»Ja, Officer McCullum hat ihn zweimal gehört. Sie sollten ihn bitten, ihn Ihnen noch einmal zu erzählen. Besser wäre natürlich, Sie würden sich mit Mr. Fortunato selbst unterhalten.«

Rayford musste sich sehr bemühen, höflich zu bleiben. »Ich weiß, dass Leon Ihnen sehr ergeben ist.«

»Ich mag ihn auch sehr. Jedoch war ich sehr bewegt und geschmeichelt zu erleben, wie sein Blick geweitet wurde.«

Rayford kannte die Geschichte, konnte sich aber nicht verkneifen, Carpathia ein wenig zu reizen. »Es erstaunt mich nicht, dass Leon Ihnen dankbar ist, weil Sie ihn gerettet haben.«

Carpathia lehnte sich amüsiert zurück. »McCullum hat die Geschichte zweimal gehört und das ist seine Einschätzung? Haben Sie denn nicht zugehört? Ich habe Mr. Fortunato nicht gerettet! Seinem Bericht zufolge habe ich ihn von den Toten zurückgeholt.«

»Tatsächlich.«

»Das ist natürlich nicht meine Darstellung der Ereignisse, Rayford. Ich erzählte Ihnen nur, was Mr. Fortunato sagt.«

»Sie waren dabei. Wie lautet *Ihr* Bericht?«

»Na ja, als ich gehört habe, dass mein hoch geschätzter Assistent und persönlicher Vertrauter in den Ruinen unseres Hauptquartiers vermisst wurde, überkam mich einfach irgendetwas. Ich weigerte mich, es zu glauben. Ich wollte, dass es nicht stimmte. Jede Faser meines Wesens forderte mich auf, einfach zu den Trümmern zu gehen und ihn zurückzubringen.«

»Zu schade, dass Sie keine Zeugen mitgenommen haben.«

»Sie glauben mir nicht?«

»Das ist wirklich eine unglaubliche Geschichte.«

»Sie müssen mit Mr. Fortunato sprechen.«

»Ich bin nicht dran interessiert.«

»Rayford, dieser 30 Meter hohe Haufen aus Steinen Mörtel und Trümmerteilen ist früher einmal ein 60 Meter hohes Gebäude gewesen. Leon Fortunato hielt sich mit mir im obersten Stockwerk auf, als das Gebäude einstürzte. Trotz der eingebauten Erdbeben-Schutzvorrichtungen ist es eingestürzt, und jeder, der sich darin aufhielt, hätte getötet werden müssen. Und so war es auch. Sie wissen, dass es keine Überlebenden gab!«

»Und Sie sagen, Leon behaupte, er sei schon während des Sturzes getötet worden.«

»Ich habe ihn aus den Trümmern herausgerufen. Niemand hätte das überleben können.«

»Und doch hat er überlebt.«

»Das stimmt nicht. Er war tot. Er musste tot gewesen sein.«

»Und wie haben Sie ihn herausgeholt?«

»Ich habe ihm befohlen herauszukommen und er ist gekommen.«

Rayford beugte sich vor. »Dabei müssen Sie doch bestimmt an die Geschichte von Lazarus denken. Zu schade, dass sie in einem Märchenbuch steht, nicht?«

»Also bitte, Rayford, ich bin wirklich sehr tolerant gewesen und habe Ihre Glaubensüberzeugung immer stehen gelassen. Auch habe ich keinen Hehl daraus gemacht, dass Sie meiner Meinung nach bestenfalls fehlgeleitet sind. Aber, ja, ich musste tatsächlich daran denken, dass dieser Zwischenfall einem Bericht ähnelte, der, wie ich glaube, allegorisch gemeint ist.«

»Stimmt es, dass Sie dieselben Worte gebrauchten, die Jesus bei Lazarus gesprochen hat?«

»Das sagt Mr. Fortunato. Ich weiß nicht genau, was ich gesagt habe. Ich bin hier in der festen Zuversicht fortgegangen, dass ich mit ihm zurückkommen würde, und meine Entschlossenheit ist nie ins Wanken geraten, nicht einmal, als ich den Trümmerhaufen sah und wusste, dass die Rettungsmannschaft keinen Überlebenden gefunden hatte.«

Rayford wurde übel. »Und nun sind Sie eine Art Gottheit?«

»Es steht mir nicht zu, so etwas zu sagen, obwohl die Auferweckung eines Toten ganz klar ein göttlicher Akt ist. Mr. Fortunato ist der Meinung, ich könnte der Messias sein.«

Rayford zog die Augenbrauen in die Höhe. »Wenn ich Sie wäre, würde ich das ganz schnell dementieren, es sei denn, ich wüsste, dass es stimmt.«

»Mir scheint noch nicht der richtige Zeitpunkt gekommen«, meinte Carpathia, »einen solchen Anspruch zu erheben, aber ich bin gar nicht sicher, dass es nicht stimmt.«

Rayford blinzelte. »Sie glauben, Sie könnten der Messias sein?«

»Sagen wir, vor allem nach dem, was gestern Abend passiert ist, kann ich diese Möglichkeit nicht ausschließen.«

Rayford steckte die Hände in die Hosentaschen und wandte den Blick ab.

»Kommen Sie, Rayford. Denken Sie nur nicht, ich würde die Ironie des Ganzen nicht erkennen. Ich bin nicht blind. Ich weiß, dass eine Gruppe von Menschen, zu denen auch Ihre sogenannten Heiligen der Trübsalszeit gehören, mich einen Antichristen oder sogar den Antichristen nennen. Nur zu gern würde ich das Gegenteil beweisen.«

Rayford beugte sich vor, nahm die Hände aus den Taschen und legte seine Finger ineinander. »Lassen Sie mich noch einmal wiederholen, nur um zu sehen, ob ich es richtig verstanden habe. Es besteht die Möglichkeit, dass Sie der Messias sind, aber Sie wissen es nicht genau?«

Carpathia nickte ernst.

»Das macht keinen Sinn«, erwiderte Rayford.

»Glaubensangelegenheiten sind Geheimnisse«, verkündete Carpathia feierlich. »Ich möchte Ihnen dringend raten, sich einmal mit Mr. Fortunato zusammenzusetzen. Wir werden schon sehen, was Sie danach denken.«

Rayford machte keine Versprechungen. Er sah zum Ausgang hin.

»Ich weiß, dass Sie gehen müssen, Captain Steele. Ich wollte Ihnen nur noch von den Fortschritten erzählen, die wir bereits mit dem Wiederaufbau erzielt haben. Schon heute Morgen rechnen wir damit, wieder mit der Hälfte der Länder der Welt kommunizieren zu können. Dann werde ich zu allen sprechen, die zuhören können.« Er holte ein Blatt aus seiner Jackentasche. »In der Zwischenzeit möchte ich, dass

Sie und Mr. McCullum die 216 beladen und eine Flugroute entwerfen, um diese internationalen Botschafter hierher zu holen.«

Rayford überflog die Liste. Er würde mehr als 20 000 Meilen zurücklegen müssen. »Wo werden die Startbahnen wieder hergerichtet?«

»Die Arbeitstrupps der Weltgemeinschaft arbeiten in jedem Land rund um die Uhr. Innerhalb weniger Wochen wird die Zellular-Solar die gesamte Welt an das Funknetz anschließen. Fast alle, die nicht an diesem Projekt arbeiten, sind mit der Instandsetzung der Landebahnen, Straßen und Handelszentren beschäftigt.«

»Ich habe meine Aufgabe«, meinte Rayford leichthin.

»Sobald Sie die Flugroute fertig haben, würde ich sie gern sehen. Haben Sie den Namen auf der Rückseite gesehen?«

Rayford drehte das Blatt um. »Pontifex Maximus Peter Mathews, Enigma Babylon Einheitsglaube. Ihn nehmen wir also auch mit?«

»Er hält sich zwar in Rom auf, aber holen Sie ihn bitte zuerst ab. Ich möchte, dass er im Flugzeug sitzt, wenn die anderen Botschafter zusteigen.«

Rayford zuckte die Achseln. Er wusste nicht genau, warum Gott ihn an diesen Platz gestellt hatte, aber bis er das Gefühl hatte, er sollte gehen, würde er ausharren.

»Eines noch«, erklärte Carpathia. »Mr. Fortunato wird Sie begleiten und der Gastgeber sein.«

Wieder zuckte Rayford die Achseln. »Darf ich Sie um etwas bitten?« Carpathia nickte und erhob sich. »Könnten Sie mich bitte darüber informieren, wann die Bergungsarbeiten beginnen?«

»Die was?«

»Wann die Pan-Con 747 aus dem Tigris geborgen wird«, wiederholte Rayford gleichmütig.

»Ach so, das. Also, Rayford, man hat mir gesagt, es sei zwecklos.«

»Sie wollen sie nicht bergen?«

»Ganz bestimmt nicht. Die Luftfahrtgesellschaft hat uns die Namen der Passagiere durchgegeben, und es ist sicher, dass es keine Überlebenden gegeben hat. Wir wissen jetzt schon nicht, was wir mit den Leichen der vielen Opfer dieses Unglückes machen sollen. Man hat mir geraten, das Flugzeug als eine angemessene Begräbnisgruft zu betrachten.«

Rayford spürte, wie sein Gesicht rot anlief und er sank in sich zusammen. »Sie *wollen* mir nicht beweisen, dass meine Frau tot ist, nicht war?«

»Oh, Rayford, zweifeln Sie etwa immer noch daran?«

»Tatsächlich zweifle ich daran. Ich habe nicht das Gefühl, dass sie tot ist, falls Sie verstehen, was ich – na ja, natürlich verstehen Sie nicht, was ich meine.«

»Ich weiß, dass es schwierig ist, einen geliebten Menschen loszulassen, wenn man den Leichnam nicht gesehen hat. Aber Sie sind ein intelligenter Mann. Die Zeit heilt –«

»Ich möchte, dass dieses Flugzeug gehoben wird. Ich möchte wissen, ob meine Frau tot ist oder noch lebt.«

Carpathia trat hinter Rayford und legte ihm die Hände auf die Schultern. Rayford schloss die Augen und wünschte sich, er könnte einfach verschwinden. Carpathia sprach beruhigend auf ihn ein. »Als Nächstes werden Sie mich bitten, sie zum Leben zu erwecken.«

Rayford biss die Zähne aufeinander. »Wenn Sie der wären, der Sie zu sein glauben, sollten Sie doch in der Lage sein, das für einen Ihrer hoch geschätzten Angestellten zu tun.«

Buck war auf dem Bett eingeschlafen. Jetzt, kurz nach Mitternacht, konnte er sich nicht vorstellen, dass er erst zwei Stunden geschlafen hatte. Er setzte sich auf, zog die Decke enger um sich herum und wollte sich auf die andere Seite rollen. Aber was hatte ihn aufgeweckt? Hatte er Licht im Flur gesehen?

Vermutlich war es nur ein Traum gewesen. Bestimmt würde die Stromversorgung in Mount Prospect noch tagelang nicht wiederhergestellt sein, vielleicht würde es sogar Wochen dauern. Buck hielt den Atem an. Er hörte etwas aus dem anderen Zimmer – das leise Beten von Tsion Ben-Judah. War auch er durch etwas aufgeweckt worden? Tsion betete in seiner Muttersprache. Buck wünschte, er könnte Hebräisch verstehen. Das Gebet wurde leiser und Buck legte sich wieder hin und drehte sich auf die Seite. Während er langsam wieder einschlief, nahm er sich vor, sich am Morgen noch einmal in Lorettas Nachbarschaft umzusehen – ein weiterer verzweifelter Versuch, Chloe zu finden.

Rayford fand Mac im Cockpit des Hubschraubers. Dieser las.

»Na, hat er Sie endlich gehen lassen?«, fragte Mac. Rhetorische Fragen ignorierte Rayford grundsätzlich. Er schüttelte nur den Kopf. »Ich weiß nicht, wie er das macht«, meinte Mac.

»Was denn?«

Mac deutete auf seine Zeitschrift. »Die letzte Ausgabe von ›Moderne Luftfahrt‹. Wo hat Carpathia die nur her? Und woher wusste er, dass er sie in dem Bunker aufbewahren muss?«

»Wer weiß?«, meinte Rayford. »Vielleicht ist er ja tatsächlich der Gott, für den er sich hält.«

»Ich habe Ihnen ja von Leons bewegender Rede gestern Abend erzählt.«

»Und auch Carpathia hat sie mir noch mal erzählt.«

»Was, dass er mit Leon in Bezug auf seinen göttlichen Ursprung übereinstimmt?«

»So weit geht er noch nicht«, erwiderte Rayford. »Aber das wird noch kommen. In der Bibel steht, dass er es tun wird.«

»Wow!«, rief Mac. »Sie werden ganz von vorne anfangen müssen.«

»Das werde ich«, meinte Rayford und faltete Carpathias Passagierliste auf. »Zuerst möchte ich Ihnen das hier zeigen. Nach meinem Unterricht sollten Sie unsere Flugroute in diese Länder aufstellen. Zuerst holen wir Mathews in Rom ab. Dann geht's weiter in die Staaten und auf dem Rückweg nehmen wir all die anderen Botschafter an Bord.«

Mac las sich das Blatt durch. »Das ist kein Problem. Ich werde etwa eine halbe Stunde oder so brauchen. Können wir denn in all diesen Ländern landen?«

»Wir werden nahe genug herankommen. Auf jeden Fall nehmen wir den Hubschrauber und eine kleine Maschine mit; man weiß ja nie.«

»Und wann können wir miteinander reden?«

»Unser Training dürfte bis etwa fünf Uhr dauern, meinen Sie nicht auch?«

»Aber ganz und gar nicht! Ich habe Ihnen doch gesagt, Sie werden in Nullkommanichts auf dem neuesten Stand sein.«

»Wir werden irgendwo eine Pause machen müssen, um etwas zu essen«, erklärte Rayford. »Und dann müssen wir noch einige Stunden lang üben, nicht wahr?«

»Sie scheinen nicht zu verstehen, Rayford. Sie brauchen keinen ganzen Tag, um zu lernen, mit diesem Spielzeug umzugehen. Sie kennen sich doch aus und diese Dinger fliegen von selbst.«

Rayford beugte sich zu ihm herüber. »Wer versteht denn hier nicht?«, fragte er. »Sie und ich sind heute den ganzen Tag unterwegs, bis 17 Uhr. Verstanden?«

Mac lächelte verlegen. »Oh. Sie werden den Hubschrauber sicher bis gegen Mittag fliegen können, aber dann müssen Sie ja noch Übung bekommen. Vor fünf Uhr werden wir sicher nicht zurück sein.«

»Sie lernen schnell.«

Rayford machte sich Notizen, während Mac ihm jeden Knopf, jeden Schalter, jeden Schlüssel erklärte. Nachdem die Rotoren sich mit

Höchstgeschwindigkeit drehten, hob der Hubschrauber ab. Mac vollführte eine Reihe von Manövern, drehte nach der einen und der anderen Seite ab, ließ die Maschine absacken und wieder steigen. »Sie werden das ganz schnell drauf haben, Ray.«

»Ich möchte Sie etwas fragen, Mac. Sie waren doch in diesem Gebiet stationiert, oder?«

»Viele Jahre lang«, erwiderte Mac, der langsam nach Süden flog.

»Dann kennen Sie doch die Leute.«

»Einheimische, meinen Sie? Ja. Ich kann Ihnen natürlich nicht sagen, wer von ihnen das Erdbeben überlebt hat. Wonach suchen Sie?«

»Nach einer Taucherausrüstung.«

Mac sah Rayford an, der aber seinen Blick nicht zurückgab. »Es gibt keine für die Wüste. Wo wollen Sie denn tauchen gehen? Im Tigris?« Mac grinste, aber Rayford warf ihm einen ganz ernsten Blick zu, und Mac erblasste. »Ach, natürlich, verzeihen Sie, Rayford. Mann, Sie sind fest entschlossen, nicht wahr?«

»Nie war ich zu etwas mehr entschlossen, Mac. Also, kennen Sie nun jemanden oder nicht?«

»Lassen Sie die doch die Maschine heben, Ray!«

»Carpathia sagt, sie wollen nichts unternehmen.«

Mac schüttelte den Kopf. »Ich weiß nicht, Ray. Sie haben doch noch nie in einem Fluss getaucht, oder?«

»Ich bin ein guter Taucher. Aber nein, noch nie in einem Fluss.«

»Na ja, ich habe das schon gemacht, und es ist nicht dasselbe, glauben Sie mir. Die Strömung ist unten noch genauso stark wie an der Wasseroberfläche. Sie werden Ihre ganze Kraft brauchen, um nicht flussabwärts getrieben zu werden. Sie könnten 300 Meilen südöstlich im Persischen Golf landen.«

Rayford fand das gar nicht lustig. »Also, was ist nun, Mac? Kennen Sie jemanden?«

»Ja, ich kenne einen Typen. Er konnte alles beschaffen, was ich haben wollte. Hier in der Gegend habe ich zwar noch nie eine Taucherausrüstung gesehen, aber wenn es eine gibt und er noch am Leben ist, dann kann er sie beschaffen.«

»Wer und wo?«

»Er ist ein Einheimischer und für den Tower am Flughafen unten in Al Basrah verantwortlich. Ich würde nicht einmal versuchen, seinen richtigen Namen auszusprechen. Für alle seine, äh, Klienten ist er Al B. Ich nenne ihn Albie.«

»Wie sind seine Geschäftsbedingungen?«

»Er nimmt jedes Risiko auf sich, berechnet den doppelten Preis, Fragen werden nicht gestellt. Wenn Sie mit Schmuggelware geschnappt werden, hat er nie von Ihnen gehört.«

»Würden Sie versuchen, ihn für mich zu erreichen?«

»Sie brauchen es bloß zu sagen.«

»Hiermit sage ich es, Mac.«

»Das ist ziemlich riskant.«

»Ihnen gegenüber ehrlich zu sein, ist auch riskant, Mac.«

»Woher wissen Sie, dass Sie mir trauen können?«

»Das weiß ich ja gar nicht. Ich habe keine andere Wahl.«

»Vielen Dank.«

»Sie würden dasselbe empfinden, wenn Sie in meiner Situation wären.«

»Das stimmt«, bestätigte Mac. »Nur die Zeit wird zeigen, dass ich keine miese Ratte bin.«

»Ja«, meinte Rayford. Er fühlte sich so hilflos wie nie zuvor. »Wenn Sie kein Freund sind, kann ich nichts dagegen tun.«

»Hmm, aber würde ein Verräter ein so gefährliches Tauchmanöver mit Ihnen machen?«

Rayford starrte ihn an. »Das kann ich nicht zulassen.«

»Sie können mich nicht davon abhalten. Falls mein Bekannter für Sie einen Taucheranzug und ein Sauerstoffgerät besorgen kann, dann kann er es auch für mich.«

»Warum wollen Sie das machen?«

»Na ja, nur um mich selbst zu beweisen. Ich möchte Sie gern noch eine Weile um mich haben. Sie verdienen es zu wissen, ob Ihre Frau tatsächlich ums Leben gekommen ist. Aber selbst für zwei Leute ist das Tauchen im Fluss eine gefährliche Sache, ganz zu schweigen für einen allein.«

»Lassen Sie mich erst darüber nachdenken.«

»In diesem Fall brauchen Sie nicht nachzudenken. Ich werde Sie begleiten und damit basta. Ich muss einen Weg finden, Sie lange genug am Leben zu halten, dass Sie mir sagen können, was zum Teufel seit dem großen Massenverschwinden vorgegangen ist.«

»Landen Sie irgendwo«, meinte Rayford, »und ich werde es Ihnen erklären.«

»Hier? Einfach so?«

»Einfach so.«

Mac war ein paar Meilen in Richtung Al Hillah geflogen. Er drehte nun nach rechts ab und flog auf die Wüste zu. Schließlich landete er mitten im Nichts. Er stellte den Rotor schnell ab, damit der Sand keinen Schaden im Motor anrichten konnte. Trotzdem entdeckte Rayford Sandkörner auf seinem Handrücken und schmeckte sie auf seinen Lippen.

»Lassen Sie mich an den Steuerknüppel«, meinte Rayford und schnallte sich ab.

»Auf keinen Fall«, widersprach Mac. »Als Nächstes werden Sie versuchen, ihn zu starten, und abheben. Ich weiß, dass Sie das können, und so gefährlich ist das auch wieder nicht, aber Gott weiß, das niemand anderes hier ist, der mir diese Dinge erklären kann. Und nun heraus damit! Fangen Sie endlich an!«

Rayford sprang aus dem Hubschrauber und landete im Sand. Mac folgte ihm. Sie schlenderten eine halbe Stunde in der Sonne herum. Rayford war nass geschwitzt. Schließlich kehrten sie zum Helikopter zurück und lehnten sich in seinem Schatten gegen die Kufen.

Rayford erzählte Mac seine Lebensgeschichte, beginnend mit einer Beschreibung der Familie, in der er aufgewachsen war, und seiner Ausbildung bei der zivilen Luftfahrt. »Ich war ein guter Kerl. Ein guter Bürger – Sie wissen schon. Ich trank ein wenig, flirtete ein wenig. Aber ich habe nie etwas Ungesetzliches getan. Habe mich nie als schlechten Menschen betrachtet. Patriotisch und rechtschaffen. Ich ging sogar zur Kirche.«

Er erzählte Mac, dass er sich auf den ersten Blick in Irene verliebt hatte. »Für meinen Geschmack war sie ein bisschen *zu* gut«, gestand er, »aber sie war hübsch, liebenswert und selbstlos. Sie faszinierte mich. Ich fragte sie, ob sie meine Frau werden wolle, und sie sagte ja. Und obwohl sich herausstellte, dass sie sich sehr viel mehr in der Kirche aufhielt als ich, hatte ich nicht die Absicht, sie gehen zu lassen.«

Rayford erzählte Mac, wie er sein Versprechen, regelmäßig zur Kirche zu gehen, gebrochen habe. »Auf jeden Fall ließ sie mich nach einer Weile endlich mit dem religiösen Kram in Ruhe. Bestimmt war sie nicht glücklich damit, aber ich habe mir eingeredet, dass es ihr nichts ausmachte. Mir machte es ganz bestimmt nichts aus.

Als wir Chloe bekamen, veränderte ich mich. Ich hatte den Eindruck, ein ganz neuer Mensch zu sein. Zuzusehen, als sie geboren wurde, überzeugte mich das davon, dass es noch Wunder gab, zwang mich, Gott anzuerkennen und weckte in mir den Wunsch, der beste Vater und Ehemann in der Geschichte zu werden. Ich machte keine Versprechungen. Ich fing nur wieder an, mit Irene zur Kirche zu gehen.«

Rayford erklärte, er habe schließlich erkannt, dass die Kirche doch gar nicht so übel sei. »Einige der Leute, die wir im Country Club trafen, sahen wir auch in der Kirche. Wir besuchten den Gottesdienst, spendeten Geld, sangen die Lieder mit, schlossen während des Gebets die Augen und hörten uns die Predigt an. Ab und zu fühlte ich mich durch eine Predigt oder einige Sätze aus der Predigt beleidigt. Aber ich ließ das an mir abgleiten. Niemand überprüfte mich. Und unsere Freunde nahmen an denselben Dingen Anstoß. Wir sagten dann immer, dass wir uns auf die Zehen getreten fühlten, aber das passierte nie zweimal hintereinander.«

Rayford erklärte, er hätte nie über Himmel oder Hölle nachgedacht. »Es wurde nicht viel darüber gesprochen. Na ja, zumindest nicht über die Hölle. Und vom Himmel nur in dem Zusammenhang, dass alle Menschen einmal dorthin kommen. Ich wollte im Himmel nicht in Verlegenheit geraten, weil ich zu viele schlechte Dinge getan hatte. Darum verglich ich mich mit meinen Bekannten und dachte, wenn sie es schafften, dann würde ich auf jeden Fall in den Himmel kommen.

Ich war glücklich, Mac. Ich weiß, dass manche Menschen sagen, sie würden eine Leere in sich spüren, aber bei mir war das nicht so. Für mich war das das Leben. Seltsamerweise empfand aber Irene diese Leere. Ich habe mit ihr gestritten. Manchmal sehr häufig. Ich erinnerte sie daran, dass ich sie doch wieder in die Kirche begleitete und sie mich gar nicht mehr drängen müsse. Was sie denn noch mehr wollte!«

Was Irene wollte, erklärte Rayford, war mehr. Etwas Tiefergehendes. Einige ihrer Freunde sprachen von einer persönlichen Beziehung zu Gott und das faszinierte sie. »Mich hat das zu Tode erschreckt«, sagte Rayford. »Ich wiederholte diesen Ausdruck, damit sie hörte, wie absurd das klang. ›Eine persönliche Beziehung zu Gott‹? Sie sagte: ›Ja. Durch seinen Sohn Jesus Christus.‹« Rayford schüttelte den Kopf. »Na ja, ich meine, Sie können sich sicher vorstellen, wie mir das vorkam.«

Mac nickte. »Ich weiß, was Sie wahrscheinlich gedacht haben.«

Rayford fuhr fort: »Ich hatte gerade genug Religion, dass ich mich gut fühlte. Worte wie ›Gott‹ oder ›Jesus Christus‹ vor Menschen laut aussprechen? Das war etwas für Pastoren, Priester und Theologen. Ich hielt mich lieber an Leute, die der Meinung waren, Religion sei etwas ganz Persönliches, Privates. Jeder, der versuchte, mich von etwas zu überzeugen, das in der Bibel stand, oder ›seinen Glauben mit mir teilen‹ wollte, gehörte in meinen Augen zum rechten Flügel, war ein Fundamentalist oder so etwas. Um solche Leuten machte ich möglichst einen großen Bogen.«

»Ich verstehe, was Sie meinen«, sagte Mac. »Es gibt immer jemanden, der versucht, ›Seelen für Christus zu gewinnen‹. Mann, wie ich das hasse!«

Rayford nickte. »Ich überspringe jetzt mal eine ganze Reihe von Jahren. Als mein Sohn geboren wurde, hatte ich wieder dasselbe Gefühl wie bei Chloes Geburt. Und ich gebe zu, dass ich mir immer einen Sohn gewünscht hatte. Ich dachte, dass Gott bestimmt ganz angetan war von mir, weil er mich auf diese Weise segnete. Und ich möchte Ihnen etwas sagen, was ich nur wenig anderen Menschen anvertraut habe. Als Irene mit Raymie schwanger war, wäre ich ihr beinahe untreu geworden. Ich war betrunken. Es geschah auf einer Betriebsweihnachtsfeier. Eine ganz verrückte Geschichte. Ich fühlte mich danach so schuldig, nicht wegen Gott, sondern wegen Irene. Das hatte sie nicht verdient. Aber sie hat nie einen Verdacht gehabt und das machte es noch schlimmer. Ich wusste, dass sie mich liebte. Ich habe mir eingeredet, ich sei der größte Halunke auf der Erde, und habe alle möglichen Abkommen mit Gott getroffen. Irgendwie hatte ich die Vorstellung, dass er mich bestrafen könnte.«

Auch beruflich ging es aufwärts. Nachdem Ray eine Weile bei seiner Fluggesellschaft gewesen war, wurde er befördert, bekam eine Gehaltserhöhung und sie zogen in ein hübsches Haus in einem Vorort von Chicago. Er ging auch weiterhin zur Kirche, war aber schon bald wieder ganz zufrieden mit seinem Leben. »Aber …«

»Aber?«, fragte Mac. »Was passierte dann?«

»Irene hat die Gemeinde gewechselt«, erklärte Rayford. »Haben Sie nicht auch Hunger?«

»Wie bitte?«

»Haben Sie Hunger? Es ist schon ein Uhr.«

»Sie sind mir ja ein Geschichtenerzähler! Lassen mich hier hängen, damit Sie essen können. Sie reden von Irenes Gemeindewechsel, als müsste mich das hungrig machen.«

»Sagen Sie mir, wo wir essen können«, erwiderte Rayford. »Ich werde uns hinbringen.«

»Das würde ich Ihnen auch raten!«

6

Die folgenden 20 Minuten verliefen sehr aufregend. Vielleicht verlernte man es nicht, einen Hubschrauber zu steuern, aber an die weiterentwickelte Technologie musste man sich zuerst gewöhnen. Rayford erinnerte sich noch an die schwerfälligen, langsamen Helikopter. Dieser jedoch schoss davon wie eine Libelle. Der Gashebel reagierte so schnell wie ein Joystick, und immer wieder stellte er fest, dass er überkompensierte. Er ging in die Kurve – zu hart und zu schnell – und musste dann rasch wieder ausgleichen, wobei er auch in diese Richtung wieder überzog.

»Ich muss mich gleich übergeben!«, rief Mac.

»Nicht in meinem Hubschrauber, auf keinen Fall!«, erwiderte Rayford.

Viermal setzte er den Helikopter auf, das zweite Mal viel zu hart.

»Das wird nicht wieder passieren«, versprach er. Und als er zum letzten Mal startete, meinte er: »Jetzt hab ich's. Es sollte doch nicht so schwierig sein, den Hubschrauber gerade und ruhig zu halten.«

»Das sage ich doch«, bemerkte Mac. »Wollen Sie zu Albie fliegen?«

»Sie meinen, wir sollten vor allen Leuten auf dem Flughafen landen?«

»Eine Feuertaufe. Bringen Sie den Hubschrauber einfach auf Kurs, dann könnten wir ein Nickerchen machen, bis wir den Tower von Al Basrah sehen. Diese Maschine hier fliegt von ganz allein. Also bringen Sie ihn auf Kurs und dann erzählen Sie mir von Irenes neuer Gemeinde.«

Auf dem Weg erzählte Rayford die Geschichte zu Ende. Er beschrieb, wie er Irenes Unzufriedenheit mit ihrer Gemeinde zum Anlass genommen hatte, den Gottesdienst nur noch sporadisch zu besuchen. Als sie ihn darauf ansprach, erinnerte er sie daran, dass sie sich dort ja auch nicht mehr wohl fühlte. »Als ich dann gar nicht mehr mitging, machte sie sich auf die Suche nach einer neuen Gemeinde. In einer Gemeinde, die ihr eigentlich gar nicht so besonders gut gefiel, lernte sie einige Frauen kennen. Und diese Frauen luden sie zu einer Frauenbibelstunde ein. Dort hörte sie dann etwas über Gott, was sie vorher noch nie gehört hatte. Sie erkundigte sich, zu welcher Gemeinde die Rednerin gehörte, suchte diese Gemeinde auf und schleppte mich schließlich auch mit.«

Rayford überprüfte die Kontroll-Leuchten, um sicherzugehen, dass alles in Ordnung war.

»Nun kommen Sie doch endlich zur Sache!«, sagte Mac.

»Na ja, ich verstand die neue Botschaft nicht«, fuhr Rayford fort. »Eigentlich verstand ich sie erst, nachdem Irene fort war. Die Gemeinde war tatsächlich anders. Ich fühlte mich dort nicht wohl. Wenn die Leute mich nicht im Gottesdienst antrafen, nahmen sie an, dass ich arbeitete. Und wenn ich dann wieder einmal kam, fragten sie mich nach der Arbeit, aber ich lächelte nur und sagte ihnen, wie wundervoll das Leben sei. Doch auch wenn ich zu Hause war, ging ich nur ab und zu einmal mit. Meine Tochter Chloe war damals ein Teenager und sie sprang natürlich gleich darauf an. Wenn ihr Vater nicht gehen musste, brauchte sie auch nicht mitzugehen.

Irene dagegen fühlte sich in der neuen Gemeinde sehr wohl. Es machte mich nervös, wenn sie anfing, von Sünde, Erlösung, Vergebung und dem Blut Christi zu sprechen. Sie erzählte mir, sie habe Christus ›angenommen‹ und sei ›wiedergeboren‹ worden. Sie drängte mich, aber ich wollte nichts davon hören. Das klang mir alles zu seltsam. Wie eine Sekte. Die Leute schienen in Ordnung zu sein, aber ich war davon überzeugt, ich würde dazu gezwungen werden, an die Türen zu gehen und Traktate zu verteilen. Schließlich erfand ich immer mehr Gründe, sie nicht in den Gottesdienst begleiten zu müssen.

Das ganze Thema Gemeinde wurde so unangenehm, dass wir es tunlichst mieden. Und schließlich kehrten auch meine alten Neigungen zurück und ich warf ein Auge auf meine Flugbegleiterin.«

»Oh-oh«, meinte Mac.

»Das können Sie laut sagen. Wir haben ein paar Drinks zusammen getrunken, sind ein paar Mal miteinander essen gegangen, aber mehr war nicht. Nicht, dass ich das nicht gewollt hätte. Eines Abends auf einem Flug nach London beschloss ich, sie nach der Landung einzuladen. Und dann dachte ich: Ach, ich frage sie einfach schon jetzt. Ich befand mich gerade mit einer vollbesetzten 747 mitten über dem Atlantik. Es war tiefste Nacht. Ich stellte den Autopiloten ein und machte mich auf die Suche nach ihr.«

Rayford hielt inne. Er hasste sich noch immer dafür, dass er so tief gesunken war.

Mac sah ihn an. »Und?«

»Jeder erinnert sich noch an den Ort, an dem er sich gerade aufhielt, als die vielen Menschen verschwanden.«

»Sie wollen doch nicht sagen …?«

»Ich wollte mich mit einer Frau verabreden, als alle diese Leute verschwanden.«

»Mann!«

Rayford schnaubte. »Irene hatte Recht gehabt. Christus war gekommen, um seine Gemeinde zu sich zu holen, und wir anderen waren alle zurückgelassen worden.«

Natürlich hatte Rayford noch sehr viel mehr zu erzählen, aber er wollte das einfach erst einmal einsinken lassen. Mac saß reglos und starrte vor sich hin. Er wandte sich um, holte Luft, drehte sich wieder zurück und beobachtete die Landschaft, als sie sich Al Basrah näherten.

Mac überprüfte sein Klemmbrett und machte sich am Funkgerät zu schaffen. »Wir sind jetzt nah genug«, sagte er. »Ich will mal sehen, was ich herausfinden kann.« Er stellte die Frequenz ein. »Golf Charlie Niner Niner an Al Basrah Tower. Hören Sie mich?«

Nichts.

»Al Basrah Tower, hier spricht Golf Charlie Niner Niner. Ich schalte jetzt auf Kanal elf um, over.« Mac schaltete um und wiederholte seinen Ruf.

»Al Basrah Tower«, ertönte die Antwort. »Sprechen Sie, Niner Niner.«

»Ist Albie in der Nähe?«

»Einen Augenblick, Niner.«

Mac wandte sich Rayford zu. »Es besteht noch Hoffnung«, sagte er.

»Golf Charlie, hier spricht Albie, over.«

»Albie, du alter Hurensohn! Hier spricht Mac. Wie geht's?«

»Nicht so toll, mein Freund. Wir haben gerade unseren provisorischen Tower aufgestellt. Haben zwei Hangars verloren. Ich gehe auf Krücken. Ich hoffe, du kommst nicht in einem Flugzeug mit festen Flügeln. Dann kannst du nämlich noch zwei oder drei Tage lang nicht hier landen.«

»Wir sind in einem Hubschrauber«, erklärte Mac.

»Dann seid ihr willkommen«, erwiderte Albie. »Wir brauchen Hilfe. Aber vor allem brauchen wir Gesellschaft.«

»Wir können nicht lange bleiben, Albie. Unsere geplante Ankunftszeit ist in 30 Minuten.«

»Verstanden, Mac. Wir halten nach euch Ausschau.«

Rayford bemerkte, dass Mac sich auf die Lippen biss. »Da bin ich aber wirklich froh«, flüsterte er mit zitternder Stimme. Er überprüfte die Kontrollanzeigen, legte sein Klemmbrett aus der Hand und wandte sich Rayford wieder zu. »Zurück zu Ihrer Geschichte.«

Rayford betrachtete das Chaos unter sich. Zelte waren aufgestellt worden, und überall lagen noch Leichname herum, die von Mannschaften auf Lastwagen geladen wurden. Hier und da sah man Gruppen, die mit Schaufeln und Hacken an einer asphaltierten Straße arbeiteten. Wenn sie sehen könnten, was Rayford sah, würden sie wissen, dass es Monate dauern würde, bis die Straße in Ordnung gebracht worden war, selbst wenn sie tagelang an ihrem kleinen Stückchen Asphalt arbeiteten.

Rayford erzählte Mac, was er nach seiner Landung auf dem Flughafen O'Hare erfahren hatte und dass auch seine Tochter Chloe noch da war. Er erinnerte sich daran, als sei es gestern gewesen. Es machte ihm nichts aus, die Geschichte zu erzählen, weil sie ja zu einem guten Ende gekommen war, aber diesen Teil hasste er regelrecht. Nicht nur das Entsetzen und die Einsamkeit, sondern die Schuld. Wenn Chloe nicht auch noch zum Glauben an Christus gekommen wäre, hätte er sich vielleicht nie vergeben können.

Er machte sich Gedanken um Mac. Natürlich würde er Mac erzählen, was vorging und wer Nicolai Carpathia war. Er würde ihm von den Prophezeiungen in der Offenbarung erzählen, mit ihm die Gerichte durchgehen, die bereits über die Welt hereingebrochen waren, ihm zeigen, dass sie in der Bibel vorhergesagt worden waren. Aber falls Mac ein Heuchler war, falls Mac für Carpathia arbeitete, hatte er mittlerweile eine Gehirnwäsche bekommen. Sein Interesse konnte vorgetäuscht sein. Er konnte sogar darauf beharren, dieses gefährliche Tauchmanöver mit Rayford zu unternehmen, um ihn in Sicherheit zu wiegen.

Aber Rayford hatte sich bereits zu weit vorgewagt. Wieder betete er im Stillen, Gott möge ihm zeigen, ob Mac es tatsächlich ernst meinte. Wenn das nicht der Fall war, dann war er der beste Schauspieler, den Rayford je kennen gelernt hatte. Es war schwer, noch irgendjemandem zu trauen.

Als der Flughafen Al Basrah endlich in Sicht kam, half Mac Ray bei einer sanften, wenn auch langsamen Landung. Als Ray den Motor ausstellte, meinte Mac: »Da ist er. Er kommt gerade die Leiter herunter.«

Sie kletterten aus dem Hubschrauber, als ein kleiner, dunkelhäutiger Mann mit Turban barfuß von einem Turm kletterte, der eher aussah wie ein Wachturm in einem Gefängnis. Er hatte seine Krücken heruntergeworfen, und als er unten angekommen war, humpelte er ihnen entgegen. Mac und er umarmten sich.

»Was ist passiert?«, fragte Mac.

»Ich war in der Cafeteria«, erklärte Albie. »Als das Rumpeln begann, wusste ich sofort, was los war. Dummerweise rannte ich zum Tower. Niemand war da. Wir rechneten einige Stunden lang nicht mit Flugverkehr. Was ich da oben wollte, weiß ich selbst nicht. Der Tower stürzte ein, noch bevor ich ihn erreicht hatte. Ich konnte zwar ausweichen, aber ein Tankwagen schleuderte mir entgegen. Im letzten Augenblick sah ich ihn und versuchte noch, über das Führerhaus zu springen, das auf der Seite lag. Fast hätte ich die andere Seite erreicht, aber ich verknackste mir den Knöchel auf dem Reifen und habe mir die Haut an den Schrauben aufgekratzt. Aber das ist nicht das Schlimmste. Ich habe mir einige Knochen in meinem Fuß gebrochen. Im Augenblick gibt es kein Material, mit dem man ihn richten könnte, und ich stehe ganz unten auf der Prioritätenliste. Aber es wird wieder in Ordnung kommen. Allah wird mich segnen.«

Mac stellte Rayford vor. »Ich möchte eure Geschichten hören«, sagte Albie. »Wo wart ihr, als das Erdbeben losbrach? Alles. Ich möchte alles wissen. Aber zuerst, falls ihr Zeit habt, könnten wir eure Hilfe gebrauchen.«

Schwere Maschinen waren gerade dabei, ein großes Gebiet zu planieren und für den Asphalt vorzubereiten. »Euer Boss, der Potentat höchstpersönlich, hat uns für unsere Kooperation gedankt. Wir versuchen, die Landebahn so schnell wie möglich wieder in Betrieb zu nehmen, um die weltweiten, Frieden erhaltenden Bemühungen zu unterstützen. Was für eine Tragödie ist über uns hereingebrochen nach allem, was der Potentat bereits getan hat.«

Rayford schwieg.

Mac sagte: »Albie, wir können dir vielleicht später helfen, aber zuerst müssen wir etwas essen.«

»Die Cafeteria ist eingestürzt«, erklärte Albie. »Was aus deinem Lieblingsrestaurant in der Stadt geworden ist, weiß ich nicht. Sollen wir das mal überprüfen?«

»Hast du ein Fahrzeug?«

»Den Pickup«, erwiderte Albie. Sie folgten ihm zu einem alten Wagen. »Das Schalten wird schwierig«, erklärte er. »Ist das schlimm?«

Mac setzte sich hinters Lenkrad. Albie saß in der Mitte, die Beine weit gespreizt, um Mac beim Schalten nicht zu behindern. Der Pickup rumpelte über die ungeteerten Straßen, bis er die Außenbezirke der Stadt erreichte. Der Gestank machte Rayford krank. Es fiel ihm noch immer schwer zu akzeptieren, dass dies zu Gottes Plan gehören sollte. Mussten wirklich so viele Menschen leiden, weil er ein Zeichen setzen wollte? Er tröstete sich mit dem Gedanken, dass Gott dies alles ja nicht gewollt hatte. Rayford glaubte daran, dass Gott zu seinem Wort stand, dass er den Menschen genügend Gelegenheiten gegeben hatte und dass dies alles nun gerechtfertigt war, damit er ihre Aufmerksamkeit bekam.

Weinende Männer und Frauen trugen Leichname über den Schultern und schoben sie in Schubkarren durch die überfüllten Straßen. Man hatte den Eindruck, dass die ganze Stadt von dem Erdbeben in Trümmer gelegt worden war. Bei Macs Lieblingsrestaurant fehlte eine ganze Wand, aber die Geschäftsleitung hatte etwas darüber gehängt und den Betrieb wieder aufgenommen. Es war eines der wenigen Restaurants, die geöffnet hatten, und daher sehr überfüllt. Die Gäste aßen im Stehen. Mac und Rayford drängten sich in das Gewühl und ernteten damit wütende Blicke, bis die Menge Albie erblickte. Dann machten sie Platz, so weit das überhaupt möglich war.

Rayford hatte wenig Vertrauen in die Hygiene dieses Essens, aber er war trotzdem dankbar dafür. Nach zwei Bissen in eine mit Lamm und Gemüse gefüllte Pastete flüsterte er Mac zu: »Ich kann sehen und ich kann riechen und doch ist der Hunger noch immer der beste Koch.«

Auf dem Rückweg fuhr Mac an die Seite und stellte den Motor ab. »Ich wollte natürlich auch wissen, ob es dir gut geht, Albie«, sagte er. »Aber dies ist auch eine geschäftliche Angelegenheit.«

»Hervorragend«, erwiderte Albie. »Wie kann ich dir helfen?«

»Ich brauche eine Taucherausrüstung«, erklärte Mac.

Albie runzelte die Stirn und kräuselte die Lippen. »Taucherausrüstung«, wiederholte er. »Mit Anzug, Maske, Sauerstoffgerät, Flossen?«

»Ja, alles.«

»Gewichte? Ballast? Licht?«

»Ich denke schon.«

»Habt ihr Bargeld?«

»Natürlich.«

»Ich werde sehen, was sich machen lässt«, versprach Albie. »Ich habe da eine Quelle. Seit der Katastrophe habe ich noch nichts von ihm gehört. Falls das Zeug zu haben ist, kann ich es besorgen. Wir wollen so verbleiben: Wenn ihr nichts von mir hört, kommt ihr in einem Monat wieder, dann habe ich es hier.«

»So lange kann ich nicht warten«, warf Rayford schnell ein.

»Ich kann nicht garantieren, dass ich es früher bekomme. Sogar ein Monat erscheint mir in einer Zeit wie dieser sehr schnell zu sein.« Dem konnte Rayford nicht widersprechen. »Ich dachte, sie sei für dich, Mac«, fügte Albie hinzu.

»Wir brauchen zwei Ausrüstungen.«

»Habt ihr vor, als Taucher Karriere zu machen?«

»Wohl kaum«, widersprach Mac. »Warum? Denkst du, wir sollten lieber eine leihen?«

»Geht das denn?«, fragte Rayford.

Albie und Mac sahen Rayford an und brachen in Gelächter aus.

»Auf dem Schwarzmarkt gibt es nichts zu leihen«, erklärte Albie.

Rayford musste über seine Naivität lächeln.

Beim Flughafen angekommen, drückte Albie Rayford und Mac jeweils eine Schaufel in die Hand, während ein Lastwagen eine Ladung Kies als Grundlage für die Startbahn brachte. Bevor es ihnen bewusst wurde, waren einige Stunden vergangen. Sie schickten nach Albie.

»Kannst du eine Nachricht nach Neu-Babylon übermitteln?«, fragte Mac.

»Dazu brauchen wir zwar ein Relais, aber seit dem Morgen senden sowohl ›Qar‹ als auch ›Wasit‹ wieder, darum müsste es möglich sein.«

Mac schrieb eine kurze Notiz, in der er den Funker bat, die Funkstation der Weltgemeinschaft darüber zu informieren, dass Steele und McCullum freiwillig beim Wiederaufbau eines Flughafens mithalfen und erst bei Einbruch der Dunkelheit zurückkehren würden.

Es war schon fast halb zehn Uhr am Dienstagmorgen, als Buck aus dem Schlaf hochfuhr. Die Sonne schien, trotzdem hatte er seit diesem kurzen Traum mitten in der Nacht gut und tief geschlafen. Ein Geräusch hatte sich in sein Bewusstsein eingeschlichen. Aber wie lange schon? Nachdem sich seine Augen an das Licht gewöhnt hatten, wurde ihm klar, dass er das Geräusch schon seit einer ganzen Weile hörte.

Es schien aus dem Hinterhof zu kommen, von da, wo der Range Rover stand. Er lief zum Fenster und öffnete es, drückte seine Wange gegen das Fliegengitter und sah hinaus. Vielleicht waren das ja Leute von den Stadtwerken und sie bekämen früher Elektrizität, als sie gedacht hatten.

Wonach roch es denn da? War vielleicht ein Catering-Wagen für die Leute vorgefahren? Er warf sich ein paar Sachen über. Im Flur brannte Licht. War es vielleicht doch kein Traum gewesen? Barfuß lief er die Treppe hinunter. »Tsion! Wir haben Strom! Was ist passiert?«

Tsion kam mit einer Bratpfanne voller Essen aus der Küche und begann, das Essen auf einen Teller auf dem Tisch zu füllen. »Setzen Sie sich, mein Freund. Sind Sie nicht stolz auf mich?«

»Sie haben etwas zu essen gefunden!«

»Ich habe noch mehr getan, Buck! Ich habe einen Generator entdeckt, und zwar einen großen!«

Buck neigte den Kopf und sprach ein kurzes Dankgebet. »Haben Sie schon gegessen, Tsion?«

»Ja, fangen Sie nur an. Ich konnte nicht warten. Mitten in der Nacht konnte ich nicht mehr schlafen, darum bin ich auf Zehenspitzen in Ihr Zimmer geschlichen und habe mir Ihre Taschenlampe geholt. Ich habe Sie doch nicht geweckt, oder?«

»Nein«, erwiderte Buck mit vollem Mund. »Aber später glaubte ich, Licht im Flur gesehen zu haben. Aber ich dachte, es sei ein Traum gewesen.«

»Es war kein Traum, Buck! Ich habe den Generator ganz allein aus dem Keller geholt und in den Hof gebracht. Es dauerte eine Ewigkeit, bis ich ihn mit Diesel gefüllt und in Gang gesetzt hatte. Doch sobald ich ihn mit dem Kabel im Keller verbunden hatte, gingen die Lichter an, der Kühlschrank sprang an, alles lief plötzlich wieder. Es tut mir Leid, wenn ich Sie gestört habe. Danach schlich ich auf Zehenspitzen in mein Schlafzimmer, kniete an meinem Bett und habe den Herrn gepriesen, dass wir ein solches Glück hatten.«

»Ich habe Sie gehört.«

»Verzeihen Sie mir.«

»Es war wie Musik«, meinte Buck. »Und dieses Essen ist wie Nektar.«

»Sie müssen bei Kräften bleiben. Sie werden zu Lorettas Haus zurückkehren. Ich werde hier bleiben und sehen, ob ich ins Internet gelangen kann. Wenn das nicht geht, muss ich ein wenig studieren und Botschaften schreiben, damit ich sie verschicken kann, wenn die Verbindungen wieder stehen. Bevor Sie gehen, helfen Sie mir doch noch, Donnys Aktenkoffer aufzubrechen, nicht?«

»Dann sind Sie also zu dem Schluss gekommen, dass es okay ist, ja?«

»Unter anderen Umständen wäre es nicht in Ordnung. Aber wir haben im Augenblick so wenig Material zum Überleben, Cameron. Wir müssen alles nutzen, was uns zur Verfügung steht.«

Glücklicherweise war Donnys Brunnen nicht zerstört worden und irgendwie besserte sich Bucks Stimmung unter einer heißen Dusche.

Was sagte man noch über die Bequemlichkeiten, die den Tag trotz einer Krise viel heller aussehen ließen? Buck wusste, dass er sich dagegen sträubte. Wann immer er das Gefühl hatte, dass seine realistische, praktische, journalistische Seite überwog, kämpfte er dagegen an. Er wollte glauben, dass Chloe dem Tod entkommen war, aber ihr Wagen stand noch immer beim Haus. Andererseits hatte er ihren Leichnam nicht gefunden. Tonnen von Trümmern lagen noch immer herum und er hatte noch nicht überall nach ihr suchen können. Musste er wirklich jeden Stein wegräumen, um herauszufinden, ob sie da war oder nicht? Natürlich war er dazu bereit. Er hoffte nur, dass es einen einfacheren Weg gab.

Buck war erstaunt zu sehen, dass Tsion nicht darauf gewartet hatte, bis Buck Donnys Aktenkoffer aus dem Wagen holte. Er lag vor ihm auf dem Tisch. Scheu und verlegen blickte er ihn an. Sie mussten in die Privatspäre eines Menschen eindringen, und beide redeten sich ein, dass Donny es so gewollt hätte. Natürlich würden sie die Sachen wieder einschließen, wenn sie feststellten, dass sie sehr persönlich und von keinerlei Nutzen für sie waren.

»Im Keller liegen alle möglichen Werkzeuge herum«, sagte Tsion. »Ich könnte versuchen, diesen Koffer zu öffnen, ohne ihn zu beschädigen.«

»Wie bitte!?«, rief Buck. »So, wie er aussieht, hat dieser Koffer nicht gerade viel gekostet. Wie wäre es, wenn wir Zeit und Kräfte sparen?«

Buck stellte den Aktenkoffer hochkant und klemmte ihn zwischen seinen Knien ein. Dann schlug er mit der Handkante so auf den Koffer, dass er auf eine Ecke krachte. Die Riegel lösten sich und das Gehäuse flog auf. Seine Beine verhinderten, dass sich der Inhalt in der Küche verteilte. Zufrieden mit seiner Arbeit, stellte Buck den Koffer auf den Tisch und drehte ihn so herum, dass Tsion ihn öffnen konnte.

»Das hat also dieser junge Mann mit sich herumgetragen?«, fragte Tsion.

Buck beugte sich über ihn und spähte hinein. Fein säuberlich aufgereiht lagen Dutzende kleiner Spiralblocks darin. Vorne waren sie mit Daten beschriftet. Tsion und Buck nahmen sich ein paar zur Hand und blätterten sie durch. Jeder Block enthielt die Eintragungen von einem Zeitraum von etwa zwei Monaten.

»Dies könnten seine persönlichen Tagebücher sein«, meinte Buck.

»Ja«, erwiderte Tsion. »Wenn das so ist, dürfen wir sie nicht lesen.«

Sie sahen sich an. Buck fragte sich, wer von ihnen nachsehen würde, um zu entscheiden, ob dies private Notizen waren, die sie nichts angingen, oder technische Daten, die der *Tribulation Force* von Nutzen sein konnten. Tsion zog die Augenbrauen in die Höhe und nickte Buck zu. Buck öffnete ein Notizbuch in der Mitte. Dort stand: »Habe mit Bruce B. über den unterirdischen Bunker gesprochen. Er scheint sich zu der Stelle noch immer nicht äußern zu wollen. Das brauche ich auch gar nicht zu wissen. Ich habe alles aufgezeichnet, die Elektrizitäts- und Wasserversorgung, Telefonanschlüsse, Luftzufuhr etc.«

»Das ist nichts Persönliches«, erklärte Tsion. »Ich werde die Bücher heute durchlesen und sehen, ob etwas drinsteht, das wir gebrauchen können. Ich bin erstaunt, wie viele es sind. Ich glaube nicht, dass auch nur noch ein Satz hineingepasst hätte.«

»Was ist das?«, fragte Buck, nachdem er das Büchlein durchgeblättert hatte. »Sehen Sie sich das an. Er hat diese Skizze gezeichnet.«

»Das ist ja mein Schutzraum!«, freute sich Tsion. »Dort habe ich gelebt. Er hat ihn also entworfen.«

»Aber es sieht so aus, als hätte Bruce ihm nie gesagt, wo er den Bunker bauen wollte.«

Tsion deutete auf einen Absatz auf der nächsten Seite: »Einen ähnlichen Schutzraum in meinem Garten zu bauen, ist doch mehr Arbeit, als ich erwartet hatte. Sandy ist ganz begeistert. Wir müssen die Erde mit ihrem Van fortbringen. Das lenkt uns von unserem Verlust ab. Ihr gefällt unser heimliches Unternehmen. Wir wechseln uns dabei ab, die Erde an den verschiedensten Stellen auszukippen. Heute haben wir so viel in den Wagen geladen, dass die Hinterreifen zu platzen drohten. Zum ersten Mal seit Monaten habe ich ein Lächeln auf ihrem Gesicht gesehen.«

Buck und Tsion sahen sich an. »Ist das denn möglich?«, fragte Tsion. »Ein Schutzraum im Garten?«

»Wie haben wir den nur übersehen können?«, fragte Buck. »Wir haben gestern Abend doch dort gegraben.«

Sie gingen zur Hintertür und betrachteten den Rasen. Der Zaun zwischen Donnys Haus und dem Nachbarhaus war von dem Erdbeben niedergerissen worden. »Vielleicht habe ich den Wagen über dem Eingang geparkt«, bemerkte Buck.

Er fuhr den Rover rückwärts aus dem Weg. »Ich kann nichts sehen«, sagte Tsion. »Aber das Tagebuch lässt darauf schließen, dass es nicht nur ein Traum war. Sie haben die Erde abtransportiert.«

»Ich werde heute ein paar Metallstifte mitbringen«, schlug Buck vor. »Die können wir dann durch das Gras stechen und sehen, ob wir den Bunker finden.«

»Ja, gehen Sie jetzt. Machen Sie bei Lorettas Haus weiter. Ich habe heute viel am Computer zu tun.«

Im Irak ging die Sonne unter. »Wir fliegen jetzt besser wieder zurück«, keuchte Rayford.

»Was werden sie machen?«, fragte Mac. »Uns feuern?«

»Solange er Sie in seiner Nähe hat, Mac, könnte er seine Drohung wahr machen und mich ins Gefängnis werfen lassen.«

»Das würde ihm ähnlich sehen zu denken, ein Mann könnte diese Condor allein um die halbe Welt und wieder zurück fliegen. Haben Sie sich übrigens noch nicht gefragt, warum er diese Maschine die 216 nennt? Die Nummer seines Büros war auch 216, obwohl es sich im obersten Stockwerk eines achtzehnstöckigen Hauses befand.«

»Darüber habe ich nie nachgedacht«, meinte Rayford. »Ich sehe keinen Grund, warum ich mir darüber Gedanken machen sollte. Vielleicht hat er eine Vorliebe für diese Zahl.«

Während er und Mac mit den Schaufeln über der Schulter zum Tower zurückliefen, kam Albie ihnen auf seinen Krücken entgegen. »Ich danke euch vielmals für eure Hilfe, meine Freunde. Ihr seid wahre Freunde Allahs, wahre Freunde der Weltgemeinschaft.«

»Die Weltgemeinschaft hört es nicht so gern, wenn Sie Allah die Ehre geben«, bemerkte Rayford. »Sie sind loyaler Bürger der Weltgemeinschaft und haben sich trotzdem nicht dem Enigma Babylon Einheitsglauben angeschlossen?«

»Beim Grab meiner Mutter, nie würde ich Allah mit einer solchen Blasphemie verspotten.«

Aha, dachte Rayford, *Christen und Juden sind also nicht die einzigen Gegner des neuen Papstes.*

Albie führte sie zu einer Stelle, an der sie ihre Schaufeln abstellen konnten. Leise flüsterte er ihnen zu: »Ich freue mich, euch sagen zu können, dass ich bereits erste Erkundigungen eingezogen habe. Es dürfte kein Problem sein, die Ausrüstung zu besorgen.«

»Alles?«, fragte Mac.

»Alles.«

»Wie viel?«, fragte Mac.

»Ich habe mir die Freiheit genommen, die Zahl aufzuschreiben«, sagte Albie.

Der Iraker zog ein Stück Papier aus der Tasche und beugte sich auf seinen Krücken vor, als er es im Licht der untergehenden Sonne auffaltete.

»Ho! Mann!«, rief Rayford. »Das ist ja viermal so viel, wie ich für zwei Taucherausrüstungen bezahlen müsste.«

Albie steckte den Zettel in die Tasche zurück. »Es ist genau das Doppelte des Einzelhandelspreises. Kein Pfennig mehr. Wenn Sie die Ware nicht wollen, dann sagen Sie es.«

»Das scheint wirklich viel zu sein«, meinte Mac. »Aber du hast mich noch nie betrogen. Wir vertrauen dir.«

»Brauchen Sie eine Sicherheit?«, fragte Rayford, der hoffte, die Gefühle des Mannes nicht verletzt zu haben.

»Nein«, erwiderte er. Sein Blick wanderte zu Mac, nicht zu Rayford. »Sie vertrauen mir, ich vertraue Ihnen.«

Rayford nickte.

Albie streckte seine knochige Hand aus und drückte Rayfords Hand mit festem Druck. »Wir sehen uns dann also in 30 Tagen, es sei denn, ihr hört vorher von mir.«

Mac übernahm den Rückflug. »Haben Sie genügend Energie, um Ihre Geschichte zu Ende zu erzählen, Ray?«

Auf dem Weg zu Lorettas Haus fuhr Buck bei der *New Hope*-Gemeinde vorbei. Er kam auch an dem Krater vorüber, in dem der Wagen der alten Frau etwa sechs Meter tief in der Erde ruhte. Ihr Leichnam war auch noch da, aber er konnte sich nicht überwinden hinzusehen. Falls Tiere sie bereits gefunden hatten, wollte er das gar nicht wissen. Auch mied er die Stelle, an der er Donny Moore gefunden hatte. Weitere Erdbewegungen hatten ihn noch tiefer unter sich begraben. Vorsichtig kletterte Buck zu dem unterirdischen Schutzbunker hinunter. Ganz offensichtlich hatten sich die Trümmerberge noch weiter bewegt. Auf der Betontreppe zu dem Schutzraum rutschte er aus und wäre beinahe gefallen. Er fragte sich, ob er noch etwas von ihren Sachen retten konnte. Er konnte ja jederzeit zurückkommen. Buck ging zum Range Rover zurück und ließ seine Finger über seine noch immer geschwollene Wange gleiten. Warum sahen Fleischwunden am zweiten Tag meistens noch schlimmer aus als am ersten?

An diesem Tag herrschte etwas mehr Verkehr. Jeder Lastwagen, Bulldozer oder Schlepper, der nicht von der Erde verschluckt oder bei dem Erdbeben zerstört worden war, schien unterwegs zu sein. Buck konnte seinen Wagen nicht an derselben Stelle wie am Tag zuvor abstellen. Straßenbautrupps rissen den aufgeworfenen Asphalt vor Lorettas Haus auf. Die großen Asphaltstücke wurden auf Lastwagen geladen. Wo sie hingebracht und was damit gemacht werden würde, wusste Buck nicht. Er wusste nur, dass die Menschen nichts anderes tun konnten, als mit dem Wiederaufbau zu beginnen. Er konnte sich nicht vorstellen, dass dieses Gebiet jemals wieder so aussehen würde wie früher, aber er wusste, es würde nicht lange dauern, bis es wieder aufgebaut worden war.

Buck fuhr über einen kleinen Trümmerberg und parkte neben einem der umgestürzten Bäume in Lorettas Vorgarten. Die Arbeiter ignorierten ihn. Langsam ging er um das Haus herum und fragte sich, ob er sich weiter durch die Trümmer des Hauses arbeiten sollte.

Ein Mann mit einem Klemmbrett betrachtete die Überreste des Nachbarhauses. Er knipste Fotos und machte sich Notizen.

»Ich glaube nicht, dass eine Versicherung einen solchen Akt Gottes abdeckt«, bemerkte Buck.

»Das glaube ich auch nicht«, erwiderte der Mann. »Ich bin aber nicht bei einer Versicherungsgesellschaft beschäftigt.« Er drehte sich zu Buck um, so dass Buck seinen Ausweis sehen konnte, den er sich an sein Revers gesteckt hatte. Darauf stand: »Sunny Kuntz, Chefinspektor, Weltgemeinschaft.«

Buck nickte. »Was passiert als Nächstes?«

»Wir faxen Fotos und Statistiken ins Hauptquartier. Sie schicken Geld. Wir bauen auf.«

»Das Hauptquartier der Weltgemeinschaft steht noch?«

»Nein. Das wird auch wiederaufgebaut. Die Überlebenden befinden sich in einem unterirdischen Schutzbunker, der mit hochentwickelter Technologie ausgestattet ist.«

»Sie können mit Neu-Babylon in Verbindung treten?«

»Seit heute Morgen.«

»Mein Schwiegervater arbeitet dort. Denken Sie, ich könnte durchkommen?«

»Das müsste eigentlich möglich sein.« Kuntz sah auf seine Uhr. »Dort ist es noch nicht neun Uhr morgens. Vor etwa vier Stunden habe ich mit jemandem gesprochen. Ich wollte ihnen mitteilen, dass wir mindestens einen Überlebenden in diesem Gebiet gefunden haben.«

»Tatsächlich? Wen denn?«

»Ich bin leider nicht befugt, Ihnen diese Information weiterzugeben, Mr. –?«

»Oh, tut mir Leid.« Buck holte seinen Ausweis hervor, der ihn ebenfalls als Mitarbeiter der Weltgemeinschaft auswies.

»Aha, von der Presse«, meinte Kuntz. Er schlug einige Blätter seines Klemmbrettes um. »Ihr Name ist Cavenaugh. Helen. 70 Jahre alt.«

»Sie hat hier gewohnt?«

»Das stimmt. Sagte, sie sei in den Keller gerannt, als sie die Erschütterungen gespürt hätte. Sie hatte noch nie von einem Erdbeben in diesem Gebiet gehört, darum dachte sie, es handle sich um einen Tornado. Sie hatte einfach Glück. Bei einem Erdbeben sollte man sich auf keinen Fall irgendwo aufhalten, wo etwas auf einen fallen kann.«

»Sie hat aber trotzdem überlebt, ja?«

Kuntz deutete auf die Fundamente des Hauses etwa drei Meter von Lorettas Haus entfernt. »Sehen Sie die beiden Öffnungen, eine hier vorn und die andere an der Rückseite?« Buck nickte. »Das ist ein langer Raum im Keller. Zuerst rannte sie zur Vorderseite. Als das ganze Haus sich bewegte und das Glas von diesem Fenster hineingeblasen wurde, rannte sie zum anderen Ende. Aus diesem Fenster war das Glas bereits herausgefallen, darum drückte sie sich in die Ecke und wartete ab. Wenn sie vorne geblieben wäre, hätte sie es niemals geschafft. Sie hat sich die einzige Ecke des Hauses ausgesucht, an der sie nicht getötet werden konnte.«

»Das hat sie Ihnen erzählt?«

»Ja.«

»Sie hat nicht gesagt, ob sie im Haus nebenan jemanden gesehen hat?«

»Das hat sie tatsächlich.«

Buck verschluckte sich beinahe. »Was hat sie gesagt?«

»Nur, dass sie gesehen hat, wie eine junge Frau aus dem Haus gerannt ist. Kurz bevor das Fenster an der Vorderseite einbrach, sprang die Frau in ihren Wagen, doch als die Straße sich hob, fuhr sie in die Garage.«

Buck zitterte am ganzen Körper. Verzweifelt bemühte er sich, ruhig zu bleiben. »Und was passierte dann?«

»Mrs. Cavenaugh sagte, sie wäre wegen des Fensters dann zur anderen Seite des Hauses gelaufen, und als das Haus anfing, über ihr zusammenzustürzen, meinte sie gesehen zu haben, wie die Frau aus der Seitentür der Garage kam und durch den Garten lief.«

Buck verlor die Fassung. »Sir, das war meine Frau. Gibt es noch irgendwelche weiteren Einzelheiten?«

»Nicht, dass ich wüsste.«

»Wo befindet sich diese Mrs. Cavenaugh?«

»In einer Unterkunft etwa sechs Meilen in Richtung Osten. Ein Möbelgeschäft, an dem aus irgendwelchen Gründen nur wenig Schaden entstanden ist. Dort befinden sich mittlerweile etwa 200 nur leicht verletzte Überlebende. Es ist eher eine Auffangstation als ein Krankenhaus.«

»Beschreiben Sie mir genau, wie ich dieses Haus finden kann. Ich muss unbedingt mit ihr sprechen.«

»In Ordnung, Mr. Williams, aber ich muss Sie warnen, sich keine allzu großen Hoffnungen zu machen.«

»Was meinen Sie damit? Ich hatte eigentlich gar keine Hoffnung mehr, bis ich hörte, dass meine Frau hinausgelaufen sei. Ich hatte keine Hoffnung, als ich versuchte, mich durch die Trümmer zu graben. Sagen Sie mir nicht, ich sollte mir nun keine Hoffnungen machen.«

»Es tut mir Leid. Ich versuche nur, realistisch zu sein. Bevor ich mich der Einsatzgruppe anschloss, habe ich mehr als 15 Jahre beim Katastrophenschutz gearbeitet. Das hier ist das Schlimmste, was ich je gesehen habe, und ich muss Sie fragen, ob Sie sich den Fluchtweg angesehen haben, den Ihre Frau sehr wahrscheinlich genommen hat. Wenn Mrs. Cavenaughs Aussagen den Tatsachen entsprechen, ist sie durch diesen Garten gerannt.«

Buck folgte Kuntz zum Garten. Kuntz machte eine ausladende Armbewegung. »Wohin sollte sich hier jemand flüchten?«, fragte er. »Wohin würde jemand gehen?«

Buck nickte finster. Er hatte verstanden. So weit er sehen konnte nichts als Trümmerhaufen, Erdspalten, Krater, umgestürzte Bäume und Strommasten. Ganz bestimmt gab es hier nichts, wo man hätte Schutz suchen können.

7

Also Ihre Tochter war der eigentliche Grund dafür, dass Sie herausfinden wollten, was mit Ihrer Frau und Ihrem Sohn passiert war?«

»Richtig.«

»Haben Sie sich über Ihr Motiv Gedanken gemacht?«

»Sie meinen Schuldgefühle? Vielleicht zum Teil. Aber ich war ja tatsächlich Schuld daran, Mac. Ich hatte meine eigene Tochter im Stich gelassen. Das wollte ich nicht noch einmal machen.«

»Sie konnten sie doch nicht zwingen zu glauben.«

»Nein. Und eine Zeit lang dachte ich auch, sie würde es nicht erkennen. Sie war dickköpfig, sehr kritisch, genauso, wie ich gewesen war.«

»Na ja, Ray, wir Flieger sind wahrscheinlich alle gleich. Mit Hilfe der Aerodynamik heben wir vom Boden ab. Keine Zauberkraft, keine Wunder, nichts, was man nicht sehen, fühlen oder hören kann.«

»Genauso war ich.«

»Und was ist passiert? Was hat schließlich die Veränderung bewirkt?«

Die Sonne versank langsam am Horizont, und vom Helikopter aus sahen Rayford und Mac, wie der gelbe Ball immer flacher wurde und schließlich ganz verschwand. Rayford ging ganz in seiner Geschichte auf, versuchte mit aller Kraft, Mac von der Wahrheit zu überzeugen. Ihm wurde plötzlich warm. Obwohl es in der irakischen Wüste nach Sonnenuntergang sehr kalt wurde, musste er seine Jacke ausziehen.

Dann fuhr er fort. Er erzählte Mac, dass er Irenes Bibel gefunden, die Telefonnummer der Gemeinde, die Irene so sehr geliebt hatte, gesucht, mit Bruce Barnes gesprochen und sich schließlich das Video angesehen hatte, das Pastor Billings für alle die vorbereitet hatte, die zurückgelassen worden waren.

»Er wusste, was passieren würde?«, fragte Mac.

»Oh ja. Alle, die entrückt worden sind, wussten, was kommen würde. Sie wussten nicht, wann es passieren würde, aber sie freuten sich darauf. Dieses Video hat mir den Rest gegeben, Mac.«

»Das würde ich mir gern ansehen.«

»Vielleicht kann ich Ihnen eine Kopie davon machen, wenn das Gemeindehaus noch steht.«

Kuntz erklärte Buck, wie er zu der Notunterkunft gelangen konnte. Buck eilte zum Range Rover. Er versuchte, Tsion anzurufen, und war enttäuscht, dass nur das Besetztzeichen ertönte. Aber auch das war ermutigend. Wenigstens tat sich etwas. Es klang so, wie das normale Besetztzeichen, so als würde Tsion gerade telefonieren. Buck wählte Rayfords Privatnummer. Falls es funktionierte, mussten sie durch die Funktechnologie und Sonnenenergie in der Lage sein, überall auf der Erde miteinander in Kontakt zu treten.

Das Problem war nur, dass Rayford sich nicht auf der Erde aufhielt. Das Gebrüll des Motors, der Lärm der Rotoren und das Rauschen in den Kopfhörern waren unglaublich laut. Er und Mac hörten das Telefon zur selben Zeit. Mac griff in die Tasche und holte sein Handy heraus. »Ist nicht meines«, meinte er dann.

Rayford drehte sich um und holte seine Jacke, doch als er seine Kopfhörer abgezogen, das Telefon geöffnet und ans Ohr gedrückt hatte, hörte er nur noch das leere Echo einer offenen Verbindung. Er konnte sich nicht vorstellen, dass die Funkstationen in der Nähe ein Signal abgaben. Die Verbindung musste über Satellit zu Stande gekommen sein. Er drehte sich auf seinem Sitz herum und hielt die Antenne anders, um ein stärkeres Signal zu bekommen.

»Hallo? Hier spricht Rayford Steele. Könnt ihr mich hören? Wenn ihr könnt, ruft mich zurück! Ich befinde mich gerade in der Luft und kann nichts hören. Wenn ihr zur Familie gehört, ruft mich in 20 Sekunden noch einmal an, damit ich Bescheid weiß, auch wenn wir im Augenblick noch nicht sprechen können. Sonst ruft mich in etwa –« Er sah zu Mac hinüber.

»90 Minuten.«

»In 90 Minuten noch einmal an. Dann sind wir gelandet und erreichbar. Hallo?« Doch es war nichts zu hören.

Buck hatte Rayfords Telefon klingeln hören, dann aber nichts als Rauschen. Aber zumindest hatte jemand auf das Klingeln reagiert. Ein weiteres Besetztzeichen wäre ermutigend gewesen. Aber was war das? Ein Klicken, Rauschen, nichts zu verstehen. Er klappte sein Telefon zu.

Buck kannte das Möbelgeschäft. Es lag auf dem Weg zum *Edens Expressway*. Normalerweise brauchte man zehn Minuten, um dorthin zu gelangen, aber die Landschaft hatte sich verändert. Er musste viele Meilen Umwege fahren, um den Trümmerbergen auszuweichen. Seine Orientierungspunkte waren entweder fort oder eingestürzt. Sein Lieblingsrestaurant war nur noch an dem großen Neonschild auf dem Boden zu erkennen. Etwa zehn Meter davon entfernt lugte das Dach aus einem Loch hervor, das den Rest des Hauses verschluckt hatte. Rettungsmannschaften stiegen in das Loch und kamen wieder heraus. Aber sie ließen sich Zeit. Offensichtlich gab es keine Überlebenden.

Buck wählte die Nummer des Chicagoer Büros des *Global Community Weekly*. Niemand meldete sich. Er rief das Büro in New York City an. Nach der Bombardierung New Yorks war das Büro in ein verlassenes Lagerhaus verlegt worden. Bei diesem Angriff waren alle Freunde, die er je bei der Zeitung besessen hatte, ums Leben gekommen.

Nach mehrmaligem Läuten meldete sich eine gequälte Stimme: »Wir haben geschlossen. Wenn dies kein Notfall ist, möchten wir Sie bitten, die Leitungen frei zu halten.«

»Buck Williams aus Chicago«, sagte Buck.

»Ja, Mr. Williams. Dann haben Sie die Nachricht also erhalten?«

»Wie bitte?«

»Sie haben sich nicht mit jemandem aus dem Chicagoer Büro in Verbindung gesetzt?«

»Unsere Telefone sind gerade erst wieder betriebsbereit. Es hat sich niemand gemeldet.«

»Es wird sich vermutlich auch niemand melden. Das Gebäude ist zerstört. Fast alle Mitarbeiter sind tot.«

»Oh, nein.«

»Es tut mir Leid. Eine Sekretärin und ein Praktikant haben überlebt. Sie haben Sie nicht erreicht?«

»Ich war nicht erreichbar.«

»Wie schön, dass es Ihnen gut geht. Es geht Ihnen doch gut?«

»Ich bin auf der Suche nach meiner Frau, aber ja, ich habe keine Verletzungen davongetragen.«

»Die beiden Überlebenden arbeiten mit der ›Tribune‹ zusammen und haben bereits eine Homepage erstellt. Sie können jeden beliebigen Namen eingeben und werden die Informationen erhalten: ›tot‹, ›am Leben‹, ›wird behandelt‹ oder ›Aufenthaltsort unbekannt‹. Ich bin die Einzige, die die Telefonanrufe hier beantwortet. Wir sind nur noch wenige, Mr. Williams. Sie wissen doch, wir werden in zehn oder zwölf verschiedenen Zeitungen auf der ganzen Welt gedruckt –«

»Vierzehn.«

»Ja, na ja, so weit wir wissen, hat eine Zeitung in Tennessee zumindest noch eine geringe Druckkapazität und eine in Südostasien. Wer weiß, wie lange es dauern wird, bis wir wieder in Druck gehen können.«

»Was ist mit den Mitarbeitern Nordamerikas?«

»Ich bin im Augenblick online«, sagte sie. »50 % sind als tot gemeldet, 40 % werden noch vermisst. Es ist vorbei, nicht wahr?«

»Mit dem ›Weekly‹, meinen Sie?«

»Was sonst sollte ich meinen?«

»Mit den Menschen, dachte ich.«

»Auch für die Menschen ist es fast vorbei, meinen Sie nicht, Mr. Williams?«

»Es sieht schlecht aus«, erwiderte Buck. »Aber es ist noch lange nicht vorbei. Vielleicht können wir uns ein anderes Mal darüber unterhalten.« Im Hintergrund hörte Buck die Telefone klingeln.

»Vielleicht«, erwiderte sie. »Entschuldigen Sie, ich muss die Anrufe beantworten.«

Nach einer mehr als vierzigminütigen Fahrt musste Buck hinter einer Reihe von Rettungsfahrzeugen anhalten. Eine Planierraupe schob einen Riss in einer Straße mit Erde zu, die ansonsten nicht weiter beschädigt worden war. Niemand konnte fahren, bevor die Erde nicht richtig verteilt war. Buck holte seinen Laptop hervor und steckte den Stecker in den Zigarettenanzünder. Er suchte die Informationsseite des *Global Community Weekly*. Es funktionierte nicht. Er rief die *Tribune*-Seite auf, gab das Wort »Suchen« ein und fand die Liste, von der die Sekretärin gesprochen hatte. Es erschien eine Warnung, dass niemand für die Richtigkeit der Angaben garantieren könne, da viele Angaben über Todesfälle erst in Tagen bestätigt werden könnten.

Buck gab Chloes Namen ein und war nicht erstaunt, sie in der Kategorie »vermisst« zu finden. Sich selbst, Loretta und sogar Donny Moore fand er in derselben Kategorie wie seine Frau. Er brachte die Informationen auf den neuesten Stand, fügte aber seine Handynummer nicht hinzu. Jeder, der sie brauchte, hatte sie bereits. Nun gab er Tsions Namen ein. Auch dieser wurde als vermisst geführt.

Buck tippte nun »Rayford Steele, Captain, Global Community Administration«. Er hielt den Atem an, bis er sah: »Überlebender; provisorisches Hauptquartier der Weltgemeinschaft in Neu-Babylon, Irak.«

Buck ließ den Kopf zurücksinken und seufzte auf. »Vielen Dank, lieber Gott«, flüsterte er.

Er richtete sich auf und sah in den Rückspiegel. Hinter ihm standen mehrere Wagen und er war der Vierte in der Reihe. Es würde noch einige Minuten dauern. Er gab »Amanda White Steele« ein.

Der Computer suchte eine Weile, dann erschienen die Worte: »Sehen Sie unter Pan-Continental International nach.«

Er gab diese Worte ein. »Person auf Flug von Boston nach Neu-Babylon gebucht. Maschine in Tigris gestürzt, keine Überlebenden.«

Armer Rayford!, dachte Buck. Er hatte Amanda nie so gut kennen gelernt, wie er es sich gewünscht hätte, aber er kannte sie als einen netten Menschen und ein wahres Geschenk für Rayford. Jetzt wünschte er sich um so mehr, seinen Schwiegervater zu erreichen.

Buck fragte Chaim Rosenzweig ab, der als Überlebender geführt wurde und sich scheinbar auf dem Weg von Israel in den Irak befand. *Gut,* dachte er. Als Nächstes gab er den Names seines Vaters und seines Bruders ein, doch über beide gab es keinen Eintrag. Keine Nachrichten waren für den Augenblick gute Nachrichten, fand er.

Schließlich gab er noch Hattie Durhams Namen ein. Der Name wurde nicht erkannt. Wahrscheinlich ist Hattie nicht ihr richtiger Name. *Wofür kann es eine Abkürzung sein? Hilda? Hildegard? Welcher Name beginnt noch mit einem H? Harriet? Das klingt genauso alt wie Hattie.* Es funktionierte.

Wieder wurde er an die Flugverkehrsgesellschaft verwiesen, dieses Mal für einen Inlandsflug. Hattie war auf einen Non-Stopp-Flug von Boston nach Denver gebucht. »Kein Eintrag über Ankunft.«

Also, dachte Buck, *falls Amanda im Flugzeug saß, ist sie tot.* Wenn Hattie im Flugzeug saß, könnte sie tot sein. Falls Mrs. Cavenaugh Recht hatte und sie Chloe aus dem Haus hatte rennen sehen, könnte Chloe noch am Leben sein.

Buck konnte sich nicht überwinden, die Möglichkeit in Betracht zu ziehen, dass Chloe vielleicht tot war. Er würde sich diesen Gedanken nicht gestatten, bis ihm keine Alternative mehr blieb.

»Ich muss gestehen, Mac, vieles davon war einfach eine logische Schlussfolgerung«, erklärte Rayford. »Pastor Billings war entrückt worden. Aber zuerst hatte er dieses Video gedreht und darauf sprach er über alles, was sich gerade ereignet hatte und was wir noch würden durchmachen müssen. Aber vor allem beantwortete er mir die große Frage, ob ich noch immer eine Chance hätte.

Ich wusste, dass viele Menschen dieselbe Frage beschäftigte. War die Entrückung das Ende? Wenn man sie verpasst hatte, weil man nicht geglaubt hatte, war man dann auf ewig verloren? Darüber hatte ich nie nachgedacht, aber viele Prediger waren der Ansicht, nach der Entrückung könne man nicht mehr Christ werden. Sie verwendeten dies, um den Leuten Angst zu machen, um sie zu einer Entscheidung zu drängen. Ich wünschte, ich hätte früher von dieser ganzen Sache gehört, vielleicht hätte ich es dann geglaubt.«

Mac warf Rayford einen skeptischen Blick zu. »Nein, das hätten Sie nicht. Wenn Sie dazu bereit gewesen wären, dann hätten Sie ja auch Ihrer Frau glauben können.«

»Vermutlich. Aber ganz bestimmt wollte ich nun nicht mehr widersprechen. Welche andere Erklärung gab es denn? Ich war bereit. Ich wollte Gott sagen, dass ich, falls es tatsächlich noch eine Chance für mich geben sollte, sie ergreifen wollte. Wenn die Entrückung Gottes letzter Versuch gewesen war, meine Aufmerksamkeit auf sich zu lenken, dann hatte es funktioniert.«

»Und was geschah dann? Mussten Sie irgendetwas tun? Etwas sagen? Mit einem Pastor sprechen, oder was?«

»Auf dem Video zeigte Billings den biblischen Plan der Erlösung auf, wie er es nannte. Das war ein ganz komischer Ausdruck für mich. Ich hatte ihn schon ein paar Mal gehört, aber nie in unserer ersten Gemeinde. Und in der New Hope hatte ich nicht zugehört. Aber jetzt hörte ich zu, das können Sie mir glauben.«

»Und wie sieht dieser Plan aus?«

»Es ist ganz einfach, Mac.« Rayford erklärte Mac, dass die Sünde des Menschen ihn von Gott trennt und dass Gott sich dennoch Gemeinschaft mit den Menschen wünscht. »Alle Menschen sind Sünder«, sagte Rayford. »Doch vorher war ich nicht offen dafür. Aber nachdem alles, was meine Frau gesagt hatte, in Erfüllung gegangen war, erkannte ich mich selbst als der Mensch, der ich war. Sicher, es gab noch schlimmere Menschen. Viele würden sagen, ich sei viel besser gewesen als die meisten, aber vor Gott fühlte ich mich wertlos.«

»Damit habe ich keine Probleme, Ray. Nie würde ich etwas anderes von mir behaupten, als dass ich ein Schurke bin.«

»Sehen Sie? Die meisten halten Sie für einen netten Kerl.«

»Ich bin in Ordnung, denke ich jedenfalls. Aber ich allein kenne mein wahres Ich.«

»Pastor Billings zitierte den folgenden Bibelvers: ›Da ist keiner, der Gutes tut, auch nicht einer‹ und erklärte, dass wir alle wie Schafe seien, die in die Irre gingen, und dass unsere Gerechtigkeit wie schmutzige Lumpen sei. Es half mir durchaus nicht zu wissen, dass ich nicht allein dastand. Ich war einfach nur dankbar, dass es einen Plan gab, mich wieder mit Gott in Verbindung zu bringen. Jesus, der Sohn Gottes, der einzige Mensch, der jemals fehlerlos gelebt hatte, ist für die Vergehen der Menschen gestorben. Und wir brauchen das nur zu glauben, unsere Schuld zu bereuen und seine Vergebung anzunehmen. Dann werden mit Gott ›versöhnt‹, wie Pastor Billings es nannte.«

»Und wenn ich das glaube, dann bin ich dabei?«, fragte Mac.

»Sie müssen auch glauben, dass Gott Jesus von den Toten auferweckt hat. Denn allein dadurch hat Jesus wirklich den Tod und unsere Fehlerhaftigkeit besiegt, und das ist außerdem der Beweis dafür, dass Jesus wirklich der Sohn Gottes ist.«

»Das glaube ich alles, Ray, und das ist es? Bin ich jetzt dabei?«

Rayford bekam eine Gänsehaut. Was beunruhigte ihn nur so? Warum war er so sicher, dass Amanda noch am Leben war, und warum hatte er Zweifel daran, dass Mac es ernst meinte? Das war alles zu einfach. Mac hatte die Unruhe der ersten beiden Jahre der Trübsalszeit miterlebt. Aber reichte das Wenige, das er ihm gerade erklärte hatte, um ihn zu überzeugen?

Er schien es ernst zu meinen; aber Rayford kannte ihn kaum. Mac konnte Carpathia treu ergeben und ein »Maulwurf« sein. Rayford hatte sich bereits einer tödlichen Gefahr ausgesetzt, falls Mac ihm tatsächlich nur eine Falle stellte. Im Stillen betete er: »Gott, wie kann ich sicher sein?«

»Bruce Barnes, mein erster Pastor, hat uns Mut gemacht, Bibelverse auswendig zu lernen. Ich weiß nicht, ob ich meine Bibel wiederfinden werde, aber ich erinnere mich noch an viele Stellen. Eine der ersten, die ich gelernt habe, war Römer, Kapitel 10, Verse 9 bis 10. Dort heißt es: ›Denn wenn du mit deinem Munde bekennst, daß Jesus der Herr ist, und in deinem Herzen glaubst, daß ihn Gott von den Toten auferweckt hat, so wirst du gerettet. Denn wenn man von Herzen glaubt, so wird man gerecht; und wenn man mit dem Munde bekennt, so wird man gerettet.‹«

Mac starrte geradeaus, als konzentriere er sich auf das Fliegen. Plötzlich wurde er sehr ruhig. Er sprach überlegter. Rayford wusste nicht, was er davon halten sollte. »Was bedeutet es, mit seinem Mund zu bekennen?«, fragte Mac.

»Genau das, was es heißt. Man muss es aussprechen. Sie müssen es jemandem sagen. Eigentlich müssen Sie es vielen Menschen sagen.«

»Sie halten Nicolai Carpathia für den Antichristen. Sagt die Bibel etwas über ihn?«

Rayford schüttelte den Kopf. »Nicht, dass ich wüsste. Nur wenige Menschen müssen diese Entscheidung treffen. Carpathia weiß, wo ich stehe, weil er überall Ohren hatte. Er weiß, dass mein Schwiegersohn Christ ist, aber Buck selbst hat es ihm nie gesagt. Er hielt es für das Beste, es für sich zu behalten, um effektiver arbeiten zu können.« Rayford war entweder gerade dabei, Mac zu überzeugen, oder sich sein eigenes Grab zu schaufeln; er wusste es noch nicht so genau.

Mac schwieg einige Minuten. Schließlich seufzte er. »Und wie funktioniert das nun? Woher wussten Sie, als Sie taten, was immer Sie getan haben, dass Gott genau das von Ihnen wollte?«

»Pastor Billings sprach auf dem Video ein Gebet. Wir, die wir uns das Band ansehen, sollten Gott sagen, wir hätten erkannt, dass wir Sünder seien und seine Vergebung brauchten. Wir sollten ihm sagen, wir glaubten, dass Jesus für unsere Sünden gestorben sei und dass Gott ihn von den Toten auferweckt habe. Und dann sollten wir sein Geschenk der Vergebung annehmen und ihm dafür danken.«

»Das erscheint mir beinahe zu leicht.«

»Glauben Sie mir, es wäre sehr viel leichter gewesen, wenn ich es vorher getan hätte. Aber in diesem Augenblick war es überhaupt nicht leicht.«

Wieder schwieg Mac lange Zeit. Mit jedem Mal wurde Rayford bedrückter. Lieferte er sich gerade dem Feind aus? »Mac, Sie können das ganz allein tun, oder ich könnte mit Ihnen beten oder –«

»Nein. Das ist entschieden etwas, das ein Mensch allein tun sollte. Sie waren doch auch allein, oder?«

»Ja«, erwiderte Rayford.

Mac wirkte nervös, zerstreut. Er sah Rayford nicht an. Dieser wollte ihn nicht drängen, und doch war er sich noch nicht darüber im Klaren, ob Mac es ehrlich meinte oder nur mit ihm spielte. Wenn Ersteres zutraf, wollte er Mac nicht vom Haken lassen, nur weil er zu höflich war.

»Also, was denken Sie, Mac? Was werden Sie tun?«

Rayfords Mut sank, als Mac nicht nur nicht reagierte, sondern auch den Blick abwandte. Rayford wünschte, er wäre Hellseher. Zu gern hätte er gewusst, ob er Mac zu sehr zugesetzt oder als einen Heuchler entlarvt hatte.

Mac atmete tief durch und hielt dann die Luft an. Schließlich atmete er aus und schüttelte den Kopf. »Ray, ich weiß es zu schätzen, dass

Sie mir das erzählt haben. Das ist wirklich eine tolle Geschichte. Sehr eindrucksvoll. Ich bin bewegt. Ich kann verstehen, warum Sie glauben, und bestimmt ist das für Sie auch gut.«

Das war es also, dachte Rayford. Mac würde alles mit der Entschuldigung beiseite schieben, dass das nichts für ihn sei.

»Aber das ist eine sehr persönliche Angelegenheit, oder?«, fuhr Mac fort. »Ich möchte vorsichtig sein und nichts übereilen oder mich von meinen Gefühlen in etwas hineindrängen lassen.«

»Ich verstehe«, erwiderte Rayford, der sich verzweifelt wünschte, Macs Gedanken lesen zu können.

»Also werden Sie es nicht persönlich nehmen, wenn ich noch mal darüber schlafe?«

»Ganz und gar nicht«, entgegnete Rayford. »Ich hoffe nur, dass es kein Nachbeben oder einen Angriff gibt, bevor Sie nicht wissen, dass Sie in den Himmel kommen, aber –«

»Ich muss einfach glauben, dass Gott weiß, wie dicht ich davor stehe, und es nicht zulässt.«

»Ich behaupte nicht, dass ich die Gedanken Gottes kenne«, erwiderte Rayford. »Lassen Sie mich nur noch sagen, ich würde mein Glück nicht überstrapazieren.«

»Wollen Sie mich drängen?«

»Tut mir Leid. Sie haben Recht. Niemand kann dazu gedrängt werden.«

Rayford befürchtete, Mac beleidigt zu haben. Entweder das oder Macs Haltung war Verzögerungstaktik. Auf der anderen Seite, falls Mac tatsächlich ein Spion war, würde er nicht davor zurückscheuen, einen Lebenswechsel vorzutäuschen, um Rayford für sich zu gewinnen. Er fragte sich, wann er endlich von Macs Glaubwürdigkeit überzeugt wäre.

Als Buck endlich das Möbelgeschäft erreichte, fand er nur eine halbe Ruine vor. Es waren keinerlei Wege oder Straßen zu erkennen, darum parkten die Rettungsfahrzeuge einfach irgendwo in der Gegend. Niemand dachte daran, den Weg zu den Türen freizulassen. Die Friedenstruppen der Weltgemeinschaft gingen mit Vorräten und neuen Patienten ein und aus.

Buck durfte das Gebäude nur auf Grund seiner auf seinem Ausweis vermerkten Sicherheitseinstufung betreten. Er fragte nach Mrs. Cavenaugh und wurde zu einer Reihe von etwa einem Dutzend Kojen gewiesen, die dicht an dicht, ohne Zwischenräume, an der Wand standen.

Es roch nach frisch geschnittenem Holz, und Buck war erstaunt zu sehen, dass die Betten ganz neu waren. Die Rückseite des Gebäudes war um etwa einen Meter abgesunken, so dass der Betonfußboden in der Mitte gerissen war. Als er den Riss erreichte, musste er sich an einer der Kojen festhalten, weil das Gefälle so stark war. Im Fußboden verankerte Holzblöcke verhinderten, dass die Betten wegrutschten. Die Sanitäter und Schwestern gingen äußerst vorsichtig. Sie machten kleine Schritte, um nicht zu stolpern.

An jedem Bett war ein Name befestigt. Als Buck vorbeiging, richteten sich die meisten Patienten auf, um zu sehen, ob es einer ihrer Angehörigen war. Als sie ihn sahen, legten sie sich wieder zurück.

Am dritten Bett stand »Cavenaugh«.

Sie schlief. Auf beiden Seiten von ihr lagen Männer. Einer, der obdachlos zu sein schien, saß mit dem Rücken an die Wand gelehnt. An sich gedrückt hielt er eine Papiertüte voller Kleider. Misstrauisch betrachtete er Buck und zog einen Kaufhauskatalog aus seiner Tüte hervor, den er mit großem Interesse zu studieren begann.

Der Mann auf Helen Cavenaughs anderer Seite war sehr schmächtig und schien Anfang 20 zu sein. Sein Blick wanderte unruhig hin und her, als er sich mit der Hand durch sein Haar fuhr. »Ich brauche etwas zu rauchen«, sagte er. »Haben Sie Zigaretten?«

Buck schüttelte den Kopf. Der Mann rollte sich auf die Seite, zog die Knie an und wiegte sich langsam. Buck wäre nicht erstaunt gewesen, wenn der Mann den Daumen in den Mund gesteckt hätte.

Zeit war ein wesentlicher Faktor, aber wer wusste schon, welches Trauma Mrs. Cavenaugh hatte? Sie war dem Tode nahe gewesen, und zweifellos hatte sie die Überreste ihres Hauses gesehen, als sie weggebracht worden war. Buck nahm sich einen Plastikstuhl und setzte sich ans Fußende ihres Bettes. Er würde sie nicht aufwecken, aber er wollte mit ihr sprechen, sobald sie wach wurde.

Rayford fragte sich, wann er zu einem solchen Pessimisten geworden war. Und warum hatte diese Haltung nicht seine feste Überzeugung erschüttern können, dass seine Frau noch am Leben war? Er glaubte nicht an die Behauptung, dass sie für die Weltgemeinschaft gearbeitet hatte. Oder war auch das nur eine Erfindung von Mac?

Seit er Christ geworden war, hatte Rayford sich angewöhnt, das Positive zu sehen und nicht das Negative. Aber jetzt, als Mac zur Landung ansetzte, beschlich ihn ein ungutes Gefühl. Sie stellten den Hubschrauber ab und brachten die Formalitäten hinter sich. Bevor sie an den Sicherheitskräften vorbeigingen und den Schutzbunker betraten, sagte Mac: »Das alles wird dadurch noch erschwert, Captain, dass Sie mein Boss sind.«

Diese Tatsache hatte ihn den ganzen Tag über jedoch überhaupt nicht beschäftigt. Sie waren eher als Kameraden geflogen, nicht als Chef und Untergebener. Rayford hätte keine Probleme damit gehabt, die Etikette zu wahren. Aber vermutlich hatte Mac Recht.

Rayford wollte ihr Gespräch nicht so im Sande verlaufen lassen, aber er konnte Mac auch kein Ultimatum stellen oder ihn auffordern, ihm seine Entscheidung mitzuteilen. »Bis morgen«, verabschiedete er sich.

Mac nickte, doch als sie sich auf den Weg zu ihren jeweiligen Quartieren machten, kam ein uniformierter Beamter auf sie zu. »Captain Steele und Officer McCullum? Sie werden in der Kommandozentrale erwartet.« Er reichte jedem von ihnen eine Karte.

Rayford las: »Mein Büro. Leonardo Fortunato.« Seit wann benutzte Leon seinen vollständigen Vornamen?

»Ich frage mich, was Leon um diese Uhrzeit noch von uns will.«

Mac warf einen Blick auf Rayfords Karte. »Leon? Ich habe eine Unterredung mit Carpathia.« Er zeigte Rayford seine Karte.

War dies tatsächlich eine Überraschung für Mac oder war das alles nur Show? Er und Mac hatten nicht darüber gesprochen, warum Rayford und die anderen Mitglieder der *Tribulation Force* Carpathia für den Antichristen hielten. Trotzdem verfügte Mac über genügend Informationen über Rayford, um ihm sein Grab zu schaufeln. Und offensichtlich hatte er auch die richtige Zuhörerschaft.

Buck wurde langsam ungeduldig. Mrs. Cavenaugh sah gesund aus, aber sie lag so still, dass er kaum das Heben und Senken ihrer Brust erkennen konnte. Er war versucht, seine Beine übereinander zu schlagen und dabei gegen ihre Koje zu stoßen, aber wer wusste schon, wie eine alte Frau darauf reagieren würde? Aus lauter Langeweile wählte Buck Tsions Nummer. Endlich kam er durch, und Buck erzählte Tsion, er hätte Grund zu der Annahme, dass Chloe noch am Leben sei.

»Wundervoll, Cameron! Ich komme hier auch gut zurecht. Ich habe es geschafft, ins Internet zu kommen und mehr Grund denn je, nach Israel zurückzukehren.«

»Darüber werden wir uns noch unterhalten müssen«, erklärte Buck. »Ich halte das noch immer für zu gefährlich, und ich weiß auch nicht, wie ich Sie dorthin bringen soll.«

»Cameron, aus dem Internet habe ich erfahren, dass Carpathias oberste Priorität ist, die Verkehrswege wieder in Ordnung zu bringen.«

Buck sprach lauter, als nötig war. Er hoffte, Mrs. Cavenaugh dadurch aufzuwecken. »Ich werde so bald wie möglich zurückkommen, und ich habe vor, Chloe mitzubringen.«

»Ich werde beten«, erwiderte Tsion.

Buck wählte Rayfords Nummer.

Rayford war erstaunt, dass Leons Büro nur wenig kleiner, aber genauso luxuriös ausgestattet war wie das von Nicolai. Alles im Schutzbunker war auf dem neuesten Stand, aber luxuriös waren nur diese beiden Büros.

Fortunato strahlte. Er schüttelte Rayford die Hand, verbeugte sich und deutete auf einen Sessel. Er selbst nahm hinter seinem Schreibtisch Platz. Der dunkle, stämmige Mann mit dem schwarzen Haar und den dunklen Augen hatte auf Rayford immer sehr neugierig gewirkt. Als Fortunato sich hinsetzte, knöpfte er seine Anzugjacke nicht auf, so dass sie sich an der Brust beulte und alle Förmlichkeit, die er zu erwecken suchte, zunichte machte.

»Captain Steele«, begann Fortunato, doch bevor er noch weitersprechen konnte, klingelte Rayfords Handy. Fortunato hob die Hand und ließ sie wieder sinken, als könne er nicht glauben, dass Rayford zu einem solchen Zeitpunkt einen Anruf entgegennehmen wollte.

»Entschuldigen Sie, Leon, aber das könnte meine Familie sein.«

»Sie können hier keine Anrufe entgegennehmen«, erwiderte Leon.

»Selbstverständlich werde ich den Anruf entgegennehmen«, widersprach Rayford. »Ich habe noch keine Informationen über den Verbleib meiner Tochter und meines Schwiegersohns.«

»Ich meine, technisch gesehen können Sie hier keine Anrufe empfangen«, erklärte Leon. Rayford hörte nichts als Rauschen. »Wir befinden uns weit unter der Erde und sind umgeben von Beton. Denken Sie doch nach, Mann!«

Rayford wusste, dass die Leitungen aus dem Zentrum zu Solarzellen und Satellitenschüsseln an der Oberfläche führten. Natürlich würde sein Funktelefon hier nicht funktionieren. Trotzdem hatte er Hoffnung. Nur wenige Leute kannten diese Nummer, und diejenigen, die sie kannten, bedeuteten ihm auf der ganzen Welt am meisten.

»Sie haben meine volle Aufmerksamkeit, Leon.«

»Nicht freiwillig, nehme ich an.« Rayford zuckte die Achseln. »Es gibt mehr als einen Grund für diese Unterredung«, erklärte Leon. Rayford fragte sich, wann diese Leute überhaupt schliefen. »Wir haben Informationen über Ihre Familie, zumindest über einen Teil davon.«

»Tatsächlich?«, fragte Rayford und beugte sich vor. »Was denn? Über wen? Meine Tochter?«

»Nein, tut mir Leid. Über den Verbleib Ihrer Tochter weiß man noch nichts. Ihr Schwiegersohn ist jedoch in einem Vorort von Chicago gesehen worden.«

»Unverletzt?«

»Soweit wir wissen.«

»Und wie ist es um die Kommunikation zwischen hier und dort bestellt?«

Fortunato lächelte herablassend. »Ich denke, diese Verbindungen stehen«, sagte er, »aber natürlich nicht von hier unten, es sei denn, Sie benutzen unsere Telefone.«

Ein Punkt für Fortunato, dachte Rayford. »Ich würde ihn gern so bald wie möglich anrufen, um etwas über den Verbleib meiner Tochter zu erfahren.«

»Natürlich. Ich habe nur noch ein paar Punkte mit Ihnen zu besprechen. Aufräumtrupps arbeiten rund um die Uhr auf dem Gelände, auf dem auch Ihre Wohnung gelegen hat. Für den unwahrscheinlichen Fall, dass etwas Wertvolles gefunden wird, sollten Sie eine detaillierte Inventarliste vorlegen. Alles Wertvolle, das nicht im Vorfeld identifiziert wurde, wird konfisziert werden.«

»Das macht doch keinen Sinn«, warf Rayford ein.

»Wie auch immer ...«, wehrte Fortunato ab.

»Sonst noch etwas?«, fragte Rayford, als wolle er gehen.

»Ja«, erwiderte Fortunato langsam. Rayford hatte den Eindruck, dass Fortunato ihn bewusst aufhalten wollte, um seinen Anruf bei Buck hinauszuzögern. »Einer der meist geschätzten Ratgeber Seiner Exzellenz ist aus Israel angekommen. Ich bin sicher, Sie kennen Dr. Chaim Rosenzweig?«

»Natürlich«, antwortete Rayford. »Aber Seine Exzellenz? Zuerst dachte ich, Sie meinten Mathews.«

»Captain Steele, ich hatte vor, mit Ihnen über die Etikette zu sprechen. Sie nennen mich beim Vornamen. Manchmal nennen Sie sogar den Potentaten beim Vornamen, wenn Sie von ihm sprechen. Wir alle sind uns darüber im Klaren, dass Sie mit den Glaubensüberzeugungen von Pontifex Maximus Peter nicht sympathisieren, jedoch ist es doch wohl höchst respektlos von Ihnen, ihn einfach nur beim Nachnamen zu nennen.«

»Und Sie geben Carpath-, äh, Nicolai Carpath-, Potentat Carpathia einen Titel, der über Generationen hinweg religiösen Führern oder Königen vorbehalten war.«

»Ja, und ich glaube, die Zeit ist gekommen, ihn so anzusprechen. Der Potentat hat mehr zur Einheit der Welt beigetragen als jeder Mensch, der je gelebt hat. Er wird von den Bürgern jedes Königreiches geliebt. Und nun, da er sogar übernatürliche Macht bewiesen hat, ist ›Exzellenz‹ wohl kaum ein zu hoch gegriffener Titel.«

»Wem hat er diese Macht bewiesen?«

»Er hat mich gebeten, Ihnen meine Geschichte zu erzählen.«

»Ich habe diese Geschichte bereits gehört.«

»Von mir?«

»Von anderen.«

»Dann möchte ich Sie nicht mit Details langweilen, Captain Steele. Lassen Sie mich nur noch sagen, dass ich ungeachtet der Differenzen, die Sie und ich hatten, auf Grund meines Erlebnisses sehr an einer Versöhnung interessiert bin. Wenn ein Mann buchstäblich von den Toten zurückgeholt wird, verändert sich seine Perspektive. Sie werden einen neuen Respekt von mir erfahren, ob Sie ihn nun verdient haben oder nicht. Und er wird echt sein.«

»Ich kann es kaum erwarten. Was ist jetzt mit Rosen-?«

»Aber bitte, Captain Steele! Das war sarkastisch und ich meine es ernst. Und Sie machen es schon wieder. Für Sie heißt er Dr. Rosenzweig. Der Mann ist einer der führenden Botaniker in der Geschichte.«

»Okay, ist ja schon gut, Leon. Ich meine, Dr. Fortunato –«

»Ich bin kein Doktor! Sie sollten mich als Supreme Commander Fortunato ansprechen.«

»Ich bin nicht sicher, ob ich das kann«, seufzte Rayford. »Wann haben Sie denn den Titel bekommen?«

Fortunato verzog das Gesicht. »Offensichtlich sind Sie nicht in der Lage, irgendetwas ernst zu nehmen.«

»Ich kann kaum erwarten zu hören, was Sie mir über Rosenzweig erzählen wollten, äh, über Dr. Rosenzweig.«

8

Während Buck darauf wartete, dass Mrs. Cavenaugh aufwachte, überlegte er, ob er schnell zum Range Rover laufen sollte, um die Nummer von Ken Ritz im Computer nachzusehen. Falls Ken ihn und Tsion nach Israel bringen konnte, würde er Chloe mitnehmen. Nie wieder würde er sie allein zurücklassen.

Er war gerade im Begriff aufzustehen, als Mrs. Cavenaugh sich endlich regte. Er wollte sie nicht erschrecken, sondern beobachtete sie nur. Als sie die Augen öffnete, lächelte er sie an. Sie wirkte verwirrt, dann setzte sie sich auf und zeigte auf ihn.

»Sie und Ihre Frau. Sie haben bei Loretta gewohnt, nicht?«

»Ja, Madam.«

»Aber gestern Morgen waren Sie nicht da.«

»Nein.«

»Und Ihre Frau. Ich habe sie gesehen! Geht es ihr gut?«

»Darüber wollte ich mit Ihnen sprechen, Mrs. Cavenaugh. Sind Sie dazu bereit?«

»Oh, mir geht es gut! Ich habe nur kein Zuhause mehr. Ich habe mich zu Tode gefürchtet und möchte die Trümmer meines Hauses gar nicht sehen, aber ich bin gesund.«

»Wollen wir ein wenig spazieren gehen?«

»Nichts würde ich lieber tun, aber ich gehe mit keinem Mann, wenn ich seinen Namen nicht kenne.«

Buck entschuldigte sich und stellte sich vor.

»Das wusste ich«, sagte sie. »Wir haben uns zwar nie kennen gelernt, aber ich habe Sie gesehen und Loretta hat mir von Ihnen erzählt. Ihre Frau habe ich kennen gelernt. Corky?«

»Chloe.«

»Natürlich! Ich sollte mich eigentlich daran erinnern, weil mir dieser Name so gut gefiel. Na los, helfen Sie mir auf.«

Mrs. Cavenaugh legte ihre Hand auf Bucks Ellbogen. Zusammen gingen sie in eine Ecke der Halle, in der sie in Ruhe miteinander reden konnten.

»Ich habe das alles ja schon einem jungen Mann vom Katastrophenschutz erzählt; auf jeden Fall dachte ich, das Rumpeln stamme von einem Tornado. Wer hat denn schon jemals von einem Erdbeben im Mittleren Westen gehört? Dann und wann gab es kleine Erschütterungen, aber ein richtiges Erdbeben, das Gebäude zum Einsturz bringt und Menschen tötet? Ich dachte, ich wäre klug gewesen, aber ich war ein Narr. Ich rannte in den Keller. Rennen ist natürlich ein relativer Begriff. Es bedeutet, dass ich nicht so langsam gegangen bin wie sonst. Wie ein kleines Mädchen rannte ich die Treppe hinunter. Schmerzen habe ich nur in meinen Knien.

Ich ging also zum Fenster, um zu sehen, ob ich den Tornado entdecken konnte. Draußen war es hell und sonnig, aber der Lärm wurde immer lauter, das Haus erbebte um mich herum, und ich dachte noch immer, ich wüsste, was es war. In diesem Augenblick sah ich Ihre Frau.«

»Wo genau?«

»Das Fenster war zu hoch für mich, ich konnte nicht hinaussehen. Ich konnte nur den Himmel und die Bäume erkennen. Sie haben sich richtig bewegt. Mein verstorbener Mann hatte immer eine Trittleiter unten. Ich stieg darauf, so dass ich den Boden sehen konnte. In diesem Augenblick kam Ihre Frau Chloe herausgerannt. Sie trug etwas bei sich. Was immer es war, es war ihr wichtiger, als Schuhe anzuziehen. Sie war nämlich barfuß.«

»Und wohin ist sie gerannt?«

»Zu ihrem Wagen. Das war dumm und ich habe ihr etwas zugerufen. Sie hatte die Sachen unter den Arm gestopft und versuchte mit der anderen Hand, den Wagen aufzuschließen. Ich rief ihr zu: ›Sie sollten nicht draußen sein, Mädchen!‹ Ich hoffte, sie würde die Sachen abstellen und schnell genug in den Wagen steigen, dass sie dem Tornado davonfahren konnte, aber sie sah nicht einmal auf. Sie bekam den Wagen schließlich auf und startete den Motor und in diesem Augenblick ging es los. Ich schwöre, eine meiner Kellerwände hat sich tatsächlich bewegt. So etwas habe ich noch nie in meinem Leben gesehen. Der Wagen bewegte sich und der größte Baum in Lorettas Garten wurde entwurzelt. Die Wurzel nahm den halben Garten mit, und als er umstürzte, klang es, als sei eine Bombe in der Straße explodiert.

Sie setzte zurück und der Baum auf der anderen Seite von Lorettas Garten begann umzustürzen. Ich schrie dem Mädchen noch immer etwas zu, als ob sie mich in dem Wagen hätte hören können. Ich war sicher, der zweite Baum würde direkt auf sie stürzen. Sie fuhr nach links und die ganze Straße hob sich vor ihr. Wenn sie zur anderen Seite gefahren wäre, wäre sie mit Sicherheit umgekippt. Sie musste zu Tode erschrocken sein. Ein Baum lag vor ihr, ein anderer drohte auf sie zu stürzen und die Straße hatte sich vor ihren Augen gehoben. Sie umfuhr den umgestürzten Baum und raste über die Einfahrt genau in die Garage. Ich hoffte, sie würde endlich so vernünftig sein und in den Keller rennen. Ich konnte kaum glauben, dass ein Tornado einen solchen Schaden anrichtete, ohne dass ich ihn sah. Als ich hörte, dass alles zu Boden flog, als wenn das ganze Haus einstürzen würde – na ja, so war es ja auch –, ging mir endlich auf, dass dies kein Tornado war. Als die anderen beiden Bäume in Lorettas Garten umstürzten, zersplitterte das Glas in dem Fenster. Darum stieg ich von der Leiter und rannte zur anderen Seite des Kellers.

Schließlich krachten die Möbel aus dem Wohnzimmer durch die Decke auf die Stelle, an der ich gerade noch gestanden hatte. Ich kletterte über die Pumpe und zog mich zum Fenster hoch. Ich weiß nicht, was ich gedacht habe. Ich hoffte nur, dass Chloe mich irgendwie hören könnte. Ich schrie, so laut ich konnte. Sie kam weiß wie ein Bettlaken aus der Seitentür, noch immer barfuß und diesmal mit leeren Händen, und sie rannte, so schnell sie konnte, durch den Garten. Das war das Letzte, was ich von ihr gesehen habe. Mein Haus stürzte ein und irgendwie blieb mir dieses kleine Stückchen Raum, in dem ich warten konnte, bis jemand mich fand.«

»Ich bin froh, dass Ihnen nichts geschehen ist.«

»Das war ziemlich aufregend. Ich hoffe, Sie finden Chloe.«

»Erinnern Sie sich noch, was sie getragen hat?«

»Sicher, ein weißes Kleid.«

»Vielen Dank, Mrs. Cavenaugh.«

Doch die alte Frau starrte in die Ferne und schüttelte langsam den Kopf.

Chloe ist noch am Leben, dachte Buck.

»Als Erstes fragte Dr. Rosenzweig nach Ihrem Wohlergehen, Captain Steele.«

»Ich kenne den Mann kaum, Supreme Commander Fortunato«, erwiderte Rayford, wobei er jede einzelne Silbe betonte.

»›Commander‹ reicht vollkommen aus, Captain.«

»Sie können mich Ray nennen.«

Nun wurde Fortunato wütend. »Sie können mich nicht reizen, Captain. Wie ich Ihnen schon sagte, ich bin ein neuer Mensch.«

»Brand-neu«, meinte Rayford, »wenn Sie gestern tatsächlich tot waren und heute wieder lebendig sind.«

»Die Wahrheit ist, Dr. Rosenzweig fragte als Nächstes nach Ihrem Schwiegersohn, Ihrer Tochter und Tsion Ben-Judah.«

Rayford erstarrte innerlich. So dumm konnte Rosenzweig doch nicht gewesen sein! Auf der anderen Seite hatte Buck immer wieder erzählt, dass Rosenzweig so begeistert von Carpathia war. Er wusste nicht, dass Carpathia genauso ein Feind von Ben-Judah war wie der Staat Israel. Rayford hielt dem Blick von Fortunato stand. Leon schien zu wissen, dass er ihn am Haken hatte. Rayford betete im Stillen.

»Ich habe ihm erzählt, dass Ihre Tochter noch vermisst wird«, erklärte Leon. Er ließ den Satz im Raum hängen. Rayford reagierte nicht. »Und was sollen wir ihm über Tsion Ben-Judah sagen?«

»Woher soll ich das wissen?«, fragte Rayford. »Ich kenne seinen Aufenthaltsort nicht.«

»Warum hat Dr. Rosenzweig ihn dann im selben Atemzug genannt wie Ihre Tochter und Ihren Schwiegersohn?«

»Warum fragen Sie *ihn* das nicht?«

»Weil ich Sie frage, Captain! Sie denken, wir wüssten nicht, dass Cameron Williams ihm bei seiner Flucht aus Israel geholfen hat?«

»Glauben Sie alles, was Sie hören?«

»Wir wissen, dass es eine Tatsache ist«, erklärte Fortunato.

»Und wozu brauchen Sie meinen Beitrag dann noch?«

»Wir wollen wissen, wo sich Tsion Ben-Judah aufhält. Dr. Rosenzweig ist es wichtig, dass Seine Exzellenz Dr. Ben-Judah zu Hilfe kommt.«

Rayford hatte unbemerkt mitgehört, als Carpathia diese Bitte vorgetragen worden war. Nicolai hatte darüber nur gelacht und vorgeschlagen, so zu tun, als würden sie Ben-Judah helfen, um seinen Feinden einen Tipp zu geben, wo sie ihn finden konnten.

»Wenn ich den Aufenthaltsort Tsion Ben-Judahs kennen würde«, sagte Rayford, »würde ich ihn Ihnen nicht verraten. Ich würde Dr. Ben-Judah fragen, ob er möchte, dass Sie ihn erfahren.«

Fortunato erhob sich. Offensichtlich war die Unterredung beendet. Er begleitete Rayford zur Tür. »Captain Steele, Ihr Mangel an Loyalität ist zwecklos. Ich sage es noch einmal, Sie werden feststellen, dass ich durchaus versöhnungsbereit bin. Ich würde es als einen Gefallen betrachten, wenn Sie Dr. Rosenzweig verschweigen würden, dass Seine Exzellenz zu gern den Aufenthaltsort von Dr. Ben-Judah erfahren möchte.«

»Warum sollte ich Ihnen einen Gefallen tun?«

Fortunato breitete die Hände aus und schüttelte den Kopf. »Ich gebe auf«, sagte er. »Nicolai, äh, der Poten-, Seine Exzellenz hat mehr Geduld als ich. Mein Pilot wären Sie nicht.«

»Das stimmt, Supreme Commander. Jedoch werde ich in dieser Woche die Ehre haben, Sie zu fliegen, wenn Sie die anderen Jungs der Weltgemeinschaft abholen.«

»Ich nehme an, Sie meinen die anderen Weltführer.«

»Und Peter Mathews.«

»Pontifex Maximus, ja. Aber er gehört eigentlich nicht zur Weltgemeinschaft.«

»Er hat viel Macht«, meinte Rayford.

»Ja, aber er ist eher populär als diplomatisch. Er hat keine politische Autorität.«

»Wie Sie meinen.«

Buck brachte Mrs. Cavenaugh zu ihrem Bett zurück, doch bevor er ihr half, sich darauf zu legen, sprach er die Verantwortliche für diesen Raum an. »Muss sie unbedingt zwischen diesen beiden Verrückten liegen?«

»Sie können sie auf jedes freie Bett legen«, erklärte die Frau. »Achten Sie nur darauf, dass ihr Namensschild daran befestigt wird.«

Buck führte Mrs. Cavenaugh zu einem Bett in der Nähe von anderen Leuten ihres Alters. Auf dem Weg nach draußen sprach er die Schwester erneut an. »Was muss man tun, um vermisste Personen ausfindig zu machen?«

»Fragen Sie Ernie«, erwiderte sie und deutete auf einen kleinen Mann mittleren Alters. »Er gehört zur Weltgemeinschaft und ist verantwortlich für die Verlegung von Patienten in die Notunterkünfte.«

Ernie erwies sich als sehr formell und zerstreut. »Vermisste Personen?«, wiederholte er. Er sah Buck nicht an und beschäftigte sich mit einer Landkarte. »Zuerst einmal, die meisten von ihnen werden tot sein. Es sind so viele, dass wir gar nicht wissen, wo wir anfangen sollen.«

Buck holte ein Foto von Chloe aus der Tasche. »Fangen Sie doch hier an«, sagte er.

Endlich hatte er Ernies Aufmerksamkeit. Dieser betrachtete das Foto und hielt es dann in das Batterie betriebene Licht. »Wow«, sagte er.

»Das ist meine Frau, und man sagte mir, sie sei aus unserem Haus entkommen, bevor das Erdbeben es in Trümmer gelegt hat.«

»Zeigen Sie mir, wo«, sagte Ernie und wandte sich seiner Karte zu. Buck deutete auf Lorettas Straße. »Hmm. Das ist nicht gut. Es war ein weltweites Erdbeben, aber die Weltgemeinschaft hat mehrere Epizentren ausmachen können. Dieser Teil von Mount Prospect befand sich ganz dicht an dem Epizentrum für Nord-Illinois.«

»Dort war es also schlimmer?«

»Überall sonst sieht es auch nicht viel besser aus, aber diesen Teil hat es besonders schlimm getroffen.« Ernie deutete auf ein Gebiet hinter Lorettas Haus. »Große Verwüstungen. Da wäre sie nicht durchgekommen.«

»Wohin könnte sie gelaufen sein?«

»Diese Frage kann ich Ihnen leider nicht beantworten. Aber ich könnte dieses Foto an die anderen Notunterkünfte faxen lassen. Das ist aber auch schon alles.«

»Dafür wäre ich Ihnen sehr dankbar.«

Ernie erledigte das persönlich. Buck war beeindruckt, wie scharf die vergrößerte Kopie war. »Diese Maschine arbeitet erst seit einer Stunde wieder«, erklärte Ernie. »Offensichtlich funkgesteuert. Haben Sie von der Kommunikationsgesellschaft des Potentaten gehört?«

»Nein«, seufzte Buck. »Aber es würde mich nicht überraschen zu hören, dass er den Markt aufgekauft hat.«

»Das stimmt«, erwiderte Ernie. »Sie heißt Zellular-Solar und die ganze Welt wird wieder miteinander verbunden sein, bevor man sich versieht. Das Hauptquartier der Weltgemeinschaft hat die Abkürzung Zell-Sol für diese neue Gesellschaft eingeführt.«

Ernie schrieb auf die Vergrößerung: »Vermisste Person: Chloe Irene Steele-Williams. Alter 22, Größe 1,73, blond, grüne Augen. Keine besonderen Merkmale.« Er fügte seinen Namen und seine Telefonnummer hinzu.

»Sagen Sie mir noch, wie ich Sie erreichen kann, Mr. Williams. Sie wissen sicher, dass Sie sich keine allzu großen Hoffnungen machen sollten?«

»Zu spät, Ernie«, sagte Buck und schrieb seine Nummer auf. Dann dankte er ihm und ging zu seinem Wagen. Als er in den Range Rover stieg, fühlte er sich plötzlich völlig hilflos. Aber er konnte das Gefühl nicht loswerden, dass Chloe sich dort draußen irgendwo befand. Buck beschloss, auf einem anderen Weg zu Donnys Haus zurückzufahren. Es hatte keinen Sinn, noch weiter nach ihr zu suchen. Er musste Geduld haben.

Es war spät und Rayford war sehr müde. Carpathias Bürotür war geschlossen, aber Licht drang unter der Tür hindurch. Er nahm an, dass Mac noch immer dort war. So neugierig er auch war, Rayford war sich nicht sicher, dass Mac ihn ehrlich über die Unterhaltung mit dem Potentaten ins Bild setzen würde. Er nahm an, dass Mac im Gegenteil alles berichten würde, was Rayford an diesem Tag gesagt hatte. Vielleicht hatte er doch einen Fehler begangen, als er Mac so viel über sich und darüber erzählt hatte, wer Carpathia seiner Ansicht nach war.

Bevor er sich schlafen legte, wollte er auf jeden Fall noch versuchen, Buck zu erreichen. Doch in der Kommunikationszentrale sagte man ihm, er brauche die Genehmigung eines Vorgesetzten, um eine abhörsichere Leitung nach draußen zu benutzen. Rayford war erstaunt. »Was soll das? Sehen Sie sich doch meine Sicherheitseinstufung an«, erklärte er.

»Tut mir Leid, Sir. Das sind meine Befehle.«

»Wie lange werden Sie noch hier sein?«, fragte Rayford.

»Noch zwanzig Minuten, Sir.«

Rayford war versucht, Carpathias Unterredung mit Mac zu unterbrechen. Er wusste, Nicolai würde ihm die Erlaubnis geben, das Telefon zu benutzen, und wenn er hereinplatzen würde, würde er zeigen, dass er eine Unterredung Seiner Exzellenz, des Potentaten, mit seinem Untergebenen nicht fürchtete. Aber dann überlegte er es sich anders, als er sah, dass Fortunato das Licht in seinem Büro ausgeschaltet hatte und gerade seine Tür abschloss.

Steif ging Rayford auf ihn zu. Ohne eine Spur von Sarkasmus sagte er: »Commander Fortunato, Sir, eine Bitte.«

»Sicher, Captain Steele.«

»Ich brauche die Erlaubnis eines Vorgesetzten, um eine Leitung nach draußen benutzen zu können.«

»Und wen wollen Sie anrufen?«

»Meinen Schwiegersohn in den Staaten.«

Fortunato lehnte sich an die Wand, spreizte seine Füße und verschränkte die Arme. »Das ist sehr interessant, Captain Steele. Was glauben Sie: Würde der Leonardo Fortunato der letzten Woche dieser Bitte statt gegeben haben?«

»Ich weiß es nicht. Vermutlich nicht.«

»Würde meine Erlaubnis, trotz der Tatsache, dass Sie sich diesen Abend mir gegenüber nicht gerade höflich benommen haben, Sie davon überzeugen, dass ich mich geändert habe?«

»Na ja, auf jeden Fall würde es mir einiges klarmachen.«

»Sie haben die Erlaubnis, das Telefon zu benutzen, Captain. Nehmen Sie sich alle Zeit, die Sie brauchen, und ich wünsche Ihnen, dass zu Hause alles in Ordnung ist.«

»Vielen Dank«, erwiderte Rayford.

Buck betete für Chloe, während er sich auf dem Weg zu Donnys Haus befand. Er hoffte, dass sie in Sicherheit war und nur darauf wartete, von ihm zu hören. Danach rief er Tsion an und berichtete ihm, was er erfahren hatte, doch dieses Gespräch dauerte nicht lange. Tsion wirkte bedrückt, zerstreut. Irgendetwas beschäftigte ihn, aber Buck wollte nicht danach fragen, weil er die Leitung freihalten wollte.

Buck öffnete seinen Laptop und suchte nach Ken Ritz' Nummer. Kurz darauf meldete sich dessen Anrufbeantworter und sagte: »Entweder ich fliege, esse, schlafe oder spreche gerade auf der anderen Leitung. Hinterlassen Sie eine Nachricht.«

Kurze Pieptöne zeigten an, dass schon einige Nachrichten für ihn angekommen waren. Buck wurde ungeduldig, weil er seine Leitung nicht so lange blockieren wollte. Endlich hörte er den langen Piepton. »Ken«, sagte er. »Buck Williams. Die beiden, die Sie aus Israel ausgeflogen haben, brauchen bald einen Rückflug. Rufen Sie mich an.«

Rayford konnte kaum glauben, dass Bucks Telefon besetzt war. Er knallte den Hörer auf die Gabel und wartete ein paar Minuten, bevor er erneut wählte. Wieder besetzt! Rayford schlug mit der Hand auf den Tisch.

Der junge Kommunikationsoffizier sagte: »Wir haben eine Vorrichtung, die die Nummer immer wieder anwählt und eine Nachricht hinterlässt.«

»Ich kann ihm sagen, er soll mich hier anrufen. Würden Sie mich dann wecken?«

»Leider geht das nicht, Sir. Aber Sie können ihn bitten, Sie um sieben Uhr morgen früh anzurufen, wenn wir wieder da sind.«

Buck wunderte sich, dass Ritz' Anrufbeantworter noch angeschlossen war. Das ließ vermuten, dass seine Wohnung das Erdbeben einigermaßen unbeschadet überstanden hatte. Wo konnte er nur erfahren, ob Ken das Erdbeben ebenfalls überlebt hatte? Er lebte allein, und dieses Gerät würde laufen, bis es voll war.

Buck war eine halbe Stunde von Donny Moores Haus entfernt, als sein Telefon klingelte. »Gott, lass es bitte Ernie sein«, betete er.

»Hier spricht Buck.«

»Buck, dies ist eine Nachricht von Rayford. Es tut mir Leid, dass ich dich nicht erreichen konnte. Ruf mich bitte unter der folgenden Nummer um sieben Uhr morgens irakischer Zeit an. Ich bete, dass es Chloe gut geht. Dir und unserem Freund natürlich auch. Ich möchte alles wissen. Ich suche noch immer nach Amanda, weil ich das Gefühl habe, dass sie noch am Leben ist. Ruf mich an.«

Buck blickte auf die Uhr. Warum konnte er Rayford nicht sofort anrufen? Er war versucht, sich mit Ernie in Verbindung zu setzen, aber er wollte ihm nicht lästig werden. Langsam arbeitete er sich zu Donnys Haus vor. Sobald er das Haus betrat, wusste Buck, dass etwas nicht stimmte. Tsion konnte ihm nicht in die Augen sehen.

»Ich habe keine Eisenstäbe gefunden, die wir in den Rasen stecken könnten«, sagte Buck. »Haben Sie den Schutzraum gefunden?«

»Ja«, erwiderte Tsion leichthin. »Es ist ein exaktes Duplikat von dem im Gemeindehaus. Wollen Sie ihn sehen?«

»Was ist los, Tsion?«

»Wir müssen miteinander reden. Wollen Sie den Schutzraum sehen?«

»Das kann warten. Ich möchte nur wissen, wie Sie ihn gefunden haben.«

»Sie werden es nicht glauben, wie nah wir ihm gestern Abend gekommen sind, als wir diese unangenehme Aufgabe erledigten. Die Tür, die zu einem Vorratsraum zu führen scheint, führt eigentlich zu einer größeren Tür. Dahinter liegt der Schutzraum. Lassen Sie uns beten, dass wir ihn niemals benutzen müssen.«

»Wir sollten Gott danken, dass er da ist, falls wir ihn tatsächlich brauchen sollten«, meinte Buck. »Also, was ist los? Wir haben gemeinsam zu viel durchgemacht, als dass Sie irgendetwas vor mir verbergen sollten.«

»Nicht um meinetwillen verberge ich etwas vor Ihnen«, sagte Tsion. »Wenn ich Sie wäre, würde ich das gar nicht hören wollen.«

Buck sank auf einen Stuhl. »Tsion! Sagen Sie mir nicht, dass Sie etwas über Chloe in Erfahrung gebracht haben!«

»Nein, nein. Es tut mir Leid, Cameron. Das ist es nicht. Ich bete noch immer für einen guten Ausgang. Es ist nur, dass die Schätze in Donnys Aktenkoffer, die Tagebücher mich dahin geführt haben, wo ich niemals hinwollte.«

Tsion setzte sich ebenfalls. Er sah genauso schlecht aus wie damals, als seine Familie ermordet worden war. Buck legte dem Rabbi die Hand auf den Arm. »Tsion, was ist los?«

Tsion erhob sich und wandte sich zu Buck um. Die Hände tief in die Taschen vergraben, ging er zu der Tür, die die Küche vom Esszimmer trennte. Buck hoffte, er würde sie nicht öffnen. Er wollte nicht daran erinnert werden, wie er Sandy Moores Leichnam unter dem Baum herausgeschnitten hatte. Tsion öffnete die Tür und ging zu dem Baum.

Buck musste auf einmal daran denken, in welch einer seltsamen Situation er sich plötzlich befand. Wie war es nur dazu gekommen? Er hatte an einer der acht Eliteuniversitäten der Vereinigten Staaten studiert, in New York gearbeitet, den Höhepunkt seiner Karriere erreicht. Und nun saß er hier in einem kleinen Haus eines toten Ehepaars, das er kaum kannte, in einem Vorort von Chicago. In weniger als zwei Jahren hatte er miterlebt, wie Millionen von Menschen auf der ganzen Erde verschwunden waren, er war Christ geworden, hatte den Antichristen kennen gelernt und arbeitete jetzt für ihn, er hatte sich verliebt und geheiratet, sich mit einem großen Bibelgelehrten angefreundet und ein Erdbeben überlebt.

Tsion schloss die Tür und kam zurück. Müde setzte er sich, stützte die Ellbogen auf den Tisch und barg sein Gesicht in den Händen. Endlich ergriff er das Wort. »Es sollte Sie nicht erstaunen, Cameron, dass Donny Moore ein Genie war. Seine Tagebücher haben mich fasziniert. Ich habe noch nicht die Zeit gehabt, sie alle durchzugehen, aber nachdem ich seinen Schutzraum entdeckt habe, bin ich hineingegangen und habe ihn mir angesehen. Eindrucksvoll. Einige Stunden habe ich damit verbracht, eine von Bruce Barnes' Ausarbeitungen fertig zu stellen, die mich besonders beeindruckt hat. Ich habe ein wenig an der Sprache gefeilt und noch ein paar Gedanken hinzugefügt, und dann habe ich versucht, ins Internet zu kommen. Sie werden froh sein zu erfahren, dass es mir gelungen ist.«

»Ich hoffe, Sie haben Ihre E-Mail-Adresse unsichtbar gehalten.«

»Sie haben mich gut unterwiesen. Ich habe die Ausarbeitung an ein zentrales Mitteilungsblatt geschickt. Ich hoffe und bete, dass viele der 144 000 Zeugen es sehen, davon profitieren und darauf reagieren. Morgen werde ich nachsehen. So viele schlechte Lehren werden über das Internet verbreitet, Cameron. Ich hoffe nur, dass die Gläubigen nicht ins Wanken geraten.«

Buck nickte.

»Aber ich komme vom Thema ab«, fuhr Tsion fort. »Nachdem ich meine Arbeit beendet hatte, wandte ich mich Donnys Tagebüchern wieder zu und fing ganz vorne an zu lesen. Ich habe erst etwa ein Viertel geschafft. Ich wollte sie gern zu Ende lesen, aber es fiel mir einfach zu schwer.«

»Warum?«

»Zuerst möchte ich sagen, dass Donny ein tief gläubiger Christ war. Sehr bewegend schrieb er von seiner Reue darüber, dass er die Entrückung versäumt hatte. Er berichtete von dem Verlust seines Kindes und wie seine Frau schließlich zu Gott gefunden hatte. Es war ein sehr trauriger Bericht, wie sie schließlich diesen Schlag überwanden und Freude fanden in der Aussicht, eines Tages wieder mit ihrem Kind vereint zu sein. Preis sei Gott, das ist nun geschehen.« Tsions Stimme begann zu zittern. »Aber, Cameron, ich bin auf eine Information gestoßen, von der ich wünschte, ich hätte sie nie erhalten. Donny hat Bruce gezeigt, wie er seine persönlichen Botschaften verschlüsseln sollte, damit niemand sie ohne sein Passwort abrufen konnte. Wie Sie sich erinnern, kannte niemand dieses Passwort. Loretta nicht; nicht einmal Donny.«

»Das stimmt«, bestätigte Buck. »Ich habe ihn gefragt.«

»Donny muss Bruces Privatsphäre respektiert haben, wenn er Ihnen das gesagt hat.«

»Donny kannte Bruces Passwort doch? Das hätten wir gebrauchen können. Es befand sich ein ganzes Gigabyte an Informationen auf Bruces Computer, an das wir nicht herankamen.«

»Donny kannte das Passwort nicht«, erklärte Tsion, »aber er hat eine Software entwickelt, mit der er jeden Code knacken konnte. Er hat sie auf alle Computer überspielt, die er Ihnen verkauft hat. Wie Sie wissen, habe ich in der Zeit, die ich in dem Schutzraum verbracht habe, alles, was sich auf Bruces Computer befunden hat, auf meinen überspielt. Außerdem hatten wir ja auch diese Tausende ausgedruckter Seiten, die mir eine große Erleichterung waren, als meine Augen zu müde wurden, um ständig auf den Bildschirm zu starren. Auf jeden Fall schien es mir sinnvoll, das Material auch elektronisch zu sichern.«

»Sie waren nicht der Einzige, der dies getan hat«, erklärte Buck. »Ich glaube, die Daten sind auch auf Chloes Computer und vielleicht sogar auf Amandas.«

»Wir haben auf jeden Fall nichts ausgelassen. Sogar die verschlüsselten Dateien wurden kopiert, weil wir den Vorgang nicht verlangsamen wollten, indem wir anfingen auszuwählen. Doch bis jetzt ist es uns noch nicht gelungen, einen Zugang zu den verschlüsselten Dateien zu bekommen.« Buck starrte zur Decke. »Bis jetzt, richtig? Das wollten Sie mir doch sagen?«

»Leider ja«, erwiderte Tsion.

Buck erhob sich. »Wenn Sie mir etwas erzählen wollen, das Einfluss hat auf meine Wertschätzung für Bruce und das sein Andenken beschmutzt, seien Sie vorsichtig. Er ist der Mann, der mich zu Christus geführt hat und der mir geholfen hat, im Glauben zu wachsen und –«

»Beruhigen Sie sich, Cameron. Meine Wertschätzung für Pastor Barnes wurde durch das, was ich gefunden habe, nur noch gesteigert. Ich habe das Entschlüsselungsprogramm auf meinem Computer entdeckt, wandte es auf Bruces Dateien an und innerhalb weniger Minuten hatte ich Zugang zu seinen Dateien.

Ich gestehe, ich sah sie mir an und entdeckte, dass viele rein persönlicher Natur waren. Vorwiegend Erinnerungen an seine Frau und seine Familie. Er beschrieb seine Traurigkeit darüber, dass er sie verloren hatte, solche Dinge. Ich hatte ein ungutes Gefühl und habe nicht alles gelesen. Es muss meine alte Natur gewesen sein, die mich gedrängt hat, in diesen Dateien herumzuschnüffeln.

Cameron, ich gestehe, ich war sehr aufgeregt darüber. Ich glaube, in seinen persönlichen Aufzeichnungen auf noch größere Reichtümer zu stoßen, aber was ich gefunden habe, wird besser nicht ausgedruckt. Es ist auf meinem Computer in meinem Schlafzimmer. So schmerzlich dies sein wird, Sie müssen es sehen.«

Nichts hätte Buck davon abhalten können. Aber er stieg die Treppe mit demselben Widerwillen hoch, den er empfunden hatte, als er in den Trümmern von Lorettas Haus gegraben hatte. Tsion folgte Buck in das Schlafzimmer und setzte sich auf die Ecke des hohen, quietschenden Bettes. Vor der Kommode stand ein Plastikstuhl. Der Bildschirmschoner auf der Kommode zeigte die Worte »Ich weiß, dass mein Erlöser lebt«.

Buck setzte sich und berührte die Maus mit dem Finger. Die betreffende Datei war zwei Wochen nach der Doppelhochzeit von Buck und Chloe und Rayford und Amanda angelegt worden.

Buck sprach in das Mikrofon des Computers. »Dokument eröffnen.« Auf dem Bildschirm stand zu lesen:

»Persönliches Gebetstagebuch. 6.35 Uhr: Meine Frage an diesem Morgen, lieber Vater, lautet, was ich mit dieser Information anfangen soll. Ich weiß nicht, ob sie stimmt, aber ich kann sie nicht ignorieren. Meine Verantwortung als Hirte und Mentor der Tribulation Force *lastet auf mir. Falls sich jemand bei uns eingeschlichen hat, muss ich etwas unternehmen.*

Ist es möglich? Kann es wirklich wahr sein? Ich behaupte nicht, dass ich eine große Menschenkenntnis besitze, aber ich habe diese Frau geliebt, ihr geglaubt und ihr von dem Tag an, an dem ich sie kennen lernte, vertraut. Ich fand, dass sie hervorragend zu Rayford passte, und sie schien geistlich sehr reif zu sein.«

Buck erhob sich und schlug auf die Rückenlehne des Stuhls. Der Stuhl kippte nach hinten. Er beugte sich über den Laptop, die Hände auf die Kommode gestützt. *Doch nicht Amanda!,* dachte er. *Bitte, nicht!* Welchen Schaden mochte sie angerichtet haben?

In Bruces Tagebuch hieß es weiter:

»Sie werden bald zu Besuch kommen. Buck und Chloe kommen aus New York und Rayford und Amanda aus Washington. Ich werde dann gerade von einer Auslandsreise zurück sein. Ich werde mit Rayford allein sprechen müssen und ihm zeigen, was mir in die Hände gefallen ist. In der Zwischenzeit fühle ich mich machtlos, da sie so eng mit NC zusammenarbeiten. Herr, ich brauche Weisheit.«

Bucks Herz klopfte und er keuchte. »Wo ist das fragliche Schriftstück?«, fragte er. »Was ist ihm in die Hände gefallen und woher hat er es bekommen?«

»Es ist dem Tageseintrag beigefügt«, erklärte Tsion.

»Was immer es ist, ich werde es nicht glauben.«

»Ich empfinde genauso, Cameron. Ich fühle es tief in meinem Herzen. Und doch können wir uns dem nicht entziehen.«

Buck sagte: »Vorheriger Eintrag. Dokument öffnen.«

Der Eintrag von diesem Tag lautete:

»Gott, ich fühle mich wie David, als du dich geweigert hast, ihm zu antworten. Er hat dich angefleht, dich nicht von ihm abzuwenden. Das ist auch meine Bitte an diesem Tag. Ich bin so verzweifelt. Was soll ich davon halten?«

»Anlage öffnen«, sagte Buck.

Die Nachricht kam aus Europa; sie war an Bruce adressiert. Der Absender war ein »interessierter Freund«.

Buck war ganz elend zu Mute. Als er gerade beginnen wollte, sie zu lesen, läutete das Handy in seiner Tasche.

9

Er öffnete sein Telefon. »Hier spricht Buck.«

»Ich versuche, Cameron Williams vom ›Global Weekly‹-Magazin zu erreichen.«

»Am Apparat.«

»Hier spricht Lieutenant Ernest Kivisto. Wir haben uns heute kennen gelernt.«

»Ja, Ernie! Was haben Sie?«

»Zuerst einmal, das Hauptquartier sucht nach Ihnen.«

»Das Hauptquartier?«

»Der große Mann. Oder zumindest jemand, der ihm nahe steht. Ich dachte, ich sollte die Suche nach Ihrer Frau ausweiten, darum habe ich dieses Blatt an die umliegenden Staaten gefaxt. Man kann nie wissen. Wenn sie verletzt oder evakuiert wurde, könnte sie sich überall befinden. Auf jeden Fall hat jemand den Namen erkannt. Und dann sagte ein Bursche mit Namen Kuntz, er hätte auch schon mit Ihnen gesprochen. Irgendwie ist Ihr Aufenthaltsort in die Datenbank geraten, und wir haben die Nachricht erhalten, dass das Hauptquartier auf der Suche nach Ihnen ist.«

»Vielen Dank. Ich werde mich mit ihm in Verbindung setzen.«

»Ich weiß, Sie sind mir keine Rechenschaft schuldig, und ich habe auch keine Befehlsgewalt über Sie, aber da ich der Letzte bin, der Sie gesehen hat, werde ich zur Verantwortung gezogen werden, falls Sie sich nicht melden.«

»Ich sagte doch, ich würde mich melden.«

»Ich will ja nicht in Sie dringen oder so etwas. Ich sage ja nur –«

Buck hatte die Nase voll von Soldaten, denen nur daran gelegen war, ihre eigene Haut zu retten. Aber dieser Mann sollte ihm helfen, Chloe zu suchen. »Ernie, ich weiß das alles zu schätzen, was Sie für mich tun, und Sie können versichert sein, dass ich mich nicht nur mit dem Hauptquartier in Verbindung setzen, sondern auch erwähnen werde, dass Sie die Nachricht an mich weitergeleitet haben. Würden Sie Ihren Nachnamen für mich buchstabieren?«

Kivisto kam seinem Wunsch nach. »Und nun die gute Nachricht, Sir. Einer der Burschen von der Zell-Sol hat das Faxgerät in seinem Wagen. Es war ihm überhaupt nicht recht, dass ich das Bild in die umliegenden Staaten schicken wollte. Er meinte, ich sollte nicht das ganze GC-Netzwerk wegen einer vermissten Person blockieren. Auf jeden Fall berichtete er, er hätte gesehen, wie eine junge Frau, auf die die Beschreibung passte, gestern Nachmittag in einen Rettungswagen geschoben worden sei.«

»Wo?«

»Ich weiß nicht genau, wo, aber ganz bestimmt zwischen der Straße, die Sie mir genannt haben, und der Stelle, an der ich mich im Augenblick befinde.«

»Das ist ein ziemlich großer Bereich, Ernie. Können wir das nicht noch ein wenig eingrenzen?«

»Tut mir Leid. Ich wünschte, ich könnte das.«

»Kann ich mit diesem Burschen sprechen?«

»Das bezweifle ich. Er sagte, er sei seit dem Erdbeben auf den Beinen. Ich glaube, er hat sich in einem der Schutzräume aufs Ohr gelegt.«

»Bei Ihrem Schutzraum habe ich keinen Rettungswagen gesehen.«

»Wir nehmen nur die Verletzten auf.«

»Und diese Frau war nicht verletzt?«

»Offensichtlich nicht. Wenn sie schwer wiegende Verletzungen gehabt hätte, wäre sie nach, einen Augenblick, gleich hab ich's … Kenosha gebracht worden. Eine Reihe von Hotels, die direkt nebeneinander liegen, sind in Krankenhäuser umgewandelt worden.«

Ernie gab Buck die Nummer des Notkrankenhauses in Kenosha. Buck dankte ihm und fragte: »Falls ich Schwierigkeiten habe, telefonisch durchzukommen, ist es möglich, nach Kenosha zu fahren?«

»Haben Sie Allradantrieb?«

»Ja.«

»Den werden Sie brauchen. Zwischen hier und Madison sind alle Überführungen eingestürzt. Einige Stellen sind noch befahrbar, aber dann wieder müssen Sie über einspurige Straßen, durch kleine Städte oder einfach über das offene Feld fahren und auf das Beste hoffen. Tausende versuchen es. Es ist das reinste Chaos.«

»Da ich keinen Hubschrauber habe, muss ich es wagen.«

»Rufen Sie zuerst an. Es hat ja keinen Sinn, sich umsonst auf den Weg zu machen.«

Buck konnte sich des Gefühls nicht erwehren, dass Chloe sich in Reichweite befand. Es beunruhigte ihn, dass sie vielleicht verletzt war, aber immerhin war sie am Leben. Was würde sie von der Sache mit Amanda halten?

Buck blätterte zu Bruces Tagebucheintrag zurück und fand die E-Mail, die Bruce bekommen hatte. Die Botschaft von dem »interessierten Freund« lautete:

»Vorsicht vor der Weinbrand-Dame. Erkundigen Sie sich nach ihrem Mädchennamen und Vorsicht vor den Augen und Ohren von Neu-Babylon. Spezialeinheiten sind nur so stark wie ihre schwächsten Glieder. Rebellion beginnt im eigenen Haus. Schlachten werden auf dem Schlachtfeld verloren, Kriege dagegen von innen heraus.«

Buck wandte sich Tsion zu. »Was leiten Sie daraus ab?«

»Jemand wollte Bruce vor jemandem innerhalb der ›Tribulation Force‹ warnen. Wir haben nur zwei Frauen. Die einzige, deren Mädchennamen Bruce nicht kennt, wäre Amanda. Ich weiß noch immer nicht, warum er oder sie sie Weinbrand-Dame nennt.«

»Wegen ihrer Initialen.«

»A. W.«, sagte Tsion wie zu sich selbst. »Das verstehe ich nicht.«

»A & W ist ein alter Weinbrand in diesem Land«, erklärte Buck. »Wie soll sie die Augen und Ohren von Carpathia sein?«

»Die Erklärung liegt in ihrem Mädchennamen«, meinte Tsion. »Ich wollte ihn nachsehen, aber Sie werden sehen, dass Bruce uns die Arbeit bereits abgenommen hat. Amandas Mädchenname war Recus. Damit konnte Bruce nichts anfangen und er trat eine Zeit lang auf der Stelle.«

»Auch mir sagt das nichts«, entgegnete Buck.

»Bruce hat tiefer gegraben. Offensichtlich war der Name von Amandas Mutter, bevor sie Recus geheiratet hat, Fortunato.«

Buck erbleichte und ließ sich auf den Stuhl sinken.

»Bruce hat vermutlich ähnlich reagiert«, meinte Tsion. »Er schreibt hier: ›Bitte, Gott, lass es nicht wahr sein.‹ Was bedeutet dieser Name denn?«

Buck seufzte. »Die rechte Hand von Nicolai Carpathia, ein Speichellecker, heißt Leonardo Fortunato.«

Buck wendete sich Tsions Computer wieder zu. »Schließen Sie die Dateien und verschlüsseln Sie sie. Suchen Sie nach ›Chicago Tribune‹. Öffnen Sie Namenssuche. Ken oder Kenneth Ritz, Illionois, USA.«

»Unser Pilot!«, rief Tsion. »Sie wollen mich doch nach Hause bringen!«

»Ich möchte nur sehen, ob der Bursche noch am Leben ist, nur für den Fall der Fälle.«

Ritz war unter der Rubrik ›Patienten in stabiler Verfassung‹ zu finden. Anscheinend lag er im Arthur Young Memorial Hospital, Palatine, Illinois.

»Wie kommt es, dass man solche guten Nachrichten nur über einen fern stehenden Menschen bekommt?«

Buck wählte die Nummer von Kenosha, die Ernie ihm gegeben hatte. Es war besetzt. 15 Minuten lang probierte er es immer wieder. »Wir können es von unterwegs aus noch mal versuchen.«

»Von unterwegs aus?«, fragte Tsion.

»Sozusagen«, erwiderte Buck. Er sah auf seine Uhr. Es war nach sieben Uhr abends, Dienstag.

Zwei Stunden später waren er und Tsion noch immer in Illinois. Zusammen mit Hunderten anderer Autos holperte der Rover langsam in Richtung Norden. Genauso viele kamen ihnen entgegen, 20 bis 30 Meter parallel zu der Schnellstraße I-94, auf der die Autos früher mit hoher Geschwindigkeit dahergerast waren.

Während Buck nach einer Ausweichstraße oder einem Weg suchte, allzu langsame Fahrzeuge zu überholen, bediente Tsion das Telefon. Sie betrieben es über den Zigarettenanzünder, um die Batterie zu schonen, und etwa jede Minute drückte Tsion den Wahlwiederholungsknopf. Entweder war die Leitung in Kenosha hoffnungslos überlastet oder sie funktionierte nicht.

Zum zweiten Mal hintereinander weckte der Erste Offizier Mac McCullum Rayford auf. Um kurz nach halb sieben am Mittwochmorgen in Neu-Babylon hörte Rayford ein leises, aber beharrliches Klopfen. Er setzte sich auf und schälte sich aus seinen Decken und Laken. »Eine Minute«, rief er, und ihm wurde klar, dass er mittlerweile Nachricht von Buck haben könnte. Er öffnete die Tür, und als er Mac erkannte, ließ er sich zurück ins Bett sinken. »Ich bin noch nicht bereit aufzuwachen. Was ist los?«

Mac knipste das Licht an, so dass Rayford sein Gesicht im Kissen verstecken musste. »Ich habe es getan, Cap. Ich habe es wirklich getan!«

»Was getan?«, fragte Rayford mit gedämpfter Stimme.

»Ich habe gebetet. Ich habe es wirklich getan.«

Rayford drehte sich um, legte seine Hand über die Augen und starrte Mac an. »Wirklich?«

»Ich bin nun Christ, Mann. Ist es zu glauben?«

Rayford ergriff Macs Hand und schüttelte sie. Mac setzte sich auf Rayfords Bettkante. »Mann, das ist großartig!«, rief er. »Vor einer Weile bin ich aufgewacht und habe beschlossen, jetzt nicht mehr darüber nachzudenken, sondern es einfach zu tun.«

Rayford setzte sich auf und rieb sich die Augen. Er fuhr sich mit der Hand durch die Haare. Nur wenige Menschen hatten ihn je in einem solchen Aufzug gesehen.

Was sollte er davon halten? Er hatte Mac noch nicht einmal nach seinem Gespräch mit Carpathia vom Abend zuvor gefragt. Wie sehr wünschte er sich, dass es stimmte. Und wenn das nun alles nur vorgetäuscht war, eine Verschwörung, um ihm eine Falle zu stellen? Bestimmt war das Carpathias Plan gewesen – um zumindest einen Angehörigen der Opposition außer Gefecht zu setzen.

Aber er konnte nichts machen. Er musste dies für bare Münze nehmen. Wenn Mac ein solches Gespräch und seine Gefühle vortäuschen konnte, dann konnte Rayford so tun, als würde er sich schrecklich freuen. Seine Augen hatten sich schließlich an das Licht gewöhnt und er wandte sich zu Mac um. Wie gewöhnlich trug er seine Uniform. Rayford hatte ihn noch nie in Freizeitkleidung gesehen. Aber was war das? »Haben Sie heute Morgen geduscht, Mac?«

»Natürlich. Was ist denn?«

»Sie haben einen Schmutzfleck auf der Stirn.«

Mac fuhr sich mit seinen Fingern über die Stirn.

»Er ist noch immer da«, sagte Rayford. »Sieht so aus wie das, was die Katholiken am Aschermittwoch auf die Stirn gestrichen bekommen.«

Mac erhob sich und ging zum Spiegel an Rayfords Wand. Er beugte sich vor, drehte und wendete sich. »Wovon sprechen Sie, Ray? Ich kann nichts erkennen.«

»Vielleicht ist das ja auch nur ein Schatten«, sagte Rayford.

»Wie Sie wissen, habe ich Sommersprossen.«

Als Mac sich umdrehte, war der Fleck noch immer da. Rayford konnte ihn ganz deutlich erkennen. »Sehen Sie es nicht?«, fragte er. Er erhob sich, packte Mac an den Schultern und drehte ihn zum Spiegel herum.

Mac betrachtete sich erneut und schüttelte den Kopf.

Rayford schob ihn näher an den Spiegel heran und beugte sich vor, so dass ihre Gesichter nebeneinander waren. »Genau dort!«, sagte er und deutete auf den Spiegel. Mac starrte ihn noch immer verständnislos an. Rayford drehte Macs Gesicht zu sich hin und legte den Finger genau auf seine Stirn, dann drehte er ihn zum Spiegel zurück. »Genau da. Ein dunkles Zeichen in der Größe eines Daumenabdrucks.«

Mac sank in sich zusammen und schüttelte den Kopf. »Entweder haben Sie Halluzinationen oder ich bin blind«, sagte er.

»Einen Augenblick«, sagte Rayford langsam. Es überlief ihn eiskalt. »Ich will es mir noch einmal ansehen.«

Mac wand sich unter Rayfords Blick. »Wonach suchen Sie?«

»Schsch!«

Rayford packte Mac an den Schultern. »Mac?«, fragte er ernst. »Kennen Sie diese 3-D Bilder, die aussehen wie ein kompliziertes Muster, bis man sie sich genau ansieht –«

»Ja, dann erkennt man einen Teil eines Bildes.«

»Ja! Da ist es. Ich kann es erkennen!«

»Was?«

»Es ist ein Kreuz! Mein Wort darauf! Es ist ein Kreuz, Mac!«

Mac entwand sich ihm und sah erneut in den Spiegel. Er beugte sich ganz dicht vor und schob seine Haare zurück. »Warum kann ich es nicht sehen?«

Rayford beugte sich vor und schob sich ebenfalls die Haare aus der Stirn. »Warten Sie! Habe ich auch eines? Nein, ich kann keines erkennen.«

Mac erblasste. »Sie haben doch eins!«, rief er. »Lassen Sie mich mal sehen.«

Rayford konnte kaum atmen, während Mac ihn anstarrte. »Unglaublich!«, meinte Mac. »Es ist tatsächlich ein Kreuz. Ich kann Ihres sehen und Sie können meines sehen, aber unser eigenes können wir nicht erkennen.«

Bucks Nacken und Schultern waren steif und taten ihm weh. »Ich nehme nicht an, dass Sie schon einmal einen Wagen wie diesen hier gefahren haben, Tsion«, sagte er.

»Nein, Bruder, aber ich bin bereit dazu.«

»Nein, es geht schon.« Er warf einen Blick auf seine Uhr. »Noch eine knappe halbe Stunde, bis ich Rayford anrufen soll.«

Die Karawane ins Nichts kam schließlich an die Grenze nach Wisconsin. Der Verkehr schob sich westlich der Schnellstraße voran. Tausende begannen, neue Wege zu schaffen. 30 bis 35 Meilen pro Stunde war die Höchstgeschwindigkeit, aber es gab auch immer Verrückte in Allrad getriebenen Fahrzeugen, die es sich zu Nutze machten, dass alle

Verkehrsregeln außer Kraft gesetzt waren. Als sie sich Kenosha näherten, fragte Buck eine Angehörige der Friedenstruppen der Weltgemeinschaft nach dem Weg.

»Sie müssen etwa fünf Meilen in Richtung Osten fahren«, erklärte die junge Frau. »Und es sieht nicht aus wie ein Krankenhaus. Es sind zwei –«

»Hotels, ja, das habe ich schon gehört.«

Der Verkehr nach Kenosha war nicht so dicht wie in Richtung Norden, aber schon bald änderte sich das. Buck musste den Wagen etwa eine Meile von dem Krankenhaus entfernt stehen lassen. Die Friedenstruppen der Weltgemeinschaft leiteten die Fahrzeuge um. Alle, die zu diesen Hotels wollten, mussten zu Fuß weitergehen. Buck stellte den Range Rover ab und sie machten sich auf den Weg.

Als ihr Ziel in Sicht kam, war es Zeit, Rayford anzurufen.

»Mac«, sagte Rayford und kämpfte gegen die Tränen an, »ich kann das kaum glauben. Ich habe um ein Zeichen gebetet und Gott hat geantwortet. Ich brauchte ein Zeichen. Woher soll ich wissen, wem ich trauen kann?«

»Das habe ich mir schon gedacht«, erklärte Mac. »Ich hungerte nach Gott und wusste, dass Sie hatten, was ich brauchte, aber ich hatte befürchtet, Sie würden mir misstrauen.«

»Das habe ich auch, aber ich hatte bereits zu viel gesagt, falls Sie tatsächlich für Carpathia und gegen mich arbeiteten.«

Mac starrte in den Spiegel. Rayford zog sich gerade an, als es an der Tür klopfte und die Tür aufflog. Ein junger Assistent aus dem Kommunikationszentrum sagte: »Entschuldigen Sie, Sir, aber da ist ein Anruf für Captain Steele.«

»Ich komme sofort«, erwiderte Rayford. »Übrigens, habe ich hier einen Schmutzfleck auf der Stirn?«

Der junge Mann sah genau hin. »Nein, Sir. Ich glaube nicht.«

Rayford warf Mac einen Blick zu. Dann steckte er sein Unterhemd in die Hose und lief auf Strümpfen den Flur entlang. Fortunato – oder schlimmer noch, Carpathia – könnten ihm einen Tadel erteilen, weil er sich halb angezogen vor Untergebenen gezeigt hatte. Er wusste, er konnte sowieso nicht mehr sehr lange im Dienst des Antichristen bleiben.

Schweigend stand Buck in den Trümmern von Kenosha und hielt das Telefon ans Ohr gedrückt. Als Rayford sich endlich meldete, sagte er schnell: »Buck, antworte nur mit ja oder nein. Bist du da?«

»Ja.«

»Dies ist kein abhörsicheres Telefon, darum erzähle mir, wie es den anderen geht, aber bitte ohne Namen zu verwenden.«

»Mir geht es gut«, sagte Buck. »Der Mentor ist in Sicherheit und auch ihm geht es gut. Sie ist mit dem Leben davongekommen, glauben wir. Wir werden sie bald finden.«

»Und den anderen?«

»Die Sekretärin ist tot. Der Computertechniker und seine Frau ebenfalls.«

»Das tut mir Leid.«

»Ich weiß. Wie steht es mit dir?«

»Man hat mir gesagt, Amanda sei mit einer Pan-Con-Maschine in den Tigris gestürzt«, erklärte Rayford.

»Sie steht auf der Liste, falls man glauben kann, was im Internet zu finden ist. Du glaubst nicht daran?«

»Nicht, bis ich sie mit eigenen Augen sehe.«

»Ich verstehe. Junge, tut das gut, deine Stimme zu hören.«

»Das geht mir auch so. Wie steht es mit deiner Familie?«

»Vermisst, aber das trifft ja auf die meisten anderen auch zu.«

»Wie steht's mit den Gebäuden?«

»Beide zerstört.«

»Hast du eine Unterkunft?«, fragte Rayford.

»Mir geht es gut. Ich halte mich im Hintergrund.«

Sie vereinbarten, sich eine E-Mail zu schicken, und legten auf. Buck wandte sich an Tsion. »Sie kann kein doppeltes Spiel gespielt haben. Ihn hätte sie nie an der Nase herumführen können. Dafür ist er viel zu aufmerksam.«

»Vielleicht war er blind vor Liebe«, meinte Tsion. Buck warf ihm einen unmutigen Blick zu. »Cameron, ich möchte das genauso wenig glauben wie Sie. Aber wie es scheint, war Bruces Verdacht ziemlich stark.«

Buck schüttelte den Kopf. »Sie sollten vielleicht lieber hier bleiben, Tsion.«

»Warum? Um mich kümmert sich im Augenblick doch niemand.«

»Vielleicht, aber das Kommunikationssystem der Weltgemeinschaft macht die Welt sehr klein. Sie wissen, dass ich früher oder später hier auftauchen werde, falls Chloe hier ist. Wenn die noch immer nach Ihnen suchen und Verna Zee unsere Vereinbarung gebrochen und mich an Carpathia verraten hat, könnten sie damit rechnen, Sie bei mir zu finden.«

»Sie sind sehr kreativ, Buck. Aber anscheinend leiden Sie auch unter Verfolgungswahn.«

»Vielleicht. Aber wir wollen kein Risiko eingehen. Falls ich verfolgt werde, wenn ich mit Chloe herauskomme, dann sollten Sie besser Abstand halten. Ich werde Sie dann etwa 200 Meter westlich von der Stelle auflesen, an der wir geparkt haben.«

Buck marschierte in das Chaos hinein. In diesem Gebäude wimmelte es nicht nur von Patienten, Ärzten und Schwestern, die alle beweisen wollten, dass sie Autorität hatten, sondern es wurde auch viel geschrien. Alles musste schnell gehen; niemand hatte Zeit für Freundlichkeit.

Es dauerte eine Weile, bis Buck die Aufmerksamkeit der Frau am Informationsschalter auf sich ziehen konnte. Sie schien für die Aufnahme der Patienten zuständig zu sein. Nachdem er zwei Bahren aus dem Weg gegangen war, auf denen blutende Menschen lagen, die vermutlich bereits tot waren, ging er zu ihrem Tisch. »Entschuldigen Sie, Madam, ich suche nach dieser Frau.« Er zog eine Kopie des Faxes aus der Tasche, das Ernie verschickt hatte.

»Wenn sie so aussehen würde, wäre sie nicht hier«, erwiderte die Frau unfreundlich. »Hat sie auch einen Namen?«

»Der Name steht auf dem Bild«, erklärte Buck. »Soll ich ihn vorlesen?«

»Ihren Sarkasmus können Sie sich sparen, mein Herr. Tatsächlich möchte ich, dass Sie mir den Namen vorlesen.«

Das tat Buck.

»Ich erkenne den Namen nicht, aber mir sind heute schon Hunderte durch die Hände gegangen.«

»Wie viele ohne Namen?«

»Etwa ein Viertel. Die meisten dieser Leute fanden wir in oder unter ihren Häusern begraben, darum haben wir einfach die Adressen überprüft. Die Leute, die unterwegs waren, hatten in der Regel einen Ausweis bei sich.«

»Sagen wir, sie war unterwegs und hatte keinen Ausweis und sie ist nicht in der Lage zu sagen, wer sie ist.«

»Dann können Sie genauso gut raten wie ich. Wir haben keine spezielle Station für Menschen, die nicht identifiziert sind.«

»Haben Sie etwas dagegen, wenn ich mich ein wenig umsehe?«

»Was wollen Sie denn tun? Sich jeden Patienten ansehen?«

»Wenn ich muss.«

»Nur wenn Sie Angestellter der Weltgemeinschaft sind und –«

»Das bin ich«, sagte Buck und zeigte seinen Ausweis.

»– und uns aus dem Weg gehen.«

Buck marschierte durch das erste Hotel. Vor jedem Bett, in dem ein Patient ohne Namensschild lag, blieb er stehen. An großen Personen und Leuten mit grauem oder weißem Haar ging er vorbei. Wenn jemand klein, dünn oder weiblich genug wirkte, um Chloe zu sein, sah er sich diese Person gut an. Er war gerade auf dem Weg in das zweite Haus, als ein großer Mann rückwärts aus einem Raum herauskam und die Tür verschloss. Buck nickte und wollte weitergehen, aber offensichtlich bemerkte der Mann das Fax in seiner Hand. »Suchen Sie jemanden?«

»Meine Frau.« Buck hielt das Blatt hoch.

»Habe sie nicht gesehen, aber vielleicht sehen Sie hier einmal nach.«

»Noch mehr Patienten?«

»Dies ist unsere Leichenhalle, Sir. Sie brauchen nicht, wenn Sie nicht wollen, aber ich habe den Schlüssel.«

Buck kräuselte die Lippen. »Ich denke, ich sehe besser einmal nach.«

Buck trat hinter den Mann, während er die Tür aufschloss. Die Tür klemmte jedoch und Buck stieß gegen ihn. Buck entschuldigte sich. Der Mann drehte sich um und sagte: »Kein Probl–«

Er brach ab und starrte Buck an. »Geht es Ihnen gut, Sir? Ich bin Arzt.«

»Ach, die Wange ist in Ordnung. Ich bin nur gefallen. Das sieht doch gar nicht so übel aus, oder?«

Der Doktor legte den Kopf zur Seite und betrachtete ihn eingehend. »Oh, diese Wunde scheint nicht tief zu sein. Ich dachte nur, ich hätte etwas auf ihrer Stirn bemerkt, genau unter dem Haaransatz.«

»Nein. Dort habe ich mich, so weit ich weiß, nicht gestoßen.«

»Ein Stoß kann eine subkutane Blutung auslösen. Es ist nicht gefährlich, aber in ein oder zwei Tagen könnten Sie ziemlich übel aussehen. Darf ich mir das einmal ansehen?«

Buck zuckte die Achseln. »Ich bin ziemlich in Eile. Aber machen Sie nur.«

Der Arzt nahm ein neues Paar Gummihandschuhe aus einer Schachtel in seiner Tasche und zog sie an.

»Ach, bitte machen Sie doch keine große Sache daraus«, sagte Buck. »Ich habe keine Krankheiten oder so etwas.«

»Das mag sein«, erwiderte der Doktor und schob Bucks Haare aus der Stirn. »Aber das kann ich nicht von den anderen Menschen behaupten, mit denen ich zu tun habe.« Sie befanden sich in einem großen Raum, in dem dicht an dicht Bahren mit zugedeckten Leichnamen standen.

»Sie haben tatsächlich ein Mal dort«, sagte der Doktor. Er drückte darauf. »Keine Schmerzen?«

»Nein.«

»Wissen Sie, Sie haben auch etwas an Ihrer Stirn. Sieht so aus wie ein Schmutzfleck.«

Der Arzt wischte sich mit dem Ärmel die Stirn ab. »Vielleicht bin ich mit Druckerschwärze in Berührung gekommen.«

Der Doktor zeigte Buck, wie er das Laken, das jeden Leichnam verhüllte, wegziehen sollte, damit er einen Blick auf das Gesicht des Toten werfen und das Laken dann einfach wieder über ihn fallen lassen konnte. »Diese Reihe brauchen Sie sich nicht anzusehen. Das sind alles Männer.«

Buck fuhr zusammen, als er das erste Laken anhob. Die Tote war eine ältere Frau ohne Zähne. Ihre Augen waren weit aufgerissen und sie wirkte verängstigt.

»Es tut mir Leid«, sagte der Doktor. »Ich habe den Toten nicht die Augen zugedrückt. Einige sehen so aus, als würden sie schlafen. Andere sehen leider so aus. Tut mir Leid, dass Sie sich erschreckt haben.«

Buck wurde vorsichtiger und sprach ein leises Gebet, bevor er das nächste Laken zurückzog. Mit wachsendem Entsetzen betrachtete er die Toten, doch er war auch dankbar, dass er Chloe nicht darunter fand. Als er fertig war, bedankte sich Buck bei dem Arzt und ging zur Tür. Der Doktor sah ihn neugierig und entschuldigend an, griff noch einmal nach Bucks »Schmutzfleck« und rieb ihn leicht mit dem Daumen, als könnte er ihn wegwischen. Er zuckte die Achseln. »Tut mir Leid.«

Buck öffnete die Tür. »Ihrer ist auch noch da, Doc.«

Im ersten Zimmer in dem anderen Hotel sah Buck zwei Frauen mittleren Alters, die aussahen, als hätten sie gerade einen Krieg hinter sich. Auf seinem Weg nach draußen entdeckte er sein Bild in einem Spiegel. Er schob sich die Haare zurück, konnte den Fleck aber nicht erkennen.

Buck wartete so lange auf einen Aufzug, dass er beinahe aufgegeben und die Treppe genommen hätte. Als dann endlich einer kam, in dem noch Platz für ihn war, hielt er Chloes Bild noch in den Händen. Ein stämmiger, älterer Arzt stieg im dritten Stock dazu und starrte das Bild an. Buck hob das Blatt etwas höher. »Darf ich?«, fragte der Arzt und griff danach. »Gehört sie zu Ihnen?«

»Meine Frau.«
»Ich habe sie gesehen.«
Bucks Kehle war wie zugeschnürt. »Wo ist sie?«
»Wollen Sie nicht eher wissen, wie es ihr geht?«
»Geht es ihr gut?«
»Als ich sie zuletzt sah, war sie am Leben. Steigen Sie in der vierten Etage mit mir aus, dann können wir uns unterhalten.«
Buck versuchte, seine Erregung zu zügeln. Sie war am Leben. Nur das zählte. Er stieg mit dem Arzt aus dem Aufzug und folgte ihm in eine Ecke. »Ich habe eine Operation angeordnet, aber wir operieren hier nicht. Wenn sie meinem Rat gefolgt sind, dann haben sie sie nach Milwaukee, Madison oder Minneapolis gebracht.«
»Was ist los mit ihr?«
»Zuerst dachte ich, sie sei überfahren worden. Ihre rechte Seite sah übel aus, vom Knöchel bis zum Kopf. Asphaltstückchen waren anscheinend in ihre Haut eingedrungen, und sie hatte auch einige Knochen gebrochen, möglicherweise einen Schädelbruch auf dieser Seite. Aber wenn sie überfahren worden wäre, dann wäre auch ihre andere Seite in Mitleidenschaft gezogen worden. Und da war nichts zu sehen außer einer leichten Abschürfung an der Hüfte.«
»Wird sie am Leben bleiben?«
»Ich weiß es nicht. Wir konnten hier nicht röntgen oder einen Ultraschall machen. Ich habe keine Ahnung, welchen Schaden die Knochen oder die inneren Organe genommen haben. Auf jeden Fall habe ich eine Erklärung für das gefunden, was ihr zugestoßen sein könnte. Ich glaube, dass sie von einem Teil eines Daches getroffen wurde. Vermutlich ist sie zu Boden gestürzt, daher diese Abschürfungen. Sie wurde in einem Rettungswagen hergebracht. Wie ich hörte, war sie bewusstlos und die Rettungskräfte hatten keine Ahnung, wie lange sie schon da gelegen hatte.«
»Hat sie das Bewusstsein wiedererlangt?«
»Ja, aber sie konnte nicht sprechen.«
»Sie konnte nicht sprechen?«
»Nein. Und sie hat auch keinerlei Reaktionen gezeigt, weder meine Hand gedrückt, gezwinkert noch mit dem Kopf genickt oder den Kopf geschüttelt.«
»Sie sind sicher, dass sie nicht noch hier ist?«
»Ich wäre sehr enttäuscht, wenn sie noch hier wäre. Wir schicken alle akuten Fälle in eine der drei Städte, die ich Ihnen gerade genannt habe.«

»Wer kann denn wissen, wohin sie gebracht wurde?«

Der Arzt deutete den Flur entlang. »Fragen Sie den Mann dort hinten nach dem Verbleib von Mutter Doe.«

»Vielen Dank«, sagte Buck. Er eilte den Flur entlang, dann blieb er stehen und drehte sich um. »*Mutter* Doe?«

»Bei allen nicht identifizierten Does sind wir das Alphabet mehrmals durchgegangen. Als wir zu Ihrer Frau kamen, waren wir zu den beschreibenden Ausdrücken übergegangen.«

»Aber sie ist keine.«

»Keine was?«

»Mutter.«

»Na ja, wenn sie und das Baby überleben, wird sie in etwa sieben Monaten Mutter sein.«

Der Arzt ging davon. Buck fiel beinahe in Ohnmacht.

Rayford und Mac setzten sich an diesem Morgen beim Frühstück zusammen und planten ihre Tour in der Condor 216, die am Freitag beginnen sollte. »Und was wollte Seine Exzellenz gestern Abend?«

»Seine Exzellenz?«

»Hat man Ihnen nicht gesagt, dass wir ihn von nun an so nennen sollen?«

»Ach, du meine Güte!«

»Ich habe diese Anweisung direkt von Leon bekommen, oder sollte ich vielleicht lieber sagen ›Supreme Commander Leonardo Fortunato‹?«

»Das ist sein neuer Titel?« Rayford nickte. Mac schüttelte den Kopf. »Diese Burschen werden immer überheblicher. Carpathia wollte nur wissen, wie lange Sie meiner Meinung nach noch bei ihm bleiben werden. Ich habe ihm gesagt, dass das doch sicherlich an ihm liegen werde, und er antwortete, er hätte das Gefühl, dass Sie unruhig würden. Ich habe ihm gesagt, er solle wegen dieses kleinen Zwischenfalles am Flughafen nichts gegen Sie unternehmen, und er erwiderte, das hätte er bereits vergessen. Allerdings hätte er Sie dafür zur Verantwortung ziehen können, und er hoffe, Sie würden länger bei ihm bleiben, da er kein Aufsehen deswegen gemacht habe.«

»Wer weiß?«, erwiderte Rayford. »Sonst noch was?«

»Er wollte wissen, ob ich Ihren Schwiegersohn kenne. Ich habe ihm gesagt, ich wüsste, wer er sei, aber ich hätte ihn nicht persönlich kennen gelernt.«

»Warum wollte er das wohl wissen?«

»Ich weiß es nicht. Ich hatte das Gefühl, dass er aus irgendeinem Grund mit mir auf gutem Fuß stehen wollte. Vielleicht möchte er Sie durch mich im Auge behalten. Er erzählte mir, man habe ihm berichtet, Mr. Williams, wie er ihn zu nennen pflegt, habe überlebt, sich aber noch nicht gemeldet. Mr. Williams sei Herausgeber der ›Global Community‹, erklärte er mir, als ob ich das nicht wüsste.«

»Buck hat heute Morgen angerufen. Ich bin sicher, dass das Gespräch verzeichnet, wenn nicht sogar aufgezeichnet worden ist. Wenn sie so dringend mit ihm sprechen wollen, warum haben sie sich dann nicht einfach eingeschaltet und ihn angesprochen?«

»Vielleicht wollen sie, dass er sich selbst verrät. Wie lange wird Carpathia Ihrer Meinung nach einem Christen in einer Position wie dieser vertrauen?«

»Diese Zeit ist längst vorbei. Sie müssen tun, was Sie tun müssen, Mac, aber wenn ich Sie wäre, würde ich mich nicht so schnell zu meinem neuen Glauben bekennen. Offensichtlich können nur Mitchristen dieses Zeichen erkennen.«

»Ja, aber was ist mit diesem Vers, in dem steht, dass wir unseren Glauben mit unserem Mund bekennen sollen?«

»Ich habe keine Ahnung. Gelten diese Regeln noch immer für eine Zeit wie diese? Sollen wir vor dem Antichristen unseren Glauben bekennen? Ich weiß es einfach nicht.«

»Na ja, ich habe Ihnen ja schon davon erzählt. Ich weiß nicht, ob das zählt, aber ich glaube, Sie haben Recht. Ich werde Ihnen auf diese Weise von größerem Nutzen sein. Was sie nicht wissen, tut ihnen nicht weh und uns kann es nur helfen.«

Bucks Kehle war wie zugeschnürt. Während er auf den Arzt am anderen Ende des Flures zuging, betete er im Stillen: »Herr, gib, dass sie am Leben bleibt. Es ist mir egal, wo sie ist, solange du dich ihrer und unseres Babys annimmst.«

Und plötzlich wurde ihm klar, was der Arzt gesagt hatte. »Minneapolis! Das muss doch mehr als 300 Meilen von hier entfernt sein!«

»In der vergangenen Woche habe ich diese Strecke in sechs Stunden zurückgelegt«, meinte der Doktor. »Aber wie ich höre, haben sich die Ausläufer der Berge, die diesen westlichen Teil Wisconsins in der Nähe von Tomah so schön gemacht haben, durch das Erdbeben in kleine Gebirge verwandelt.«

10

Rayford und Mac befanden sich auf dem Weg zu der Condor 216, um zu überprüfen, ob sie flugtüchtig war. Rayford legte den Arm um Macs Schulter und zog ihn an sich. »Ich möchte Ihnen an Bord etwas zeigen«, flüsterte er. »Ein alter Freund, der nicht mehr unter uns ist, hat das nur für mich installiert.«

Rayford hörte Schritte hinter sich. Es war eine junge Frau in Uniform, die eine Nachricht für ihn hatte. Sie lautete: »Captain Steele, bitte kommen Sie zu einer kurzen Unterredung mit Dr. Chaim Rosenzweig und mir sofort in mein Büro. Ich werde Sie nicht lange aufhalten. Unterzeichnet: Supreme Commander Leonardo Fortunato.«

»Vielen Dank, Officer«, sagte Rayford. »Richten Sie ihnen aus, dass ich sofort komme.« Er wandte sich Mac zu und zuckte die Achseln.

»Besteht die Möglichkeit, nach Minnesota zu fahren?«, fragte Buck.

»Sicher, aber es wird eine Ewigkeit dauern«, erwiderte der Doktor.

»Könnte ich vielleicht in einem der Krankentransporte mitfliegen?«

»Das ist ausgeschlossen.«

Buck zeigte ihm seinen Ausweis. »Ich arbeite für die Weltgemeinschaft.«

»Tut das nicht fast jeder?«

»Wie kann ich erfahren, ob sie es bis dorthin geschafft hat?«

»Wir hätten es erfahren, wenn sie es nicht geschafft hätte. Sie ist dort.«

»Und wenn sich ihr Zustand verschlimmert, oder falls sie, Sie wissen schon …«

»Auch darüber werden wir informiert, Sir. Es würde im Computer vermerkt, damit alle auf dem neuesten Stand sind.«

Buck rannte vier Treppenfluchten hinunter und verließ das zweite Hotel. Er suchte den Parkplatz nach Tsion Ben-Judah ab und entdeckte ihn genau an der Stelle, an der er ihn verlassen hatte. Zwei Beamte der Weltgemeinschaft unterhielten sich gerade mit ihm. Buck hielt die

Luft an. Irgendwie sah es nicht so aus, als handle es sich bei diesem Gespräch um eine dienstliche Angelegenheit. Sie schienen freundlich miteinander zu plaudern.

Tsion drehte sich um und ging davon. Nach einigen Schritten drehte er sich um und winkte noch einmal. Die beiden winkten ebenfalls und Tsion ging weiter. Buck fragte sich, welche Richtung er wohl einschlagen würde. Ob er auf direktem Wege zu dem Range Rover marschieren würde oder vielmehr den vorher vereinbarten Treffpunkt im Sinn hatte?

Buck hielt sich im Hintergrund, während Ben-Judah festen Schrittes an den Hotels vorbeiging. Als er fast außer Sichtweite war, begannen die Beamten, ihm zu folgen. Buck seufzte. Er betete, dass Tsion so klug war, sie nicht zu dem Range Rover zu führen. *Geh einfach zum verabredeten Treffpunkt, Freund,* dachte er, *und bleibe ein paar hundert Meter vor diesen Kerlen.*

Buck machte ein paar Sprünge auf der Stelle, um seine Muskeln zu lockern und seine Blutzirkulation in Gang zu bringen. Dann rannte er um die Rückseite des ersten Hotels herum zu der Stelle, an der er den Wagen abgestellt hatte. In großem Bogen ging er um die beiden Beamten der Weltgemeinschaft herum und wurde etwas langsamer, als das Licht der Hotels schwächer wurde. Falls die beiden Männer ihn bemerkten, so ignorierten sie ihn. Sie konzentrierten sich lieber auf den kleineren, älteren Mann. Buck hoffte, dass Tsion, falls er ihn entdeckte, nicht rufen oder ihm folgen würde.

Buck hatte schon lange nicht mehr richtig gejoggt und schon gar nicht in einer solchen Verfassung, in der er sich im Augenblick befand. Er keuchte und schnappte nach Luft, als er die Stelle erreichte, an der er den Range Rover geparkt hatte. Hinter seinem war noch eine Reihe anderer Fahrzeuge abgestellt, so dass er suchen musste, um ihn zu finden.

Tsion ging unbeirrt weiter. Die beiden Beamten der Weltgemeinschaft hielten sich noch immer 100 bis 150 Meter hinter ihm. Anscheinend hatte Tsion gemerkt, dass er verfolgt wurde, denn er kam nicht zum Rover, sondern marschierte zu ihrem Treffpunkt. Als Buck den Motor anließ und die Scheinwerfer einschaltete, berührte Tsion mit der Hand seine Nase und beschleunigte seinen Schritt. Buck setzte den Wagen in Bewegung, holperte über das unebene Gelände, aber nur so schnell, dass Tsion seinen Weg kreuzen würde. Der Rabbi begann nun zu laufen, die beiden Beamten ebenfalls. Buck fuhr 30 Meilen in der Stunde, viel zu schnell für das unebene Terrain. Er wurde kräftig durchgeschüttelt, aber sein Sicherheitsgurt hielt ihn im Sitz. Als er Tsion fast erreicht hatte, lehnte er sich vor und öffnete die Beifahrertür. Schlitternd kam der Wagen zum Stehen und Tsion sprang hinein. Buck trat aufs Gaspedal und Tsion wurde in den Sitz geschleudert. Er lachte aus vollem Halse.

Buck sah ihn amüsiert an, riss das Lenkrad nach links und raste davon. Die Beamten der Weltgemeinschaft würden nicht in der Lage sein, auch nur die Farbe des Fahrzeugs zu erkennen, geschweige denn seine Zulassungsnummer.

»Was ist daran so lustig?«, fragte er Tsion, der noch immer lachte, bis ihm die Tränen kamen.

»Ich bin Joe Baker«, erklärte Tsion mit lächerlich ausgeprägtem amerikanischen Akzent. »Ich besitze eine Bäckerei und backe für Sie Brötchen, denn ich bin ja Joe Baker!« Er lachte und konnte sich gar nicht wieder beruhigen. Er barg sein Gesicht in den Händen und ließ den Tränen freien Lauf.

»Haben Sie den Verstand verloren?«, fragte Buck. »Worüber lachen Sie so?«

»Diese Offiziere!«, erklärte Tsion und deutete mit der Hand über die Schulter zurück. »Diese brillanten, hervorragend ausgebildeten Bluthunde!« Er lachte so heftig, dass er kaum noch Luft bekam.

Buck ließ sich von seinem Lachen anstecken. Er hatte sich bereits gefragt, ob er jemals wieder würde lächeln können.

Tsion ließ eine Hand auf seinen Augen und hob die andere, wie um Buck mitzuteilen, dass er ihm, wenn er sich nur beruhigt hätte, die ganze Geschichte erzählen würde. Endlich fasste er sich. »Sie begrüßten mich sehr freundlich. Ich war vorsichtig. Ich kaschierte meinen hebräischen Akzent und sprach nur wenig, in der Hoffnung, dass sie mich in Ruhe lassen würden. Aber sie betrachteten mich eingehend, und schließlich fragten sie, wer ich sei.« Er begann wieder zu lachen und musste sich stark zusammennehmen. »Da habe ich es ihnen gesagt. Ich sagte: ›Ich heiße Joe Baker und bin Bäcker. Ich besitze eine Bäckerei.‹«

»Wirklich?«, lachte Buck.

»Sie fragten mich, woher ich käme, und ich sagte, sie sollten raten. Einer sagte Litauen und ich deutete mit dem Finger auf ihn, lächelte und sagte: ›Ja! Ja, ich bin Joe, der Bäcker aus Litauen!‹«

»Sie sind verrückt!«

»Das stimmt«, erwiderte er. »Aber bin ich nicht ein guter Soldat?«

»Allerdings.«

»Sie fragten mich, ob ich einen Ausweis hätte. Ich erklärte ihnen, den hätte ich in der Bäckerei gelassen. Ich wäre nur ein wenig spazieren gegangen, um mir das Ausmaß des angerichteten Schadens zu betrachten. Meine Bäckerei hat alles unbeschadet überstanden, müssen Sie wissen.

Ich habe ihnen gesagt, sie sollten doch mal vorbeikommen, sie würden auch Donuts von mir bekommen. Sie meinten, das würden sie vielleicht sogar mal machen, und fragten, wo Joes Bäckerei denn zu finden sei. Ich erklärte ihnen, sie sollten Richtung Westen laufen zu dem einzigen Gebäude auf der Route 50, das verschont geblieben sei. Ich sagte, Gott müsste Donuts mögen, und sie lachten. Als ich ging, winkte ich ihnen zu, doch schon bald darauf begannen sie, mir zu folgen. Ich wusste, Sie würden wissen, wo Sie nach mir zu suchen hätten, falls ich nicht mehr dort stand, wo Sie mich zurückgelassen hatten. Aber ich fürchtete, dass die beiden mich einholen würden, wenn Sie noch länger in dem Hotel geblieben wären. Doch Gott hat wieder einmal über uns gewacht.«

»Sie kennen sicher Dr. Rosenzweig«, sagte Fortunato.

»Das stimmt, Commander«, sagte Rayford und schüttelte Chaim die Hand.

Rosenzweig war lebendig wie immer, ein schmächtiger Siebzigjähriger mit breiten Gesichtszügen, einem faltigen Gesicht und abstehendem weißen Haar, das nicht zu bändigen war.

»Captain Steele!«, strahlte er. »Wie schön, Sie wiederzusehen. Ich bin gekommen, um mich nach Ihrem Schwiegersohn zu erkundigen.«

»Ich habe erst heute Morgen mit ihm gesprochen. Es geht ihm gut.« Rayford sah Rosenzweig direkt in die Augen. Er hoffte, ihm dadurch vermitteln zu können, wie wichtig es war, Verschwiegenheit zu wahren. »Allen geht es gut, Doktor«, sagte er.

»Und Doktor Ben-Judah?«, fragte Rosenzweig.

Rayford spürte Fortunatos Blick auf sich gerichtet. »Doktor Ben-Judah?«, echote er.

»Sie kennen ihn doch sicher. Ein Schützling von mir. Cameron hat ihm geholfen, vor den Zeloten aus Israel zu fliehen, mit der Hilfe des Poten-, ich meine Seiner Exzellenz Carpathia.«

Leon schien erfreut darüber, dass Rosenzweig den angemessenen Titel verwendet hatte. »Sie wissen, wie viel Seine Exzellenz von Ihnen hält, Doktor«, sagte er. »Wir haben versprochen, alles zu tun, was in unserer Macht steht.«

»Und wo hat Cameron ihn hingebracht?«, fragte Rosenzweig. »Und warum hat er die Weltgemeinschaft nicht darüber unterrichtet?«

Rayford rang um Fassung. »Falls das, was Sie sagen, stimmt, Dr. Rosenzweig, dann habe ich damit nichts zu tun. Ich verfolgte in den Nachrichten die Berichterstattung über das, was dem Rabbi zugestoßen ist, und seine Flucht, aber ich hielt mich hier auf.«

»Bestimmt hat Ihr Schwiegersohn Ihnen doch gesagt –«

»Wie ich schon sagte, Doktor, habe ich keine Kenntnis von dieser Operation. Ich wusste nicht, dass die Weltgemeinschaft involviert war.«

»Dann hat er Tsion also nicht in die Staaten gebracht?«

»Ich habe keine Kenntnis über den Aufenthaltsort des Rabbi. Mein Schwiegersohn hält sich im Augenblick in den Vereinigten Staaten auf, aber ob er dort mit Dr. Ben-Judah zusammen ist, kann ich leider nicht sagen.«

Rosenzweig sackte in sich zusammen und verschränkte die Arme. »Oh, das ist schrecklich! Ich hatte so gehofft zu erfahren, dass er in Sicherheit sei. Die Weltgemeinschaft könnte ihn doch schützen. Cameron war nicht sicher, ob sich Seine Exzellenz Carpathia tatsächlich für Tsion einsetzen würde, aber bestimmt hat dieser bewiesen, dass er es gut mit Tsion meinte, indem er geholfen hat, Tsion zu finden und ihn aus dem Land zu bringen!«

Was hatten Fortunato und Carpathia Rosenzweig erzählt?

Fortunato meldete sich nun zu Wort. »Wie ich Ihnen schon sagte, Doktor, wir haben Männer und Ausrüstung zur Verfügung gestellt, die Mr. Williams und Rabbi Ben-Judah bis zur israelisch-ägyptischen Grenze gebracht haben. Von da sind sie offensichtlich mit dem Flugzeug von Al Arish am Mittelmeer geflohen. Natürlich hatten wir gehofft, auf dem Laufenden gehalten zu werden, und wenn auch nur deshalb, weil wir ein Minimum an Dankbarkeit erwartet haben. Wenn Mr. Williams das Gefühl hat, dass Dr. Ben-Judah in Sicherheit ist, wo immer er ihn auch versteckt hält, dann ist das in Ordnung. Wir möchten nur gern behilflich sein, bis Sie den Eindruck haben, dass es nicht mehr notwendig ist.«

Rosenzweig beugte sich vor und machte eine ausladende Handbewegung. »Genau das ist der Punkt! Ich überlasse dies nur ungern Cameron. Er ist ein vielbeschäftigter Mann und wichtig für die Weltgemeinschaft. Ich weiß, dass er immer zur Unterstützung bereit ist, wenn Seine Exzellenz ihn darum bittet. Und in Bezug auf die persönliche Geschichte, die Sie mir gerade erzählt haben, Commander Fortunato, na ja, hinter meinem jungen Freund Nicolai – entschuldigen Sie die vertraute Anrede – steckt sehr viel mehr, als auf den ersten Blick zu sehen war!«

Im Mittleren Westen war es bereits nach Mitternacht. Buck hatte Tsion erzählt, was er über Chloe in Erfahrung gebracht hatte. Nun sprach er mit dem *Arthur Young Memorial*-Krankenhaus in Palatine. »Ich verstehe«, sagte Buck. »Sagen Sie ihm, es sei sein alter Freund Buck.«

»Sir, der Zustand des Patienten ist stabil, aber er schläft. Heute Abend werde ich ihm gar nichts mehr ausrichten.«

»Ich muss aber unbedingt mit ihm sprechen.«

»Sie haben gehört, was ich gesagt habe. Bitte versuchen Sie es morgen noch einmal.«

»Hören Sie doch –«

Klick.

Erst im letzten Augenblick bemerkte Buck die Baustelle vor sich. Er trat auf die Bremse. Ein Bauarbeiter kam zum Wagen. »Tut mir Leid, Sir, aber Sie werden ein paar Minuten warten müssen. Wir füllen gerade eine Erdspalte auf.«

Buck stellte den Motor ab und lehnte den Kopf gegen die Kopfstütze. »Also, was denken Sie, Joe, der Bäcker? Sollten wir Ritz seine Flügel nach Minneapolis ausprobieren lassen, bevor er uns nach Israel bringt?«

Tsion lächelte, als Buck ihn Joe, der Bäcker nannte. Doch plötzlich wurde er wieder ernst.

»Was ist los?«, fragte Buck.

»Einen Augenblick«, erwiderte Tsion.

Der Bulldozer vor ihnen wendete, so dass seine Scheinwerfer den Wagen ausleuchteten. »Mir war noch gar nicht aufgefallen, dass Sie sich an der Stirn verletzt haben«, meinte Tsion.

Buck setzte sich auf und sah in den Rückspiegel. »Ich kann nichts erkennen. Sie sind schon der Zweite, der mir heute Abend sagt, ich hätte was an der Stirn.« Er strich sein Haar zurück. »Wo denn? Und was?«

»Sehen Sie sich doch im Rückspiegel an«, sagte Tsion. Er deutete auf Bucks Stirn.

»Na, sehen *Sie* sich erst mal an!«, sagte Buck. »Auch *Sie* haben etwas auf der Stirn.«

Tsion klappte die Sonnenblende herunter und sah in seinem Spiegel nach. »Nichts«, murmelte er. »Sie wollen sich doch nur über mich lustig machen.«

»In Ordnung«, erwiderte Buck frustriert. »Sehen Sie mich noch einmal an. Doch, Ihres ist noch immer da. Meines auch?«

Tsion nickte.

»Ihres sieht aus wie so ein 3-D-Bild. Wie sieht meines aus?«

»Genauso. Wie ein Schatten oder eine Verletzung oder ein, wie nennen Sie das noch? Ein Relief?«

»Ja«, antwortete Buck. »Hey, das sieht so aus wie eines dieser Bilder, die man erst erkennt, wenn man sich genau darauf konzentriert. Das Zeichen auf Ihrer Stirn ist ein Kreuz.«

Tsion starrte Buck verständnislos an. Plötzlich rief er: »Ja! Cameron! Wir haben das Siegel, das nur für andere Christen sichtbar ist!«

»Wovon sprechen Sie?«

»Im 7. Kapitel der Offenbarung steht, dass die ›Diener unseres Gottes‹ auf ihrer Stirn versiegelt sein werden. Das muss es sein!«

Buck bemerkte nicht, dass der Bauarbeiter ihn durchwinkte. Der Mann kam auf den Wagen zu. »Was ist los? Fahren Sie doch weiter!«

Buck und Tsion sahen sich grinsend an. Sie lachten und Buck fuhr weiter. Plötzlich trat er auf die Bremse.

»Was ist los?«, fragte Tsion.

»Ich habe mit einem anderen Gläubigen dort gesprochen!«

»Wo?«

»Im Krankenhaus! Der Arzt, der für die Leichenhalle zuständig war, hatte dasselbe Zeichen. Er sah meines, und ich sah seines, aber keiner von uns wusste, was wir da sahen. Ich muss ihn anrufen.«

Tsion suchte die Nummer heraus. »Das wird ihn sehr freuen, Cameron.«

»Falls ich durchkomme. Vielleicht muss ich auch zurückfahren und ihn suchen.«

»Nein! Und wenn diese Beamten der Weltgemeinschaft nun herausgefunden haben, wer ich bin? Selbst wenn sie mich für Joe Baker halten, werden sie wissen wollen, warum ich davongelaufen bin!«

»Der Anruf geht scheinbar durch!«

»Weltgemeinschaft Krankenhaus Kenosha.«

»Hallo, ich möchte gern den Arzt sprechen, der für die Leichenhalle verantwortlich ist.«

»Er hat ein Handy. Ich gebe Ihnen seine Nummer.«

Buck schrieb sie auf und legte auf.

»Leichenhalle. Hier spricht Floyd Charles.«

»Doktor Charles! Haben Sie mich heute Abend in der Leichenhalle nach meiner Frau suchen lassen?«

»Ja. Haben Sie Glück gehabt?«

»Ja, ich glaube, ich weiß jetzt, wo sie ist, aber –«

»Wie schön. Ich freue mich so für –«

»Aber das ist nicht der Grund meines Anrufs. Erinnern Sie sich an dieses Zeichen an meiner Stirn?«

»Ja«, erwiderte Doktor Charles langsam.

»Das ist das Zeichen der versiegelten Knechte Gottes! Sie haben auch eines, darum weiß ich, dass Sie Christ sind. Stimmt's?«

»Preiset den Herrn!«, rief der Doktor. »Das bin ich, aber ich glaube nicht, dass ich dieses Zeichen habe.«

»Wir können unser eigenes Zeichen nicht sehen! Nur das von anderen.«

»Wow! Oh, passen Sie auf! Ihre Frau ist nicht zufälligerweise Mutter Doe?«

Buck zuckte zusammen. »Doch, warum?«

»Dann weiß ich, wer Sie sind. Und die anderen wissen, dass Mutter Doe Ihre Frau ist. Sie wollen Ihre Frau aus Minneapolis verschwinden lassen.«

»Warum sollten sie so etwas tun?«

»Weil Sie etwas oder jemanden haben, das oder den sie wollen ... Sind Sie noch dran?«

»Ich bin noch da. Hören Sie, erzählen Sie mir von Bruder zu Bruder, was Sie wissen. Wann soll meine Frau verlegt werden und wohin wollen sie sie bringen?«

»Das weiß ich nicht. Aber ich habe gehört, dass sie jemanden vom Marinestützpunkt in Glenview angerufen haben – Sie wissen schon, dieser alte Stützpunkt, der bereits geschlossen wurde –«

»Ich weiß.«

»Am späten Nachmittag.«

»Sind Sie sicher?«

»Das habe ich gehört.«

»Ich gebe Ihnen meine Nummer, Doktor. Wenn Sie weitere Einzelheiten erfahren, lassen Sie es mich bitte wissen. Und falls Sie jemals, und ich meine wirklich jemals, irgendetwas brauchen, sagen Sie nur Bescheid.«

»Vielen Dank, Mr. Doe.«

Rayford zeigte Mac die Abhöranlage, über die der Pilot die Gespräche in der Kabine abhören konnte. McCullum pfiff leise durch die Zähne. »Ray, wenn die andern das entdecken und Sie für den Rest Ihres Lebens hinter Gittern wandern, werde ich leugnen, davon gewusst zu haben.«

»Abgemacht. Aber für den Fall, dass mir irgendetwas zustößt, bevor sie es entdecken, wissen Sie, wo es ist.«

»Nein, das weiß ich nicht«, erwiderte Mac lächelnd.

»Erfinden Sie irgendeinen Vorwand, dass wir hier verschwinden können. Ich muss mit Buck über mein eigenes Telefon sprechen.«

»Ich könnte ein bisschen Hilfe bei der Überprüfung der Rotoren des Hubschraubers gebrauchen.«

»Ja natürlich. Lassen Sie uns den Hubschrauber überprüfen.«

Es war bereits weit nach Mitternacht, als Buck und Tsion sich ins Haus schleppten. »Ich weiß nicht, was mich in Minneapolis erwartet«, erklärte Buck, »aber ich muss in besserer Verfassung dort erscheinen, als ich im Augenblick bin. Beten Sie, dass Ken Ritz dazu bereit ist. Ich weiß nicht, ob ich das überhaupt hoffen darf.«

»Wir *hoffen* nicht«, korrigierte ihn Tsion. »Wir *beten.*«

»Dann beten Sie doch für Folgendes: Erstens, dass Ritz gesund genug ist. Zweitens, dass er ein flugtüchtiges Flugzeug zur Verfügung hat, und drittens, dass es auf einem Flughafen steht, von dem wir auch wegkommen.«

Buck war gerade im oberen Stockwerk angekommen, als sein Telefon läutete. »Hallo, Rayford!«

Rayford berichtete Buck schnell über das Fiasko mit Rosenzweig.

»Ich liebe diesen alten Mann«, meinte Buck, »aber er ist wirklich naiv. Ich habe ihm gesagt, er solle Carpathia nicht trauen. Er liebt den Kerl geradezu.«

»Er liebt ihn nicht nur, Buck. Er glaubt, dass er Gott ist.«

»Oh nein!«

Rayford und Buck berichteten beide, was sie an diesem Tag erlebt hatten. »Ich kann es kaum erwarten, Mac kennen zu lernen«, sagte Buck.

»Wenn du in so großen Schwierigkeiten steckst, wie es den Anschein hat, Buck, dann wirst du dieses Vergnügen vielleicht nie haben.«

»Na ja, vielleicht nicht hier auf der Erde.«

Rayford sprach von Amanda. »Stell dir vor, Carpathia hat versucht, Mac einzureden, dass Amanda für ihn gearbeitet hat.«

Buck wusste nicht, was er sagen sollte. »Dass sie für Carpathia gearbeitet hat?«, wiederholte er lahm.

»Stell dir das nur vor! Ich kenne sie wie mich selbst und ich sage dir noch etwas. Ich bin davon überzeugt, dass sie am Leben ist. Ich bete, dass du Chloe retten kannst, bevor die Weltgemeinschaft sie in die Finger bekommt. Du kannst dafür beten, dass ich Amanda finde.«

»Sie war nicht in dem Flugzeug, das abgestürzt ist?«

»Ich hoffe es«, antwortete Rayford. »Wenn sie darin saß, dann ist sie tot. Aber auch das werde ich überprüfen.«

»Wie?«

»Das erzähle ich dir später. Ich möchte nicht wissen, wo Tsion sich aufhält, aber sag mir nur eins: Du wirst ihn doch nicht nach Minnesota mitnehmen, oder? Wenn etwas schief geht, kannst du nicht gezwungen werden, ihn gegen Chloe auszutauschen.«

»Natürlich nicht. Er denkt, dass er mitkommt, aber er wird es schon verstehen. Ich glaube nicht, dass jemand weiß, wo wir uns aufhalten, und hier gibt es ja auch noch diesen Schutzraum, von dem ich dir erzählt habe.«

»Prima.«

Am Mittwoch morgen musste Buck Tsion ausreden, ihn nach Palatine zu begleiten. Der Rabbi wusste sehr wohl um die Gefahr, die für ihn bestand, wenn er nach Minnesota mitkäme, aber er beharrte darauf, er könne Buck vielleicht helfen, Ken aus dem Krankenhaus zu holen. »Wenn Sie ein Ablenkungsmanöver brauchen, könnte ich wieder Joe Baker spielen.«

»So gern ich Sie dabei hätte, Tsion, aber wir wissen einfach nicht, wer hinter uns her ist. Ich weiß nicht einmal, ob die schon herausgefunden haben, dass Ken mich nach Israel geflogen und uns beide herausgeholt hat. Und wer weiß, ob dieses Krankenhaus nicht überwacht wird? Vielleicht ist Ken nicht einmal mehr da. Es könnte eine Falle sein.«

»Cameron! Haben wir denn nicht schon genügend Probleme am Hals, ohne dass Sie noch zusätzliche erfinden?«

Nur widerstrebend blieb Tsion zurück. Buck bat ihn, den Schutzraum vorzubereiten, für den Fall, dass in Minneapolis etwas schief ginge und die Truppen der Weltgemeinschaft nun ernsthaft hinter ihm her wären. Tsion konnte seine theologischen Ausarbeitungen ins Internet eingeben und den 144 000 Zeugen und allen anderen Gläubigen auf der ganzen Welt Mut machen. Das würde Carpathia verärgern, ganz zu schweigen von Peter Mathews. Niemand wusste, wann die Technologie so weit fortgeschritten war, dass Botschaften zurückverfolgt werden konnten.

Die Fahrt von Mount Prospect nach Palatine war normalerweise in kurzer Zeit zu bewältigen, doch an diesem Tag brauchte Buck zwei Stunden. Das *Arthur Young Memorial*-Krankenhaus war ohne größere Schäden davongekommen, wenn auch der Ort Palatine mit wenigen Ausnahmen zerstört worden war. Es sah fast so aus wie in Mount Prospect. Buck stellte den Wagen in der Nähe eines umgestürzten Baumes etwa 50 Meter vom Eingang entfernt ab. Da er nichts Verdächtiges erkennen konnte, ging er sofort hinein. Das Krankenhaus war überfüllt und es herrschte geschäftiges Treiben. Mit Hilfe eines Generators war die Stromversorgung gesichert. Dank der Tatsache, dass dieses Haus nicht nur ein provisorisches Krankenhaus war wie die beiden Hotels, die Buck am Abend zuvor besucht hatte, konnte diese Einrichtung sehr viel effektiver geführt werden.

»Ich möchte gern Ken Ritz besuchen«, erklärte er.

»Und Sie sind?«, fragte eine Krankenschwester.

Buck zögerte. »Herb Katz«, sagte er. Diesen Namen würde Ken Ritz erkennen.

»Darf ich Ihren Ausweis sehen?«

»Nein, das dürfen Sie nicht.«

»Wie bitte?«

»Ich habe meinen Ausweis in meinem Haus in Mount Prospect bei dem Erdbeben verloren. Und Sie wissen ja sicher, dass der Ort in Trümmern liegt?«

»Mount Prospect? Ich habe meine Schwester und meinen Schwager dort verloren. Wie ich hörte, ist dieser Ort besonders schwer betroffen.«

»Palatine sieht auch nicht viel besser aus.«

»Wir sind ein wenig knapp an Personal, aber viele von uns hatten Glück, toi, toi, toi.«

»Also, wie ist es nun? Kann ich Ken besuchen?«

»Ich werde es versuchen. Meine Oberschwester ist jedoch strenger als ich. Sie hat bisher noch niemanden ohne Ausweis hereingelassen. Aber ich werde ihr Ihre Situation erklären.«

Das Mädchen stand auf und steckte den Kopf durch eine Tür hinter ihr. Buck war versucht, einfach weiterzulaufen und Ritz zu suchen, vor allem, als er hörte, was gesprochen wurde.

»Ganz bestimmt nicht. Sie kennen die Vorschriften.«

»Aber er hat sein Zuhause und seinen Ausweis verloren und –«

»Wenn Sie es ihm nicht sagen wollen, dann muss ich das tun.«

Die Schwester drehte sich um und zuckte entschuldigend die Schultern. Sie setzte sich, als die Oberschwester, eine auffallende dunkelhaarige Frau Ende 20, aus ihrem Zimmer kam. Buck erkannte das Zeichen auf ihrer Stirn und lächelte. Er fragte sich, ob sie bereits davon wusste. Sie lächelte schüchtern zurück, wurde jedoch sofort wieder ernst, als sich das Mädchen zu ihr umdrehte. »Wen wollten Sie noch besuchen?«

»Ken Ritz.«

»Tiffany, bitte bringen Sie diesen Herrn doch zu Ken Ritz' Zimmer.« Sie hielt Bucks Blick stand, dann drehte sie sich um und ging in ihr Büro.

Tiffany schüttelte den Kopf. »Sie hat schon immer eine Vorliebe für Blonde gehabt.« Schnell führte sie Buck zu der Station.

»Ich muss zuerst sehen, ob der Patient Besuch empfangen möchte«, sagte sie.

Buck wartete im Flur, während Tiffany an die Tür klopfte und Kens Zimmer betrat. »Mr. Ritz, möchten Sie einen Besucher empfangen?«

»Eigentlich nicht«, ertönte die schwache Stimme, die Buck kannte. »Wer ist es?«

»Ein Herb Katz.«

»Herb Katz, Herb Katz.« Ritz schien zu überlegen. »Herb Katz! Schicken Sie ihn rein und machen Sie die Tür zu.«

Als sie allein waren, setzte sich Ken mühsam auf. Er streckte seine Hand aus und begrüßte Buck. »Herb Katz, wie um alles in der Welt geht es Ihnen?«

»Das wollte ich eigentlich Sie fragen. Sie sehen schrecklich aus.«

»Vielen Dank. Ich wurde auf ganz blöde Weise verletzt, aber bitte sagen Sie mir, dass Sie einen Job für mich haben. Ich muss hier raus und irgendetwas tun. Sonst werde ich hier noch verrückt. Ich wollte Sie schon anrufen, aber ich habe mein Telefonverzeichnis verloren. Niemand weiß, wie ich Sie erreichen kann.«

»Ich habe eine Reihe von Jobs für Sie, Ken, aber sind Sie denn auch dazu in der Lage?«

»Bis morgen bin ich wieder so gut wie neu«, erklärte er. »Ich habe nur mit meinem kleinen Flieger eins auf den Kopf bekommen.«

»Wie bitte?«

»Ich war gerade in der Luft, als das Erdbeben losbrach. Ich kreiste und kreiste und wartete darauf, dass es aufhörte. Als die Sonne verschwand, wäre ich beinahe abgestürzt. Schließlich habe ich die Maschine in Palwaukee runtergebracht. Aber den Krater habe ich nicht gesehen. Ich glaube sogar, dass er erst entstanden ist, nachdem ich gelandet bin. Auf jeden Fall, ich hatte schon beinahe ganz abgebremst, rollte nur noch mit wenigen Meilen pro Stunde und das Flugzeug ist direkt in dieses Ding gestürzt. Und das Schlimmste ist, mir war nichts passiert, aber das Flugzeug saß nicht so fest, wie ich angenommen hatte. Ich sprang heraus, weil ich Angst hatte, dass es explodieren könnte, und außerdem wollte ich sehen, in welchem Zustand sich mein anderes Flugzeug befand, darum sprang ich auf den Flügel und lief daran entlang, um aus dem Krater zu klettern.

Kurz bevor ich meinen letzten Schritt tat, brachte mein Gewicht die kleine Piper zum Kippen, und der andere Flügel traf mich am Hinterkopf. Da hing ich nun über dem Abgrund und versuchte, aus dem Krater zu klettern. Mir war klar, dass es mich böse erwischt hatte. Ich griff mit einer Hand nach hinten und fühlte, dass ein großer Hautlappen meines Kopfes herabhing und dann wurde mir schwindlig. Schließlich konnte ich mich nicht mehr halten und rutschte unter das Flugzeug. Ich hatte eine Heidenangst, es könnte erneut auf mich stürzen, darum blieb ich, wo ich war, bis mich jemand herauszog. Beinahe wäre ich verblutet.«

»Sie sehen ein wenig blass aus.«

»Sie können einem wirklich Mut machen.«

»Tut mir Leid.«

»Wollen Sie sie sehen?«

»Was denn?«

»Meine Wunde!«

»Sicher.«

Ritz drehte sich um, so dass Buck seinen Hinterkopf sehen konnte. Buck verzog das Gesicht. Es war die hässlichste Wunde, die er je zu Gesicht bekommen hatte. Der Hautlappen war rasiert worden, bevor man ihn wieder angenäht hatte.

»Keinen Gehirnschaden, so hat man mir versichert, also habe ich noch immer keine Entschuldigung für meine Verrücktheiten.«

Buck berichtete ihm von seinem Dilemma und dass er unbedingt nach Minneapolis fliegen müsse, bevor die Weltgemeinschaft irgendetwas mit Chloe tun würde. »Sie müssen mir jemanden empfehlen, Ken. Ich kann nicht bis morgen warten.«

»Den Teufel werd ich tun«, erklärte Ken. Er zog die Infusionsnadel aus der Hand und riss das Pflaster ab.

»Nicht so schnell, Ken. Das kann ich nicht zulassen. Sie müssen doch zuerst gesund geschrieben werden, bevor Sie –«

»Vergessen Sie's, okay? Ich bin vielleicht nicht ganz so schnell, aber wir beide wissen, dass ich keine Gehirnerschütterung habe, darum besteht keine Gefahr, dass sich mein Gesundheitszustand verschlimmert. Ich bin vielleicht nicht ganz so beweglich, das ist alles. Und jetzt kommen Sie schon, helfen Sie mir, mich anzuziehen und hier zu verschwinden.«

»Ich weiß das wirklich zu schätzen, aber eigentlich –«

»Williams, wenn Sie mich das nicht tun lassen, werde ich Sie für den Rest meines Lebens hassen.«

»Das möchte ich natürlich auf keinen Fall.«

Es gab keine Möglichkeit, sich hinauszuschleichen. Sie gingen so schnell wie möglich, aber sofort kam ein Pfleger angerannt. »He! Er darf nicht aufstehen! Hilfe! Holt seinen Arzt!«

»Das ist doch kein Gefängnis«, rief Ken. »Ich habe unterschrieben und ich checke auf eigene Gefahr aus!«

Sie marschierten gerade durch die Eingangshalle, als ein Arzt auf sie zueilte. Die Schwester an der Information klingelte nach ihrer Oberschwester. Buck blickte sie flehend an. Die Oberschwester funkelte ihn an, stellte sich aber vor den Arzt, der stolperte, als er versuchte, ihr auszuweichen. »Ich werde mich darum kümmern«, erklärte sie.

Der Arzt sah misstrauisch zurück, als er sich entfernte, und die Krankenschwester wurde in die Apotheke geschickt, um Kens Arznei zu holen. Die Oberschwester flüsterte: »Die Tatsache, dass Sie Christ sind, schützt nicht automatisch vor Dummheit. Ich helfe Ihnen, aber ich hoffe sehr, dass es wirklich notwendig ist.«

Buck nickte ihr dankbar zu.

Als sie im Rover saßen, barg Ken den Kopf in den Händen. »Geht es Ihnen gut?«

Ritz nickte. »Bringen Sie mich zum Flughafen in Palwaukee. Dort wird eine Tasche für mich aufbewahrt. Und dann müssen wir zum Flughafen Waukegan.«

»Waukegan?«

»Ja. Mein Learjet ist dort zwar ziemlich durchgeschüttelt worden, aber noch in Ordnung. Das einzige Problem ist, dass die Hangars zerstört sind. Ihre Öltanks sind noch in Ordnung, wie ich gehört habe; tanken kann ich also. Ein Problem gibt es allerdings noch.«

»Ich höre.«

»Die Startbahnen.«

»Was ist damit?«

»Offensichtlich existieren sie nicht mehr.«

Buck fuhr, so schnell er konnte. Ein Vorteil der Tatsache, dass es keine Straßen mehr gab, war der, dass Buck den kürzesten Weg wählen konnte. »Können Sie denn mit einem Learjet auf einer nichtasphaltierten Startbahn starten?«

»Darüber brauchte ich mir bisher noch keine Gedanken zu machen. Aber wir werden es herausfinden, oder?«

»Ritz, Sie sind noch verrückter als ich.«

»Das wird sich noch zeigen. Jedes Mal, wenn ich mit Ihnen zusammen bin, muss ich um mein Leben fürchten.« Ritz schwieg einen Augenblick. Und dann: »Da wir gerade vom Getötetwerden sprechen, ich wollte Sie nicht nur anrufen, weil ich Arbeit brauche.«

»Nicht?«

»Ich habe Ihren Artikel gelesen. Diese Sache über den ›Zorn des Lammes‹.«

»Und was haben Sie davon gehalten?«

»Das ist die falsche Frage. Es geht nicht darum, was ich davon gehalten habe, als ich den Artikel gelesen habe, das war offen gesagt nicht viel. Ich meine, Ihre Artikel haben mich immer beeindruckt.«

»Das wusste ich nicht.«

»Das habe ich für mich behalten. Ich wollte nicht, dass Sie überheblich werden. Auf jeden Fall gefielen mir die Theorien nicht, die Sie aufgestellt haben. Und nein, ich habe nicht geglaubt, dass wir den Zorn des Lammes erleben würden. Aber Sie sollten vielleicht besser fragen, was ich *jetzt* davon halte.«

»In Ordnung. Schießen Sie los.«

»Na ja, man müsste schon ein Idiot sein zu denken, das erste weltweite Erdbeben in der Geschichte der Menschheit sei ein Zufall, nachdem Sie es in Ihrem Artikel vorhergesagt haben.«

»Hey, ich habe es nicht vorhergesagt. Ich war vollkommen objektiv.«

»Ich weiß. Aber wir haben ja schon über diese Angelegenheit gesprochen, daher wusste ich, woher Sie kommen. Sie haben es so aussehen lassen, als würden alle Bibelgelehrten noch mehr Theorien aufstellen gegen diesen Quatsch mit den Aliens aus dem All oder die Verschwörungstheorie. Und dann – wumm, bäng – wurde mein Kopf aufgeschlitzt, und ganz plötzlich war der Bursche, der noch verrückter war als ich, der Einzige, der eine Erklärung für das Ganze gefunden hatte.«

Buck lachte. »Sie wollten mit mir sprechen. Hier bin ich.«

»Gut. Denn ich denke, falls das, was die Erde gerade durchgemacht hat, tatsächlich der Zorn des Lammes war, dann freunde ich mich besser mit diesem Lamm an.«

Buck hatte Ritz immer für klug genug gehalten, die Zeichen zu erkennen. »In diesem Punkt kann ich Ihnen helfen«, sagte er.

»Das dachte ich mir.«

Es war schon beinahe Mittag, als Buck langsam über den flach auf dem Boden liegenden Zaun fuhr und den Flughafen in Waukegan erreichte. Die Startbahnen waren nicht nur abgesackt oder aufgeworfen, sie waren vollkommen zerstört.

Auf einer noch ebenen Fläche stand Kens offensichtlich unbeschädigter Learjet.

Langsam rollte er die Maschine zu der Tanksäule. »Mit einem vollen Tank wird es uns mehr als einmal nach Minneapolis und wieder zurückbringen«, sagte er.

»Die Frage ist nur, wie schnell?«, bemerkte Buck.

»In weniger als einer Stunde.«

Buck sah auf seine Uhr. »Von wo aus werden Sie starten?«

»Es ist zwar ein Abhang, aber vom Cockpit aus habe ich eine Stelle in der Nähe der Wadsworth Road auf dem Golfplatz gesehen, wo wir vielleicht eine Chance haben.«

»Wie wollen Sie die Straße überqueren und diese Löcher überwinden?«

»Oh, gemeinsam werden wir das schon schaffen. Aber es wird länger dauern als der Flug nach Minneapolis. Sie werden den größten Teil der Arbeit tun müssen. Ich werde den Jet steuern und Sie müssen den Weg frei räumen. Das wird nicht einfach sein.«

»Wenn es sein müsste, würde ich auch nach Minneapolis laufen«, erklärte Buck.

11

Trotz des Leides, das er gerade durchlebte, freute sich Rayford. Sein Herz sagte ihm, dass Amanda noch am Leben war. Sein Verstand sagte ihm, dass sie tot war. Aber weder sein Herz noch sein Verstand akzeptierten die Möglichkeit, dass sie ihn, die *Tribulation Force* und letztlich auch Gott betrogen hatte.

Doch trotz seiner widerstreitenden Gefühle und seines inneren Aufruhrs freute sich Rayford über Macs Umkehr wie über seine eigene, über die von Chloe und Buck. Und der Zeitpunkt, an dem Gott ihm sein Zeichen aufgedrückt hatte! Rayford würde zu gern Tsion Ben-Judahs Meinung darüber hören.

Es war später Mittwochabend in Neu-Babylon. Rayford und Mac hatten den ganzen Tag zusammengearbeitet. Rayford hatte ihm die ganze Geschichte der *Tribulation Force* erzählt und wie die einzelnen Mitglieder zum Glauben gekommen waren. Besonders fasziniert schien Mac von der Tatsache zu sein, dass Gott ihnen in Bruce Barnes von Anfang an einen Pastor, Lehrer und Mentor geschenkt hatte. Und nach Bruces Tod hatte Gott ihnen einen neuen geistlichen Führer mit noch größerem Bibelwissen geschickt.

»Gott hat sich uns als ein ganz persönlicher Gott offenbart, Mac«, erklärte Rayford. »Er erhört nicht alle unsere Gebete so, wie wir es uns vielleicht wünschen, aber wir haben gelernt, dass er es besser weiß. Und wir sollten uns davor hüten zu denken, dass alles, was wir empfinden, auch tatsächlich richtig ist.«

»Das verstehe ich nicht«, erwiderte Mac.

»Ich werde zum Beispiel das Gefühl nicht los, dass Amanda noch am Leben ist. Aber ich kann nicht beschwören, dass dies von Gott ist.« Rayford zögerte. Seine Gefühle überwältigten ihn auf einmal. »Ich möchte sicher sein, dass ich Gott das nicht vorhalte, falls sich herausstellt, dass ich Unrecht hatte.«

Mac nickte. »Ich kann mir nicht vorstellen, dass ich Gott einmal Vorwürfe mache, aber ich verstehe, was Sie meinen.«

Rayford war fasziniert von Macs Sehnsucht zu lernen. Rayford zeigte ihm, wo er im Internet nach Tsions Ausarbeitungen, seinen Predigten und seinen Kommentaren zu Bruces Botschaften suchen konnte – und vor allem nach seinem Aufsatz zur Endzeit, in dem er seiner Meinung Ausdruck verlieh, dass sich die Welt in der siebenjährigen Trübsalszeit befand.

Mac war fasziniert von den Hinweisen, die darauf schließen ließen, dass Nicolai Carpathia der Antichrist war. »Aber dieser ›Zorn des Lammes‹ und der Mond, der blutrot wurde, Mann, wenn nichts anderes mich hat überzeugen können, dann das!«

Nachdem sie ihre Route ausgearbeitet hatten, schickte Rayford sie per E-Mail an Buck. Von Rom aus, wo er Peter Mathews abholen sollte, wollten er und Mac nach Dallas fliegen, wo ein ehemaliger texanischer Senator zusteigen sollte. Es handelte sich um den neu berufenen Botschafter der Vereinigten Staaten von Nordamerika. »Ich frage mich, Mac, ob sich dieser Bursche, als er in die Politik ging, jemals hätte träumen lassen, dass er eines Tages zu den zehn Königen gehören würde, von denen in der Bibel gesprochen wird.«

Etwas mehr als die Hälfte des Flughafens von Dallas/Fort Worth war noch in Betrieb, der Rest wurde innerhalb kurzer Zeit wieder aufgebaut. Rayford fand es unglaublich, wie schnell der Wiederaufbau vonstatten ging. Es war beinahe so, als hätte Carpathia die Prophezeiungen gekannt, und obwohl er darauf bestand, dass alles nicht so war, wie es schien, hatte er sich offensichtlich darauf vorbereitet, den Wiederaufbau sofort in Angriff zu nehmen.

Rayford wusste, das Carpathia ein sterblicher Mensch war. Trotzdem fragte er sich, ob der Mann wohl jemals schlief. Zu jeder Tages- und Nachtzeit begegnete er ihm auf dem Gelände, immer in Krawatte und Anzug, mit polierten Schuhen, ordentlich rasiert und gekämmt. Carpathia war wirklich erstaunlich. Trotz der vielen Stunden, die er arbeitete, verlor er nur die Geduld, wenn es seiner Sache diente. Normalerweise gab er sich sehr verbindlich und hatte immer ein zuversichtliches Lächeln auf den Lippen. Er war sehr charmant und gut aussehend. Kein Wunder, dass er so viele Menschen zu täuschen verstand.

Am Abend hielt Carpathia eine Fernseh- und Radioansprache, die weltweit ausgestrahlt wurde. Mit ernster Miene teilte er den Menschen mit: »Brüder und Schwestern in der Weltgemeinschaft, ich spreche von Neu-Babylon aus zu Ihnen. Wie Sie habe auch ich bei der Tragödie viele geliebte Menschen, liebe Freunde und treue Mitarbeiter verloren. Ich möchte Ihnen allen mein tief empfundenes Beileid von Seiten der Regierung der Weltgemeinschaft aussprechen und sichere Ihnen unsere Unterstützung zu.

Niemand hätte diesen mutwilligen Akt der Natur vorhersehen können, den schlimmsten Schlag in der Geschichte, der die Welt je getroffen hat. Wir befanden uns im letzten Stadium unserer Wiederaufbaubemühungen nach dem Krieg gegen eine sich auflehnende Minderheit. Im Augenblick ist der Wiederaufbau bereits wieder in vollem Gange, wie Sie, wo immer Sie sich befinden, sicherlich bestätigen können.

Neu-Babylon wird innerhalb kürzester Zeit die prächtigste Stadt werden, die die Welt je gesehen hat. Ihre neue internationale Hauptstadt wird das Zentrum des Handels und der Banken werden, der Hauptsitz der Weltgemeinschaft und schließlich sogar die neue heilige Stadt, in der sich der Enigma-Babylon-Welteinheitsglaube ansiedeln wird.

Es wird mir eine Freude sein, Sie an diesem wundervollen Ort willkommen zu heißen. Geben Sie uns ein paar Monate, um den Wiederaufbau zu vollenden, und planen Sie dann Ihre Pilgerreise. Jeder Bürger sollte es sich zu seinem oder ihrem Lebensziel machen, dieses neue Utopia zu erleben und sich den Prototyp für jede Stadt anzusehen.«

Gemeinsam mit mehreren hundert anderen Angestellen der Weltgemeinschaft hatten Rayford und Mac die Ansprache über ein Fernsehgerät in der Ecke der Cafeteria verfolgt. Nicolai spielte in seinem kleinen Studio eine Diskette ab, die den Betrachter durch die neue Stadt führte, so wie sie später einmal aussehen würde. Es war wirklich beeindruckend.

Carpathia erklärte den Zuschauern jede erdenkliche technologische Neuheit, die in der Stadt zu finden sein würde. »Mit diesen vergoldeten Turmspitzen sieht sie aus wie die Sonntagsschulbilder vom Himmel«, flüsterte Mac.

Rayford nickte. »Sowohl Bruce als auch Tsion sagen, der Antichrist würde alles imitieren, was Gott tut.«

Carpathia beendete seine Ansprache. »Weil Sie Überlebende dieser Katastrophe sind, habe ich ein unerschütterliches Vertrauen in Ihren Willen und Ihre Entschlossenheit, mit uns zusammenzuarbeiten, niemals aufzugeben und Seite an Seite daran mitzuarbeiten, unsere Welt wiederaufzubauen.

Ich fühle mich geehrt, Ihnen dienen zu können, und verspreche, dass ich mich mit meiner ganzen Kraft für Sie einsetzen werde, solange Sie mir dieses Vorrecht gewähren. Lassen Sie mich noch eines hinzufügen. Ich bin mir durchaus im Klaren darüber, dass viele von Ihnen auf Grund spekulativer Berichterstattung in einer unserer Veröffentlichungen von den jüngsten Ereignissen sehr verwirrt sind. Zwar mag es so aussehen, als würde dieses weltweite Erdbeben mit dem sogenannten ›Zorn des Lammes‹ zusammenfallen. Doch lassen Sie mich eines klarstellen. Diejenigen, die glauben, diese Katastrophe sei das Werk Gottes, sind auch der Meinung, bei dem großen Massenverschwinden vor beinahe zwei Jahren seien die Menschen in den Himmel geholt worden.

Natürlich kann jeder Bürger der Weltgemeinschaft glauben, was er oder sie möchte, und diesen Glauben auch in jeder Art ausüben, solange er nicht die Freiheit anderer verletzt. Religiöse Freiheit und Toleranz sind wichtige Elemente des Enigma-Babylon-Einheitsglaubens.

Aus diesem Grund übe ich nur ungern Kritik an der Glaubensüberzeugung anderer. Dennoch appelliere ich an Ihren gesunden Menschenverstand. Keinesfalls mache ich jemandem das Recht streitig, an einen persönlichen Gott zu glauben. Jedoch verstehe ich nicht, wie ein Gott, der als gerecht und liebevoll beschrieben wird, aus einer Laune heraus bestimmt, wer würdig oder *nicht* würdig ist, in den Himmel zu kommen, und diese Entscheidung auch in einem ›Augenblick‹, wie die Christen es nennen, in die Tat umsetzt.

Ist derselbe liebende Gott nun zwei Jahre später wiedergekommen, um Salz in die Wunden zu streuen? Zeigt er diesen Unglücklichen, die er zurückgelassen hat, seinen Zorn, indem er ihre Welt in Trümmer legt und einen großen Teil von ihnen tötet?« Carpathia lächelte herablassend. »Ich bitte die an ein höheres Wesen Glaubenden demütig um Verzeihung, falls ich ihren Gott falsch dargestellt habe. Aber jeder vernünftige Bürger merkt, dass dieses Bild einfach nicht stimmig ist.

Also, meine Brüder und Schwestern, geben Sie nicht Gott die Schuld für das, was wir erleiden. Sehen Sie es einfach als eine Feuerprobe des Lebens, eine Prüfung unseres Geistes und Willens, eine Gelegenheit, in uns hineinzusehen und aus diesem tiefen Brunnen der Güte zu schöpfen, mit dem wir geboren wurden. Lassen Sie uns zusammen daran arbeiten, unsere Welt wie Phönix aus der Asche dieser Tragödie neu erstehen zu lassen, um zu einer nie gekannten Größe zu gelangen. Ich verabschiede mich nun von Ihnen bis zum nächsten Mal, wenn ich zu Ihnen sprechen werde.«

Als die Mitarbeiter der Weltgemeinschaft jubelnd und klatschend aufsprangen, erhoben sich Rayford und Mac nur, um nicht aufzufallen. Rayford bemerkte, dass Mac nach links starrte.

»Was ist?«, fragte Rayford.

»Einen Augenblick«, erwiderte Mac. Rayford wollte gerade gehen, als sich alle wieder hinsetzten und noch immer wie gebannt auf den Bildschirm starrten. »Ich habe gesehen, dass auch noch ein anderer nur widerstrebend aufgestanden ist«, flüsterte Mac. »Ein junger Bursche. Arbeitet in der Kommunikationszentrale, glaube ich.«

Alle hatten sich hingesetzt, weil auf dem Bildschirm die Nachricht erschienen war: »Bitte bleiben Sie und hören Sie, was Supreme Commander Leonardo Fortunato zu sagen hat.«

Fortunato bot auf dem Bildschirm keine so beeindruckende Erscheinung wie Carpathia, aber auch er war telegen. Er wirkte freundlich und nahbar, demütig und doch direkt und er schien dem Zuschauer in die Augen zu sehen. Er erzählte, wie er bei dem Erdbeben zu Tode gekommen und anschließend von Nicolai auferweckt worden sei. »Es tut mir nur Leid«, fügte er hinzu, »dass es keine Zeugen gab. Aber ich weiß, was ich erlebt habe, und ich bin der festen Überzeugung, dass diese Gabe unseres Supreme Potentaten in Zukunft in der Öffentlichkeit eingesetzt werden wird. Ein Mann, der diese Macht hat, verdient einen neuen Titel. Ich schlage vor, dass er ab sofort als Seine Exzellenz Nicolai Carpathia angesprochen wird. Innerhalb der Regierung der Weltgemeinschaft habe ich diesen Titel bereits eingeführt, und ich fordere alle Bürger, die unseren Führer respektieren und lieben, auf, unserem Beispiel zu folgen.

Wie Sie vielleicht wissen, würde Seine Exzellenz einen solchen Titel niemals für sich fordern. Wenn er auch nur widerstrebend diese Führungsrolle übernommen hat, so hat er doch seiner Bereitschaft Ausdruck verliehen, sein Leben für seine Mitbürger einzusetzen. Obwohl er angemessene Unterwürfigkeit niemals einfordern würde, möchte ich Ihnen dringend empfehlen, sie ihm zu erweisen.

Ich habe mit Seiner Exzellenz nicht über das gesprochen, was ich Ihnen hier sage, und ich hoffe nur, dass er es in dem Geist annimmt, in dem ich dies ausspreche, und nicht in Verlegenheit gerät. Die meisten von Ihnen können nicht wissen, dass auch er großes persönliches Leid erfahren hat.«

»Es ist kaum zu glauben«, murmelte Rayford.

»Unser Führer und seine Verlobte, die große Liebe seines Lebens, freuten sich auf die Geburt ihres Kindes in den nächsten Monaten. Die zukünftige Mrs. Carpathia gilt im Augenblick als vermisst. Sie befand sich nach einem Besuch bei ihrer Familie auf dem Rückweg von den Vereinigten Staaten Nordamerikas, als das Erdbeben Reisen ins Ausland unmöglich machte. Falls jemand den Aufenthaltsort von Miss

Hattie Durham kennt, geben Sie diese Information doch bitte so bald wie möglich an Ihren Repräsentanten der Weltgemeinschaft vor Ort weiter. Vielen Dank.«

Mac schob sich an den jungen Mann heran, den er beobachtet hatte. Rayford ging zur Condor 216 zurück. Er wollte gerade einsteigen, als Mac ihn einholte. »Rayford, der Typ hat tatsächlich das Zeichen auf der Stirn. Als ich sagte, ich wüsste, dass er Christ sei, wurde er ganz blass. Als ich ihm mein Zeichen zeigte und ihm von Ihnen und mir erzählte, hat er fast geweint. Sein Name ist David Hassid, er ist ein Jude aus Osteuropa. Er hat sich der Weltgemeinschaft angeschlossen, weil Carpathia ihn beeindruckt hat. Seit sechs Monaten surft er im Internet und, stellen Sie sich vor, er betrachtet Tsion Ben-Judah als seinen geistlichen Mentor.«

»Wann ist er denn Christ geworden?«

»Erst vor ein paar Wochen, aber er ist noch nicht bereit, sich dazu zu bekennen. Er war davon überzeugt, der Einzige hier zu sein. Er sagt, Tsion habe etwas ins Netz eingegeben, das er die ›Römerstraße zum Heil‹ nennt, und daraufhin sei David zum Glauben gekommen. Vermutlich stammen alle Verse aus dem Römer-Brief. Auf jeden Fall möchte er Sie kennen lernen. Er kann kaum glauben, dass Sie Ben-Judah schon persönlich begegnet sind.«

»Na ja, vielleicht kann ich ihm sogar ein Autogramm besorgen.«

Ken Ritz' Learjet von dem Flughafen Waukegan zu dem Chaos, das früher einmal die Wadsworth Road gewesen war, zu bringen, war nicht schwierig. Buck saß neben Ken, während dieser die Maschine langsam rollen ließ, bis ein Trümmerhaufen zu beseitigen, ein Stück Beton zur Seite zu schieben oder eine Spalte in der Erde aufzufüllen war. Die Geräte, die Buck gefunden hatte, waren eigentlich nicht für das geeignet, was er gerade tat, aber seine schmerzenden Muskeln und wunden Hände sagten ihm, dass er Fortschritte machte.

Die Schwierigkeit lag darin, die Wadsworth Road zu überqueren und zum Golfplatz zu gelangen, denn zuerst mussten sie einen Graben überwinden. »Es ist zwar nicht gerade gut für einen Learjet, aber ich glaube, ich kann ihn durchfahren«, meinte Ken. »Ich muss nur den richtigen Augenblick abpassen und innerhalb von wenigen Metern anhalten.«

Der Asphalt war fast drei Meter abgesackt, so steil, dass ein Wagen nicht den richtigen Winkel finden konnte, um den Höhenunterschied zu überwinden. »Und was dann?«, fragte Buck.

»Jede Aktion ruft eine Reaktion hervor, richtig?«, meinte Ritz geheimnisvoll. »Wo eine Erhebung ist, muss auch irgendwo eine Absenkung sein. Wie weit müssen wir nach Osten rollen, ehe wir hinüber können?«

Buck lief etwa 200 Meter weit, bevor er einen großen Riss im Asphalt entdeckte. Falls Ritz das Flugzeug so weit bringen konnte, ohne dass sein linker Flügel den aufgeworfenen Asphalt berührte und sein rechtes Rad in den Graben geriet, würde er nach links rollen und die Straße überqueren können. Nachdem er Ken auf dieser Seite in den Graben und wieder heraus dirigiert hatte, würde Buck noch einen Zaun und Gebüsch beiseite räumen müssen, die den Zugang zu dem Golfplatz blockierten.

Den ersten Graben schaffte Ritz mit Leichtigkeit, doch da er unbedingt vor dem aufgeworfenen Asphalt zum Stehen kommen wollte, rollte er wieder zurück. Er konnte den Tiefpunkt des Grabens nicht überwinden und hatte Schwierigkeiten, weiter vorwärts zu fahren. Endlich schaffte er es, aber als er heraussprang, stellte er fest, dass eine Landeklappe ein wenig beschädigt war. »Das dürfte eigentlich nichts ausmachen, aber damit möchte ich nicht zu oft landen«, sagte er.

Buck nahm das nicht so gelassen hin. Er ging voraus, während Ritz das Flugzeug am Graben entlang manövrierte. Ken achtete auf seinen linken Flügel, Buck behielt das rechte Rad im Auge.

Nachdem sie die Straße überquert hatten, mussten sie den anderen Graben noch überwinden. Und wieder trat Ken auf die Bremsen, um nicht in den Zaun zu rollen. Er half Buck, die Hindernisse aus dem Weg zu räumen, doch als sie anfingen, Büsche auszureißen, musste er sich hinsetzen. »Sparen Sie Ihre Kräfte«, sagte Buck. »Das kann ich doch machen.«

Ritz sah auf seine Uhr. »Sie beeilen sich besser. Um welche Zeit wollten Sie in Minneapolis sein?«

»Spätestens um kurz nach drei. Mein Informant sagt, dass die Leute von der Weltgemeinschaft am Spätnachmittag aus Glenview kommen wollten.«

Nachdem Rayford und Mac ihre Arbeit in der Condor erledigt hatten, sagte Rayford: »Ich gehe zuerst. Wir beide sollten nicht unablässig zusammen gesehen werden, damit Ihre Glaubwürdigkeit erhalten bleibt.«

Rayford war müde, doch er konnte es kaum erwarten, die lange Reise hinter sich zu bringen, damit er sich seiner Tauchexpedition widmen konnte. Er betete, dass ihn sein Gefühl nicht trog und dass er

Amanda nicht in diesem gesunkenen Flugzeug finden würde. Wenn sich sein Verdacht bestätigte, würde er Carpathia fragen, was er mit ihr gemacht hatte. Solange sie am Leben war und er sie vielleicht wiedersehen würde, machte er sich keine Gedanken um diese lächerliche Behauptung, sie sei ein Spion.

Als Rayford in sein Quartier kam, wurde er von einem Offizier begrüßt. »Seine Exzellenz möchte Sie gern sprechen, Sir.«

Rayford dankte ihm und schluckte seinen Widerwillen herunter. Er hatte sich auf einen Tag ohne Carpathia gefreut. Seine Enttäuschung wurde noch größer, als er auch noch Fortunato in Carpathias Büro entdeckte. Offensichtlich hielten sie es nicht für nötig, ihre sonst übliche Herzlichkeit an den Tag zu legen. Keiner von ihnen erhob sich oder gab ihm die Hand. Carpathia forderte ihn auf, Platz zu nehmen, und deutete auf eine Kopie von Rayfords Flugroute.

»Ich habe gesehen, dass Sie einen vierundzwanzigstündigen Aufenthalt in Nordamerika vorgesehen haben.«

»Das Flugzeug und die Piloten brauchen eine Ruhepause.«

»Werden Sie Ihre Tochter und Ihren Schwiegersohn besuchen?«

»Warum?«

»Keinesfalls will ich mich in Ihre Freizeitplanung einmischen«, sagte Carpathia. »Aber ich möchte Sie um einen Gefallen bitten.«

»Ich höre.«

»Es geht um dieselbe Angelegenheit, über die wir vor dem Erdbeben gesprochen haben.«

»Hattie?«

»Ja.«

»Dann wissen Sie also, wo sie ist?«, fragte Rayford.

»Nein, aber ich nehme an, Sie wissen es.«

»Woher soll ich das wissen, wenn Sie es nicht wissen?«

Carpathia erhob sich. »Es ist an der Zeit, die Masken abzulegen, Captain Steele. Denken Sie wirklich, ich könnte eine Weltregierung führen, ohne meine Augen und Ohren überall zu haben? Ich habe Quellen, die Sie sich nicht einmal vorstellen können. Sie glauben doch nicht, ich wüsste nicht, dass Sie und Miss Durham gemeinsam nach Nordamerika geflogen sind?«

»Seither habe ich sie nicht mehr gesehen.«

»Aber sie hat sich mit Ihren Verwandten in Verbindung gesetzt. Wer weiß, welche Flausen die ihr in den Kopf gesetzt haben! Hattie sollte schon viel früher wieder zurückkommen. Ihre Aufgabe bei der Sache war klar definiert. Was immer sie dort drüben auch getan hat, sie hat ihren Flug verpasst und wir wissen, dass sie von da an mit Ihrer Frau gereist ist.«

»Das habe ich auch gehört.«

»Sie ist aber nicht in dieses Flugzeug eingestiegen, Captain Steele. Wenn sie an Bord gewesen wäre, dann wäre sie nun kein Problem mehr.«

»Sie ist also ein Problem?« Carpathia antwortete nicht. Rayford fuhr fort: »Ich habe Ihre Sendung gesehen. Ich hatte den Eindruck, dass Sie über den Verlust Ihrer Verlobten verzweifelt sind.«

»Das habe ich nicht gesagt.«

»Ich habe es gesagt«, erklärte Fortunato. »Ich habe eigenmächtig gehandelt.«

»Ach so«, erwiderte Rayford. »Das stimmt. Seine Exzellenz hatte keine Ahnung, dass Sie ihm göttlichen Ursprung unterschieben und seine Erregung darüber, dass seine Verlobte vermisst wird, übertreiben?«

»Seien Sie doch nicht so naiv, Captain Steele«, wandte Carpathia ein. »Ich möchte doch nur wissen, ob Sie mit Miss Durham sprechen werden.«

»Das Gespräch, in dem ich ihr sage, dass sie den Ring behalten, in Neu-Babylon wohnen kann und – wie war das noch mal mit dem Baby?«

»Ich nehme an, dass sie bereits die richtige Entscheidung getroffen hat, und Sie können ihr versichern, dass ich alle Kosten übernehmen werde.«

»Für das Kind, solange es lebt?«

»Dies ist *nicht* die Entscheidung, die ich gemeint habe«, erwiderte Carpathia.

»Nur um das klarzustellen, Sie werden für den Mord an dem Kind bezahlen?«

»Jetzt werden Sie nicht sentimental, Rayford. Dies ist ein ungefährlicher, einfacher Eingriff. Geben Sie nur meine Nachricht weiter. Sie wird es verstehen.«

»Ob Sie es glauben oder nicht, ich weiß nicht, wo sie sich aufhält. Aber falls ich Ihre Nachricht weitergebe, kann ich nicht dafür garantieren, dass sie die Entscheidung trifft, die Sie sich wünschen. Und wenn sie nun beschließt, das Kind auszutragen?«

Carpathia schüttelte den Kopf. »Ich muss diese Beziehung beenden, aber das wird nicht gehen, wenn ein Kind da ist.«

»Ich verstehe«, sagte Rayford.

»Dann sind wir uns also einig.«

»Das habe ich nicht gesagt. Ich sagte, ich verstehe.«

»Dann werden Sie mit ihr sprechen?«

»Ich habe keine Ahnung, wo sie sich aufhält oder wie es ihr geht.«

»Könnte sie bei dem Erdbeben umgekommen sein?«, fragte Carpathia mit leuchtenden Augen.

»Wäre das nicht die beste Lösung?«, fragte Rayford angewidert.

»In der Tat, das wäre es«, antwortete Carpathia. »Aber meine Informanten berichten mir, dass sie sich versteckt hält.«

»Und Sie denken, ich wüsste, wo.«

»Sie ist nicht die einzige Person im Exil, zu der Sie Verbindung haben. Ein solches Druckmittel bewahrt Sie vor dem Gefängnis.«

Rayford war amüsiert. Carpathia hatte ihn überschätzt. Falls Rayford daran gedacht hatte, dass das Verstecken von Hattie und Tsion ihm ein Druckmittel gegen Carpathia in die Hand gegeben hätte, dann hätte er es ganz bewusst getan. Aber Hattie war ganz allein auf sich gestellt. Und für Tsion war Buck verantwortlich.

Trotzdem verließ er an diesem Abend Carpathias Büro mit dem Gefühl, zumindest zeitweilig dem Feind Gottes gegenüber im Vorteil zu sein.

Buck war verschwitzt und erschöpft, als er sich schließlich neben Ken Ritz anschnallte. Das Flugzeug stand am südlichen Ende des Golfplatzes, der ebenfalls durch das Erdbeben zerstört worden war. Aber vor ihnen lag eine große Grasfläche. »Eigentlich sollten wir die Strecke vorher einmal abgehen, um zu sehen, ob sie auch tatsächlich so eben ist, wie sie aussieht«, sagte Ken. »Aber dazu haben wir keine Zeit.«

Trotz besseren Wissens protestierte Buck nicht. Ken starrte weiter auf die vor ihm liegende Grasfläche. »Das gefällt mir nicht«, meinte er schließlich. »Es sieht so aus, als würde es reichen, und wir werden sofort merken, wenn die Strecke nicht fest genug ist. Die Frage jedoch ist, ob ich meine Geschwindigkeit so schnell erhöhen kann, dass wir abheben können.«

»Können Sie abbrechen, wenn es nicht ausreicht?«

»Ich kann es versuchen.«

Wenn Ken Ritz etwas versuchte, dann war das besser, als wenn jemand anderes etwas versprach. »Dann los«, sagte Buck.

Ritz gab Gas und beschleunigte. Buck fühlte sich wie in einer Achterbahn. Die Wucht der Beschleunigung presste ihn in seinen Sitz, doch als er sich auf das Abheben einstellte, drosselte Ken wieder die Geschwindigkeit.

Ritz schüttelte den Kopf. »Wir müssen die Höchstgeschwindigkeit erreichen. Ich hatte nur drei Viertel.« Er wendete das Flugzeug und rollte zurück. »Dann muss ich eben etwas schneller anfangen«, erklärte er. »Wie bei einem Auto, wenn man die Kupplung zu schnell kommen lässt.«

Er rollte wieder langsam an, beschleunigte jedoch, so schnell er konnte. Das kleine Flugzeug hüpfte über die kleinen Unebenheiten hinweg. Als sie die flache Ebene erreichten, hatten sie etwa auf die doppelte Geschwindigkeit wie beim ersten Anlauf beschleunigt. »So ist es richtig, Baby!«, rief Ken über den Lärm hinweg.

Der Learjet schoss wie ein Pfeil nach oben. Buck hatte den Eindruck, als würden sie senkrecht nach oben fliegen. Er wurde in seinen Sitz gedrückt, war unfähig, sich zu rühren. Nicht einmal Luft holen konnte er richtig, doch als er aufschrie, lachte Ritz nur. »Wenn mich diese Kopfschmerzen nicht vorher umbringen, werde ich Sie rechtzeitig nach Minneapolis bringen!«

Bucks Handy läutete. Er musste sich zwingen, seine Hand in die Tasche zu stecken und es herauszuholen, so stark war der Druck. »Hier spricht Buck!«, rief er.

Es war Tsion. »Sie sind noch immer im Flugzeug?«, fragte er.

»Wir sind gerade gestartet. Aber wir werden die verlorene Zeit aufholen.«

Buck erzählte Tsion von Kens Verletzung und wie er ihn aus dem Krankenhaus geholt hatte.

»Er ist erstaunlich«, meinte Tsion. »Hören Sie, Cameron, ich habe gerade eine E-Mail von Rayford bekommen. Er und sein Copilot haben festgestellt, dass einer der jüdischen Zeugen direkt im Hauptquartier arbeitet. Ein junger Mann. Ich werde ihm persönlich eine E-Mail schicken. Ich habe gerade das Ergebnis der Arbeit der vergangenen Tage an das zentrale Mitteilungsblatt durchgegeben. Sehen Sie es sich an, wenn Sie die Gelegenheit dazu haben. Ich habe den Aufsatz ›Die bevorstehende Ernte‹ genannt, und er ist an die 144 000 Zeugen gerichtet, die viele Millionen Menschen für Christus gewinnen werden. Auch habe ich darin etwas über die Gerichte geschrieben, die wir im Laufe des kommenden Jahres zu erwarten haben.«

»Und was wird das sein?«

»Lesen Sie es im Internet, wenn Sie zurückkommen. Und bitte sprechen Sie mit Ken über den Flug nach Israel.«

»Das scheint im Augenblick unmöglich zu sein«, erwiderte Buck. »Hat Rayford Ihnen nicht gesagt, dass Carpathias Leute behaupten, sie hätten Ihnen bei der Flucht geholfen?«

»Cameron! Gott wird noch eine ganze Weile nicht zulassen, dass mir etwas geschieht. Ich spüre eine große Verantwortung für die anderen Zeugen. Bringen Sie mich nach Israel und legen Sie meine Sicherheit getrost in die Hände des Herrn!«

»Ihr Glaube ist größer als meiner, Tsion«, sagte Buck.

»Dann arbeiten Sie an Ihrem, Bruder!«

»Beten Sie für Chloe!«, bat Buck.

»Unablässig«, erwiderte Tsion. »Für Sie alle.«

Eine knappe Stunde später meldete sich Ritz beim Tower von Minneapolis und bat um Landeerlaubnis. Er ließ sich zu einer Mietwagenfirma durchstellen. Da Personal und Wagen knapp waren, hatten sich die Preise verdoppelt. Es standen jedoch noch Wagen zur Verfügung, und man erklärte ihm, wie er zum Krankenhaus der Weltgemeinschaft gelangen konnte.

Buck hatte keine Ahnung, was ihn erwartete. Er konnte sich nicht vorstellen, dass er problemlos in das Krankenhaus marschieren und Chloe herausholen konnte. Die Sicherheitskräfte der Weltgemeinschaft würden sie erst am späten Nachmittag in ihre Obhut nehmen, aber bestimmt wurde sie bereits bewacht. Zu gern hätte er gewusst, wie es ihr ging. War es klug, sie zu verlegen? Sollte er sie überhaupt mitnehmen, selbst wenn er die Gelegenheit dazu hatte?

»Ken, falls Sie dazu bereit wären, könnte ich Sie und Ihre verrückte Kopfwunde gut als Ablenkung benutzen. Die Leute von der Weltgemeinschaft könnten nach mir Ausschau halten. Ich hoffe zwar, dass sie noch nicht so bald mit mir rechnen, aber ich glaube nicht, dass irgendjemand Sie mit uns in Verbindung bringt.«

»Ich hoffe, Sie meinen es ernst, Buck«, erwiderte Ken, »weil ich für mein Leben gern schauspielere. Außerdem gehören Sie zu den guten Jungs. Jemand wartet auf Sie und Ihre Freunde.«

Kurz vor Minneapolis wurde Ritz mitgeteilt, der Luftverkehr sei dichter als erwartet und er müsse sich in die Warteschleife einordnen. In zehn Minuten könne er mit der Freigabe rechnen. »Verstanden«, erwiderte er. »Allerdings habe ich eine Art Notfall an Bord. Es geht zwar nicht um Leben oder Tod, aber ein Passagier dieses Flugzeugs hat eine ernste Kopfverletzung.«

»Verstanden, Lear. Wir werden sehen, ob wir Sie ein wenig vorziehen können. Teilen Sie uns mit, falls sich Ihre Situation ändert.«

»Ganz schön gewitzt«, sagte Buck.

Als Ritz endlich die Landeerlaubnis für den Learjet bekam, schwebte er über den Tower herab, der bei dem Erdbeben offensichtlich gravierende Schäden erlitten hatte. Der Wiederaufbau hatte zwar bereits begonnen, aber der gesamte Betrieb, von den Ticket-Schaltern bis hin zu den Mietwagenagenturen war in mobile Einheiten verlegt worden. Buck war erstaunt über das rege Treiben, das am Flughafen herrschte, obwohl nur zwei Start- und Landebahnen in Betrieb waren.

Der vollkommen überlastete Flughafenmanager entschuldigte sich, weil kein Hangar zur Verfügung stand, in dem der Learjet untergestellt werden konnte. Ken erklärte ihm, das Flugzeug würde nicht länger als 24 Stunden stehen bleiben. »Das hoffe ich«, flüsterte Buck.

Ritz ließ das Flugzeug zu einer der alten Landebahnen rollen, wo große Bulldozer an der Arbeit waren. Er parkte den Jet in einer Reihe mit einmotorigen Piper Cubs bis hin zu größeren Boeings 727. Sie waren sehr weit entfernt von den Mietwagenagenturen, befanden sich aber noch immer auf Flughafeneigentum.

Ken keuchte vor Schmerzen und bewegte sich sehr langsam. Er forderte Buck auf, doch schon vorzugehen, aber Buck hatte Angst, Ken könnte zusammenbrechen.

»Spielen Sie nicht jetzt schon Ihre Rolle als verwundeten Tölpel«, neckte Buck ihn. »Warten Sie wenigstens, bis wir ins Krankenhaus kommen.«

»Wenn Sie mich kennen«, sagte Ritz, »dann wissen Sie, dass ich nicht schauspielere.«

»Ist ja nicht zu glauben«, sagte Buck, als sie endlich den Mietwagenbereich erreicht hatten und sich in einer langen Reihe anstellen mussten. »Sieht so aus, als würden sie die Leute auf die andere Seite des Parkplatzes schicken, um die Wagen zu holen.«

Ken, der mehrere Zentimeter größer war als Buck, stellte sich auf die Zehenspitzen und spähte in die Ferne. »Sie haben Recht«, sagte er. »Sie könnten den Wagen holen und mich dann einsammeln. Mir ist nicht mehr nach laufen zu Mute.«

Als sie sich langsam nach vorne arbeiteten, bat Buck Ken Ritz, den Wagen auf seine Kreditkarte zu mieten. Buck würde ihm das Geld erstatten. »Ich möchte nicht, dass mein Name überall im ganzen Staat auftaucht, für den Fall, dass die Weltgemeinschaft auf den Gedanken kommt, das zu überprüfen.«

Ritz knallte seine Karte auf den Schalter. Eine junge Frau betrachtete sie. »Wir haben nur noch Kleinwagen. Ist das okay?«

»Und wenn ich nein sage, Schätzchen?«, erwiderte er.

Sie verzog das Gesicht. »Einen anderen Wagen haben wir nicht mehr.«

»Und warum fragen Sie dann, ob das okay ist?«

»Dann wollen Sie ihn?«

»Ich habe ja keine Wahl. Und wie klein ist dieser Kleinwagen?«

Sie legte einen Prospekt auf den Tisch und deutete auf den kleinsten abgebildeten Wagen. »Also wirklich«, sagte Ritz, »in dem Wagen ist ja kaum Platz für mich, geschweige denn für meinen Sohn.«

Buck musste ein Lächeln unterdrücken. Die junge Frau, die Ritz und sein Gerede bereits satt hatte, füllte das Formular aus.

»Hat das Ding denn einen Rücksitz?«

»Eigentlich nicht. Hinter den Sitzen ist nur wenig Platz. Sie können Ihr Gepäck dort verstauen.«

Ritz blickte Buck an, und Buck wusste, was er dachte. Die beiden würden in diesem Wagen sehr viel dichter aufeinander sitzen, als ihnen lieb war. Wenn dann noch eine erwachsene Frau, die sich zudem noch in schlechter gesundheitlicher Verfassung befand, dazukam, brauchte man schon mehr Fantasie, als Buck besaß.

»Haben Sie einen speziellen Farbwunsch?«, fragte das Mädchen.

»Ich kann wählen?«, staunte Ritz. »Sie haben nur noch ein Modell, aber in verschiedenen Farben?«

»Normalerweise schon«, erwiderte sie. »Aber im Augenblick haben wir nur noch Rote da.«

»Aber ich kann wählen?«

»Wenn Sie sich für Rot entscheiden.«

»Okay. Geben Sie mir eine Sekunde. Wissen Sie, welchen ich gern hätte? Haben Sie einen Roten?«

»Ja.«

»Dann nehme ich einen Roten. Sohn, ist dir Rot recht?«

Buck schloss die Augen und schüttelte den Kopf. Sobald er die Schlüssel hatte, rannte er los, um den Wagen zu holen. Er warf seine und Ritz' Tasche hinter den Sitz, schob beide Sitze so weit wie möglich nach hinten, klemmte sich hinter das Lenkrad und raste zurück zur Ausfallstraße, wo Ritz wartete. Buck war nur wenige Minuten weg gewesen, aber offensichtlich war es Ken zu viel geworden. Er saß auf dem Boden, hatte die Knie angezogen und den Kopf in die Hände gestützt.

Ritz rappelte sich hoch und wirkte ein wenig benebelt. Er legte schützend die Hände vor die Augen. Buck öffnete ihm die Tür, aber Ken sagte: »Lassen Sie nur. Ich bin okay.«

Er quetschte sich ins Auto. Seine Knie stießen gegen das Armaturenbrett und sein Kopf reichte bis ans Dach. »Du meine Güte, ich muss mich ducken, um nach draußen sehen zu können.«

»Da ist nicht viel zu sehen«, erwiderte Buck. »Versuchen Sie, sich zu entspannen.«

Ritz schnaubte. »Vermutlich sind Sie noch nie von einem Flugzeug am Hinterkopf getroffen worden.«

»Das stimmt allerdings«, gab Buck zur Antwort, während er losfuhr.

»Es geht hier nicht ums Entspannen, sondern ums Überleben. Warum haben Sie mich überhaupt aus diesem Krankenhaus geholt? Ich hätte noch ein oder zwei Tage Ruhe gebraucht.«

»Wälzen Sie das nicht auf mich ab. Ich habe versucht, es Ihnen auszureden.«

»Ich weiß. Helfen Sie mir nur, meine Medizin zu finden, ja? Wo ist meine Tasche?«

Die Schnellstraßen von Minneapolis waren in relativ gutem Zustand verglichen mit der Umgebung Chicagos. Buck kam trotz der gesperrten Straßen und Umleitungen recht gut voran. Seinen Blick starr auf die Straße gerichtet, griff er mit einer Hand hinter Kens Sitz und packte seine große Ledertasche. Er zog sie über die Rückenlehne von Kens Sitz und stieß dabei gegen Kens Hinterkopf. Ken schrie auf.

»Oh Ken! Es tut mir so Leid! Sind Sie in Ordnung?«

Ken hatte die Tasche auf seinem Schoß. Tränen strömten ihm die Wangen hinunter, und er verzog sein Gesicht so stark, dass seine Zähne zu sehen waren. »Wenn ich gedacht hätte, dass Sie das mit Absicht getan haben«, keuchte er, »würde ich Sie töten.«

12

Seit dem Tag, an dem er zum Glauben gekommen war, erlebte Rayford Steele einen Hunger nach dem Wort Gottes. Er stellte jedoch fest, dass er, nachdem die Welt nach dem großen Massenverschwinden langsam wieder in ihren alten Trott verfiel, beschäftigter war denn je. Es wurde zunehmend schwieriger, die Zeit zu finden, um in der Bibel zu lesen.

Sein erster Pastor, der verstorbene Bruce Barnes, hatte den Mitgliedern der *Tribulation Force* immer wieder eingeschärft, wie wichtig es war, täglich in der Bibel zu lesen. Rayford gab sich Mühe, dies in seinen normalen Tagesablauf einzuplanen, doch wochenlang war er frustriert gewesen. Er versuchte, früher aufzustehen, aber er hatte so viel um die Ohren, oft auch bis spät in die Nacht hinein, dass dies nicht sinnvoll war. Er versuchte, während der Pausen auf seinen Flügen in der Bibel zu lesen, aber dadurch kam es zu Spannungen zwischen ihm und seinen verschiedenen Copiloten und Ersten Offizieren.

Schließlich fand er die Lösung. Egal, wo auf der Welt er sich befand, egal, was er am Tage oder am Abend getan hatte, irgendwann würde er einmal zu Bett gehen. Ungeachtet des Ortes oder der Situation – bevor er das Licht ausknipste, las er in der Bibel.

Bruce war zuerst skeptisch gewesen. Er hatte ihn gedrängt, Gott die ersten Minuten des Tages zu widmen und nicht die letzten. »Sie müssen auch morgens früher aufstehen«, hatte Bruce gesagt. »Würden Sie Gott nicht lieber begegnen, wenn Sie frisch und ausgeruht sind?«

Rayford erkannte die Vorteile, die darin lagen, doch als es nicht zu funktionieren schien, kehrte er wieder zu seinem eigenen System zurück. Ja, es war vorgekommen, dass er während des Bibellesens oder Betens eingeschlafen war, aber gewöhnlich hatte er wach bleiben können und Gott hatte ihm immer irgendetwas klargemacht.

Seit er seine Bibel bei dem Erdbeben verloren hatte, war Rayford sehr frustriert. In seiner freien Zeit wollte er sich nun ins Internet einklinken, eine Bibel herunterladen und sehen, ob Tsion Ben-Judah irgendetwas eingegeben hatte. Rayford war dankbar, dass er seinen Laptop in seiner Fliegertasche aufbewahrt hatte. Wenn er nur auch seine Bibel darin gehabt hätte, könnte er jetzt darin lesen.

Mit Unterhemd, Hose und Socken bekleidet, nahm Rayford seinen Laptop ins Kommunikationszentrum mit. Die Anrufbeantworter waren eingeschaltet, aber es war kein Personal zu sehen. Er fand eine offene Telefonleitung, schloss seinen Computer an und setzte sich so, dass er seine Tür am Ende des Flurs im Auge behalten konnte.

Als die ersten Informationen auf seinem Bildschirm aufleuchteten, wurde er von Schritten abgelenkt. Er klappte den Schirm ein und starrte den Flur entlang. Ein junger, dunkelhaariger Mann blieb vor Rayfords Tür stehen und klopfte leise. Als er keine Antwort bekam, versuchte er, die Tür zu öffnen. Rayford fragte sich, ob jemand den Auftrag bekommen hatte, ihn auszurauben oder nach Hinweisen auf den Aufenthaltsort von Hattie Durham oder Tsion Ben-Judah zu suchen.

Der junge Mann klopfte erneut. Er ließ die Schultern sinken und wandte sich ab. Da kam Rayford eine Idee. Konnte es Hassid sein? Er gab ein lautes »Psst!« von sich.

Der junge Mann blieb stehen und sah sich nach dem Geräusch um. Rayford stand im Dunkeln, darum klappte er seinen Computerbildschirm auf. Der junge Mann zögerte. Offensichtlich fragte er sich, ob die Person an dem Computer tatsächlich der war, den er sprechen wollte. Rayford stellte sich vor, wie er sich eine Geschichte zurechtlegte für den Fall, dass er einem vorgesetzten Offizier begegnete.

Rayford winkte ihn zu sich heran und der junge Mann kam näher. Auf seinem Namensschild stand »David Hassid«.

»Darf ich Ihr Zeichen sehen?«, flüsterte Hassid. Rayford beugte sich vor in die Nähe des Bildschirms und schob sein Haar zurück. »Das ist ja krass, wie die jungen Leute zu sagen pflegen.«

»Sie haben nach mir gesucht?«, fragte Rayford.

»Ich wollte Sie kennen lernen«, erwiderte Hassid. »Ich arbeite übrigens hier im Kommunikationszentrum.« Rayford nickte. »Obwohl wir keine Telefone auf unseren Zimmern haben, gibt es Telefonanschlüsse.«

»Bei mir nicht. Ich habe nachgesehen.«

»Sie sind hinter Stahlplatten verborgen.«

»Das habe ich nicht gesehen.«

»Sie brauchen also nicht riskieren, hier entdeckt zu werden.«

»Das ist gut zu wissen. Es würde mich aber auch nicht überraschen, wenn sie herausfinden könnten, was ich mir hier angesehen habe.«

»Das können sie auch. Sie können es durch die Leitungen in Ihrem Zimmer zurückverfolgen, aber was werden sie finden?«

»Ich möchte nur sehen, was mein Freund Tsion Ben-Judah zu sagen hat.«

»Ich könnte es auswendig aufsagen«, erklärte Hassid. »Er ist mein geistlicher Vater.«

»Meiner auch.«

»Dann hat er Sie zu Christus geführt?«

»Nein«, gestand Rayford. »Das war sein Vorgänger. Aber ich betrachte den Rabbi trotzdem als meinen Pastor und Mentor.«

»Ich werde Ihnen die Adresse des zentralen Mitteilungsblattes aufschreiben, an der ich seine heutige Botschaft gefunden habe. Es ist eine lange Ausarbeitung, aber sehr gut. Er und ein Bruder haben ihr Zeichen gestern entdeckt. Es ist so aufregend. Wissen Sie, dass ich vermutlich zu den 144 000 Zeugen gehöre?«

»Das wäre doch nur richtig, oder?«, erwiderte Rayford.

»Ich kann es kaum erwarten, meine Aufgabe zu erkennen. Mir ist das alles noch so neu, ich weiß noch so wenig. Ich kenne das Evangelium, aber mir scheint, dass ich noch sehr viel mehr lernen muss, wenn ich ein mutiger Evangelist werden und wie der Apostel Paulus predigen soll.«

»Uns allen ist das noch recht neu, David.«

»Aber mir ist das neuer als den meisten. Warten Sie nur, bis Sie alle Botschaften in dem zentralen Mitteilungsblatt sehen. Tausende von Gläubigen haben bereits geantwortet. Ich weiß nicht, wie Dr. Ben-Judah die Zeit finden will, alles zu lesen. Sie flehen ihn an, in ihre Länder zu kommen, sie zu lehren und persönlich anzuleiten. Ich würde alles dafür geben, um dieses Privileg zu besitzen.«

»Sie wissen natürlich, dass Dr. Ben-Judah ein Flüchtling ist?«

»Ja, aber er glaubt, ebenfalls zu den 144 000 zu gehören. Er lehrt, dass wir ›versiegelt‹ sind, zumindest eine Zeit lang, und dass die Mächte des Bösen uns nichts anhaben können.«

»Wirklich?«

»Ja. Der Schutz gilt aber offensichtlich nicht für alle, die das Zeichen tragen. Auf jeden Fall jedoch für die jüdischen Evangelisten.«

»Mit anderen Worten, ich könnte in Gefahr sein, aber Sie nicht, zumindest eine Zeit lang?«

»Genau. Ich kann es kaum erwarten, Ihre Antwort auf das zu hören, was er heute schreibt.«

»Ich kann es kaum erwarten, seine Botschaft zu lesen.«

Rayford nahm seinen Laptop und die beiden gingen flüsternd den Korridor entlang. Rayford erfuhr, dass Hassid erst 22 Jahre alt war. Unmittelbar nach seinem Collegeabschluss hatte er sich zum Militärdienst gemeldet. »Aber ich war so fasziniert von Carpathia, dass ich mich sofort um einen Posten in der Weltgemeinschaft beworben habe. Es dauerte nicht lange, bis ich im Internet die Wahrheit entdeckte. Jetzt diene ich hinter den feindlichen Linien, aber so habe ich das nicht geplant.«

Rayford riet dem jungen Mann, sich nicht zu erkennen zu geben, bis der richtige Zeitpunkt gekommen sei. »Es ist schon gefährlich genug für Sie, Christ zu sein, aber Sie können der Sache mehr dienen, wenn Sie Stillschweigen darüber bewahren, wie Officer McCullum es tut.«

Vor Rayfords Tür nahm der junge Mann Rayfords Hand und drückte sie fest. »Es tut so gut zu wissen, dass ich nicht allein bin«, sagte er. »Möchten Sie mein Zeichen sehen?«

Rayford lächelte. »Sicher.«

Hassid schob mit seiner freien Hand seine Haare zurück, ohne Rayfords Hand loszulassen.

»Da ist es«, sagte Rayford. »Willkommen in der Familie.«

Buck fand den Parkplatz vor dem Krankenhaus in ähnlichem Zustand vor wie den vor dem Flughafen. Der Asphalt war abgesackt und vor dem Eingang war ein Wendeplatz angelegt worden. Aber die Leute hatten sich ihren eigenen Parkplatz geschaffen, und der einzige freie Platz, den Buck entdecken konnte, war mehrere hundert Meter vom Eingang entfernt. Er setzte Ken mit seiner Tasche vor dem Eingang ab und sagte ihm, er solle auf ihn warten.

»Wenn Sie versprechen, mich nicht wieder am Kopf zu stoßen«, sagte Ken. »Mann, aus diesem Wagen auszusteigen, ist, als würde man neu geboren.«

Buck stellte den Wagen ab und holte sich ein paar Toilettenartikel aus seiner Tasche. Auf dem Weg zum Krankenhaus steckte er sein Hemd in die Hose, bürstete sich ein wenig ab, kämmte sich die Haare und nahm ein wenig Deodorant. Als er den Eingang erreichte, entdeckte er Ken, der auf dem Boden lag und sich seine Tasche als Kopfkissen untergelegt hatte. Buck fragte sich, ob es wirklich eine so gute Idee gewesen war, ihn für diese Aufgabe zu verpflichten. Ein paar Leute starrten ihn an. Ken schien bewusstlos zu sein. *Oh nein!*, dachte Buck.

Er kniete sich neben ihn. »Sind Sie in Ordnung?«, flüsterte er. »Lassen Sie mich Ihnen aufhelfen.«

Ken sprach, ohne seine Augen zu öffnen. »Oh Mann! Buck, ich habe etwas ziemlich Dummes gemacht.«

»Was denn?«

»Erinnern Sie sich, dass Sie mir meine Medizin gegeben haben?« Ken sprach sehr undeutlich. »Ich habe sie ohne Wasser geschluckt?«

»Ich habe Ihnen angeboten, Ihnen etwas zu trinken zu besorgen.«

»Darum geht es nicht. Ich sollte alle vier Stunden eine aus der einen und drei aus der anderen Flasche nehmen. Meine letzte Dosis hatte ich vergessen, darum nahm ich zwei aus der einen und sechs aus der anderen Flasche.«

»Ja und?«

»Ich habe die Flaschen vertauscht.«

»Was ist das für Zeugs?«

Ritz zuckte die Achseln. Er atmete tief und regelmäßig.

»Schlafen Sie jetzt nur nicht ein, Ken. Ich muss Sie nach drinnen schaffen.«

Buck wühlte in Kens Tasche und fand die Flaschen. Das eine waren Schmerztabletten, von denen hatte er drei nehmen sollen. Die anderen waren eine Kombination aus Morphinen, Demerol und Prozac. »Und Sie haben sechs von denen hier genommen?«

»Mm-hmm.«

»Kommen Sie, Ken, Stehen Sie auf. Sofort.«

»Oh Buck. Lassen Sie mich schlafen.«

»Ausgeschlossen. Sofort. Wir müssen gehen.«

Buck glaubte nicht, dass Ken in Gefahr war oder dass man ihm den Magen auspumpen musste, aber wenn er ihn nicht hineinbekam, war er nur eine unnötige Belastung für ihn. Schlimmer noch, er würde ihn vermutlich sogar noch forttragen müssen.

Buck nahm Kens Arm und legte ihn sich um die Schultern. Er versuchte, ihn aufzurichten, doch Ken konnte nicht mithelfen und für Buck allein war er zu schwer. »Kommen Sie schon, Mann. Sie müssen mir helfen.«

Ken murmelte nur unverständlich vor sich hin.

Vorsichtig hob Buck Kens Kopf an und zog die Tasche unter ihm hervor. »Kommen Sie. Wir müssen gehen!«

»Mm-hmm.«

Buck befürchtete, dass Kens Kopf die einzige Stelle war, die noch empfindlich war und auch da würde er bald keine Schmerzen mehr empfinden. Buck suchte nach einem Entzündungsherd, der nicht gerade an der Naht lag. Unterhalb der Naht war eine flammend rote Stelle. Buck spreizte die Füße und wappnete sich innerlich, dann drückte er direkt auf diese Stelle. Wie von einer Tarantel gestochen sprang Ritz auf. Er wollte Buck schlagen, doch der duckte sich, legte seinen Arm um Kens Rücken, nahm seine Tasche und bugsierte ihn zum Eingang.

Ken wirkte wie der schwer verletzte Mann, der er auch war. Die Leute machten ihnen Platz.

Im Krankenhaus war die Situation noch schlimmer. Es fiel Buck sehr schwer, Ken zu halten. Die Schlangen vor den Anmeldeschaltern waren sehr lang. Buck schleppte Ken zum Wartebereich. Jeder Stuhl war besetzt und viele Leute standen auch. Buck suchte nach jemandem, der Ken seinen Platz zur Verfügung stellen könnte, und schließlich erhob sich eine stämmige Dame mittleren Alters. Buck bedankte sich und ließ Ken auf den Stuhl sinken. Ken rollte sich zusammen, zog die Knie an, legte die Hände an die Wange und den Kopf auf die Schulter des älteren Mannes neben ihm. Der Mann entdeckte die Wunde, zuckte zusammen und fügte sich dann offensichtlich in die Tatsache, dass er Ken als Kissen diente.

Buck stellte Kens Tasche unter seinen Stuhl, entschuldigte sich bei dem älteren Mann und versprach, so bald wie möglich zurückzukommen. Als er versuchte, zu den Empfangsschaltern durchzukommen, wiesen ihn die Leute in der Reihe zurück. »Es tut mir Leid, aber ich habe einen Notfall hier!«, rief er.

»Das haben wir alle!«, gab einer zurück.

Mehrere Minuten wartete er. Er machte sich mehr Sorgen um Chloe als um Ken. Ken würde das Ganze verschlafen. Das einzige Problem war, dass Buck noch immer festsaß. Es sei denn …

Buck verließ die Warteschlange und eilte in eine Toilette. Er wusch sein Gesicht, machte seine Haare nass, strich sie streng zurück und überprüfte seine Kleidung noch einmal. Er zog seinen Ausweis aus der Tasche und steckte ihn verkehrt herum an sein Hemd, so dass sein Bild nicht zu sehen und sein Name nicht zu lesen war.

Das noch verbliebene Glas in seiner Sonnenbrille nahm er heraus und setzte sie auf, aber das sah so unecht aus, dass er sich das Brillengestell in die Haare schob. Aufmerksam betrachtete er sich im Spiegel, machte ein grimmiges Gesicht und redete sich ein: »Du bist ein Arzt. Ein affektierter, von sich überzeugter, vor Tatendrang sprühender Arzt.«

Schwungvoll verließ er die Toilette, als ob er wüsste, wohin er wollte. Er brauchte ein Stethoskop. Die ersten beiden Ärzte, an denen er vorbeikam, wirkten zu alt und reif für sein Schauspiel. Aber dann tauchte ein dünner, junger Arzt auf, der irgendwie verschreckt und fehl am Platze wirkte. Buck trat vor ihn hin.

»Doktor, habe ich Ihnen nicht gesagt, Sie sollten nach dem Trauma in Raum zwei sehen?«

Der junge Arzt war sprachlos.

»Nun?«, fragte Buck.

»Nein! Nein, Herr Doktor. Das muss jemand anderes gewesen sein.«

»Na gut. Hören Sie! Ich brauche ein Stethoskop – diesmal aber ein steriles! –, einen großen, frisch gewaschenen Kittel und das Krankenblatt von Mutter Doe. Haben Sie verstanden?«

Der junge Arzt schloss die Augen und wiederholte: »Stethoskop, Kittel, Krankenblatt.«

Buck fuhr ihn an. »Steril, groß, Mutter Doe.«

»Sofort, Herr Doktor.«

»Ich warte an den Aufzügen.«

»Jawohl, Sir.«

Der junge Arzt drehte sich um und ging davon. Buck rief hinter ihm her: »Aber bitte schnell, Doktor!« Der junge Arzt begann zu laufen.

Jetzt musste Buck nur noch die Aufzüge finden. Er kehrte in die Empfangshalle zurück. Ken schlief noch immer in derselben Position. Der ältere Mann neben ihm schien eingeschüchterter denn je zuvor.

Buck erkundigte sich bei einer Spanierin, wo die Aufzüge seien. Sie deutete den Flur entlang. Als er in diese Richtung eilte, entdeckte er den jungen Arzt, der hinter einer der Damen am Empfang stand und auf sie einredete. »Machen Sie es einfach!«, sagte er gerade.

Wenige Minuten später eilte der junge Arzt auf ihn zu. Er hatte alles, worum Buck ihn gebeten hatte. Beflissen hielt er Buck den Kittel hin, damit er hineinschlüpfen konnte. Buck legte sich das Stethoskop um den Hals und nahm das Krankenblatt.

»Vielen Dank, Doktor. Woher kommen Sie?«

»Von hier!«, erwiderte der junge Mann. »Aus diesem Krankenhaus.«

»Ach so, na ja. Gut. Sehr gut. Ich komme vom ...« Buck zögerte einen Augenblick. »›Young Memorial‹. Vielen Dank für Ihre Hilfe.«

Der Arzt wirkte ein wenig verwirrt, als versuche er zu überlegen, wo denn das *Young Memorial* sei. »Gern geschehen«, erwiderte er dann.

Buck verließ die Aufzüge und eilte in die Toilette. Er schloss sich ein und öffnete Chloes Krankenblatt. Die Fotos ließen ihn in Tränen ausbrechen. Buck legte das Klemmbrett auf den Boden und übergab sich. »Gott«, betete er leise, »wie konntest du dies geschehen lassen?«

Er biss die Zähne aufeinander und erschauderte. Nur mit Mühe konnte er sich beherrschen. Er musste sich unbedingt beruhigen. Niemand durfte ihn hören. Nach etwa einer Minute öffnete er das Krankenblatt erneut. Das Gesicht seiner jungen Frau war kaum noch zu erkennen. Wenn ihr Gesicht so geschwollen gewesen war, als sie nach Kenosha gebracht worden war, dann hätte kein Arzt sie auf Bucks Foto erkennen können.

Wie der Arzt in Kenosha ihm gesagt hatte, war die rechte Seite ihres Körpers offensichtlich mit voller Wucht von einem Teil eines Daches getroffen worden. Ihre gewöhnlich weiche, blasse Haut war jetzt aufgeschürft, geschwollen und rot. Außerdem waren überall Teer-, Holz- und Steinpartikelchen in ihre Haut eingedrungen. Schlimmer noch, ihr rechter Fuß sah so aus, als hätte jemand versucht, ihn zusammenzufalten. Ein Knochen trat aus ihrem Schienbein hervor, ihre Kniescheibe schien ernstlich verletzt zu sein. Nach der Stellung ihres Körpers zu urteilen, schien ihre rechte Hüfte aus dem Hüftgelenk gesprungen zu sein. Abschürfungen am Oberkörper ließen auf gebrochene Rippen schließen. Ihr Ellbogen lag frei und ihre rechte Schulter schien ausgerenkt. Ihr rechter Schlüsselbeinknochen drückte gegen die Haut. Die rechte Seite ihres Gesichts wirkte flacher und auch ihr Kinn, ihre Zähne, ihr Wangenknochen und ein Auge schienen in Mitleidenschaft gezogen worden zu sein. Ihr Gesicht war so missgestaltet, dass Buck es kaum ansehen konnte. Das rechte Auge war vollkommen zugeschwollen. Die einzige Abschürfung an ihrer linken Seite befand sich in der Nähe der Hüfte, darum hatte der Arzt vermutlich ganz richtig angenommen, dass sie durch einen Schlag gegen ihre rechte Seite zu Boden geschleudert worden war.

Buck nahm sich vor, keine Gefühlsregung zu zeigen, wenn er sie vor sich sah. Natürlich wollte er, dass sie überlebte. Aber war das wirklich das Beste für sie? Konnte sie sich verständlich machen? Würde sie ihn erkennen? Er sah sich den Rest des Krankenblattes an und versuchte, die Eintragungen zu lesen und zu verstehen. Wie es schien, hatte sie keine inneren Verletzungen erlitten, dafür aber mehrere Knochenbrüche, davon allein drei in ihrem Fuß; außerdem waren ihr Knöchel, ihre Kniescheibe, ihr Ellbogen und zwei Rippen gebrochen. Beide Hüften waren ausgerenkt, ebenso ihre rechte Schulter. Auch hatte sie Frakturen des Unterkiefers, des Wangenknochens und des Schlüsselbeins erlitten.

Den Rest überflog Buck nur. Er suchte nach einem Schlüsselwort. Da war es: »Fötaler Herzschlag entdeckt.« Oh Gott! Rette sie beide!

Buck verstand nicht viel von Medizin, aber ihre Blutwerte schienen für jemanden, der ein solches Trauma erlebt hatte, recht gut zu sein. Obwohl sie zu der Zeit, als der Bericht abgefasst worden war, das Bewusstsein noch nicht wiedererlangt hatte, waren ihr Puls, ihre Atmung, der Blutdruck und sogar die Gehirnströme normal.

Buck sah auf die Uhr. Die Leute von der Weltgemeinschaft würden bald eintreffen. Er brauchte Zeit, um nachzudenken und sich zu sammeln. Ohne einen guten Plan konnte er Chloe nicht helfen. Er merkte sich so viele Einzelheiten wie möglich aus Chloes Krankenblatt und vor allem, dass sie in Zimmer 335A lag, und steckte sich das Klemmbrett unter den Arm. Mit weichen Knien verließ er die Toilette, doch er schaffte es, mit festen Schritten den Flur entlangzulaufen. Während er noch über seine Möglichkeiten nachdachte, begab er sich wieder in die Empfangshalle. Der alte Mann war fort. Ken Ritz hatte nun niemanden mehr, an den er sich anlehnen konnte, aber er hatte sich auf seinem Stuhl wie ein Kind zusammengerollt. Die gesunde Seite seines Kopfes lehnte an der Stuhllehne. Er sah aus, als könnte er noch eine Woche weiterschlafen.

Buck nahm den Aufzug zum dritten Stock. Als sich die Türen öffneten, fiel ihm etwas auf. Er öffnete noch einmal das Klemmbrett. Sie lag in einem Doppelzimmer. Und wenn er nun der Arzt für die andere Patientin war? Selbst wenn er nicht auf der Sicherheitsliste stand, würden sie ihn hineinlassen müssen, nicht? Er würde vielleicht schwindeln müssen, aber er würde hineinkommen.

Zwei uniformierte Beamten der Weltgemeinschaft standen auf jeder Seite der Tür mit der Nummer 335. Der eine war ein junger Mann, der andere eine nur wenig ältere Frau. An der Tür klebten zwei Klebebänder, auf denen in schwarzer Schrift stand: »A: Mutter Doe, keine Besucher.« Auf dem anderen stand: »B: A. Ashton.«

Buck sehnte sich danach, nach Chloe zu sehen. Da die Zeit gegen ihn arbeitete, wollte er nichts weiter, als zu ihr gelangen, bevor die Beamten der Weltgemeinschaft Hand an sie legen konnten. Er ging an dem Zimmer vorbei bis zum Ende des Flures, dann drehte er um und ging direkt zum Zimmer 335 zurück.

Rayford war nicht auf das vorbereitet, was er im Internet fand. Tsion hatte sich selbst übertroffen. Wie David Hassid gesagt hatte, hatten Tausende und Abertausende bereits reagiert. Viele tippten Botschaften ins zentrale Mitteilungsblatt ein und offenbarten, dass sie zu den 144 000 Zeugen gehörten. Rayford sah sich die Botschaften mehr als eine Stunde lang an und hatte noch längst nicht alle durchgelesen. Hunderte schrieben, sie seien zum Glauben an Jesus Christus gekommen, nachdem sie Tsions Auslegung der Verse aus dem Römer-Brief gelesen und erkannt hätten, dass sie Christus brauchten.

Es war spät und Rayford war müde. Er hatte vorgehabt, nicht länger als eine Stunde im Internet zu bleiben, aber allein für das Durchlesen von Tsions Auslegung hatte er schon mehr Zeit gebraucht. »Die bevorstehende »Ernte« war eine faszinierende Studie biblischer Prophetie. Tsion schrieb sehr verständlich und persönlich. Es erstaunte Rayford nicht, dass Tausende ihn als ihren Mentor betrachteten, obwohl sie ihn nie persönlich kennen gelernt hatten. Nach dem, was er jedoch im zentralen Mitteilungsblatt las, würde sich das bestimmt ändern. Sie flehten ihn an, zu kommen und ihnen persönlich das Evangelium auszulegen.

Tsion antwortete auf die Bitten, indem er seine Geschichte erzählte, wie er als Bibelgelehrter von dem Staat Israel den Auftrag erhalten habe, die Aussagen über den kommenden Messias zu studieren, und nach der Entrückung die Wahrheit erkannt habe. Er berichtete auch von den entsetzlichen Ereignissen, als er seine Familie verloren hatte und gezwungen gewesen war zu fliehen. Tsion erläuterte weiter, er würde sich im Augenblick versteckt halten und auch weiterhin verkündigen, »dass Jesus Christus der einzige Name ist, durch den wir gerettet werden können«.

Rayford zwang sich, wach zu bleiben und Tsions Worte zu lesen. Ein Zähler auf seinem Bildschirm zeigte an, wie viele Antworten an das zentrale Mitteilungsblatt geschickt wurden. Er konnte es kaum glauben. Bestimmt funktionierte der Zähler nicht richtig. Dieser lief so schnell, dass Rayford kaum die einzelnen Zahlen erkennen konnte. Ein paar der Antworten suchte er sich heraus. Sie kamen nicht nur von Juden, die zum Glauben an Jesus Christus gekommen waren und nun behaupteten, zu den 144 000 Zeugen zu gehören, sondern auch von Juden und Heiden, die sich ebenfalls Christus anvertraut hatten. Die Menschen forderten sich gegenseitig auf, eine Petition bei der Weltgemeinschaft einzureichen und um Schutz und Asyl für diesen großen Gelehrten zu bitten.

Rayford spürte ein Kribbeln im Knie, das sich bis zu seinem Kopf hinaufzog. Die öffentliche Meinung war Nicolai Carpathia sehr wichtig. Er konnte Tsion Ben-Judah nun nicht mehr einfach ermorden oder ganz »zufällig« ums Leben kommen lassen und es so darstellen, als seien andere Kräfte am Werk gewesen. Da sich nun Tausende von Menschen auf der ganzen Welt für Tsion einsetzten, würde er gezwungen sein zu beweisen, dass er auch großzügig sein konnte. Rayford wünschte nur, es gäbe auch einen Weg, ihn dazu zu bringen, bei Hattie Durham ebenfalls Nachsicht walten zu lassen.

Tsions Botschaft dieses Tages basierte auf den Kapiteln 8 und 9 der Offenbarung. Diese Kapitel stützten seine Ansicht, das große Erdbeben, der vorhergesagte »Zorn des Lammes«, leiteten die zweite Periode, die nächsten 21 Monate der Trübsalszeit, ein.

»Insgesamt wird diese Zeit 7 Jahre oder 84 Monate andauern. Also, meine lieben Freunde, Sie können sehen, dass wir bereits ein Viertel der Zeit hinter uns haben. Leider wird sich die Situation zunehmend verschlechtern, je näher die Wiederkunft Christi rückt.
Was kommt als Nächstes? In der Offenbarung, Kapitel 8, Vers 5 wird beschrieben, dass ein Engel ein Räuchergefäß nimmt, es mit Feuer vom Altar Gottes füllt und dies auf die Erde schüttet. Das alles wird begleitet sein von Stimmen, Donner, Blitz und einem Erdbeben.
In diesem Kapitel heißt es auch, dass sich sieben Engel mit sieben Posaunen darauf vorbereiten, in ihre Posaunen zu blasen. An diesem Punkt stehen wir im Augenblick. Irgendwann im Laufe der kommenden 21 Monate wird der erste Engel in seine Posaune blasen, worauf Hagel und Feuer, vermischt mit Blut, auf die Erde fallen werden. Ein Drittel aller Bäume und aller Grünflächen werden verbrennen.
Später wird ein zweiter Engel die nächste Posaune blasen, und in der Bibel heißt es, dass ein großer brennender Berg ins Meer stürzen wird. Ein Drittel des Wassers wird zu Blut werden, ein Drittel aller Lebewesen im Meer wird getötet werden und ein Drittel aller Schiffe wird sinken.
Auf den Schall der Posaune des dritten Engels hin wird ein großer Stern vom Himmel fallen, der wie eine Fackel brennt. Er wird in ein Drittel der Flüsse und Quellen fallen. Der Stern hat in der Bibel sogar einen Namen. Im Buch der Offenbarung wird er ›Wermut‹ genannt. Wo er niedergeht, wird das Wasser bitter und die Menschen sterben, wenn sie es trinken.

Wie kann ein vernünftiger Mensch all das sehen, was bereits passiert ist, und nicht Angst vor dem bekommen, was noch geschehen wird? Wenn es nach dem dritten Posaunengericht noch immer Menschen gibt, die nicht an Gott glauben, dann wird das vierte sicher alle überzeugen. Jeder, der die Warnungen Gottes zu dieser Zeit ignoriert, hat sich vermutlich entschieden, dem Feind zu dienen. Das vierte Posaunengericht richtet sich gegen die Sonne, den Mond und die Sterne, so dass ein Drittel der Sonne, ein Drittel des Mondes und ein Drittel der Sterne verfinstert werden. Wir werden die Sonne niemals wieder so hell leuchten sehen wie bisher. Der schönste Sommertag, wenn die Sonne hoch am Himmel steht, wird nur noch zu zwei Dritteln so hell sein wie bisher. Wie wird man das erklären?
Inmitten dieses Geschehens sagt der Verfasser der Offenbarung, er hätte aufgeblickt und gesehen, wie ein Adler am Himmel flog und mit lauter Stimme rief: »Wehe! Wehe! Wehe den Bewohnern der Erde! Noch drei Engel werden ihre Posaunen blasen!«
In meiner nächsten Ausarbeitung werde ich mich mit den letzten drei Posaunengerichten der zweiten Hälfte der Trübsalszeit befassen. Aber, meine geliebten Brüder und Schwestern in Christus, auch der Sieg ist greifbar nahe. Lasst mich euch mit ein paar ausgewählten Bibelstellen daran erinnern, dass das Ende all dessen bereits feststeht. Wir werden siegen! Aber in dieser letzten Zeit müssen wir die Wahrheit weitergeben und die Dunkelheit anprangern und so viele Menschen wie möglich zu Christus führen.
Ich möchte Ihnen zeigen, warum ich der Meinung bin, dass eine große Ernte von Menschenseelen bevorsteht. Aber zuerst wollen wir uns die folgenden Aussagen und Verheißungen ansehen.
Im Alten Testament, im Propheten Joel, Kapitel 3 heißt es:
›Danach aber wird es geschehen, daß ich meinen Geist ausgieße über alles Fleisch. Eure Söhne und Töchter werden Propheten sein, eure Alten werden Träume haben, und eure jungen Männer haben Visionen. Auch über Knechte und Mägde werde ich meinen Geist ausgießen in jenen Tagen. Ich werde wunderbare Zeichen wirken am Himmel und auf der Erde: Blut und Feuer und Rauchsäulen. Die Sonne wird sich in Finsternis verwandeln und der Mond in Blut, ehe der Tag des Herrn kommt, der große und schreckliche Tag. Und es wird geschehen: Wer den Namen des Herrn anruft, wird gerettet. Denn auf dem Berg Zion und in Jerusalem gibt es Rettung, wie der Herr gesagt hat, und wen der Herr ruft, der wird entrinnen.‹

Ist das nicht ein wundervolles Versprechen? In Offenbarung, Kapitel 7 wird angedeutet, dass die Posaunengerichte, von denen ich gerade gesprochen habe, erst beginnen werden, wenn die Knechte Gottes an ihren Stirnen versiegelt worden sind. Es wird keine Frage mehr sein, wer die wahren Gläubigen sind. Diese vier Engel, die die ersten vier Posaunengerichte ausführen sollen, bekamen die Anweisung: ›Fügt dem Land, dem Meer und den Bäumen keinen Schaden zu, bis wir den Knechten unseres Gottes das Siegel auf die Stirn gedrückt haben.‹ Daher ist klar, dass diese Versiegelung zuerst kommen muss. In den letzten Stunden ist mir und anderen Brüdern und Schwestern in Christus klargeworden, dass wir dieses Siegel Christi bereits an unserer Stirn tragen. Es ist aber nur für andere Christen sichtbar. Dies war eine faszinierende Entdeckung, und ich freue mich darauf, von vielen von Ihnen zu hören, die dieses Zeichen ebenfalls an anderen entdeckt haben.
Das Wort ›Knecht‹ stammt von dem griechischen Wort doulos. *Es ist dasselbe, das der Apostel Paulus und der Apostel Jakobus verwenden, wenn sie von sich als den ›Knechten Jesu Christi‹ sprechen. Die erste Aufgabe eines Dieners Christi ist, die Gute Nachricht von der Gnade Gottes weiterzugeben. Wir können uns über die Tatsache freuen, dass wir das Buch der Offenbarung verstehen können, denn im 3. Vers des 1. Kapitels heißt es: ›Selig, wer diese prophetischen Worte vorliest und wer sie hört und wer sich an das hält, was geschrieben ist; denn die Zeit ist nahe.‹*
Obwohl wir eine Zeit großer Verfolgung werden durchleben müssen, können wir uns damit trösten, dass wir uns während der Trübsalszeit auf erstaunliche Ereignisse freuen können, die in der Offenbarung skizziert sind, dem letzten Buch des offenbarten Planes von Gott für den Menschen.
Und nun möchte ich noch einen weiteren Vers aus der Offenbarung, Kapitel 7 zitieren und Ihnen sagen, warum ich mit dieser großen Ernte an Menschenseelen rechne.
In Offenbarung, Kapitel 7, Vers 9 schreibt Johannes: ›Danach sah ich: eine große Schar aus allen Nationen und Stämmen, Völkern und Sprachen; niemand konnte sie zählen …‹
Dies sind die Heiligen der Trübsalszeit. In einem späteren Vers, in Offenbarung, Kapitel 9, Vers 16 zählt der Schreiber die Armee der Reiter in einer Schlacht auf ›vieltausendmal tausend‹. Wenn eine so große Armee gezählt werden kann, was mag die Bibel dann meinen, wenn sie von der unglaublich großen Zahl der Heiligen der Trüb-

salszeit spricht, also denjenigen, die während dieser Zeit zum Glauben an Christus kommen?
Verstehen Sie nun, warum ich glaube, dass wir mit mehr als einer Milliarde Menschen rechnen können, die während dieser Zeit zum Glauben an Gott kommen werden? Lassen Sie uns für eine so große Ernte beten. Alle, die Christus als ihren Erlöser kennen gelernt haben, können an der größten Aufgabe teilhaben, die der Menschheit je übertragen wurde. Ich freue mich darauf, bald wieder mit Ihnen in Kontakt zu treten.
Verbunden in dem unvergleichlichen Namen Jesu Christi, unseres Erlösers, Tsion Ben-Judah.

Rayford konnte kaum noch die Augen offen halten, aber er war fasziniert von Tsions grenzenlosem Enthusiasmus und seiner spannenden Auslegung. Er kehrte zum zentralen Mitteilungsblatt zurück und blinzelte. Die Nummer oben am Bildschirm war auf eine fünfstellige Zahl angestiegen und stieg noch immer. Rayford hätte auch gern seinen Beitrag geleistet, aber er war einfach zu müde.

Carpathia hatte über Radio und Fernsehen zu der Weltbevölkerung gesprochen. Zweifellos würde dies eine lebhafte Reaktion der Öffentlichkeit zur Folge haben. Aber würde sie sich mit der Reaktion auf die Worte dieses Rabbi vergleichen lassen, der aus dem Exil zu einer neuen, wachsenden Familie sprach?

Buck rief sich ins Gedächtnis, dass er im Augenblick nicht nur Arzt, sondern ein sehr von sich überzeugter Arzt war. Ohne den beiden Wachen der Weltgemeinschaft auch nur zuzunicken, trat er vor die Tür von Zimmer 335. Als er die Tür aufdrücken wollte, stellten sich ihm die Wachen in den Weg.

»Entschuldigen Sie!«, sagte er arrogant. »Miss Ashtons Alarmsignal hat geläutet. Wenn Sie nicht für den Tod meiner Patientin verantwortlich sein wollen, lassen Sie mich bitte durch.«

Die beiden Wachposten sahen sich an. Sie wirkten unsicher. Die Frau griff nach Bucks Ausweisschild. Er schob ihre Hand beiseite, betrat den Raum und schloss die Tür hinter sich. Bevor er sich umdrehte, zögerte er einen Augenblick, weil er damit rechnete, dass sie ihm folgten. Aber das taten sie nicht.

Die beiden Betten waren hinter Vorhängen verborgen. Buck zog den ersten zurück, hinter dem seine Frau lag. Ihm blieb die Luft weg, als er sie betrachtete. Es war, als würde ihm das Herz brechen. Er biss sich auf die Lippe. Jetzt war keine Zeit für Gefühle. Er war dankbar, dass sie scheinbar friedlich schlief. Ihr rechter Arm war von der Schulter bis zum Handgelenk eingegipst. Ihr linker Arm lag reglos an ihrer Seite, im Handrücken steckte eine Infusionsnadel.

Buck legte das Klemmbrett auf das Bett und schob seine Hand unter ihre. Ihre weiche Haut weckte in ihm den Wunsch, sie in die Arme zu nehmen, sie zu trösten, ihr den Schmerz zu nehmen. Er beugte sich zu ihr herab und hauchte ihr einen Kuss auf die Finger. Erschreckt fuhr er zusammen, als er einen schwachen Druck spürte und sie ansah. Sie starrte ihn an. »Ich bin da!«, flüsterte er verzweifelt. Er streichelte ihre Wange. »Chloe, Liebling, ich bin es, Buck.«

Er beugte sich noch näher zu ihr herab. Ihr Blick folgte ihm. Er zwang sich, nicht auf ihre zerschlagene rechte Seite zu sehen. Die eine Seite von ihr war seine hübsche, unschuldige Frau, die andere ein Monster. Er nahm wieder ihre Hand.

»Kannst du mich hören? Chloe, drück noch einmal meine Hand.«

Keine Reaktion.

Buck eilte zur anderen Seite und zog den Vorhang ein Stück zurück, um sich die zweite Patientin anzusehen. A. Ashton war Ende 50 und schien im Koma zu liegen. Buck kehrte zurück, nahm das Klemmbrett zur Hand und betrachtete Chloes Gesicht. Ihr Blick folgte ihm noch immer. Konnte sie ihn hören? War sie bewusstlos?

Er öffnete die Tür und trat schnell in den Flur hinaus. »Für den Augenblick ist sie außer Gefahr«, sagte er, »aber wir haben ein Problem. Wer hat Ihnen gesagt, Miss Ashton würde in Bett B liegen?«

»Entschuldigen Sie, Doktor«, erwiderte die Frau, »aber mit den Patienten haben wir nichts zu tun. Wir bewachen nur die Tür.«

»Sie sind also nicht verantwortlich für diese Verwechslung?«

»Ganz bestimmt nicht«, erwiderte die Frau.

Buck nahm die Klebestreifen von der Tür und vertauschte sie. »Madam, können Sie einen Augenblick allein Wache halten, während dieser junge Mann mir einen Stift holt?«

»Natürlich, Sir. Craig, hole ihm einen Stift.«

13

Buck schlüpfte wieder in Chloes Zimmer. Er wollte ihr so gern sagen, dass er da und sie in Sicherheit war. Er konnte es kaum ertragen, ihr blau-rot geschwollenes Gesicht mit dem zugeschwollenen Auge zu betrachten. Sanft nahm er ihre Hand und beugte sich zu ihr herab. »Chloe, ich bin hier und werde nicht zulassen, dass dir irgendetwas geschieht. Aber ich brauche deine Hilfe. Drück meine Hand. Blinzle. Zeig mir irgendwie, dass du mich verstehst.«

Keine Reaktion. Buck legte seine Wange auf ihr Kissen. Seine Lippen waren nur wenige Zentimeter von ihrem Ohr entfernt. »Oh Gott«, betete er, »warum ist das nicht mir passiert? Warum ihr? Hilf mir, sie hier herauszuschaffen, Gott, bitte!«

Ihre Hand war leicht wie eine Feder und sie wirkte so zerbrechlich wie die eines Neugeborenen. Was für ein Gegensatz zu der starken Frau, die er geheiratet hatte! Er wünschte sich, sie könnte ihm jetzt helfen.

Chloes Atem beschleunigte sich, und Buck sah, wie eine Träne ihre Wange hinunterrollte. Sie blinzelte heftig, und er fragte sich, ob sie versuchte, ihm etwas mitzuteilen. »Ich bin hier«, sagte er immer und immer wieder. »Chloe, ich bin es, Buck.«

Der Wachposten draußen vor der Tür war schon viel zu lange fort. Buck betete, dass er draußen mit dem Stift wartete und nur zu schüchtern war zu klopfen. Sonst könnte er wer weiß wen mitbringen und Buck die einzige Chance verderben, Chloe zu retten.

»Liebling«, sagte er schnell, »ich weiß nicht, ob du mich hören kannst, aber versuche, dich zu konzentrieren. Ich werde deinen Namen gegen den der Frau in dem anderen Bett austauschen. Ihr Name ist Ashton. Und ich tue so, als wäre ich dein Arzt. Okay? Hast du das verstanden?«

Buck wartete und hoffte. Endlich ein Blinzeln.

»Ich habe sie gekauft«, flüsterte sie.

»Was? Chloe, was? Ich bin es, Buck. Was hast du gekauft?«

Sie leckte sich die Lippen und schluckte. »Ich habe sie dir gekauft und du hast sie zerbrochen.«

Er befürchtete, dass sie sich im Delirium befand. Das war sinnloses Gerede. Er schüttelte den Kopf und lächelte sie an. »Bleib bei mir, Kind, und wir werden hier eine Show abziehen.«

»Doktor Buck«, keuchte sie und brachte ein schiefes Lächeln zu Stande.

»Ja! Chloe! Du kennst mich.«

Sie blinzelte so heftig, als hätte sie Mühe, wach zu bleiben. »Du solltest besser auf Geschenke Acht geben.«

»Ich weiß nicht, was du meinst, Liebling, und du vermutlich auch nicht. Aber was immer ich getan habe, es tut mir Leid.« Er blickte sie unglücklich an.

Zum ersten Mal wandte sie ihm ihr Gesicht zu. »Du hast deine Sonnenbrille zerbrochen, Doktor Buck.«

Automatisch berührte Buck das Brillengestell auf seinem Kopf. »Ja! Chloe, hör mir zu. Ich versuche, dich zu beschützen. Ich habe die Namen an der Tür ausgetauscht. Du bist –«

»Ashton«, brachte sie mühsam heraus.

»Ja! Und dein Vorname beginnt mit einem A. Welchen Namen könnten wir nehmen?«

»Annie«, sagte sie. »Ich bin Annie Ashton.«

»Perfekt. Und wer bin ich?«

Sie presste die Lippen zusammen und wollte gerade ein B formulieren, als sie sich besann. »Mein Arzt«, sagte sie.

Buck wollte nachsehen, ob Craig, der Wachposten, den Stift gebracht hatte. »Doktor«, rief Chloe, »die Armbänder.«

Sie denkt mit! Wie konnte er nur die Erkennungsarmbänder des Krankenhauses vergessen?

Er entfernte ihres, wobei er sorgfältig darauf achtete, ihre Infusionsnadel nicht zu berühren. Mit dem Armband trat er hinter Mrs. Ashtons Vorhang. Sie schien noch immer tief zu schlafen. Vorsichtig entfernte er ihr Armband, wobei ihm auffiel, dass sie nicht mehr zu atmen schien. Er legte sein Ohr dicht an ihre Nase, hörte und spürte aber nichts. Er konnte auch keinen Puls finden. Schnell legte er ihr Chloes Armband an.

Buck wusste, dass dies ihm Zeit verschaffte. Es würde nicht lange dauern, bis jemand entdeckte, dass diese ältere, tote Frau nicht 22 und schon gar nicht schwanger war. Doch für den Augenblick war sie Mutter Doe.

Als Buck aus der Tür trat, unterhielten sich die Wachposten gerade mit einem älteren Arzt. Craig hielt den schwarzen Stift in der Hand und sagte gerade: »… wir wussten nicht, was wir tun sollten.«

Der Arzt, ein großer, grauhaariger Mann mit Brille, hielt drei Krankenblätter in der Hand. Er blickte Buck finster an.

Buck warf schnell einen Blick auf den Namen, der auf seinen Kittel gestickt war. »Dr. Lloyd!«, freute er sich und streckte die Hand aus.

Nur zögernd schüttelte der Doktor ihm die Hand. »Kenne ich –?«

»Aber natürlich, ich habe Sie seit diesem, äh, diesem –«

»Symposium?«

»Richtig! Das in, äh –«

»Bemidji?«

»Ja, Sie waren hervorragend.«

Der Arzt wirkte ein wenig verwirrt, als versuche er, sich an Buck zu erinnern, doch das Lob hatte ihn nicht unbeeindruckt gelassen. »Na ja, ich –«

»Und eines Ihrer Kinder hatte irgendetwas vor. Was war das noch?«

»Oh, vielleicht habe ich von meinem Sohn gesprochen, der gerade seinen Facharzt abgeschlossen hatte.«

»Richtig! Wie geht es ihm denn?«

»Wundervoll. Wir sind so stolz auf ihn. Aber, Doktor –«

Buck unterbrach ihn. »Das glaube ich. Hören Sie«, sagte er und holte Ken Ritz' Arzneifläschchen aus der Tasche, »vielleicht können Sie mir einen Rat geben …«

»Natürlich. Ich werde es versuchen.«

»Vielen Dank, Doktor Lloyd.« Er hielt die Flasche mit dem Beruhigungsmittel hoch. »Ich habe diese Tabletten einem Patienten mit einer ernsten Kopfverletzung verschrieben und aus Versehen hat er eine viel zu hohe Dosis geschluckt. Was ist das beste Gegenmittel?«

Doktor Lloyd betrachtete die Flasche. »Das ist nichts Ernstes. Er wird ein paar Stunden sehr müde sein, aber das wird vergehen. Schädeltrauma, sagen Sie?«

»Ja, darum wäre mir lieber, wenn er nicht schlafen würde.«

»Natürlich. Am besten wirken Sie dem mit einer Injektion Benzedrin entgegen.«

»Das ist hier nicht vorrätig«, erklärte Buck. »Ich kann nicht alles aus der Apotheke holen …«

Doktor Lloyd schrieb ihm ein Rezept aus. »Wenn Sie mich entschuldigen, Doktor –?«

»Cameron«, erwiderte Buck, ohne nachzudenken.

»Natürlich, Dr. Cameron. Es war schön, Sie noch einmal wiederzusehen.«

»Sie auch, Dr. Lloyd, und vielen Dank.«

Buck nahm den Stift von Craig entgegen und änderte die Schildchen an der Tür von B in A und von A in B um. »Ich bin gleich wieder da, Craig«, sagte er und drückte dem Wachposten den Stift in die Hand.

Buck eilte davon. Er tat so, als wüsste er, wohin er ging, aber unterwegs las er aufmerksam die Schilder, die ihn in die Krankenhausapotheke führten. Dr. Lloyds Rezept war wie Gold in seiner Hand, und schon bald war er wieder auf dem Weg in die Empfangshalle, um sich um Ken Ritz zu kümmern. Er nahm auch gleich einen Rollstuhl mit.

Ken saß zusammengesunken auf seinem Stuhl und schnarchte. Buck war dankbar, dass er früher seiner Mutter häufig Insulininjektionen hatte geben müssen und wusste, wie man eine Spritze setzte. Vorsichtig riss Buck die Packung auf, schob Kens Ärmel hoch, desinfizierte den Bereich und zog mit den Zähnen die Kappe von der Nadel. Als er die Spitze in Kens Muskeln stieß, fiel ihm die Kappe aus dem Mund. Jemand meinte: »Sollte er nicht lieber Handschuhe tragen?«

Buck hob die Kappe auf, schob sie wieder über die Nadel und steckte alles in seine Tasche. Er stellte sich vor ihn, schob seine Hände unter seine Achseln und zog ihn von dem Stuhl. Dann drehte er ihn um 45 Grad und setzte ihn in den Rollstuhl. Da er vergessen hatte, den Rollstuhl festzustellen, begann der Stuhl zurückzurollen. Buck konnte seine Hände nicht zurückziehen und stolperte über Ritz' langen Beine. Das Gesicht in Ritz' Brust vergraben, stolperte er durch den Wartesaal. Die Menschen sprangen aus dem Weg. Als der Stuhl immer schneller wurde, konnte Buck nichts anderes tun, als seine Füße hinterherschleifen zu lassen. Schließlich hing er auf dem Piloten, der kurz wach wurde und rief: »Charlie Bravo Alpha an Tower!«

Endlich gelang es Buck, den Rollstuhl zum Stehen zu bringen. Er klappte die Fußstützen aus und stellte Ritz' Füße darauf. Sie mussten eine Bahre finden. Er hoffte nur, dass Ritz schnell auf das Benzedrin ansprechen würde, damit er ihm helfen konnte, Mrs. Ashtons Leichnam, mit Mutter Does Armband, in die Leichenhalle zu schaffen. Wenn er die Delegation der Weltgemeinschaft auch nur vorübergehend davon überzeugen konnte, dass ihre mögliche Geisel verstorben war, konnte er Zeit gewinnen.

Während Buck Ken zu den Aufzügen schob, hingen seine Arme über die Armlehnen und dienten als Bremse. Buck nahm sie und legte sie wieder auf Kens Schoß, doch sie fielen sofort wieder herunter. Buck legte sie wieder hoch, und als sie schließlich rückwärts in einen Aufzug traten, suchte sich Ritz ausgerechnet diesen Augenblick aus, um seinen Kopf auf die Brust sinken zu lassen. Alle im Aufzug starrten auf seine Kopfverletzung.

Als Ritz endlich aus seinem Nebel aufzutauchen schien, konnte Buck ihn aus dem Stuhl hieven und auf eine Bahre legen, die er organisiert hatte. Das plötzliche Aufstehen vertrug Ken jedoch nicht. Ihm wurde schwindelig. Er ließ sich auf den Rücken fallen. Sein Kopf schlug ziemlich fest auf dem Kissen auf. »Okay!«, rief er wie ein Betrunkener. »Alles klar!«

Er rollte sich zur Seite, und Buck deckte ihn bis zum Hals zu, dann schob er ihn zur nächsten Wand, wo er darauf wartete, dass er ganz zu sich kam. Es herrschte viel Betrieb. Zweimal setzte sich Ken spontan auf, sah sich um und legte sich wieder hin.

Als er endlich richtig zu sich kam, konnte er sich aufsetzen und schließlich aufstehen, ohne dass ihm schwindelig wurde. Aber er war noch immer ein wenig desorientiert. »Mann, habe ich gut geschlafen. Ich könnte noch weiterschlafen.«

Buck erklärte ihm, dass er einen Kittel für ihn auftreiben wolle. Er solle einen Pfleger spielen, der Dr. Cameron half. Buck ging seinen Plan mehrmals mit Ken durch, bis er davon überzeugt war, dass Ken wirklich wach war und ihn verstand. »Warten Sie hier«, sagte Buck.

Neben einem Behandlungsraum sah er, wie ein Arzt seinen Kittel an einen Haken hängte und dann in der anderen Richtung davonging. Der Kittel sah recht sauber aus, darum nahm Buck ihn herunter und brachte ihn Ken. Aber Ken war fort.

Schließlich fand Buck ihn am Aufzug. »Was machen Sie?«

»Ich muss meine Tasche holen«, erklärte Ken. »Wir haben sie draußen gelassen.«

»Sie liegt unter einem Stuhl im Wartezimmer. Wir werden sie später holen. Ziehen Sie das jetzt an.« Die Ärmel waren vier Zentimeter zu kurz. Ken sah aus wie jemand, der gerade noch das letzte Kostüm in einem Kostümverleih ergattert hatte.

So schnell sie konnten, schoben sie die Bahre zu Zimmer 335. »Doktor«, sagte die Frau vor der Tür, »wir haben gerade einen Anruf unserer Vorgesetzten bekommen. Wir wurden davon in Kenntnis gesetzt, dass eine Delegation vom Flughafen auf dem Weg hierher ist und –«

»Es tut mir Leid, Madam«, unterbrach sie Buck, »aber die Patientin, die Sie bewachen, ist gestorben.«

»Gestorben?«, wiederholte sie. »Das ist aber nicht unsere Schuld. Wir –«

»Niemand sagt, dass es Ihre Schuld sei. Ich muss den Leichnam nun in die Leichenhalle bringen. Sie können Ihrer Delegation oder wem auch immer sagen, wo sie sie finden können.«

»Dann brauchen wir doch nicht mehr hier zu stehen, oder?«

»Natürlich nicht. Vielen Dank für Ihren Dienst.«

Als Buck und Ken den Raum betraten, entdeckte Craig die Wunde an Kens Kopf. »Mann, sind Sie ein Pfleger oder ein Patient?«

Ken wirbelte herum. »Diskriminieren Sie Behinderte?«

»Nein, Sir, es tut mir Leid. Es ist nur –«

»Jeder braucht einen Job!«, erklärte Ken.

Chloe versuchte zu lächeln, als sie Ken sah. Sie hatte ihn in Palwaukee kennen gelernt, nachdem Buck und Tsion aus Ägypten zurückgekommen waren. Buck sah Ritz vielsagend an. »Darf ich Ihnen Annie Ashton vorstellen«, sagte er. »Ich bin ihr Arzt.«

»Dr. Buck«, sagte Chloe leise. »Er hat seine Sonnenbrille zerbrochen.«

Ritz lächelte. »Hört sich so an, als würden wir dieselben Medikamente nehmen.«

Buck zog das Laken über den Kopf der toten Frau, rollte ihr Bett aus der Nische zur Tür und bat Ken, bei Chloe zu bleiben, »für den Fall der Fälle«.

»Für welchen Fall?«

»Für den Fall, dass die Kerle von der Weltgemeinschaft auftauchen.«

»Ich soll den Doktor spielen?«

»Sozusagen. Wenn wir sie davon überzeugen können, dass die Frau, die sie suchen, in der Leichenhalle liegt, haben wir vielleicht Zeit, Chloe zu verstecken.«

»Sie wollen sie doch nicht etwa auf dem Dach unseres Mietwagens festschnallen?«

Buck schob das Bett den Flur entlang zum Aufzug, dessen Türen sich gerade öffneten. Heraus traten vier Personen, davon drei Männer in schwarzen Anzügen. Die Namensschilder an ihren Jacken wiesen sie als Beamte der Weltgemeinschaft aus. »Welches Zimmer suchen wir?«, fragte einer.

»335«, antwortete ein anderer.

Buck wandte sein Gesicht ab, da er nicht wusste, ob sein Bild nicht vielleicht von den Behörden verteilt worden war. Als er das Bett in den

Aufzug schob, stellte sich ein Arzt vor die Tür. In dem Aufzug befanden sich ein halbes Dutzend Personen, außerdem Buck und die Leiche. »Es tut mir Leid, meine Damen und Herren«, sagte der Arzt. »Einen Augenblick bitte.«

In Bucks Ohr flüsterte er: »Sie gehören wohl nicht zu diesem Krankenhaus, nicht?«

»Nein.«

»Es gilt die strenge Regel, dass Tote nur in Lastaufzügen transportiert werden dürfen.«

»Das wusste ich nicht.«

Der Arzt wandte sich an die anderen. »Es tut mir Leid, aber Sie werden einen anderen Aufzug nehmen müssen.«

»Aber gern«, erwiderte jemand.

Der Arzt gab nun die Tür frei und alle anderen stiegen aus. Er drückte den Knopf für das Untergeschoss. »Sind Sie zum ersten Mal in diesem Krankenhaus?«

»Ja.«

»Nach links und dann den Gang entlang bis zum Ende.«

In der Leichenhalle überlegte Buck, ob er den Leichnam vor der Tür stehen lassen und hoffen sollte, dass er vorübergehend als Mutter Doe identifiziert werden würde. Aber leider hatte ihn ein Mann entdeckt, der sagte: »Sie dürfen keine Betten herbringen. Dafür können wir keine Verantwortung übernehmen. Sie werden es wieder mitnehmen müssen.«

»Ich habe wenig Zeit.«

»Das ist Ihr Problem. Wir können nicht alle Betten wieder auf die Stationen schaffen.«

Zwei Pfleger hoben den Leichnam auf eine Bahre und der Mann fragte: »Papiere?«

»Wie bitte?«

»Die Papiere! Totenschein. Die Unterschrift des Arztes.«

»Nach dem Armband ist sie Mutter Doe. Man hat mir aufgetragen, sie hier herunterzubringen. Mehr weiß ich nicht.«

»Wer ist ihr Arzt?«

»Ich habe keine Ahnung.«

»Welches Zimmer?«

»335.«

»Wir werden nachsehen. Und jetzt schaffen Sie das Bett hier raus.«

Buck eilte zum Aufzug zurück und betete, dass seine List funktionierte und die Abgesandten der Weltgemeinschaft sich mittlerweile auf dem Weg in die Leichenhalle befanden. Allerdings begegneten sie ihm auf seinem Rückweg nicht.

Er war schon beinahe beim Zimmer 335, als sie auftauchten. Er wandte den Kopf ab und ging weiter.

Einer fragte: »Wo ist Charles überhaupt?«

»Wir hätten warten sollen«, sagte die Frau. »Er hat nur den Wagen abgestellt. Wie soll er uns jetzt finden?«

»Er kann nicht weit sein. Wenn er herkommt, werden wir der Sache auf den Grund gehen.«

Als sie außer Sicht waren, schob Buck das Bett in Zimmer 335 zurück. »Ich bin es nur«, sagte er, als er an Chloes Vorhang vorbeikam. Chloe war noch blasser und zitterte. Ken saß neben dem Bett und hatte den Kopf in die Hände gestützt.

»Ist dir kalt, Liebes?«, fragte Buck. Chloe schüttelte den Kopf. Ihre Blässe hatte sich ausgebreitet. Die hässlichen, durch Blutungen unter der Haut hervorgerufenen Streifen reichten bis an ihre Schläfe.

»Sie ist nur ein wenig erschüttert, das ist alles«, sagte Ritz. »Ich auch, obwohl ich mir für meine Leistungen einen Oscar verdient habe.«

»Doktor Airplane«, sagte Chloe und Ritz lachte.

»Das hat sie gesagt. Sie konnten außer ihrem Namen nichts aus ihr herauskriegen.«

»Annie Ashton«, flüsterte sie.

»Hat diese Burschen ganz schön an der Nase herumgeführt. Sie kamen herein und beschwerten sich, vor allem die Frau, dass keine Wachen vor der Tür standen, wie angeordnet worden war. ›Wir haben sie nicht darum gebeten‹«, ahmte Ken ihre Stimme nach, »›es war ein Befehl.‹«

Chloe nickte.

Ken fuhr fort: »Sie laufen vorbei, nörgeln vor unserem Vorhang, wieso sie denn auf einmal in Bett B liegt, und sind ganz stolz auf sich, weil sie einen Klebestreifen an der Tür lesen können. Ich rufe: ›Bitte nur zwei Besucher auf einmal, und ich würde es begrüßen, wenn Sie sich ein wenig zurückhalten würden. Ich habe eine infektiöse Patientin hier.‹ Ich meinte natürlich ansteckend, aber das ist doch dasselbe, oder?

Natürlich haben sie sofort gesehen, dass eine leere Bahre dort stand. Einer der Burschen steckt den Kopf hier herein und ich stelle mich nach Art der Ärzte auf die Zehenspitzen und sage: ›Wenn Sie keinen Typhus bekommen wollen, dann verschwinden Sie hier besser.‹«

»Typhus?«

»Das klang irgendwie gut. Und es hat geklappt.«

»Es hat sie verscheucht?«

»Na ja, fast. Er zieht den Vorhang wieder vor und sagt: ›Doktor, können wir bitte einmal unter vier Augen mit Ihnen sprechen?‹ Ich antworte: ›Ich kann meine Patientin nicht allein lassen. Und ich muss mich waschen, bevor ich mit anderen in Kontakt komme. Ich bin zwar immun, aber ich könnte die Krankheit übertragen.‹«

Buck zog die Augenbrauen hoch. »Und das haben sie Ihnen abgekauft?«

Chloe schüttelte amüsiert den Kopf.

»Hey, ich war gut«, verteidigte sich Ken. Sie haben mich gefragt, wie meine Patientin hieße. Ich hätte natürlich sagen können ›Annie Ashton‹, aber ich dachte, es sei realistischer, wenn ich so täte, als hätte mich die Frage beleidigt. Ich antworte also: ›Ihr Name ist nicht so wichtig wie die Prognose. Außerdem steht ihr Name an der Tür.‹ Ich höre, wie jemand ›ts ts‹ sagt und dann fragt: ›Ist sie bei Bewusstsein?‹ Ich antworte: ›Wenn Sie kein Arzt sind, geht Sie das überhaupt nichts an.‹ Die Frau sagt etwas von einem Arzt, der gleich kommen würde, und ich antworte: ›Sie können mich fragen, was Sie wissen wollen.‹

Einer von ihnen meint: ›Wir wissen, was an der Tür steht, aber uns hat man gesagt, Mutter Doe läge in diesem Bett.‹ Ich antworte: ›Mir ist nicht nach Diskutieren zu Mute. Meine Patientin ist nicht Mutter Doe.‹

Einer der Männer fragt: ›Haben Sie etwas dagegen, wenn wir sie fragen, wie sie heißt?‹ Ich antworte: ›Ich habe tatsächlich etwas dagegen. Sie muss sich darauf konzentrieren, wieder gesund zu werden.‹ Der Mann sagt: ›Madam, wenn Sie mich hören können, sagen Sie mir doch Ihren Namen.‹

Ich nicke Chloe zu, und sie will es ihnen sagen, aber ich stapfe zum Vorhang und tue so, als sei ich wütend. Sie zögert, weiß nicht genau, was ich vorhabe, aber schließlich sagt sie mit gespielt schwacher Stimme ›Annie Ashton‹.«

Chloe hob die Hand. »Das war nicht gespielt«, erklärte sie. »Warum haben sie mich eigentlich Mutter Doe genannt?«

»Das weißt du nicht?«, erwiderte Buck und griff nach ihrer Hand.

Sie schüttelte den Kopf.

»Ich möchte die Geschichte zu Ende erzählen«, wandte Ritz ein. »Ich glaube, dass sie zurückkommen werden. Ich reiße also den Vorhang zurück und funkle sie an. Ich glaube nicht, dass sie damit gerechnet haben, dass ich so groß bin. Ich sage: ›Na, zufrieden? Jetzt haben Sie sie und auch mich aufgeregt.‹ Die Frau sagt: ›Entschuldigen Sie, Doktor, äh –, und Chloe ergänzt: ›Doktor Airplane.‹ Ich musste mir auf die Zunge beißen, damit ich nicht in Gelächter ausbreche. Ich erkläre: ›Die Medikamente zeigen Wirkung. Ich bin Doktor Lalaine, aber wir geben uns besser nicht die Hand, wenn man die Umstände bedenkt.‹

Die anderen verziehen sich zur Tür, nur die Frau steckt ihren Kopf durch den Vorhang und fragt: ›Haben Sie eine Ahnung, was mit Mutter Doe passiert ist?‹ Ich sage ihr: ›Eine Patientin aus diesem Zimmer ist in die Leichenhalle gebracht worden.‹

Sie fragt: ›Ach wirklich?‹ in einem Tonfall, der darauf schließen lässt, dass sie mir kein Wort glaubt. Dann fragt sie: ›Was ist denn die Ursache für die Verletzungen dieser jungen Frau? Typhus?‹ Total sarkastisch. Darauf war ich nicht vorbereitet, und während ich noch versuche, mir eine kluge Antwort auszudenken, sagt sie: ›Ich werde sie von unserem Arzt untersuchen lassen.‹

Ich erwidere: ›Ich weiß nicht, ob das da, wo Sie herkommen, üblich ist, aber in diesem Krankenhaus kann nur der behandelnde Arzt oder der Patient eine zweite Meinung einfordern.‹ Na ja, obwohl sie gut 30 Zentimeter kleiner war als ich, hat sie irgendwie auf mich herabgesehen. Sie sagt: ›Wir kommen von der Weltgemeinschaft und sind auf direkten Befehl Seiner Exzellenz höchstpersönlich hier. Also rechnen Sie damit, nachzugeben.‹

Ich frage: ›Wer zum Teufel ist Seine Exzellenz?‹ Sie sagt: ›Wo haben Sie gesteckt? Unter einem Stein?‹ Na ja, ich konnte ihr ja schlecht sagen, dass sie gar nicht mal so Unrecht hatte und ich wegen dieser blöden Beruhigungstabletten gar nicht so genau wusste, wo ich mich befand, darum antworte ich: ›Ich habe der Menschheit gedient, versucht, Leben zu retten, Madam.‹ Sie rauscht hinaus und ein paar Minuten später kommen Sie herein. Jetzt wissen Sie, was passiert ist.«

»Und sie kommen mit einem Arzt wieder«, sagte Buck. »Wunderbar. Wir verstecken uns hier besser irgendwo und sehen zu, ob wir uns irgendwie unsichtbar machen können.«

»Antworte mir«, flüsterte Chloe.

»Was denn?«

»Buck, bin ich schwanger?«

»Ja.«

»Ist das Baby in Ordnung?«

»Bisher schon.«

»Und was ist mit mir?«

»Du bist ziemlich zugerichtet, aber du bist nicht in Lebensgefahr.«

»Ihr Typhus ist schon fast überwunden«, meinte Ritz.

Chloe runzelte die Stirn. »Dr. Airplane«, schimpfte sie. »Buck, ich muss schnell wieder gesund werden. Was wollen diese Leute?«

»Das ist eine lange Geschichte. Kurz gesagt wollen Sie dich gegen entweder Tsion oder Hattie oder beide austauschen.«

»Nein«, sagte sie. Ihre Stimme klang schon viel kräftiger.

»Keine Sorge«, beruhigte sie Buck. »Aber wir lassen uns besser was einfallen. Einen richtigen Arzt können wir nicht lange zum Narren halten, trotz unseres großartigen Schauspielers hier.«

»Für Sie immer noch Dr. Airplane«, korrigierte Ken.

Buck hörte jemanden an der Tür. Er kroch unter die beiden Vorhänge und quetschte sich unter das Bett.

»Dr. Lalaine«, sagte einer der Männer, »unser Arzt aus Kenosha ist hier. Wir würden es zu schätzen wissen, wenn Sie ihn Ihre Patientin untersuchen ließen.«

»Ich verstehe nicht«, erwiderte Ritz.

»Natürlich verstehen Sie nicht«, erklärte der Doktor, »aber ich habe gestern eine nicht identifizierte Patientin versorgt, auf die diese Beschreibung passt. Darum wurde ich hinzugezogen.«

Buck schloss die Augen. Die Stimme kam ihm bekannt vor. Wenn das der Arzt war, mit dem er in Kenosha gesprochen hatte, der auch die Bilder von Chloe gemacht hatte, dann konnten sie alle Hoffnungen begraben. Selbst wenn Buck überraschend auf sie losging und sie niederschlug, würde er Chloe niemals aus dem Krankenhaus schaffen können.

Ritz sagte: »Ich habe diesen Leuten bereits gesagt, wer diese Patientin ist.«

»Und wir haben bereits herausgefunden, dass Ihre Geschichte gelogen ist, Doktor«, entgegnete die Frau. »Wir haben in der Leichenhalle nach ›Mutter Doe‹ gefragt. Es dauerte nicht lange, bis wir herausfanden, dass dies die richtige Mrs. Ashton war.«

Buck hörte, wie ein Umschlag aufgerissen und etwas herausgezogen wurde. »Sehen Sie sich diese Fotos an«, sagte die Frau. »Sie ist vielleicht keine tote Ringerin, aber viel fehlt nicht mehr. Ich denke, sie ist es.«

»Es gibt einen Weg, dies mit Sicherheit festzustellen«, erklärte der Doktor. »Meine Patientin hatte drei kleine Narben an ihrem linken Knie von einer Operation, außerdem eine Blinddarmnarbe.«

Bucks Gedanken überschlugen sich. Nichts davon traf auf Chloe zu. Was ging hier vor?

Buck hörte das Rascheln der Decke, des Lakens und des Nachthemds. »Wissen Sie, das erstaunt mich eigentlich nicht«, sagte der Arzt. »Das Gesicht dieses Mädchens war ein wenig zu rund und die Verletzungen sehr viel stärker.«

»Na ja«, erklärte die Frau, »selbst wenn sie nicht die ist, nach der wir suchen, auf keinen Fall ist sie Annie Ashton und ganz bestimmt hat sie keinen Typhus.«

»Niemand in diesem Krankenhaus hat Typhus«, wandte Ken ein. »Ich habe das gesagt, um meine Patientin zu schützen.«

»Ich möchte, dass dieser Mann zur Verantwortung gezogen wird«, sagte die Frau. »Warum kennt er den Namen seiner eigenen Patientin nicht?«

»Im Augenblick gibt es viel zu viele Patienten«, erklärte Ken. »Außerdem hat man mir gesagt, dies sei Annie Ashton. Das steht auch an der Tür.«

»Ich werde mit dem Chefarzt über Dr. Lalaine sprechen«, sagte der Doktor. »Ich schlage vor, dass Sie sich jetzt auf die Suche nach Mutter Doe machen.«

»Doktor?«, meldete sich Chloe mit schwacher Stimme. »Sie haben etwas an Ihrer Stirn.«

»Tatsächlich?«, fragte er.

»Ich sehe nichts«, erklärte die Frau. »Dieses Mädchen steht unter Medikamenteneinfluss.«

»Nein, tue ich nicht«, widersprach Chloe. »Sie haben tatsächlich etwas an der Stirn, Doktor.«

»Na ja«, erwiderte er vergnügt, aber ausweichend, »vermutlich werden auch Sie etwas an Ihrer Stirn haben, wenn Sie gesund sind.«

»Lassen Sie uns gehen«, schlug einer der Männer vor.

»Ich werde mich Ihnen anschließen, nachdem ich mit dem Chefarzt gesprochen habe«, sagte der Arzt.

Die anderen gingen. Sobald die Tür hinter ihnen ins Schloss gefallen war, sagte der Arzt: »Ich weiß, wer sie ist. Aber wer sind Sie?«

»Ich bin Dr. –«

»Wir beide wissen, dass Sie kein Arzt sind.«

»Doch, ist er«, nuschelte Chloe. »Er ist Dr. Airplane.«

Buck tauchte hinter dem Vorhang auf. »Dr. Charles, darf ich Ihnen meinen Piloten Ken Ritz vorstellen? Sind Sie schon jemals eine Gebetserhörung gewesen?«

»Es war nicht leicht, diese Aufgabe zugeteilt zu bekommen«, erklärte Floyd Charles grinsend. »Aber ich dachte, dass ich vielleicht gelegen käme.«

»Ich weiß nicht, wie ich Ihnen jemals danken soll«, sagte Buck.

»Bleiben Sie mit mir in Verbindung«, erwiderte der Arzt. »Vielleicht brauche ich eines Tages Ihre Hilfe. Ich schlage vor, dass wir Ihre Frau von hier wegbringen. Die Leute werden wiederkommen und noch genauer hinsehen, wenn sie Mutter Doe nicht finden.«

»Können Sie den Transport zum Flughafen veranlassen und alles, was wir für ihre Versorgung benötigen, bereit stellen lassen?«, fragte Buck.

»Natürlich. Sobald ich Dr. Airplanes Lizenz habe sperren lassen.«

Ken zog seinen Kittel aus. »Ich habe sowieso genug vom Doktorspielen«, erklärte er. »Ich kehre lieber wieder zum Fliegen zurück.«

»Werde ich sie auch zu Hause versorgen können?«, fragte Buck.

»Sie wird noch lange Zeit starke Schmerzen haben und vielleicht wird sie sich nie mehr so fühlen wie früher, aber sie hat keine lebensgefährlichen Verletzungen erlitten. Und so weit wir wissen, ist mit dem Baby alles in Ordnung.«

»Ich wusste es gar nicht«, sagte Chloe. »Ich habe es vermutet, aber ich wusste es nicht.«

»Sie hätten mich beinahe verraten, als Sie sagten, ich hätte etwas an der Stirn«, bemerkte Dr. Charles.

»Ja«, fragte Ken. »Was hat es damit auf sich?«

»Das werde ich euch beiden im Flugzeug erklären«, versprach Buck.

Am frühen Donnerstagmorgen hatten Nicolai Carpathia und Leon Fortunato in Neu-Babylon eine Unterredung mit Rayford. »Wir haben Ihre Flugroute an die Würdenträger weitergeleitet«, sagte Carpathia. »Sie haben für eine angemessene Unterbringung des Supreme Commanders gesorgt. Sie und Ihr Erster Offizier sind auf sich selbst gestellt.«

Rayford nickte. Dieses Gespräch war wie so viele andere vollkommen unnötig.

»Und nun noch eine persönliche Anmerkung«, fügte Carpathia hinzu. »Zwar verstehe ich Ihre Haltung, aber es wurde beschlossen, die Pan-Con-Maschine nicht aus dem Tigris zu bergen. Es tut mir Leid, aber es wurde bestätigt, dass Ihre Frau an Bord war. Wir sollten den Fluss als ihre und die letzte Ruhestätte der anderen Passagiere betrachten.«

Rayford hatte das Gefühl, dass Carpathia log. Amanda war am Leben und ganz bestimmt war sie keine Verräterin. Zwar hatte er keine Ahnung, wo sich Amanda aufhielt, doch er würde die Suche beginnen, indem er bewies, dass sie sich nicht an Bord der 747 befunden hatte.

Zwei Stunden vor dem Abflug am Freitag informierte Mac Rayford darüber, dass er das kleine Flugzeug im Laderaum ersetzt hätte. »Ich nehme ja bereits den Hubschrauber mit«, erklärte er. »Diese kleine zweimotorige Maschine ist überflüssig. Ich habe sie gegen die Challenger 3 ausgetauscht.«

»Wo haben Sie die denn aufgetrieben?« Die Challenger war etwa so groß wie ein Learjet, aber fast doppelt so schnell. Sie war während der vergangenen sechs Monate entwickelt worden.

»Ich dachte, wir hätten alles außer dem Hubschrauber verloren. Aber hinter der Erhebung in der Mitte der Landebahn fand ich die Challenger. Ich musste eine neue Antenne und ein neues Rudersystem im Schwanz einbauen, aber sie ist so gut wie neu.«

»Ich wünschte, ich könnte sie fliegen«, bedauerte Rayford. »Vielleicht könnte ich meine Familie besuchen, während sich Fortunato in Texas aufhält.«

»Hat man mittlerweile ihre Tochter gefunden?«

»Ja, und sie befindet sich in einem schlimmen Zustand, aber sie wird wieder in Ordnung kommen. Und ich werde Großvater!«

»Das ist ja großartig, Ray!«, rief Mac und schlug Rayford auf die Schulter. »Ich werde Sie auf der Challenger einweisen. Sie werden sie in kürzester Zeit fliegen können.«

»Ich muss noch fertig packen und Buck eine E-Mail schicken«, erklärte Rayford.

»Sie schicken es doch nicht durch das System hier, oder?«

»Nein. Ich habe eine verschlüsselte E-Mail von Buck erhalten, in der er mir mitgeteilt hat, wann mein privates Telefon läuten würde. Ich habe dafür gesorgt, dass ich zu diesem Zeitpunkt draußen war.«

»Wir müssen Hassid fragen, wie sicher das Internet hier drin ist. Wir alle surfen im Internet und suchen nach Veröffentlichungen Ihres Freundes Tsion. Ich befürchte, dass sie merken, wer sich gerade eingeloggt hat. Carpathia ärgert sich bestimmt schwarz über Tsion. Wir könnten alle große Schwierigkeiten bekommen.«

»David hat mir gesagt, man könnte uns nicht zurückverfolgen, wenn wir in dem zentralen Mitteilungsblatt bleiben.«

»Er würde gern mitkommen«, sagte Mac.

»David? Ich weiß. Aber wir brauchen ihn genau da, wo er ist.«

14

Der Flug nach Waukegan war sehr anstrengend für Chloe gewesen. Die Fahrt von Waukegan nach Palatine, wo sie Ken Ritz absetzen wollten, und dann nach Mount Prospect, war noch schlimmer. Sie hatte fast während des gesamten Fluges in Bucks Armen geschlafen, aber die Fahrt im Range Rover war eine Tortur für sie gewesen.

Buck hatte sie auf den Rücksitz gebettet, aber bei dem Erdbeben war eine Verankerung des Sitzes aus dem Boden gerissen worden, so dass er noch langsamer als normal fahren musste. Trotzdem wurde Chloe ziemlich durchgeschüttelt. Schließlich hatte sich Ken vor den Sitz gekniet und versucht, den Sitz mit den Händen festzuhalten.

Als sie zum Flughafen Palwaukee kamen, brachte Buck Ken zu der Hütte, in der er wohnen konnte. »Mit Ihnen erlebt man immer ein Abenteuer«, sagte Ken erschöpft. »Eines Tages werden Sie mich noch umbringen.«

»Es war dumm, Sie so kurz nach Ihrer Operation zu bitten, mich zu fliegen, Ken, aber Sie sind ein Lebensretter. Ich werde Ihnen einen Scheck schicken.«

»Das tun Sie doch immer. Aber ich möchte noch mehr darüber erfahren, wo ihr steht; Sie wissen schon, mit Ihren Glaubensüberzeugungen und allem.«

»Ken, darüber haben wir doch bereits gesprochen. Wir befinden uns jetzt in einer entscheidenden Phase der Geschichte, darum geht es. Nur noch gut fünf Jahre, dann ist alles vorbei. Ich kann verstehen, warum die Menschen vielleicht nicht verstanden haben, was vor der Entrückung vor sich ging. Ich war einer von ihnen. Aber mittlerweile weiß ich, was Gott für mich getan hat und dass er mich unendlich liebt. Doch der große Countdown hat bereits begonnen. Jetzt geht es nur noch darum, auf welcher Seite Sie stehen. Entweder dienen Sie Gott oder dem Antichristen. Sie haben den Guten geholfen. Wollen Sie nicht noch einmal darüber nachdenken und unserer Mannschaft beitreten?«

»Ich weiß, Buck. Ich habe noch nie erlebt, dass sich Menschen so umeinander kümmern, wie Sie es tun; ich kann mir wirklich nicht vorstellen, dass Sie das aus eigener Kraft schaffen. Ich weiß, dass Gott da im Spiel ist. Es wäre gut, wenn ich alles noch einmal schwarz auf weiß sehen könnte, wissen sie, die Pros und Kontras auf einem Blatt gegenübergestellt. So bin ich eben. Ich denke darüber nach und treffe meine Entscheidung.«

»Ich kann Ihnen eine Bibel besorgen.«

»Ich habe irgendwo eine Bibel. Gibt es eine Stelle, wo das alles beschrieben wird?«

»Lesen Sie das Johannes-Evangelium. Und dann den Römer-Brief. Sie werden das finden, worüber wir gesprochen haben. Wir sind alle Menschen, die in ihrem Leben viel falsch gemacht haben, ob wir uns das eingestehen oder nicht. Wir sind von Gott getrennt. Er möchte die Beziehung zu uns wieder herstellen und hat den Weg dafür bereitet.«

Ken schien es nicht gut zu gehen. Buck wusste, dass er Schmerzen hatte und ihm schwindelig war. »Haben Sie einen Computer?«

»Ja, sogar eine E-Mail-Adresse.«

»Geben Sie sie mir, und ich werde Ihnen aufschreiben, wo Sie im Internet suchen müssen. Der Bursche, den Sie mit mir aus Ägypten geholt haben, ist der Hit im Internet. Er hat alles fein säuberlich für Sie zu Papier gebracht.«

»Und wenn ich mich euch anschließe, bekomme ich dann dieses Zeichen auf die Stirn?«

»Allerdings.«

Nachdem er sich von Ken verabschiedet hatte, stellte Buck die Rückenlehne des Beifahrersitzes zurück und legte Chloe dorthin. Aber der Sitz war nicht flach genug und so bettete er sie wieder auf den Rücksitz. Als Buck endlich vor Donnys Haus vorfuhr, eilte Tsion nach draußen, um Chloe zu begrüßen. Sobald er sie sah, brach er in Tränen aus. »Oh, Sie armes Kind. Willkommen in Ihrem neuen Heim. Hier sind Sie in Sicherheit.«

Tsion half Buck, sie vom Rücksitz zu holen, und öffnete die Tür, damit Buck sie hineintragen konnte. Buck ging auf die Treppe zu, aber Tsion hielt ihn auf. »Hierher, Cameron.« Tsion hatte sein Bett für sie heruntergeschafft. »Sie kann doch noch nicht die Treppe gehen.«

Buck schüttelte den Kopf. »Vermutlich kommt als Nächstes die Hühnersuppe.«

Tsion lächelte und schaltete die Mikrowelle ein. »Geben Sie mir eine Minute.«

Aber Chloe wollte nichts essen. Sie schlief die ganze Nacht bis tief in den folgenden Tag hinein.

»Sie brauchen ein Ziel«, sagte Tsion zu ihr. »Wohin möchten Sie an Ihrem ersten Tag außer Haus gehen?«

»Ich möchte das Gemeindehaus sehen. Und Lorettas Haus.«

»Wird das nicht –?«

»Es wird sehr schmerzlich sein. Aber Buck sagt, wenn ich nicht weggelaufen wäre, hätte ich niemals überlebt. Ich muss sehen, warum. Und ich möchte sehen, wo Loretta und Donny gestorben sind.«

Sie humpelte zum Küchentisch und setzte sich ganz allein hin. Sie bat nur darum, ihr ihren Computer zu bringen. Es tat Buck weh zu sehen, wie sie versuchte, mit einer Hand klarzukommen. Doch als er ihr helfen wollte, fuhr sie ihn an. Er musste sehr verletzt ausgesehen haben.

»Liebling, ich weiß, dass du nur helfen möchtest«, sagte sie. »Du hast nach mir gesucht, bis du mich gefunden hast, und niemand kann mehr erwarten. Aber bitte tue nur etwas für mich, wenn ich dich darum bitte.«

»Du bittest doch nie um etwas!«

»Ich möchte nicht bedient werden, Buck. Wir leben im Krieg und wir dürfen keinen einzigen Tag vergeuden. Sobald ich diese Hand wieder gebrauchen kann, werde ich Tsion ein wenig Arbeit abnehmen. Er arbeitet Tag und Nacht am Computer.«

Buck holte seinen Laptop und erkundigte sich bei Ken Ritz, ob es möglich sei, mit Tsion nach Israel zu reisen. Er konnte sich nicht vorstellen, dass Tsion jemals gefahrlos würde zurückkehren können, aber dieser war so fest entschlossen, dass Buck befürchtete, keine Wahl zu haben. Aber natürlich wollte er auch wissen, ob Ken eine Entscheidung getroffen hatte. Während er die Nachricht übermittelte, stieß Chloe in der Küche einen Schrei aus.

»Ach, du meine Güte! Buck! Das musst du dir ansehen!«

Er eilte zu ihr und sah ihr über die Schulter. Die Nachricht auf dem Bildschirm war schon mehrere Tage alt. Sie stammte von Hattie Durham.

Rayford befürchtete, dass Leon Fortunato sich auf dem Flug nach Rom langweilen und ihn und Mac im Cockpit belästigen könnte. Doch jedes Mal, wenn Rayford die geheime Abhöranlage einschaltete, pfiff Leon vor sich hin, summte oder sang, telefonierte oder ging geräuschvoll in der Kabine umher.

Einmal übergab Rayford das Steuer an Mac und fand eine Entschuldigung, um in die Kabine zu gehen. Leon bereitete gerade den Mahagonitisch vor, an dem er, Pontifex Maximus Peter Mathews und die zehn Könige sich vor ihrem Treffen mit Carpathia zusammensetzen würden.

Leon wirkte sehr aufgeregt. »Sobald unsere Gäste an Bord sind, werden Sie doch in Ihrem Cockpit bleiben, oder?«

»Natürlich«, versicherte Rayford. Ganz offensichtlich konnte Leon keine Gesellschaft gebrauchen.

Rayford rechnete nicht damit, Geheimnisse zu erfahren, wenn er das Gespräch zwischen Leon und Mathews belauschte, aber es würde sicher großen Unterhaltungswert haben. Fortunato war ein so überzeugter Carpathia-Anhänger und Mathews so herablassend und unabhängig, dass die beiden wie Feuer und Wasser waren. Mathews war es gewohnt, wie ein König behandelt zu werden. Fortunato hingegen betrachtete Carpathia als den Herrscher der Welt, aber es fiel ihm schwer, einem anderen zu dienen. Häufig war er seinen Untergebenen gegenüber sehr kurz angebunden.

Als Mathews in Rom an Bord ging, behandelte er Fortunato wie einen seiner Dienstboten, obwohl er bereits zwei dabei hatte. Ein junger Mann und eine Frau brachten sein Gepäck an Bord und plauderten mit ihm. Während Rayford sie belauschte, wurde er wieder einmal Zeuge von Mathews Bosheit. Jedes Mal, wenn Fortunato andeutete, es sei Zeit zum Aufbruch, unterbrach Mathews ihn.

»Könnte ich bitte etwas Kaltes zu trinken bekommen, Leon?«, bat Mathews.

Eine lange Pause. »Natürlich«, erwiderte Fortunato leichthin. Dann, sehr sarkastisch: »Und Ihr Personal?«

»Ja, auch für sie bitte etwas.«

»Sehr gern, Pontifex Mathews. Und ich denke, wir sollten jetzt wirklich –«

»Und etwas zu essen. Vielen Dank, Leon.«

Nach zwei solcher Begegnungen wurde Fortunato sehr schweigsam. Endlich sagte er: »Pontifex Mathews, ich denke, es ist jetzt wirklich an der Zeit –«

»Wie lange sollen wir denn noch hier sitzen, Leon? Wann, sagten Sie, geht es los?«

»Wir können nicht starten, solange sich nichtautorisierte Personen an Bord aufhalten.«

»Wer ist nicht autorisiert?«

»Ihre Leute.«

»Ich habe Sie Ihnen vorgestellt, Leon. Dies sind meine persönlichen Assistenten.«

»Hatten Sie den Eindruck, dass auch sie eingeladen wurden?«

»Ohne sie gehe ich nirgendwohin.«

»Ich werde bei Seiner Exzellenz nachfragen.«

»Wie bitte?«

»Ich werde bei Nicolai Carpathia nachfragen.«

»Sie sagten ›Seiner Exzellenz‹.«

»Ich hatte vor, unterwegs mit Ihnen über dieses Thema zu sprechen.«

»Sprechen Sie jetzt mit mir darüber, Leon.«

»Pontifex, ich wäre Ihnen sehr verbunden, wenn Sie mich mit meinem Titel ansprechen würden. Ist das zu viel verlangt?«

»Wir sprechen doch gerade über Titel. Seit wann nennt sich Carpathia ›Exzellenz‹?«

»Es war nicht seine Entscheidung. Ich –«

»Ja, und ich nehme an, auch ›Potentat‹ war nicht seine Entscheidung. ›Generalsekretär‹ hat ihm nie gereicht, nicht wahr?«

»Wie ich schon sagte, ich wollte während des Fluges mit Ihnen über den neuen Titel sprechen.«

»Dann lassen Sie uns starten!«

»Ich bin nicht autorisiert, ungeladene Gäste mitzunehmen.«

»Mr. Fortunato, es handelt sich um eingeladene Gäste. *Ich* habe sie eingeladen.«

»Mein Titel ist nicht Mister.«

»Ach so, der Potentat ist nun ›Seine Exzellenz‹ und Sie? Sind Sie nun Potentat? Nein, lassen Sie mich raten. Sie sind Supreme irgendetwas. Habe ich Recht?«

»Ich muss bei Seiner Exzellenz nachfragen.«

»Na, dann beeilen Sie sich. Und sagen Sie ›Seiner Exzellenz‹, der Pontifex Maximus halte es für übertrieben, dass ›Seine Exzellenz‹ von einem königlichen Titel – der bereits überzogen war – zu einem aus dem kirchlichen Bereich wechselt.«

Rayford hörte nur noch das Ende von Fortunatos Unterhaltung mit Nicolai, aber natürlich musste Fortunato klein beigeben.

»Pontifex«, sagte er schließlich, »Seine Exzellenz hat mich gebeten, Sie an Bord zu begrüßen und selbstverständlich ist alles, was Ihrer Meinung nach nötig ist, um die Reise für Sie so angenehm wie möglich zu gestalten, an Bord willkommen.«

»Tatsächlich?«, fragte Mathews. »Dann bestehe ich auf einer Kabinencrew.« Fortunato lachte. »Ich meine es ernst, Leon – oder wie lautet denn nun Ihr Titel, Mann?«

»Ich diene im Range eines Commanders.«

»Commander? Sagen Sie mir die Wahrheit, Commander, ist es nicht eher *Supreme* Commander?« Fortunato antwortete nicht, aber Mathews musste etwas in seinem Gesicht entdeckt haben. »So ist es doch, nicht? Na ja, selbst wenn es nicht so wäre, ich bestehe darauf. Wenn ich Sie ›Commander‹ nennen soll, dann schon eher ›Supreme Commander‹. Ist das akzeptabel?«

Fortunato seufzte laut. »Der richtige Titel ist tatsächlich ›Supreme Commander‹, ja. Sie können mich so oder so nennen.«

»Oh nein, das kann ich nicht. Wenn schon, dann ›Supreme Commander‹. Also, Supreme Commander Fortunato, ich meine es todernst mit dem Flugservice während einer so langen Reise, und ich bin entsetzt, dass Sie nicht so viel Voraussicht bewiesen und eine Crew engagiert haben.«

»Wir verfügen über alle Annehmlichkeiten, Pontifex. Unserer Meinung nach ist eine Crew erst notwendig, wenn die Botschafter an Bord kommen.«

»Da unterliegen Sie einem Irrtum. Ich wünsche, dass wir erst starten, wenn dieses Flugzeug angemessen mit Personal ausgestattet ist. Falls Sie mit Seiner Exzellenz darüber sprechen müssen, dann bitte.«

Es folgte ein langes Schweigen, und Rayford nahm an, dass die beiden einander anstarrten. »Sie meinen es ernst, oder?«

»So ernst wie ein Erdbeben.«

Der Rufknopf im Cockpit leuchtete auf. »Cockpit«, meldete sich Mac. »Sprechen Sie.«

»Meine Herren, ich habe beschlossen, bereits hier eine Crew für den Flug nach Dallas zu engagieren. Ich werde mich mit einer der Fluglinien hier in Verbindung setzen. Bitte teilen Sie dem Tower mit, dass wir zwei oder drei Stunden Verspätung haben werden. Vielen Dank.«

»Verzeihung, Sir«, wandte Mac ein, »aber unsere Verzögerung hier hat uns bereits vier Plätze in der Startfreigabe gekostet. Der Tower ist zwar flexibel, weil wir eben sind, wer wir sind, aber –«

»Haben Sie mich nicht verstanden?«, fragte Leon.

»Durchaus, Sir. Verstanden.«

Hatties Nachricht lautete:

»Liebe CW, ich weiß nicht, an wen ich mich sonst wenden soll. Na ja, eigentlich wusste ich das schon. Aber über die Nummer, die ich bekommen habe, konnte ich AS nicht erreichen. Sie sagte, sie würde ihr Telefon immer bei sich haben, darum mache ich mir Gedanken, was ihr wohl zugestoßen ist.
Ich brauche Ihre Hilfe. Ich habe meinen ehemaligen Chef angelogen und ihm gesagt, meine Eltern kämen aus Denver. Als ich meinen Flug in Boston umbuchte und statt nach Osten nach Westen flog, hoffte ich, er würde denken, ich würde meine Familie besuchen. Aber eigentlich wohnt diese in Santa Monica. In Denver halte ich mich aus einem ganz anderen Grund auf.
Ich befinde mich hier in einer gynäkologischen Klinik. Bitte keine Überreaktion. Ja, hier werden auch Abtreibungen vorgenommen und ich werde auch in diese Richtung gedrängt. Tatsächlich wird hier kaum etwas anderes gemacht. Aber jede Mutter wird gefragt, ob sie über ihre Möglichkeiten nachgedacht hat, und immer wieder wird auch ein Baby ausgetragen. Einige werden zur Adoption freigegeben; andere werden von der Mutter aufgezogen. Manche bleiben auch in der Klinik.
Dieses Haus ist gleichzeitig ein Frauenhaus und ich bin anonym hier. Ich habe mir die Haare abschneiden lassen und schwarz gefärbt und außerdem trage ich gefärbte Kontaktlinsen. Ich bin sicher, dass mich niemand erkennt.
Ein paar Stunden pro Woche haben wir Zugang zu den Computern. Dann wieder schreiben wir, zeichnen Bilder oder turnen. Wir werden aufgefordert, Kontakt zu Freunden und geliebten Menschen aufzunehmen. Manchmal machen sie uns auch Mut, an den Vater des Kindes zu schreiben.
Das könnte ich nicht. Aber ich muss mit Ihnen sprechen. Ich habe ein eigenes Handy. Haben Sie auch eine eigene Nummer wie AS?
Ich bin verängstigt und verwirrt. Manchmal erscheint mir eine Abtreibung die einfachste Lösung zu sein.
Aber ich fühle mich immer mehr zu diesem Kind hingezogen. Vielleicht könnte ich in der Lage sein, es aufzugeben, aber ich glaube nicht, dass ich sein Leben beenden könnte. Ich habe einer Therapeutin von meinen Schuldgefühlen erzählt, weil ich schwanger geworden bin, ohne verheiratet zu sein. So etwas hatte sie noch nie gehört. Sie sagte, ich solle aufhören, darüber nachzudenken, was

richtig oder falsch wäre und anfangen zu überlegen, was das Beste für mich wäre.
Ich fühle mich schuldig, weil ich eine Abtreibung in Betracht gezogen habe. Das, was Sie Unsterblichkeit nennen, beschäftigt mich weniger. Ich möchte keinen Fehler machen. Aber ich möchte so nicht weiterleben. Ich beneide Sie und Ihre Freunde. Ich hoffe, dass Sie alle das Erdbeben überlebt haben. Vermutlich glauben Ihr Dad und Ihr Mann, dass dies der ›Zorn des Lammes‹ war. Vielleicht stimmt das ja. Es würde mich nicht überraschen.
Wenn ich nichts von Ihnen höre, muss ich das Schlimmste annehmen, darum melden Sie sich bitte, wenn Sie können. Grüßen Sie alle von mir. Herzliche Grüße, H.«

»Jetzt, Buck«, sagte Chloe, »habe ich nichts dagegen, wenn du mir hilfst. Antworte, so schnell du kannst. Schreib ihr, dass ich verletzt bin und meine E-Mails nicht abgefragt habe und dass ich wieder gesund werde. Außerdem musst du ihr meine Telefonnummer mitteilen. Okay?«

Buck tippte bereits.

Rayford holte seinen Laptop aus der Tasche und stieg aus dem Flugzeug. Auf dem Weg nach draußen ging er an den beiden gelangweilten jungen Leuten vorbei, dem rotgesichtigen und schwitzenden Leon, der gerade telefonierte, und Mathews. Der Oberste Pontifex des Enigma-Babylon-Einheitsglaubens starrte Rayford an und sah dann weg. *So viel zum seelsorgerlichen Interesse*, dachte Rayford. Piloten waren nur Lakaien auf der Bühne dieses Menschen.

Rayford setzte sich im Terminal an ein Fenster. Mit seinem erstaunlichen Computer, der mit Sonnenenergie betrieben werden konnte und funkgesteuert war, konnte er von überall kommunizieren. Er wählte sich ins Internet ein und sah im zentralen Mitteilungsblatt nach, über das Tsion mit seiner wachsenden Gemeinde in Kontakt blieb. In nur wenigen Tagen hatten Hunderttausende von Menschen auf seine Botschaften reagiert. Offene Petitionen an Nicolai Carpathia forderten eine Amnestie für Tsion Ben-Judah. In einer hieß es: »Sicher hat ein friedliebender Mensch wie Sie, Potentat Carpathia, der Rabbi Ben-Judah geholfen hat, vor den orthodoxen Zeloten in seinem Heimatland zu fliehen, die Macht, ihn sicher nach Israel zurückzubringen, wo er mit den vielen von uns, die ihn lieben, kommunizieren kann. Wir zählen auf Sie.«

Rayford lächelte. Viele standen so neu im Glauben, dass sie Carpathias wahre Identität noch nicht kannten. Wann, fragte er sich, würde Tsion Carpathia als den entlarven, der er war?

Als er seine E-Mails abrief, war Rayford erstaunt zu erfahren, dass Hattie sich gemeldet hatte. Mit seltsam gemischten Gefühlen nahm er diese Nachricht auf. Er war froh, dass sie und ihr Baby in Sicherheit waren, aber er hätte so gern eine Nachricht von Amanda bekommen, dass er auch ein wenig eifersüchtig war. Es war ihm nicht recht, dass Chloe von Hattie gehört hatte, bevor er etwas über Amandas Verbleib wusste. »Gott, vergib mir«, betete er leise.

Mehrere Stunden später konnte die Condor 216 endlich in Rom starten, mit einer vollständigen Crew und den besten Empfehlungen der *Alitalia Airlines.*

Wenn Rayford nicht gerade sein Tauchmanöver im Tigris plante, schaltete er die Abhöranlage ein und belauschte die Gespräche in der Kabine.

»So ist es zu ertragen, Supreme Commander Fortunato«, sagte Mathews gerade. »Ist das nicht besser als die Versorgung, die Sie für uns ins Auge gefasst hatten? Geben Sie es zu.«

»Jeder genießt es, bedient zu werden«, gestand Fortunato. »Seine Exzellenz hat mich gebeten, Sie über einige Dinge in Kenntnis zu setzen.«

»Hören Sie auf, ihn so zu nennen! Das macht mich verrückt. Ich wollte diese Neuigkeit eigentlich noch für mich behalten, aber ich kann es Ihnen auch jetzt schon sagen. Die Reaktion auf meine Führung ist so überwältigend, dass meine Mitarbeiter im kommenden Monat ein einwöchiges Fest geplant haben, um meine Einsetzung zu feiern. Obwohl ich der katholischen Kirche nicht mehr diene, die ja in unseren sehr viel größeren Glauben eingegliedert worden ist, scheint es mir angemessen, meinen Titel zu ändern. Ich denke, dass ich einen unmittelbareren Einfluss haben und von den Massen leichter verstanden werde, wenn ich mich einfach Petrus der Zweite nenne.«

»Das klingt wie der Titel eines Papstes«, erwiderte Fortunato.

»Natürlich ist es das ja auch. Obwohl einige meine Position als die eines Papstes sehen, verstehe ich mein Amt sehr viel umfassender.«

»Sie geben Petrus der Zweite vor Oberster Pontifex oder auch Pontifex Maximus den Vorzug?«

»Weniger ist mehr. Das hat doch was, oder?«

»Wir werden sehen, wie Seine – äh, Potentat Carpathia darüber denkt.«

»Was hat der Potentat der Weltgemeinschaft mit dem Einheitsglauben zu tun?«

»Oh, er fühlt sich verantwortlich für die Idee und für Ihre Wahl auf diesen Posten.«

»Er sollte sich daran erinnern, dass die Demokratie so schlecht gar nicht war. Wenigstens gab es eine Trennung zwischen Staat und Kirche.«

»Pontifex, Sie haben gefragt, was Seine Exzellenz mit Ihnen zu tun hat. Ich muss Sie nun fragen, wo würde Enigma-Babylon ohne die finanzielle Hilfe der Weltgemeinschaft stehen?«

»Ich könnte die Frage an Sie zurückgeben: Die Leute brauchen etwas, woran sie glauben können. Sie brauchen den Glauben. Sie brauchen Toleranz. Wir müssen zusammenstehen und die Welt vor den Hetzern beschützen. Das große Massenverschwinden hat die Welt von engstirnigen Fundamentalisten und intoleranten Zeloten befreit. Haben Sie gesehen, was im Internet passiert? Dieser Rabbi, der seine eigene Religion in seinem eigenen Land geschmäht hat, hat mittlerweile eine große Gefolgschaft. Meine Aufgabe ist es, damit zu konkurrieren. Ich habe einen Antrag hier –« Rayford hörte Papierrascheln – »auf eine erhöhte finanzielle Unterstützung durch die Weltgemeinschaft.«

»Das hat seine Exzellenz befürchtet.«

»Ach hören Sie doch auf! Ich habe noch nie erlebt, dass Carpathia sich vor irgendetwas gefürchtet hätte. Er weiß, dass wir immense Ausgaben haben. Wir machen unserem Namen Ehre. Wir sind ein Einheitsglaube, ein Eine-Welt-Glaube. Wir beeinflussen die Kontinente zu Frieden, Einheit und Toleranz hin. Jeder Botschafter sollte aufgefordert werden, seinen Beitrag an Enigma-Babylon zu erhöhen.«

»Pontifex, niemand hat jemals vor so großen Steuerproblemen gestanden wie Seine Exzellenz im Augenblick. Das Gleichgewicht der Macht hat sich in den Mittleren Osten verlagert. Neu-Babylon ist die Hauptstadt der Welt. Alles wird zentralisiert werden. Der Wiederaufbau allein dieser Stadt hat den Potentaten veranlasst, bedeutende Steuererhöhungen vorzuschlagen. Aber er baut auch die ganze Welt wieder auf. Die Streitkräfte der Weltgemeinschaft sind auf jedem Kontinent am Werk; sie stellen Kommunikations- und Verkehrswege wieder her, engagieren sich in Aufräum- und Rettungsarbeiten, sorgen für die Wasserversorgung und was auch immer. Jeder Botschafter wird gebeten werden, seine Untertanen zur Opferbereitschaft aufzurufen.«

»Und Sie nehmen ihm diese Drecksarbeit ab, nicht wahr, Supreme Commander?«

»Ich betrachte dies nicht als Drecksarbeit, Pontifex. Es ist mir eine Ehre, meinen bescheidenen Beitrag zur Erfüllung der Vision Seiner Exzellenz zu leisten.«

»Und schon wieder nennen Sie ihn ›Exzellenz‹.«

»Erlauben Sie mir, Ihnen eine persönliche Geschichte zu erzählen, die auf dieser Reise jeder Botschafter erfahren wird. Hören Sie mich an und Sie werden sehen, dass der Potentat ein wirklich geistlicher Mann mit einem Funken Göttlichkeit ist.«

»Das muss ich hören«, erwiderte Mathews lachend. »Carpathia als Geistlicher. Das ist eine Vorstellung.«

»Ich schwöre, dass jedes Wort davon wahr ist. Es wird Ihre Einstellung zu unserem Potentaten für immer verändern.«

Rayford stellte die Abhöranlage ab. »Leon erzählt Mathews gerade seine Lazarus-Geschichte«, murmelte er.

»Oh Mann«, sagte Mac.

Mitten in der Nacht befand sich die Condor über dem Atlantik. Rayford döste vor sich hin. Die Gegensprechanlage riss ihn aus seinem Schlummer. »Ich würde gern einen Augenblick mit Ihnen sprechen, Captain Steele«, sagte Fortunato, »wann immer es Ihnen passt.«

»Ich hasse es, sie zu bedienen«, meinte Rayford zu Mac. »Aber ich möchte es schnell hinter mich bringen.« Er drückte den Knopf. »Wäre Ihnen sofort recht?«

Fortunato kam ihm in der Mitte des Flugzeugs entgegen und führte ihn nach hinten, weit weg von Mathews und seinen beiden jungen Assistenten, die im vorderen Teil der Maschine schliefen. »Seine Exzellenz hat mich gebeten, Sie in einer sehr delikaten Angelegenheit anzusprechen. Es wird zunehmend peinlich, dass wir nicht in der Lage sind, Rabbi Tsion Ben-Judah seinen Anhängern zu präsentieren.«

»Ach ja?«

»Seine Exzellenz weiß, dass Sie zu Ihrem Wort stehen. Wenn Sie uns sagen, dass Sie nicht wissen, wo Ben-Judah sich aufhält, glauben wir Ihnen das. Die Frage ist nur, ob Sie Zugang zu jemandem haben, der weiß, wo er ist?«

»Warum?«

»Seine Exzellenz ist bereit, persönlich für die Sicherheit des Rabbi zu garantieren. Er wird dafür sorgen, dass jede Bedrohung der Sicherheit Ben-Judahs das Risiko einfach nicht wert ist.«

»Warum verbreiten Sie diese Nachricht nicht einfach und sehen, ob Ben-Judah sich bei Ihnen meldet?«

»Das ist zu riskant. Sie wissen, was Seine Exzellenz von Ihnen hält. Als jemand, der ihn sehr gut kennt, weiß ich, dass er Ihnen vertraut. Er bewundert Ihre Integrität.«

»Und er ist davon überzeugt, dass ich die Möglichkeit habe, Kontakt zu Ben-Judah aufzunehmen.«

»Wir wollen keine Spielchen spielen, Captain Steele. Der Arm der Weltgemeinschaft reicht weit. Wir wissen nicht nur von dem redseligen Dr. Rosenzweig, dass Ihr Schwiegersohn dem Rabbi bei seiner Flucht geholfen hat.«

»Rosenzweig gehört zu den größten Bewunderern Carpathias. Er ist loyaler als Nicolai verdient. Hat Chaim Carpathia nicht für Ben-Judah um Hilfe gebeten?«

»Wir haben alles getan, was wir konnten –«

»Das ist nicht wahr. Sie sind der Meinung, ich würde zu meinem Wort stehen, aber verkaufen Sie mich bitte nicht für dumm. Gesetzt den Fall, mein Schwiegersohn hat Ben-Judah tatsächlich geholfen, aus Israel zu fliehen, würde ich dann nicht wissen, ob er Hilfe von der Weltgemeinschaft bekommen hat?«

Fortunato antwortete nicht.

Rayford achtete sorgfältig darauf, nicht irgendetwas zu verraten, das er über die Abhöranlage mitangehört hatte. Niemals würde er Carpathias Reaktion vergessen, als Fortunato Rosenzweigs Bitte um Hilfe für seinen bedrängten Freund weitergegeben hatte. Ben-Judahs Familie war ermordet worden, während er sich versteckt hielt, doch Carpathia hatte das mit einem Lachen abgetan und mit vielen Worten angedeutet, dass er Ben-Judah ohne mit der Wimper zu zucken den Zeloten ausliefern könnte.

»Diejenigen, die über die Situation Bescheid wissen, kennen die Wahrheit, Leon. Carpathias Behauptung, für die Sicherheit von Tsion Ben-Judah zu garantieren, ist Humbug. Ich zweifle nicht daran, dass er den Rabbi beschützen könnte und er hätte es auch damals tun können, aber er hat es nicht getan.«

»Sie mögen Recht haben, Captain Steele. Ich kann dazu nichts sagen, ich weiß über die Situation nicht Bescheid.«

»Leon, Sie wissen um jedes Detail in allem, was vorgeht.«

Leon schien geschmeichelt, das zu hören. Er widersprach nicht. »Wie auch immer, es wäre kontraproduktiv, unseren Standpunkt jetzt zu ändern. Die Öffentlichkeit denkt, wir hätten ihm bei seiner Flucht geholfen, und wir würden unsere Glaubwürdigkeit verlieren, wenn wir zugeben, dass wir damit nichts zu tun hatten.«

»Aber da ich es weiß«, wandte Rayford ein, »darf ich da nicht skeptisch sein?«

Leon lehnte sich zurück und legte die Finger gegeneinander. Er atmete hörbar aus. »In Ordnung«, sagte er. »Seine Exzellenz hat mich autorisiert, Sie zu fragen, was Sie wollen, wenn Sie ihm diesen Gefallen tun.«

»Und der Gefallen ist?«

»Die Rückkehr von Tsion Ben-Judah.«

»Nach?«

»Israel.«

Rayford wünschte sich nichts mehr, als den Namen seiner Frau reinzuwaschen, aber er konnte Macs Vertrauen nicht enttäuschen.

»Also werde ich jetzt nach meinem Preis gefragt und nicht aufgefordert, den Rabbi gegen meine Tochter auszutauschen?«

Es schien Fortunato nicht zu überraschen, dass Rayford von dem Fiasko in Minneapolis gehört hatte. »Das war ein Missverständnis«, sagte er. »Seine Exzellenz gibt Ihnen sein Wort darauf, dass er nur die Absicht hatte, die Frau eines seiner Mitarbeiter mit ihrem Mann zu vereinen und ihr die beste Pflege angedeihen zu lassen.«

Rayford verspürte den Drang, laut zu lachen oder Fortunato ins Gesicht zu spucken; er wusste nicht, was er lieber getan hätte. »Lassen Sie mich darüber nachdenken«, meinte er schließlich.

»Wie lange brauchen Sie? Seine Exzellenz steht ziemlich unter Druck, etwas wegen Ben-Judah zu unternehmen. Wir werden morgen in den Staaten landen. Können wir nicht eine Vereinbarung treffen?«

»Sie wollen, dass ich ihn zusammen mit den Botschaftern in der Condor mitnehme?«

»Natürlich nicht. Aber solange wir uns in dieser Region aufhalten, ist es doch sinnvoll, sich dieser Angelegenheit anzunehmen.«

»Vorausgesetzt, dass Tsion Ben-Judah sich dort aufhält.«

»Wir sind der Meinung, dass wir, falls wir Cameron Williams ausfindig machen können, auch Tsion Ben-Judah gefunden haben.«

»Dann wissen Sie mehr als ich.«

Rayford wollte sich erheben, doch Fortunato hob die Hand. »Eine Sache noch.«

»Lassen Sie mich raten. Sind ihre Initialen H. D.?«

»Ja. Seiner Exzellenz ist sehr daran gelegen, dass die Verbindung in aller Freundschaft gelöst wird.«

»Trotz allem, was er der Weltöffentlichkeit gesagt hat?«

»Eigentlich habe ich das gesagt. Er hat das nicht abgesegnet.«

»Das glaube ich nicht.«

»Glauben Sie, was Sie wollen. Sie wissen um den Druck der Öffentlichkeit. Seine Exzellenz ist entschlossen, sich von Miss Durham nicht in Verlegenheit bringen zu lassen. Sie werden sich daran erinnern, dass Sie ihm von Ihrem Schwiegersohn vorgestellt wurde.«

»Den ich damals noch nicht kannte«, widersprach Rayford.

»Das stimmt. Ihr Verschwinden war sehr unangenehm. Das sieht so aus, als könne Seine Exzellenz seinem Haus nicht richtig vorstehen. Das Erdbeben bot eine logische Erklärung für ihre Trennung. Es ist wichtig, dass Miss Durham, während sie untergetaucht ist, nicht irgendetwas Peinliches sagt oder tut.«

»Und was soll ich tun? Ihr sagen, sie solle sich benehmen?«

»Offen gesagt, Captain, Sie würden nicht übertreiben, wenn Sie ihr sagten, dass Unfälle passieren können. Sie kann nicht lange unsichtbar bleiben. Wenn es notwendig wird, ein Risiko zu eliminieren, sind wir in der Lage, dies unverzüglich zu tun, und zwar so, dass es nicht auf Seine Exzellenz zurückfallen könnte, sondern ihm die Sympathie der Weltbevölkerung sichern würde.«

»Darf einmal wiederholen, was ich gerade aus Ihrem Mund gehört habe, nur damit wir uns richtig verstehen?«

»Sicher.«

»Sie wollen, dass ich Hattie Durham sage, sie solle ihren Mund halten, sonst würden Sie sie töten und die Tat ableugnen?«

Fortunato schien peinlich berührt. Dann fasste er sich wieder und starrte an die Decke. »Wir verstehen uns«, meinte er dann.

»Seien Sie versichert, dass ich, falls ich mit Miss Durham in Kontakt treten sollte, Ihre Drohung weitergeben werde.«

»Ich nehme an, Sie werden sie daran erinnern, dass sie uns einen Grund liefern würde, falls sie diese Botschaft anderen weitererzählen würde.«

»Oh, ich habe verstanden. Es ist eine offene Drohung.«

»Dann werden Sie sich um beides kümmern?«

»Sehen Sie denn nicht die Ironie, die darin liegt? Ich soll eine Morddrohung an Miss Durham weiterleiten und Ihnen glauben, dass Sie Tsion Ben-Judah beschützen wollen?«

»Richtig.«

»Na ja, das mag vielleicht korrekt sein, aber es ist nicht richtig.«

Rayford kehrte ins Cockpit zurück, wo Mac ihn wissend ansah. »Sie haben es mitgehört?«

»Ja«, gestand Mac. »Ich wünschte, ich hätte es aufgezeichnet.«

»Wem würden Sie es vorspielen?«

»Mitchristen.«

»Sie würden Eulen nach Athen tragen. Früher konnte man ein solches Band den Behörden übergeben. Aber dies *sind* die Behörden.«

»Was wird Ihr Preis sein, Ray?«

»Was meinen Sie?«

»Ben-Judah gehört nach Israel. Und Carpathia muss für seine Sicherheit garantieren, nicht wahr?«

»Sie haben Fortunato doch gehört. Sie können einen Unfall herbeiführen und noch bemitleidet werden.«

»Aber wenn er persönlich dafür garantiert, Ray, wird er auf Tsion aufpassen.«

»Vergessen Sie nicht, was Tsion in Israel vorhat. Er wird nicht nur mit den beiden Zeugen plaudern oder alte Freunde aufsuchen. Er wird mit so vielen der 144 000 Evangelisten arbeiten, wie er zusammenbekommen kann. Er wird Nicolais schlimmster Alptraum sein.«

»Wie ich schon sagte: Was ist Ihr Preis?«

»Was macht das schon? Sie erwarten, dass sich der Antichrist an eine Abmachung hält? Ich würde keinen Pfennig für Hattie Durhams Zukunft geben, ob sie sich nun an die Regeln hält oder nicht. Vielleicht könnte ich von Fortunato irgendetwas über Amanda erfahren, wenn ich das hier lang genug hinauszögere. Ich sage Ihnen, Mac, sie ist noch am Leben!«

»Wenn sie tatsächlich noch am Leben ist, Ray, warum meldet sie sich dann nicht bei Ihnen? Ich möchte Sie nicht verletzen, aber ist es möglich, dass sie vielleicht doch ist, was von ihr behauptet wird?«

17

Kurz nach Mitternacht wurde Buck durch das Klingeln von Chloes Handy geweckt. Obwohl ihr Telefon immer in erreichbarer Nähe lag, klingelte es weiter. Buck setzte sich auf und wunderte sich. Vermutlich zeigten ihre Medikamente ihre Wirkung, und sie schlief so fest, dass sie es nicht hörte. Er eilte die Treppe hinunter.

Nur Personen, die der *Tribulation Force* sehr nahe standen, kannten die Handynummer der Mitglieder. Jeder Anruf war möglicherweise von großer Bedeutung. In der Dunkelheit konnte Buck das Handy nicht erkennen, aber er wollte das Licht nicht anknipsen. Er folgte dem Geräusch und entdeckte das Telefon auf der Ablage über Chloe. Vorsichtig, damit er sie nicht aufweckte, kniete er sich auf die Matratze, holte das Telefon und setzte sich auf einen Stuhl neben ihr Bett.

»Hallo?«, flüsterte er.

Er hörte nur jemanden weinen. »Hattie?«, fragte er vorsichtig.

»Buck!«, sagte sie.

»Chloe hat das Telefon nicht gehört, Hattie. Ich würde sie nur ungern aufwecken.«

»Bitte nicht«, meinte sie schluchzend. »Es tut mir Leid, dass ich so spät anrufe.«

»Sie würde wirklich gern mit Ihnen sprechen, Hattie. Kann ich was für Sie tun?«

»Oh Buck!«, rief sie und verlor wieder die Fassung.

»Hattie, Sie wissen zwar nicht genau, wo wir uns gerade aufhalten, aber wir sind nah genug, um Ihnen in Gefahr helfen zu können. Soll ich jemanden anrufen?«

»Nein!«

»Nehmen Sie sich Zeit. Ich kann warten. Ich gehe nirgendwohin.«

»Vielen Dank«, brachte sie mühsam heraus.

Während Buck wartete, gewöhnten sich seine Augen an die Dunkelheit. Zum ersten Mal, seit Chloe nach Hause gekommen war, lag sie nicht auf ihrer linken Seite, um ihre verletzte rechte Seite zu schonen. Jeden Morgen brauchte sie eine halbe Stunde, um die Körperteile zu massieren, die eingeschlafen waren. Er betete darum, dass sie bald in der Nacht wieder richtig schlafen konnte. Vielleicht war das ja im Augenblick der Fall. Aber konnte man wirklich so tief schlafen, dass einen ein klingelndes Telefon nur wenige Meter von einem entfernt nicht störte? Er hoffte, ihr Körper würde sich erholen und ihr Geist ebenso. Chloe lag ganz still, flach auf dem Rücken, ihren linken Arm an ihre Seite gelegt. Ihr rechter Fuß stand nach innen gedreht, ihr eingegipster Arm ruhte auf ihrem Bauch.

»Haben Sie Geduld mit mir«, schluchzte Hattie.

»Lassen Sie sich Zeit«, beruhigte Buck sie. Er kratzte sich am Kopf und streckte sich. Die schlafende Chloe faszinierte ihn. Was für ein Geschenk Gottes war sie doch, und wie dankbar war er dafür, dass sie überlebt hatte. Ihre Decke war zurückgeschlagen. Sie schlief oft ohne Decke ein und deckte sich erst später zu.

Buck legte ihr die Hand an die Wange. Sie fühlte sich kühl an. Vorsichtig deckte er zu, wobei er darauf achtete, ihren Fuß, ihre schmerzhafteste Verletzung, nicht zu berühren. Chloe rührte sich nicht.

»Hattie, sind Sie noch dran?«

»Buck, ich habe heute Abend die Nachricht erhalten, dass ich meine Mutter und meine Schwestern bei dem Erdbeben verloren habe.«

»Oh Hattie, das tut mir so Leid.«

»Es war so unnötig«, schluchzte sie. »Als L. A. und San Francisco bombardiert wurden, standen Nicolai und ich uns noch so nahe. Er warnte mich, sie sollten dieses Gebiet verlassen, und verpflichtete mich zur Verschwiegenheit. Sein Geheimdienst befürchtete einen Militärschlag und er hatte Recht.«

Buck erwiderte nichts darauf. Rayford hatte ihm erzählt, dass er über die Abhöranlage gehört hatte, wie Carpathia den Befehl zur Bombardierung von San Francisco und Los Angeles gegeben hatte.

»Hattie, von wo aus rufen Sie an?«

»Das habe ich Ihnen doch in dem E-Mail mitgeteilt«, erwiderte sie.

»Ich weiß, aber Sie benutzen doch nicht das Telefon des Hauses, oder?«

»Nein! Darum rufe ich ja so spät an. Ich musste warten, bis ich mich nach draußen schleichen konnte.«

»Die Nachricht über Ihre Familie, wie haben Sie die bekommen?«

»Ich musste den Behörden in Santa Monica mitteilen, wo sie mich erreichen können.«

»Es tut mir Leid, dies in einer so schwierigen Zeit sagen zu müssen, Hattie, aber das war keine gute Idee.«

»Ich hatte keine Wahl. Es hat lange gedauert, bis ich überhaupt nach Santa Monica durchgekommen bin, und als ich es schließlich geschafft hatte, erfuhr ich, dass meine Familie vermisst war. Ich musste eine Nummer hinterlassen. Ich war krank vor Sorge.«

»Vermutlich haben Sie aber so die Leute von der Weltgemeinschaft auf Ihre Spur geführt!«

»Das ist mir egal.«

»Sagen Sie so etwas nicht!«

»Ich möchte nicht zu Nicolai zurückkehren, aber er soll die Verantwortung für unser Kind übernehmen. Ich habe keinen Job, kein Einkommen und jetzt auch keine Familie mehr.«

»Wir sind für Sie da, Hattie. Vergessen Sie das nicht.«

Sie brach erneut in Tränen aus.

»Hattie, haben Sie schon einmal daran gedacht, dass die Information in Bezug auf Ihre Familie falsch sein könnte?«

»Wie bitte?«

»Ich würde es der Weltgemeinschaft zutrauen. Wenn die erst mal wissen, wo Sie sich aufhalten, könnten sie Ihnen vielleicht Grund geben wollen, dort auch zu bleiben. Wenn Sie denken, dass Ihre Familie tot ist, haben Sie keinen Grund, nach Kalifornien zu fahren.«

»Aber ich habe Nicolai erzählt, nach der Bombardierung sei meine Familie hierher gezogen.«

»Es wird nicht lange gedauert haben, bis er herausgefunden hat, dass das nicht stimmt.«

»Warum sollte er wollen, dass ich hier bleibe?«

»Vielleicht nimmt er an, dass die Chance größer wird, dass Sie eine Abtreibung vornehmen lassen, wenn Sie länger dort bleiben.«

»Das stimmt.«

»Sagen Sie so etwas nicht!«

»Ich sehe keine andere Möglichkeit, Buck. In einer Welt wie dieser und mit meinen Zukunfsaussichten kann ich doch kein Kind großziehen.«

»Ich möchte nicht, dass Sie sich noch schlechter fühlen, Hattie, aber ich glaube nicht, dass Sie in der Klinik in Sicherheit sind.«

»Warum?«

Buck wünschte, Chloe würde aufwachen und ihm helfen, mit Hattie zu sprechen. Er hatte eine Vorstellung von dem, was er sagen sollte, aber er hätte sich doch lieber zuerst mit ihr beraten.

»Hattie, ich kenne diese Leute. Denen wäre es viel lieber, Sie würden ganz von der Bildfläche verschwinden, als dass sie eine Abmachung mit Ihnen treffen.«

»Ich bin ein Niemand. Ich kann ihm doch nicht schaden.«

»Wenn Ihnen irgendetwas zustieße, würde ihm das unglaubliche Sympathien einbringen. Es gibt vermutlich nichts, das er sich mehr wünscht, als die Aufmerksamkeit der Öffentlichkeit, und es ist ihm egal, in welcher Form sie ihm zuteil wird, ob in Form von Furcht, Respekt, Bewunderung oder Mitleid.«

»Ich sage Ihnen was: Eher werde ich eine Abtreibung vornehmen lassen, bevor ich zulasse, dass er meinem Kind etwas tut.«

»Das ist doch unlogisch. Sie würden Ihr Kind töten, damit er es nicht tun kann?«

»Jetzt hören Sie sich schon genauso an wie Rayford.«

»In diesem Punkt sind wir uns zufällig einig«, erwiderte Buck. »Bitte tun Sie das nicht. Gehen Sie zumindest irgendwohin, wo Sie nicht in Gefahr sind und in Ruhe über alles nachdenken können.«

»Ich weiß nicht, wohin!«

»Wenn ich käme und Sie holte, würden Sie mit zu uns kommen?«

Schweigen.

»Chloe braucht Sie. Wir könnten Hilfe gut gebrauchen. Und sie könnte Ihnen auch in Ihrer Schwangerschaft beistehen. Sie ist nämlich ebenfalls schwanger.«

»Wirklich? Oh Buck, das kann ich Ihnen doch nicht zumuten. Ich hätte immer das Gefühl, im Weg zu stehen.«

»Hey, das war doch meine Idee.«

»Ich sehe nicht, wie das funktionieren sollte.«

»Hattie, sagen Sie mir, wo Sie sind. Ich komme und hole Sie morgen Mittag.«

»Sie meinen, heute?«

Buck blickte auf die Uhr. »Ich denke schon.«

»Sollten Sie das nicht erst mit Chloe durchsprechen?«

»Ich möchte sie damit jetzt nicht behelligen. Wenn es ein Problem gibt, sage ich Ihnen Bescheid. Ansonsten können Sie sich reisefertig machen.«

Keine Antwort.

»Hattie?«

»Ich bin noch dran, Buck. Ich habe nachgedacht. Erinnern Sie sich noch daran, wann wir uns kennen gelernt haben?«

»Natürlich. Das war ein recht folgenschwerer Tag.«

»In Rayfords 747 in der Nacht des großen Massenverschwindens.«

»Der Entrückung«, korrigierte Buck.

»Wenn Sie so wollen. Denken Sie nur an das, was wir seither durchgemacht haben.«

»Ich werde Sie anrufen, wenn wir in der Nähe sind«, sagte Buck.

»Das werde ich nie gut machen können.«

»Davon ist ja auch nicht die Rede.«

Buck legte das Telefon zur Seite, richtete Chloes Decken und kniete sich neben sie, um ihr einen Kuss zu geben. Sie wirkte sehr kalt. Er ging los, um ihr eine weitere Decke zu holen, blieb jedoch abrupt stehen. War sie zu still? Atmete sie noch? Er eilte zurück zu ihr und legte sein Ohr an ihre Nase. Er konnte es nicht sagen. Er legte Daumen und Zeigefinger unter ihren Unterkiefer, um ihren Puls zu fühlen. Doch bevor er etwas fühlen konnte, zuckte sie zusammen. Sie war noch am Leben! Er kniete sich vor ihr Bett. »Vielen Dank, Gott!«

Chloe murmelte etwas. Er nahm ihre Hand in seine. »Was ist, Liebling? Was brauchst du?«

Sie schien die Augen öffnen zu wollen. »Buck?«, fragte sie.

»Ich bin hier.«

»Was ist los?«

»Ich habe gerade mit Hattie telefoniert. Schlaf weiter.«

»Mir ist kalt.«

»Ich hole dir eine Decke.«

»Ich hätte gern mit Hattie gesprochen. Was hat sie gesagt?«

»Das erzähle ich dir morgen.«

»Mm-hmm.«

Buck fand eine Decke und breitete sie über sie. »In Ordnung?«, fragte er.

Sie antwortete nicht. Als er auf Zehenspitzen wegschleichen wollte, sagte sie etwas. Er wandte sich um. »Was ist, Liebes?«

»Hattie.«

»Morgen früh«, erwiderte er.

»Hattie hat meinen Hasen.«

Buck lächelte. »Deinen Hasen?«

»Meine Decke.«

»In Ordnung.«

»Danke für die Decke.«

Buck fragte sich, ob sie sich am Morgen wohl noch daran erinnern würde.

Mac saß im Cockpit, und Rayford schlief in seinem Quartier, als sein Handy klingelte. Es war Buck.

Rayford setzte sich auf. »Wie viel Uhr ist es bei euch?«

»Wenn ich dir das sage, wird jeder, der vielleicht zuhört, meinen Aufenthaltsort kennen.«

»Donny hat uns doch versichert, dass diese Telefone abhörsicher seien.«

»Das war im vergangenen Monat«, erwiderte Buck. »Diese Telefone sind doch bereits wieder veraltet.«

Sie brachten sich gegenseitig auf den neuesten Stand. »Du hast Recht, die Frau dort wegzuholen. Nach dem, was ich dir von Leon erzählt habe, denkst du doch auch, dass sie in Gefahr ist, oder?«

»Keine Frage«, bestätigte Buck.

»Und Tsion ist bereit, nach Israel zu gehen?«

»Bereit? Ich kann ihn nur mit Mühe davon abhalten, sich sofort auf den Weg zu machen. Er wird natürlich misstrauisch sein, wenn der große Mann die Garantie dafür übernehmen will, ihn dorthin zu bringen.«

»Ich sehe keine andere Möglichkeit, wie er dorthin kommen könnte, Buck. Sein Leben wäre keinen Penny mehr wert.«

»Er tröstet sich mit den Prophezeiungen, dass er und die anderen der 144 000 Zeugen geschützt sind, jedenfalls für den Augenblick. Er hat das Gefühl, er könnte in das Lager des Feindes spazieren und es ohne Schaden zu nehmen wieder verlassen.«

»Er ist der Experte.«

»Ich möchte ihn begleiten. Im selben Land wie die beiden Zeugen an der Klagemauer zu sein, wird den großen geistlichen Aufbruch, den er vorausgesagt hat, erst so richtig in Gang bringen.«

»Buck, hast du dich beim Hauptquartier gemeldet? Alles, was ich von der Spitze höre, ist, dass du dich auf gefährlichem Terrain bewegst. Du hast keine Geheimnisse mehr.«

»Komisch, dass du fragst. Ich habe gerade eine lange Botschaft an den großen Boss übermittelt.«

»Kann dir das nützen?«

»Du scheinst deine Offenheit doch auch überlebt zu haben, Rayford. Ich tue dasselbe. Ich habe ihnen gesagt, ich sei zu sehr damit beschäftigt, Freunde zu retten und andere zu beerdigen, um mir über meine Publikationen Gedanken zu machen. Außerdem sind 90 % der Mitarbeiter nicht mehr da und praktisch alle Produktionsmöglichkeiten zerstört. Ich habe vorgeschlagen, die Zeitung über das Internet weiterzuführen, bis Carpathia entschieden hat, ob die Druckereien und alles andere wieder aufgebaut werden sollen.«

»Genial.«

»Ja, na ja, Tatsache ist, dass es zwei Zeitungen geben könnte, die gleichzeitig über das Internet veröffentlicht werden, falls du verstehst, was ich meine.«

»Es gibt bereits Dutzende.«

»Ich meine, es könnte *zwei* geben, die gleichzeitig herauskommen, aber von derselben Person herausgegeben werden.«

»Aber nur eine davon wird von dem König der Welt finanziert und sanktioniert?«

»Richtig. Die andere würde keinerlei finanzielle Hilfe bekommen. Sie würde die Wahrheit sagen. Und niemand könnte herausfinden, woher sie kommt.«

»Ganz schön clever, Buck. Ich bin froh, dass du zu meiner Familie gehörst.«

»Ja, ich denke, ich kann sagen, dass ich nicht schwer von Begriff bin.«

»Und was soll ich Leon nun in Bezug auf H. und T. sagen?«

»Sag ihm, du würdest der Dame seine Botschaft ausrichten. Was T. betrifft, musst du entscheiden, was du für besser hältst, und wir werden ihn innerhalb eines Monats nach Israel bringen.«

»Und du meinst, im Osten gäbe es eine solche Geduld?«

»Es ist wichtig, es ein wenig hinauszuzögern. Mach eine große Sache draus. Sieh zu, dass du Einfluss auf die Wahl des Zeitpunkts behältst. Das wird auch T. verrückt machen, aber es wird uns Zeit verschaffen, über das Internet alle zusammenzurufen.«

»Wie ich schon sagte, mir gefällt dein schneller Verstand. Du solltest Zeitungsverleger werden.«

»Es wird nicht lange dauern, bis wir alle *Flüchtlinge* sind.«

Buck hatte Recht. Am Morgen erinnerte sich Chloe an nichts mehr, was in der Nacht geschehen war. »Als ich aufwachte, war mir warm, und ich wusste, dass mir jemand eine Decke gebracht hat«, sagte sie.

Sie nahm ihr Handy und humpelte auf einen Stock gestützt zum Tisch. Mit ihrer verletzten rechten Hand drückte sie die Knöpfe. »Ich werde sie sofort anrufen«, erklärte sie. »Ich werde ihr sagen, dass ich es gar nicht erwarten kann, ein weibliches Wesen als Gesellschaft zu bekommen.«

Chloe setzte sich und hielt ihr Handy ans Ohr.

»Meldet sich niemand?«, fragte Buck. »Du legst besser auf, Liebes. Wenn sie sich irgendwo aufhält, wo sie nicht reden kann, hat sie es vermutlich beim ersten Läuten abgestellt. Du kannst es ja später noch einmal versuchen, aber du darfst sie nicht in Gefahr bringen.«

Ein Glucksen ertönte von oben. »Ihr zwei werdet es nicht glauben!«, rief Tsion herunter und Buck hörte seine Schritte über sich. Chloe schloss ihr Telefon und blickte erwartungsvoll auf.

»Er ist so leicht zu unterhalten«, sagte sie. »Das ist toll! Jeden Tag lerne ich etwas Neues von ihm.«

Buck nickte. Tsion kam die Treppe herunter. Er setzte sich mit eifrigem Gesicht an den Tisch. »Ich habe einige der zahllosen Nachrichten für mich im zentralen Mitteilungsblatt durchgelesen. Ich weiß nicht, wie viele ich für die paar, die ich lese, verpasse. Ich schätze, ich habe nur etwa 10 % von allen gesehen, und es kommen noch immer welche hinzu. Es tut mir so Leid, dass ich nicht alle persönlich beantworten kann, aber ihr seht sicher ein, dass das unmöglich ist. Auf jeden Fall habe ich heute eine anonyme Nachricht bekommen von ›einem, der Bescheid weiß‹. Natürlich kann ich nicht sicher sein, dass er tatsächlich Bescheid weiß, aber es könnte ja immerhin sein. Wer weiß das schon? Eine interessante Frage, nicht? Anonyme Mitteilungen können gefälscht sein. Jemand könnte behaupten, ich zu sein, und eine falsche Lehre von sich geben. Ich muss mir irgendetwas ausdenken, durch das man mich erkennen kann.«

»Tsion!«, sagte Chloe. »Was hat denn ›einer, der Bescheid weiß‹ geschrieben, das Sie so amüsiert?«

»Ach ja, darum bin ich ja heruntergekommen. Verzeiht mir, ich habe es ausgedruckt.« Er sah auf den Tisch, dann klopfte er seine Hemdtasche ab. »Oh«, sagte er, während er in seinen Hosentaschen nachsah. »Es liegt noch im Drucker. Wartet auf mich.« Er rannte die Treppe hinauf.

»Er ist so aufgeregt, dass er endlich in seine Heimat fährt«, erklärte Buck.

»Und du wirst ihn begleiten?«

»Das würde ich mir um nichts in der Welt entgehen lassen«, strahlte Buck. »Das ist *die* Story.«

»Ich werde dich begleiten.«

»Oh nein, das wirst du nicht!«, erwiderte Buck, doch in diesem Augenblick kam Tsion zurück.

Er legte das Blatt auf den Tisch und las: »›Rabbi, es ist nur fair, Ihnen zu sagen, dass die Person, die beauftragt wurde, alle Ihre Beiträge sorgfältig zu überwachen, der oberste Militärberater der Weltgemeinschaft ist. Das mag Ihnen nicht viel bedeuten, aber er ist vor allem interessiert an Ihrer Interpretation der Prophezeiungen in Bezug auf Dinge, die in den kommenden Monaten auf die Erde fallen und großen Schaden anrichten werden. Die Tatsache, dass Sie diese Prophezeiungen wörtlich nehmen, hat ihn dazu veranlasst, an nuklearen Verteidigungswaffen gegen eine solche Katastrophe zu arbeiten. Unterschrieben: Einer, der Bescheid weiß.‹«

Tsion sah mit funkelnden Augen auf. »Das ist so merkwürdig, dass es wahr sein muss! Carpathia, der ununterbrochen versucht, die biblische Prophezeiung als natürliche Phänomene zu erklären, beauftragt seinen Militärberater, na, was denn? Einen brennenden Berg vom Himmel abzuschießen? Das ist wie die Maus, die dem Elefanten mit ihrer winzigen Faust droht. Aber ist das nicht auch ein privates Eingeständnis seinerseits, dass an diesen Prophezeiungen etwas dran sein könnte?«

Buck fragte sich, ob »Einer, der Bescheid weiß« Rayfords und Macs neuer Bruder im Hauptquartier der Weltgemeinschaft war. »Faszinierend«, sagte Buck. »Sind Sie nun bereit für eine gute Nachricht?«

Tsion legte Chloe die Hand auf die Schulter. »Die täglichen Genesungsfortschritte dieser Kleinen hier reichen mir schon fast als gute Nachricht. Es sei denn, Sie sprechen von Israel.«

Buck lachte. »Eines vorab: Chloe, ich habe nicht die Kraft, mit dir darüber zu streiten, ob du mitkommst.«

»Wir brauchen uns nicht zu streiten. Ich komme mit.«

»Oh nein!«, wandte Tsion ein. »Das dürfen Sie nicht. Sie sind noch lange nicht so weit.«

»Tsion! Es wird noch einen Monat dauern. Bis dahin werde ich –«

»Noch einen Monat?«, fragte Tsion enttäuscht. »Warum so lange? Ich bin doch *jetzt* bereit. Ich muss bald gehen. Die Leute verlangen danach, und ich glaube, dass Gott mich dort haben möchte.«

»Wir machen uns Gedanken um Ihre Sicherheit, Tsion«, erklärte Buck. »In einem Monat werden wir so viele Zeugen wie möglich aus der ganzen Welt zusammenrufen.«

»Aber einen Monat!«

»Die Zeit arbeitet für mich«, sagte Chloe. »Bis dahin werde ich wieder allein laufen können.«

Buck schüttelte den Kopf.

Tsion befand sich bereits in seiner eigenen Welt. »Sie brauchen sich um meine Sicherheit keine Gedanken zu machen, Cameron. Gott wird mich beschützen. Er wird die Zeugen beschützen. Ich weiß nicht, wie das mit den anderen Gläubigen ist. Sie tragen zwar das Siegel, aber ich weiß nicht, ob auch sie während dieser Zeit der Ernte auf übernatürliche Weise geschützt sind.«

»Wenn Gott Sie beschützen kann«, sagte Chloe, »dann kann er auch mich beschützen.«

»Chloe«, erwiderte Buck, »du weißt, dass ich nur dein Bestes will. Ich würde dich zu gern mitnehmen. Ich würde dich in Jerusalem schrecklich vermissen.«

»Dann sag mir, warum ich nicht mitkommen soll.«

»Ich würde mir nie verzeihen, wenn dir etwas zustoßen würde. Ich kann das Risiko einfach nicht eingehen.«

»Hier bin ich genauso in Gefahr, Buck. Jeder Tag ist ein Risiko. Warum willst du dein Leben aufs Spiel setzen und meins nicht?«

Darauf hatte Buck keine Antwort. Krampfhaft legte er sich eine zurecht. »Hattie wird dann sehr viel näher an ihrem Entbindungstermin sein als du. Sie wird dich brauchen. Und was ist mit unserem Kind?«

»Man wird es noch nicht einmal sehen, Buck. Dann bin ich erst im dritten Monat. Du wirst mich brauchen. Wer soll denn alles organisieren? Ich werde mit Tausenden von Leuten über das Internet kommunizieren und diese Versammlungen organisieren. Es ist nur logisch, dass ich auch dabei bin.«

»Du hast die Frage nach Hattie noch nicht beantwortet.«

»Hattie ist viel unabhängiger als ich. Sie würde wollen, dass ich mitfliege. Sie kann selbst für sich sorgen.«

Buck saß auf verlorenem Posten und er wusste es. Er wandte den Blick ab. Er war noch nicht bereit, so bald schon nachzugeben. Ja, er wollte sie zu sehr beschützen. »Es ist nur, weil ich dich beinahe verloren hätte.«

»Sei doch vernünftig, Buck. Ich war so einsichtig, das Haus zu verlassen, bevor es auf mich gestürzt ist. Du kannst mir nicht vorwerfen, dass ich dann von einem Dach getroffen wurde.«

»Wir werden sehen, wie es dir in ein paar Wochen geht.«

»Ich fange schon mal an zu packen.«

»Sei nicht so voreilig!«

»Du sollst mich nicht bevormunden, Buck. Aber jetzt mal im Ernst. Es fällt mir nicht schwer, mich dir unterzuordnen, weil ich weiß, wie sehr du mich liebst. Ich bin bereit, dir sogar zu gehorchen, wenn du Unrecht hast. Aber sei nicht unvernünftig. Und tu nichts Falsches, wenn es nicht nötig ist. Du weißt, dass ich tun werde, was du sagst, und ich werde sogar darüber hinwegkommen, wenn ich wegen dir eines der größten Ereignisse in der Geschichte verpasse. Aber bitte tue es nicht aus dem altmodischen Gefühl heraus, das kleine Mädchen beschützen zu müssen. Ich werde dieses Mitleid und deine Hilfe nur so lange annehmen, wie es nötig ist, und dann werde ich mich wieder meinen Aufgaben zuwenden. Ich dachte, das würde dir an mir so gefallen.«

Das stimmte. Sein Stolz hinderte ihn daran, ihr auf der Stelle zuzustimmen. Er würde ein oder zwei Tage abwarten und ihr dann sagen, er sei zu einer Entscheidung gekommen. Ihr Blick bohrte sich in seinen. Ganz offensichtlich wollte sie diese Auseinandersetzung gewinnen. Er versuchte, ihrem Blick standzuhalten, aber er verlor. Er sah Tsion an.

»Hören Sie auf sie«, sagte Tsion.

»Sie halten sich da raus«, erwiderte Buck lächelnd. »Ich kann es nicht vertragen, wenn man sich gegen mich verschwört. Ich dachte, Sie würden auf meiner Seite stehen. Ich dachte, wir wären uns darin einig, dass dies kein Platz für –«

»Wofür?«, fragte Chloe. »Für ein Mädchen ist? Die ›kleine Frau‹? Eine verletzte, schwangere Frau? Gehöre ich noch zur ›Tribulation Force‹?«

Es war leichter gewesen, Interviews mit großen Staatsmännern zu führen.

»Ich sage auch wirklich kein Wort mehr, wenn ich mitdarf«, versprach sie.

Buck lachte. »Das will ich erleben.«

»Wenn ihr beiden Chauvinisten mich entschuldigen wollt, ich möchte noch einmal versuchen, Hattie zu erreichen. Wir werden eine Telefonbesprechung des ›Clubs der schwachen Schwestern‹ abhalten.«

Buck zwinkerte ihr zu. »Hey! Ich dachte, du wolltest keinen Ton mehr sagen.«

»Dann verschwinde doch hier, dann brauchst du nichts mehr zu hören.«

»Ich muss sowieso Ritz anrufen. Wenn du Hattie erreichst, frage sie, unter welchem Namen sie dort lebt.«

Buck wollte Tsion zur Treppe folgen, doch Chloe rief ihn zurück.

»Gib mir eine Minute, großer Mann.« Er wandte sich ihr zu. Sie winkte ihn näher zu sich heran. »Komm schon«, sagte sie. Mühsam hob sie ihren eingegipsten Arm und legte ihn ihm um den Hals. Sie zog sein Gesicht zu sich heran und gab ihm einen langen Kuss. Er lächelte schüchtern. »Du bist so leicht zu durchschauen«, flüsterte sie.

»Ich liebe dich nun mal, Baby«, sagte er und machte sich erneut auf den Weg zur Treppe. »Hey«, rief sie, »falls du meinen Mann oben triffst, sag ihm, ich hätte es satt, allein zu schlafen.«

Rayford belauschte durch die Abhöranlage das Gespräch zwischen Leon Fortunato und Peter Mathews. In eineinhalb Stunden würden sie in Dallas landen und sie diskutierten über das Protokoll für ihre Ankunft. Mathews hatte natürlich bei fast jedem Punkt etwas einzuwenden.

Der Botschafter, der ehemalige US-Senator aus Texas, hatte für einen Wagen, einen roten Teppich und eine offizielle Begrüßung, ja sogar eine Marschkapelle gesorgt. Fortunato telefonierte eine halbe Stunde mit den Leuten des Botschafters und las langsam den offiziellen Entwurf für die Ankündigung und Vorstellung der Ehrengäste vor, die verlesen werden sollte, wenn er und Mathews aus dem Flugzeug stiegen. Obwohl Rayford natürlich nur hören konnte, was Fortunato sagte, war klar, dass die Mitarbeiter des Botschafters diese Anmaßung nur schwer hinnehmen konnten.

Nachdem Fortunato und Mathews geduscht und sich umgezogen hatten, meldete sich Fortunato im Cockpit.

»Ich möchte Sie beide bitten, der Bodencrew bei der Treppe zu helfen, sobald wir zum Stehen gekommen sind.«

»Vor dem Check?«, fragte Mac und sah Rayford an, als wäre dies eines der dümmsten Sachen, die er je gehört hätte. Rayford zuckte die Achseln.

»Ja, direkt vor dem Check«, erwiderte Fortunato. »Achten Sie darauf, dass alles reibungslos verläuft. Sagen Sie der Crew, sie solle im Flugzeug warten, bis die Begrüßungszeremonie vorüber ist. Sie beide sollten als Letzte aussteigen.«

Mac schaltete die Gegensprechanlage ab. »Wenn wir die Checks nach dem Flug aufschieben, dann werden wir tatsächlich die Letzten sein, die das Flugzeug verlassen. Sollte man nicht meinen, man sollte der Flugtüchtigkeit dieses Flugzeugs erste Priorität einräumen?«

»Er denkt, wir haben 36 Stunden Zeit und wir könnten das jederzeit nachholen.«

»Ich habe gelernt, die wichtigen Dinge zuerst zu überprüfen.«

»Ich auch«, bestätigte Rayford. »Aber wir werden tun, was man uns aufgetragen hat, und wissen Sie, warum?«

»Sagen Sie es mir, oh hochwohlgeborener Pilot.«

»Weil der rote Teppich nicht für uns bestimmt ist.«

»Bricht uns das nicht das Herz?«

Rayford informierte die Bodenkontrolle, während Mac den Anweisungen des Signalgebers zum Hallenvorfeld und einer kleinen Tribüne folgte, wo die Öffentlichkeit, die Kapelle und die Würdenträger warteten. Rayford betrachtete die Musikkapelle. »Ich frage mich, wo er die her hat«, sagte er. »Und wie viele Musiker vor dem Erdbeben dazugehörten.«

Der Signalgeber dirigierte Mac zum Ende des roten Teppichs und kreuzte seine Signallampen als Zeichen für ein langsames Anhalten. »Jetzt schauen Sie genau hin«, sagte Mac grinsend.

»Seien Sie vorsichtig, Sie Halunke«, mahnte Rayford.

Kurz bevor das Flugzeug zum Stehen kam, ließ Mac es noch über das Ende des roten Teppichs rollen.

»Habe ich das wirklich getan?«

»Sie sind ein böser Junge.«

Nachdem die Treppe an ihrem Platz stand, die Musikkapelle fertig gespielt hatte und die Würdenträger Platz genommen hatten, trat der Botschafter der Weltgemeinschaft vor das Mikrofon. »Meine Damen und Herren«, verkündete er sehr feierlich, »der Repräsentant Seiner Exzellenz, des Potentaten der Weltgemeinschaft Nicolai Carpathia, Supreme Commander Leonardo Fortunato!«

Die Menge brach in Jubel und Applaus aus, während Leon winkend die Treppe hinunterstieg.

»Meine Damen und Herren, die persönlichen Assistenten des obersten Pontifex des Enigma-Babylon-Einheitsglaubens!«

Die Reaktion war gemäßigt, da die Menge sich zu fragen schien, ob diese beiden jungen Leute auch Namen hatten und wenn das so war, warum sie nicht genannt wurden.

Nach einer Pause, die lange genug war, dass die Leute sich fragten, ob noch jemand an Bord war, erschien Mathews in der Nähe der Tür, blieb jedoch außer Sichtweite. Rayford stand vor dem Cockpit und wartete darauf, die Checks durchführen zu können. »Ich warte«, sagte Mathews zu sich selbst. »Ich werde nicht aussteigen, bis ich nicht angekündigt worden bin.«

Rayford war versucht, seinen Kopf aus der Tür zu stecken und zu rufen: »Große Fanfare für Peter den Großen!« Doch er hielt sich zurück. Schließlich kam Fortunato die Treppe wieder herauf, jedoch nicht so weit, dass er Mathews unmittelbar neben der Tür erkennen konnte. Als er Rayford entdeckte, blieb er sehen und fragte leise: »Ist er fertig?« Rayford nickte. Leon eilte die Treppe wieder hinunter und flüsterte dem Botschafter etwas zu.

»Meine Damen und Herren, vom Enigma-Babylon-Einheitsglauben, Pontifex Maximus, Petrus der Zweite!«

Die Kapelle begann zu spielen, und Mathews trat in die Tür, wartete eine Zeit lang und wirkte beschämt über den freudigen Empfang. Feierlich winkend stieg er die Stufen hinunter.

Während die Willkommensreden gehalten wurden, nahm sich Rayford sein Klemmbrett und ließ sich im Cockpit nieder. »Meine Damen und Herren«, sagte Mac, »der Erste Offizier der Condor 216 mit einer Durchschnittsleistung von –«

Rayford schlug ihm das Klemmbrett auf die Schulter. »Hören Sie schon auf, Sie Idiot.«

»Wie geht es Ihnen, Ken?«, fragte Buck am Telefon.

»Es ging mir schon besser. Es gibt Tage, an denen mir das Krankenhaus gar nicht so übel erscheint. Aber ich fühle mich sehr viel besser als das letzte Mal, als wir uns gesehen haben. Am Montag sollen die Fäden gezogen werden.«

»Ich habe einen neuen Job für Sie, falls Sie dazu bereit sind.«

»Ich bin dabei. Wohin fliegen wir?«

»Nach Denver.«

»Hmm. Ich habe gehört, dass der alte Flughafen dort offen ist. Der neue wird vermutlich nie wieder in Betrieb genommen.«

»Wir brauchen eine Stunde, und ich habe meiner Klientin gesagt, ich würde sie gegen Mittag abholen.«

»Wieder eine edle Dame in Schwierigkeiten?«

»So ist es tatsächlich. Sind Sie motorisiert?«

»Ja.«

»Können Sie mich dieses Mal abholen? Ich muss meinen Wagen hier lassen.«

»Ich würde sowieso gerne Chloe besuchen«, sagte Ken. »Wie geht es ihr?«

»Überzeugen Sie sich doch selbst.«

»Dann mache ich mich besser auf den Weg, damit Sie Ihre Verabredung einhalten können. Sie kommen auch nie mal zur Ruhe, oder?«

»Tut mir Leid. Hey, Ken, haben Sie sich eigentlich im Internet schon die Homepage angesehen, von der ich Ihnen neulich erzählt habe?«

»Ja. Ich habe einige Zeit damit zugebracht.«

»Sind Sie zu einem Entschluss gekommen?«

»Darüber möchte ich mit Ihnen sprechen.«

»Okay. Wir werden genügend Zeit dazu haben, wenn wir erst einmal in der Luft sind.«

»Ich weiß es zu schätzen, dass Sie mir auf diesem Flug die Maschine so oft überlassen haben«, sagte Mac, als er und Rayford das Flugzeug nach dem Check verließen.

»Das hatte seinen Grund. Ich weiß, dass die Regeln der FAA außer Kraft gesetzt sind, nun da Carpathia selbst das Gesetz ist, aber ich halte mich noch immer an die Regeln für Maximalflugstunden.«

»Ich auch. Haben Sie etwas vor?«

»Sobald Sie mir beigebracht haben, wie man mit der Challenger fliegt, würde ich gern bei meiner Tochter vorbeischauen und sie überraschen. Buck hat mir erklärt, wo ich sie finden kann.«

»Wie schön.«

»Was werden Sie tun, Mac?«

»Ein wenig hier bleiben. Vielleicht besuche ich auch ein paar Kumpel ein paar hundert Meilen weiter westlich. Falls ich sie ausfindig machen kann, werde ich den Hubschrauber nehmen.«

Um kurz vor neun fuhr Ken Ritz mit seinem Wagen vor dem Haus vor.

»Da ist jemand, der dich sehen möchte, wenn du halbwegs bei Bewusstsein bist«, sagte Buck.

»Frag ihn, ob er ein Armdrücken möchte«, erwiderte Chloe.

»Bist du nicht ein wenig zu übermütig?«

Tsion kam gerade die Treppe herunter, als Buck Ken die Hintertür öffnete. Ken trug Cowboystiefel, Bluejeans, ein langärmeliges Khakihemd und einen Cowboyhut. »Ich weiß, wir haben es eilig«, sagte er, »aber wo ist die Patientin?«

»Gleich hier, Dr. Airplane«, rief Chloe. Sie humpelte zur Küchentür. Ken zog seinen Hut.

»Das können wir doch besser, Cowboy«, sagte sie und streckte ihm ihren gesunden Arm entgegen. Er eilte auf sie zu.

»Ohne Zweifel sehen Sie besser aus als beim letzten Mal«, erklärte er.

»Danke. Sie auch.«

Er lachte. »Mir geht es auch tatsächlich sehr viel besser. Fällt Ihnen etwas an mir auf?«

»Sie haben ein bisschen mehr Farbe, glaube ich«, meinte Buck. »Und Sie haben in den letzten Tagen vielleicht ein Pfund zugenommen.«

»Das kann man nicht sehen«, erwiderte Ritz.

»Es ist lange her, seit wir uns das letzte Mal gesehen haben, Mr. Ritz«, begrüßte ihn Tsion.

Ritz schüttelte dem Rabbi die Hand. »Hey, wir alle sehen gesünder aus als beim letzten Mal, nicht wahr?«

»Wir müssen jetzt wirklich los«, drängte Buck.

»Niemand bemerkt einen Unterschied an mir!«, schmollte Ken. »Können Sie es denn nicht in meinem Gesicht sehen? Ist es nicht zu erkennen?«

»Was denn?«, fragte Chloe. »Sind Sie auch schwanger?«

Die anderen lachten und Ken nahm seinen Hut vom Kopf und fuhr sich mit der Hand durch die Haare. »Der erste Tag, an dem ich einen Hut aufsetzen kann.«

»Und das ist die Veränderung?«, fragte Buck.

»Das und das hier.« Ken schob seine Haare zurück. »Vielleicht ist es auf meiner Stirn zu sehen. Ich kann Ihre auf jeden Fall erkennen. Können Sie auch mein Zeichen sehen?«

16

Rayford befand sich im Landeanflug für eine weitere Probelandung mit der Challenger 3. »Die haben es sicher langsam satt, mich immer wieder auf diese Landebahn einzuweisen. Wenn ich es nicht kapiere, müssen Sie mich am Ende nach Illinois fliegen.«

»Dallas Tower an Charlie Tango, over.«

Rayford zog die Augenbrauen in die Höhe. »Sehen Sie, was ich meine?«

»Ich habe verstanden«, erwiderte Mac. »Hier spricht Charlie Tango, over.«

»Tango X-ray Nachricht für den Kapitän der Condor 216, over.«

»Sprechen Sie, Tower, over.«

»Der Betreffende soll den Supreme Commander unter der folgenden Nummer anrufen …«

Mac schrieb sie auf.

»Was soll das denn?«, fragte sich Rayford laut. Diese Landung fiel sanfter aus als die vorhergehenden.

»Starten Sie doch noch einmal«, schlug Mac vor, »dann übernehme ich die Maschine, während Sie Captain Känguru anrufen.«

»Für Sie immer noch Supreme Commander Känguru, Kerl«, korrigierte Rayford. Er ließ die Challenger in Position rollen und raste mit 300 Meilen pro Stunde die Startbahn entlang. Nachdem er in der Luft und auf Kurs gegangen war, übernahm Mac die Maschine.

Rayford erreichte Fortunato in der Residenz des Botschafters. »Ich hatte erwartet, dass Sie mich sofort zurückrufen«, beschwerte sich Leon.

»Ich bin mitten in einem Trainingsflug.«

»Ich habe eine Aufgabe für Sie.«

»Ich habe Pläne für heute, Sir. Habe ich eine Wahl?«

»Es kommt von ganz oben.«

»Meine Frage bleibt.«

»Nein, Sie haben keine Wahl. Falls dies unsere Rückkehr hinauszögert, werden wir die betreffenden Botschafter davon in Kenntnis setzen. Seine Exzellenz bittet Sie, noch heute nach Denver zu fliegen.«

Denver?

»Ich bin noch nicht so weit, dieses Ding allein zu fliegen«, wandte Rayford ein. »Kann dies nicht mein Erster Offizier übernehmen?«

»Die Leute vom Geheimdienst haben die Person ausfindig gemacht, mit der zu sprechen wir Sie gebeten hatten. Können Sie mir folgen?«

»Ich kann Ihnen folgen.«

»Seine Exzellenz wäre Ihnen sehr verbunden, wenn seine Botschaft so schnell wie möglich übermittelt würde, persönlich.«

»Warum so eilig?«

»Die betreffende Person befindet sich in einer Einrichtung der Weltgemeinschaft, die helfen kann, das Problem aus der Welt zu schaffen.«

»Sie ist in einer Abtreibungsklinik?«

»Captain Steele! Dies ist keine abhörsichere Leitung!«

»Ich könnte eine Linienmaschine nehmen.«

»Sehen Sie nur zu, dass Sie noch heute hinkommen. Beamte der hiesigen Behörden werden die betreffende Person festhalten.«

»Bevor Sie gehen, Cameron«, sagte Tsion, »sollten wir Gott für unseren neuen Bruder danken.«

Buck, Chloe, Tsion und Ken drängten sich in der kleinen Küche. Tsion legte Ken die Hand auf die Schulter und richtete den Blick nach oben. »Herr Gott, Allmächtiger, in deinem Wort lesen wir, dass sich die Engel mit uns über Ken Ritz freuen. Wir glauben an die Prophezeiung einer großen Seelenernte, und wir danken dir, dass Ken zu den ersten von vielen Millionen gehört, die in den kommenden Jahren zu dir finden werden. Wir wissen, dass viele in den Händen des Antichristen leiden und sterben werden, aber ihr ewiges Schicksal steht schon fest. Wir beten vor allem dafür, dass unser neuer Bruder einen Hunger nach deinem Wort entwickelt, dass er den Mut Christi im Angesicht von Verfolgung bekommt und dass er gebraucht werden möge, auch andere in die Familie zu führen. Bewahre nun unseren Geist, unsere Seele und unseren Leib bis zur erneuten Wiederkunft unseres Herrn Jesus Christus. Wir glauben, dass der, der uns gerufen hat, treu ist, er wird es auch tun. Wir beten in dem unvergleichlichen Namen Jesu, des Messias und unseres Erlösers.«

Ken wischte sich die Tränen von den Wangen, setzte seinen Hut auf und zog ihn sich tief in die Stirn. »Oh Mann! Das war ein Gebet!«

Tsion marschierte die Treppe hinauf und kehrte kurz darauf mit einem schon ziemlich mitgenommenen Buch mit dem Titel »Wie ich als Christ leben kann« zurück.

Er reichte es Ken, der sich sehr darüber zu freuen schien. »Würden Sie es für mich signieren?«

»Oh nein«, erwiderte Tsion. »Ich habe es nicht geschrieben. Es wurde mir aus Pastor Barnes' Bibliothek im Gemeindehaus zugesteckt. Ich weiß, er würde wollen, dass Sie es bekommen. Ich muss allerdings sagen, dass sich die Bibelstellen nicht auf uns beziehen, die wir erst nach der Entrückung Christen geworden sind. Wir werden die ›Heiligen der Trübsalszeit‹ genannt. Aber trotzdem kann dieses Buch sehr hilfreich sein.«

Ken hielt es in beiden Händen, als wäre es ein Schatz.

Tsion, der fast 30 Zentimeter kleiner war als Ken, legte ihm den Arm um die Taille. »Als Ältester dieser kleinen Gruppe möchte ich Sie in der ›Tribulation Force‹ ganz herzlich willkommen heißen. Wir sind jetzt sechs und die Hälfte von uns sind Piloten.«

Ritz ging nach draußen und ließ den Wagen an. Tsion ging zurück nach oben. Buck zog Chloe an sich: »Hast du Hattie eigentlich erreicht? Wissen wir ihren Decknamen?«

»Nein. Ich werde es weiter versuchen.«

»Halte dich an Dr. Tsions Anweisungen, hörst du?«

Sie nickte. »Ich weiß, dass du sofort zurückkommst, Buck, aber ich möchte mich nicht von dir verabschieden. Das letzte Mal, als du mich verlassen hast, bin ich in Minnesota aufgewacht.«

»Nächste Woche werden wir Dr. Charles hierher schmuggeln und deine Fäden ziehen lassen.«

»Ich warte auf den Tag, an dem ich keine Verletzungen mehr habe, keinen Gips und keinen Stock mehr brauche. Ich weiß gar nicht, wie du es ertragen kannst, mich anzusehen.«

Buck nahm ihr Gesicht in die Hände. Ihr rechtes Auge war noch immer blauschwarz, ihre Stirn rot. Ihre rechte Wange war eingesunken, wo die Zähne fehlten und ihr Wangenknochen gebrochen war.

»Chloe«, flüsterte er, »wenn ich dich ansehe, sehe ich nur die große Liebe meines Lebens.« Sie wollte protestieren, doch er bat sie zu schweigen. »Als ich dachte, dass ich dich verloren hätte, hätte ich alles dafür gegeben, dich nur noch für einen Augenblick zurückzubekommen.«

Er führte sie zu einem Stuhl. Buck beugte sich zu ihr herab und gab ihr einen Kuss zwischen die Augen. Dann fanden sich ihre Lippen. »Ich wünschte, du könntest mich begleiten«, flüsterte er.

»Wenn ich wieder gesund bin, wirst du dir wünschen, ich würde mal zu Hause bleiben!«

Rayford zögerte seinen Abflug so lange wie möglich hinaus, um sich noch besser mit der Challenger 3 vertraut zu machen und um Buck und Ken Ritz die Gelegenheit zu geben, Hattie vor ihm aufzusuchen. Er wollte Fortunato sagen können, dass sie fort war, als er dorthin gekommen sei. In Kürze würde er Buck anrufen und ihn warnen, dass die Weltgemeinschaft versuchen würde, sie festzuhalten.

Rayford gefielen die Anweisungen überhaupt nicht, die er bekommen hatte. Fortunato wollte ihm kein Ziel nennen. Er sagte, die Beamten der Weltgemeinschaft vor Ort würden ihm diese Information geben. Rayford war es egal, wo er Hattie hinbringen sollte. Falls alles so lief, wie er hoffte, würde sie mit Buck und Ken bereits im Flugzeug nach Chicago sitzen und seine Anweisungen würden hinfällig werden.

Von Chicago nach Denver waren es mehr als 1000 Meilen. Rayford hatte eine Strecke von weniger als 800 Meilen zurückzulegen. Er drosselte die Geschwindigkeit. Die Höchstgeschwindigkeit hatte er noch lange nicht erreicht. Eine Stunde später telefonierte Rayford mit Buck. Während sie miteinander sprachen, kam eine Reihe von Funksprüchen, doch da er weder sein Rufzeichen noch seinen Namen hörte, ignorierte er sie.

»Unsere berechnete Ankunftszeit in Stapleton ist Mittag«, erklärte Buck. »Ken sagt mir, ich hätte mich verschätzt, als ich Hattie versprochen hatte, wir würden sie um diese Zeit abholen. Wir wissen noch nicht, wo wir sie suchen sollen, wir haben sie noch nicht erreichen können. Ich kenne nicht einmal den Namen, unter dem sie dort gemeldet ist.«

Rayford erzählte ihm von seiner Zwangslage.

»Das gefällt mir nicht«, sagte Buck.

»Die ganze Sache ist höchst mysteriös.«

»Albie an Scuba, over«, meldete sich eine Stimme im Funkgerät. Rayford ignorierte es.

»Ich bin weit hinter dir, Buck. Ich werde dafür sorgen, dass ich nicht vor zwei Uhr lande.«

»Albie an Scuba, over«, wiederholte die Stimme im Funkgerät.

»Das wird Fortunato verstehen«, fuhr Rayford fort. »Er kann nicht erwarten, dass ich schneller dorthin komme.«

»Albie an Scuba, hören Sie mich, over?«

Plötzlich ging ihm ein Licht auf. »Einen Augenblick, Buck.«

Rayford spürte, wie sich seine Arme mit einer Gänsehaut überzogen, als er das Mikrofon nahm. »Hier spricht Scuba. Sprechen Sie, Albie.«

»Brauche Ihre Position, Scuba, over.«

»Einen Augenblick.«

»Buck, ich muss dich zurückrufen. Mac hat etwas auf dem Herzen.«

Rayford überprüfte seine Instrumente. »Wichita Falls, Albie, over.«

»Gehen Sie in Liberal runter. Over und out.«

»Albie, warten Sie. Ich –«

»Bleiben Sie dort, ich werde Sie finden. Albie over und out.«

Warum musste Mac einen Codenamen benutzen? Er stellte den Kurs nach Liberal, Kansas, ein und bat den dortigen Tower über Funk um Anweisungen für den Landeanflug. Bestimmt würde Mac nicht mit der Condor nach Liberal kommen. Aber im Hubschrauber würde es Stunden dauern.

Er meldete sich über Funk. »Scuba an Albie, over.«

»Einen Augenblick, Scuba.«

»Frage mich nur, ob ich Ihnen entgegenkommen kann, over.«

»Negativ, Scuba. Over und out.«

Rayford rief Buck an und erklärte ihm die Situation.

»Seltsam«, meinte Buck. »Halt mich auf dem Laufenden.«

»Roger.«

»Möchtest du eine gute Nachricht hören?«

»Gern.«

»Ken Ritz ist das neueste Mitglied der ›Tribulation Force‹.«

Kurz vor Mittag landete Ritz den Learjet auf dem Stapelton-Flughafen in Denver. Buck hatte noch immer nichts von Chloe gehört. Er rief sie an.

»Nichts, Buck. Tut mir Leid. Ich versuche es weiter. Ich habe mehrere Abtreibungskliniken dort angerufen, aber diejenigen, die ich erreicht habe, erklärten mir, sie würden nur ambulant behandeln, sie hätten keine Betten für Patienten. Meine Frage, ob sie auch entbinden würden, verneinten sie. Ich weiß nicht, wo ich noch suchen soll, Buck.«

»Wir werden es schon schaffen. Versuche weiter, sie zu erreichen.«

Rayford beruhigte das misstrauische Bodenpersonal des kleinen Flughafens, indem er seinen Treibstofftank öffnete. Sie waren erstaunt, wie wenig Treibstoff-Nachschub er benötigte.

Danach stellte er seinen Laptop in die Nähe des Fensters und wählte sich ins Internet ein. Problemlos fand er Tsions zentrales Mitteilungsblatt, das auf der ganzen Welt zum wichtigsten Gesprächsthema geworden war. Hunderttausende von Reaktionen wurden Tag für Tag hinzugefügt. Tsion lenkte die Aufmerksamkeit seiner wachsenden Herde auf Gott. Seiner täglichen persönlichen Botschaft fügte er eine Bibelauslegung hinzu, die auf die 144 000 Evangelisten ausgerichtet war. Es tat Rayford gut, sie zu lesen, und er war beeindruckt, dass ein Gelehrter so einfühlsam und einladend auf seine Leserschaft einging. Abgesehen von den Zeugen waren seine Leser die Neugierigen, die Verängstigten, die Suchenden und die Neubekehrten.

Tsions Ausarbeitungen waren leicht zu lesen. Es klang so, als würde er die Menschen direkt ansprechen, als würde die *Tribulation Force* mit ihm zusammensitzen und sich über das austauschen, was Tsion die »unerforschlichen Reichtümer Jesu Christi« nannte.

Tsions Fähigkeit, die Schrift auszulegen, war, wie Rayford wusste, nicht nur auf seine Sprachbegabung und seine Begabung im Umgang mit Texten zurückzuführen. Gott hatte ihm die Gabe gegeben, zu lehren und zu evangelisieren. An diesem Morgen hatte er die folgende Botschaft ins Internet eingegeben:

»Guten Tag, mein lieber Bruder, meine liebe Schwester im Herrn. Mein Herz ist voller Trauer, aber gleichzeitig von Freude erfüllt. Ich trauere noch immer um meine geliebte Frau und meine Kinder. Ich trauere um die Vielen, die seit dem Kommen Christi gestorben sind. Ich trauere mit den Müttern auf der ganzen Welt, die ihre Kinder verloren haben. Und ich weine um eine Welt, die eine ganze Generation verloren hat.

Wie seltsam ist es, keine lächelnden Gesichter mehr zu sehen oder das Lachen von Kindern zu hören. Erst nachdem sie fort waren, ist vielen von uns klar geworden, wie viel sie uns gelehrt und wie reich sie unser Leben gemacht haben.

Auch bin ich an diesem Morgen über die Folgen des Zornes des Lammes traurig. Jedem vernünftigen Menschen, sogar den Nichtchristen, sollte klar sein, dass sich eine Prophezeiung erfüllt hat. Das große Erdbeben hat etwa ein Viertel der noch verbliebenen Weltbevölkerung ausgelöscht. Seit Generationen sind große Natur-

katastrophen von den Menschen als ›Taten Gottes‹ angesehen worden, obwohl dies nicht so war. Doch das jüngste Erdbeben war tatsächlich ein Handeln Gottes, obwohl man uns etwas anderes weismachen will.
Wie Sie bin auch ich jetzt ein Dissident. Der Glaube an Jesus Christus als den eingeborenen Sohn Gottes, des Vaters, des Schöpfers von Himmel und Erde, der Glaube an den Einen, der sein Leben als Opfer für die Sünde der Welt dargeboten hat, widerspricht allem, was von Enigma-Babylon gelehrt wird. Diejenigen, die sich mit ihrer Toleranz brüsten und in deren Augen wir mit Vorurteilen behaftet, lieblos und extrem sind, sind unlogisch bis zu dem Punkt der Absurdität. In Enigma-Babylon sind alle Religionen willkommen, alle sind akzeptabel und keine darf diskriminiert werden. Und doch machen die Ziele von vielen dieser Religionen gerade dies unmöglich. Wenn alles toleriert wird, gibt es keine Grenzen.
Es gibt Menschen, die fragen, ob wir nicht kooperieren sollten. Warum nicht andere lieben und akzeptieren, so wie sie sind? Wir lieben unsere Mitmenschen. Aber wir können nicht alles akzeptieren. Es ist, als sei Enigma-Babylon eine Organisation der ›einzig wahren‹ Religionen. Es könnte sein, dass viele dieser Glaubenssysteme bereitwillig ihre Ansprüche auf Exklusivität aufgegeben haben, weil sie sowieso nie sinnvoll gewesen sind.
Der Glaube an Christus jedoch ist einzigartig und der allein richtige. Diejenigen, die sich damit brüsten, Jesus Christus als einen ›großen Mann‹, einen großen Lehrer oder einen der Propheten anzuerkennen, entlarven sich als Narren. Dankbar habe ich viele freundliche Kommentare zu meinen Auslegungen gelesen. Ich danke Gott für dieses Vorrecht und bete, dass ich immer seine Führung suchen und seine Wahrheit mit großer Sorgfalt auslegen werde. Jesus war Mensch, aber er war auch Gott. Sie sehen, dies ist der Punkt, in dem wir uns von den anderen Religionen unterscheiden. Sie betrachten ihn einfach nur als einen Menschen. Falls er nur ein Mensch war, dann war er ein großer Egoist, ein wenig verwirrt oder sogar ein Lügner. Können Sie tatsächlich sagen, dass Jesus ein großer Lehrer war, abgesehen davon, dass er behauptete, der Sohn Gottes, der einzige Weg zum Vater zu sein, ohne dass dies einen schalen Nachgeschmack bei Ihnen hinterlässt?
Die Mitglieder von Enigma-Babylon, von der Weltgemeinschaft sanktioniert, glauben nicht an den einen, wahren Gott. Sie glauben an irgendeinen oder keinen Gott oder an einen Gott als reine ›Idee‹.

Ich fordere Sie heute auf, eine Entscheidung zu treffen. Schließen Sie sich einer Gruppe an. Wenn die eine Seite Recht hat, hat die andere Unrecht. Beide Seiten können nicht Recht haben. Schlagen Sie die Seite auf, die Ihnen alle Bibelstellen aufzählt, in denen der Zustand des Menschen beschrieben wird. Entdecken Sie, dass Sie ein Sünder sind, getrennt von Gott, aber dass Sie mit ihm versöhnt werden können, indem Sie das Geschenk der Erlösung annehmen, das er Ihnen anbietet. Wie ich bereits geschrieben habe, wird in der Bibel von einer Armee von Reitern gesprochen, die Abermillionen umfasst, aber eine Menge von ›Heiligen der Trübsalszeit‹ – das sind Menschen, die während dieser Zeit zum Glauben gekommen sind –, die nicht gezählt werden kann.

Obwohl man daraus schließen kann, dass es viele Millionen von Menschen sein werden, rufe ich Sie zu keinem leichten Leben auf. Während der kommenden fünf Jahre, nach deren Ablauf Jesus wiederkommt, um sein Reich auszurufen, werden drei Viertel aller Menschen, die nach der Entrückung zurückgelassen wurden, sterben. In der Zwischenzeit sollten wir unser Leben für die Sache einsetzen. Ein großer Missionar des 20. Jahrhunderts, Jim Elliot, der als Märtyrer gestorben ist, hat einmal gesagt: ›Der ist kein Narr, der aufgibt, was er nicht behalten kann (sein Leben auf der Erde), um zu gewinnen, was er nicht verlieren kann (ewiges Leben mit Christus).‹

Und nun noch ein Wort an meine Brüder aus den zwölf Stämmen der Juden: Kommt heute in einem Monat in Jerusalem zusammen, um Gemeinschaft miteinander zu haben und euch zurüsten zu lassen für den Dienst, damit ihr mit großem Eifer evangelisieren und die große Seelenernte einfahren könnt, die uns versprochen wurde. Christus, dem großen Hirten, gehört die Macht und Herrlichkeit jetzt und in Ewigkeit. Amen. Euer Diener Tsion Ben-Judah.«

Rayford und Amanda hatten solche Sendschreiben von Bruce Barnes und dann von Tsion immer gern gelesen. War es möglich, dass Amanda sich irgendwo verborgen hielt und Zugang zu dieser Botschaft Tsions hatte? Konnte es sein, dass sie sie vielleicht zur selben Zeit lasen? Würde vielleicht eines Tages eine Botschaft von Amanda auf Rayfords Bildschirm erscheinen? Jeder Tag, an dem er keine Nachricht von ihr erhielt, machte es ihm schwerer zu glauben, dass sie noch am Leben war, und doch konnte er nicht akzeptieren, dass sie vielleicht tot war. Er würde nicht aufhören, nach ihr zu suchen. Er konnte es nicht erwarten, in den Irak zurückzukehren und mit seiner neuen Taucherausrüstung nach dem Flugzeug zu tauchen. Dann würde er beweisen, dass Amanda nicht in diesem Flugzeug gesessen hatte.

»Albie an Scuba, over.«

»Hier spricht Scuba, sprechen Sie«, erwiderte Rayford.

»Geschätzte Ankunftszeit drei Minuten. Erwarten Sie mich. Over und out.«

Buck und Chloe hatten sich darauf verständigt, dass Buck versuchen würde, Hattie über ihr Handy zu erreichen, während Chloe sich bei allen medizinischen Einrichtungen in Denver nach Hattie erkundigen würde. Buck konnte Chloes Frustration nachempfinden, als er immer wieder Hatties Nummer wählte. Jedes Besetztzeichen wäre ermutigend gewesen. »Ich kann es einfach nicht ertragen, nur hier herumzusitzen«, erklärte Buck. »Ich habe das Gefühl, ich sollte einfach losmarschieren und sie suchen.«

»Haben Sie Ihren Laptop dabei?«, fragte Ritz.

»Immer«, erwiderte Buck. Ken hatte seinen seit einiger Zeit eingeschaltet.

»Tsion ist im Internet; er ruft die Truppen zusammen. Das wird Carpathia wirklich sauer machen. Ich weiß, es gibt sehr viel mehr Leute, die Carpathia noch immer lieben, als wir Wenigen, die endlich die Wahrheit erkannt haben. Aber sehen Sie sich das nur an.«

Ritz drehte seinen Computerbildschirm herum, damit Buck sehen konnte, wie die Anzahl der Antworten auf die Botschaft im zentralen Mitteilungsblatt von Minute zu Minute anstieg.

Ritz hatte natürlich Recht, dachte Buck. Carpathia musste außer sich vor Wut sein über die Reaktion auf Tsions Beitrag. Kein Wunder, dass er sich die Lorbeeren für Tsions Flucht und dafür, dass dieser nun wieder an die Öffentlichkeit ging, einstecken wollte. Aber wie lange würde das Carpathia zufrieden stellen? Wie lange würde es dauern, bis seine Eifersucht die Oberhand gewann?

»Wenn es stimmt, Buck, dass die Weltgemeinschaft Tsion gern bei seiner Rückkehr nach Israel helfen würde, sollten Sie sich nur ansehen, was er über Enigma-Babylon sagt.«

»Carpathia hat Mathews mit der Führung von Enigma-Babylon beauftragt«, erklärte Buck, »und das tut ihm bereits Leid. Für Mathews sind er selbst und der Glaube größer und wichtiger als die Weltgemeinschaft. Tsion sagt, in der Bibel würde stehen, dass Mathews Amtszeit begrenzt ist.«

Das Telefon läutete. Es war Chloe.

»Buck, wo seid ihr?«

»Wir sitzen noch immer auf der Landebahn.«

»Du und Ken, ihr solltet euch auf den Weg zu einem Mietwagenservice machen. Ich erkläre euch alles unterwegs.«

»Was ist los?«, fragte Buck, während er aus dem Flugzeug stieg und Ken ein Zeichen machte, ihm zu folgen.

»Ich habe mit allen kleinen, privaten Krankenhäusern gesprochen. Eine Frau erzählte mir, sie würden in drei Wochen zumachen, weil es besser wäre, an die Weltgemeinschaft zu verkaufen, als die enormen Steuern zu zahlen.«

Buck rannte los zum Terminal, wurde jedoch langsamer, als er merkte, dass Ken nicht mitkam. »Und dort hält Hattie sich auf?«, fragte er Chloe.

»Nein, aber diese Frau hat mir erzählt, in Littleton gäbe es ein großes Testlabor der Weltgemeinschaft. Es sei in einer Kirche untergebracht, die die Enigma-Babylon übernommen und dann an Carpathia verkauft habe, als die Besucherzahlen geschrumpft seien. In einem Flügel der Kirche ist eine Abtreibungsklinik untergebracht, in der auch Langzeitpatienten aufgenommen werden. Das gefiel ihr überhaupt nicht. Die Klinik und das Labor arbeiten wohl Hand in Hand und wie es scheint, betreiben sie intensive Forschung mit fötalem Gewebematerial.«

»Und du hast Hattie dort gefunden?«

»Ich glaube schon. Ich habe Hattie beschrieben und die Dame am Empfang wurde misstrauisch, da ich den Namen nicht nennen konnte und auch nicht wusste, unter welchem Pseudonym sie dort abgestiegen ist. Sie sagte mir, wenn jemand einen falschen Namen benutzen würde, wollte er nicht gefunden werden. Ich habe ihr gesagt, es sei sehr wichtig, aber sie hat mir das nicht abgekauft. Ich habe sie dann gefragt, ob sie bereit wäre, allen Patienten, die unter einem falschen Namen bei ihnen leben würden, zu sagen, sie möchten doch CW anrufen, aber ich war sicher, dass sie das nicht tun würde. Darum habe ich kurz darauf noch einmal angerufen und mit verstellter Stimme erklärt, mein Onkel sei Hausmeister, und gefragt, ob ihn jemand ans Telefon holen könne. Bald darauf meldete er sich, und ich habe ihm erzählt, meine Freundin hielte sich in dieser Klinik auf, sie habe aber vergessen, mir ihren falschen Namen zu nennen, unter dem ich sie erreichen könne. Mein Mann sei mit einem Geschenk auf dem Weg zur Klinik, aber er müsse wissen, nach wem er fragen solle, um hineinzukommen. Aber erst als ich ihm sagte, mein Mann würde ihm 100 Dollar geben, war er bereit, mir die Namen der vier Frauen zu nennen, die sich im Augenblick unter falschem Namen dort aufhalten.«

Buck hatte mittlerweile den Mietwagenschalter erreicht und legte seinen Führerschein und seine Kreditkarte auf den Tisch.

»Gib mir die Namen, Liebes«, sagte Buck und holte einen Stift aus der Tasche.

»Ich gebe dir alle vier, für den Fall«, erwiderte Chloe, »aber du wirst sofort erkennen, welcher ihrer ist.«

»Sag mir nicht, sie hätte sich Derby Bull oder so ähnlich genannt.«

»Nein, so kreativ war sie nicht. Aber wir haben Glück. Die Namen sind: Conchita Fernández, Suzie Ng, Mary Johnson und Li Yamamoto.«

»Gib mir die Adresse und bitte Onkel Hausmeister, Mary Johnson auszurichten, dass wir auf dem Weg sind.«

Mac setzte den Hubschrauber ganz in der Nähe der Challenger auf den Boden, sprang heraus und kletterte in die Challenger.

»Ich weiß nicht, was vorgeht, Ray, aber ich würde Sie nicht ohne Grund aufhalten. Mir wird noch immer ganz übel, wenn ich denke, dass ich das vielleicht nicht mitbekommen hätte. Nachdem Sie mich abgesetzt hatten, habe ich die Condor in den südlichen Hangar gestellt, genau wie Sie gesagt haben. Ich stieg aus und machte mich auf den Weg zu den Taxen, als Fortunato auf mich zukam. Er bat mich, ihn noch einmal in die Condor zu lassen, weil er einen Anruf zu erledigen hätte und es nur an Bord abhörsichere Leitungen gäbe. Ich sagte ihm, das würde ich selbstverständlich tun, müsste aber die Maschine für ihn aufschließen und zusehen, dass er Strom für seinen Anruf bekäme. Und ich müsste auch hinter ihm wieder abschließen. Er meinte, das sei in Ordnung, solange ich mich während seines Telefonats im Cockpit oder im Quartier des Piloten aufhalten würde. Ich erklärte ihm, ich hätte noch einige Checks im Cockpit vorzunehmen, Ray.«

Mac zog ein Diktiergerät aus der Tasche. »Na, denke ich mit? Ich habe das hier in die Maschine geschmuggelt, die Kopfhörer aufgesetzt und das Gerät angestellt. Einen der Kopfhörer habe ich vor das Gerät gehalten und jetzt hören Sie zu.«

Rayford hörte, wie gewählt wurde und Fortunato schließlich sagte: »In Ordnung, Euer Exzellenz, ich bin an Bord der Condor und spreche über eine abhörsichere … Ja, ich bin allein. … Officer McCullum hat mich hereingelassen. … Im Cockpit. Kein Problem. … Auf dem Weg nach Denver. … Sie werden es gleich dort tun? … Der Ort ist so gut wie jeder andere. Natürlich wird das Auswirkungen auf unsere Heimreise haben … Es ist einfach unmöglich, dass ein Pilot diese ganze Reise allein übernimmt, das schafft er rein körperlich schon nicht. Ich würde mich nicht sicher fühlen. … Ja, wir könnten den Botschaftern sagen, wir bräuchten mehr Zeit für die Heimreise. Wollen Sie versuchen, hier in Dallas einen Piloten zu engagieren? … Ich verstehe. Ich werde mich später noch einmal melden.«

»Was halten Sie davon, Mac?«

»Das ist doch ziemlich eindeutig, Ray. Sie wollen Sie beide auf einmal ausschalten. Ich war fürchterlich erschrocken, als er leise an die Tür zum Cockpit klopfte. Er wirkte verlegen und ein wenig erschüttert. Er fragte, ob ich ihn in die Kabine begleiten könnte. Er war nervös, wischte sich über den Mund und wandte den Blick ab. Ein solches Verhalten sieht ihm gar nicht ähnlich, wissen Sie. Er sagte: ›Ich habe gerade mit Captain Steele gesprochen. Es besteht die Möglichkeit, dass er sich verspätet. Ich möchte Sie bitten, unsere Rückkehr neu zu planen und so viele Ruhepausen einzuplanen, dass Sie den Flug auch allein bewältigen könnten, falls dieser Fall tatsächlich eintreten sollte.‹

Ich erwiderte: ›Den Flug ganz allein bewältigen? Den ganzen Rückweg und alle Zwischenstopps?‹

Er meinte, ich solle die Aufenthalte so planen, dass ich genügend Ruhepausen hätte, und sie würden ihr vollstes Vertrauen in mich setzen, dass ich es schaffen könnte. Und dann sagte er noch: ›Seine Exzellenz wird tief in Ihrer Schuld stehen.‹«

Rayford war ganz und gar nicht amüsiert. »Dann sind Sie jetzt also der neue Captain.«

»Sozusagen.«

»Und ich werde mich verspäten. Na ja, das ist eine nette Art zu sagen, dass man mich in die ewigen Jagdgründe schicken will.«

17

Als Buck und Ken den Wagen gemietet hatten, dieses Mal einen sehr geräumigen, hatten sie sich bereits über das Ausmaß der Zerstörungen in der Umgebung informiert. Die Fahrt nach Littleton dauerte fast 45 Minuten. Die Kirche zu finden, die in eine Abtreibungsklinik und ein Testlabor umfunktioniert worden war, stellte kein Problem dar. Sie befand sich an der einzigen befahrbaren Straße in einem Umkreis von 15 Meilen.

Als sie sie erreicht hatten, ging Buck allein hinein, um zu sehen, ob er Hattie vielleicht herausschmuggeln könnte. Ken wartete draußen mit laufendem Motor und achtete auf Bucks Telefon.

Buck ging auf die Empfangsdame zu. »Hallo!«, sagte er fröhlich. »Ich möchte Mary besuchen.«

»Mary?«

»Johnson. Sie erwartet mich.«

»Und wen darf ich ihr melden?«

»Sagen Sie ihr einfach nur, es sei B.«

»Sind Sie miteinander verwandt?«

»Wir werden es, so hoffe ich, bald sein.«

»Einen Augenblick.«

Buck setzte sich und nahm sich eine Zeitschrift. Er tat so, als hätte er alle Zeit der Welt. Die Empfangsdame nahm den Telefonhörer zur Hand. »Miss Johnson, erwarten Sie einen Besucher? … Nein? … Ein junger Mann, der sich B. nennt … Ich werde nachfragen.«

Die Empfangsdame machte Buck ein Zeichen. »Sie würde gern wissen, woher Sie kommen.«

Buck lächelte betont freundlich. »Sagen Sie ihr, wir hätten uns in einem Flugzeug kennen gelernt.«

»Er sagt, Sie hätten sich in einem Flugzeug kennen gelernt. … In Ordnung.«

Die Empfangsdame legte den Hörer auf. »Es tut mir Leid, Sir, aber sie glaubt, dass Sie sie vielleicht mit jemandem verwechselt haben.«

»Können Sie mir sagen, ob sie allein war?«
»Warum?«
»Das könnte der Grund sein, warum sie nicht zugibt, dass sie mich kennt. Sie könnte vielleicht Hilfe brauchen und weiß nicht, wie sie es mir sagen soll.«
»Sir, sie erholt sich von einem medizinischen Eingriff. Ich bin ziemlich sicher, dass sie allein ist und dass gut für sie gesorgt wird. Ohne ihre Erlaubnis darf ich Ihnen keine weiteren Einzelheiten mehr sagen.«
Aus dem Augenwinkel sah Buck, wie eine kleine, dunkle Gestalt in einem Morgenrock vorbeiging. Die ernst wirkende Asiatin betrachtete Buck neugierig, wandte dann schnell den Blick ab und verschwand eiligst in einem anderen Korridor.
Das Telefon der Empfangsdame läutete. Sie flüsterte: »Ja, Mary? … Sie kennen ihn nicht? Vielen Dank.«

»Also, Mac, bin ich nun paranoid oder klingt das so, als würden sie Hattie als Lockvogel benutzen, um uns beide zusammenzubringen?«
»Das scheint mir tatsächlich so zu sein«, erwiderte Mac. »Und keiner von Ihnen wird mit dem Leben davonkommen.«
Rayford nahm sein Telefon. »Ich denke, ich sage Buck lieber Bescheid, worauf er sich einlässt, bevor ich entscheide, was ich tue.«

Buck hatte den Eindruck, dass die Empfangsdame den Sicherheitsdienst verständigte. Es wäre nicht gut, wenn er von den Sicherheitsleuten nach draußen befördert oder schlimmer noch, festgehalten würde. Sein erster Gedanke war davonzulaufen. Aber es bestand noch immer die Möglichkeit, sich an der Empfangsdame vorbeizuschmuggeln. Vielleicht konnte Ken sie ablenken. Oder vielleicht konnte Buck sie davon überzeugen, dass er nicht wusste, welchen Namen seine Freundin benutzte und dass er nur geraten hätte.
Die Empfangsdame verblüffte ihn jedoch, als sie plötzlich den Hörer auflegte und fragte: »Sie arbeiten nicht zufällig für die Weltgemeinschaft, oder?«
Woher sie das wusste, war genauso verwirrend wie die Tatsache, dass Hattie einen asiatischen Namen benutzte, während ein asiatisches Mädchen sich entweder Mary Johnson nannte oder diesen Namen als ihr Pseudonym gewählt hatte. Wenn Buck leugnete, für die Weltgemeinschaft zu arbeiten, würde er nie erfahren, warum sie gefragt hatte. »Äh, ja, das ist in der Tat so«, erwiderte er.

Die Eingangstür schwang hinter ihm auf. Ken kam hereingelaufen und hielt Bucks Handy in der Hand.

Die Empfangsdame fragte weiter: »Und Ihr Name ist nicht zufällig Rayford Steele?«

»Äh …«

»Sir?«, rief Ken. »Ist das Ihr Wagen, bei dem das Licht noch brennt?«

Buck spürte, dass er nicht zögern durfte. Er drehte sich um und rief über die Schulter zurück: »Ich bin gleich wieder da.«

»Aber Sir! Captain Steele!«

Buck und Ken rannten die Treppe hinunter zum Wagen. »Sie haben mich für Rayford gehalten! Beinahe wäre ich hineingekommen!«

»Sie wollen gar nicht drin sein, Buck. Rayford hat gerade angerufen. Er ist sicher, dass man ihm eine Falle gestellt hat.«

Ken stellte den Schalthebel auf D, aber der Wagen rührte sich nicht. »Ich dachte, ich hätte den Motor angelassen.« Die Schlüssel waren verschwunden.

Ein uniformierter Sicherheitsbeamter der Weltgemeinschaft tauchte an seinem Fenster auf. »Hier, Sir«, sagte er und reichte Ken die Schlüssel. »Wer von Ihnen ist Captain Steele?«

Buck spürte, dass Ken versucht war, einfach davonzufahren. Er beugte sich über Ken und sagte: »Ich. Hatten Sie mich erwartet?«

»Ja, allerdings. Als Ihr Fahrer den Wagen verließ, wollte ich ihn nur abstellen und ihm die Schlüssel bringen. Captain Steele, Ihre Fracht wartet im Innern, wenn Sie uns bitte folgen wollen.« An Ken gewandt, fragte er: »Arbeiten Sie auch für die Weltgemeinschaft?«

»Ich? Nein. Ich arbeite für die Mietwagenfirma. Der Captain hier wusste nicht genau, ob er den Wagen zurückbringen könnte, darum habe ich ihn gefahren. Trotzdem zahlt er für die volle Fahrt.«

»Natürlich. Und wenn Sie sonst nichts mehr aus dem Wagen brauchen, Captain, können Sie mir jetzt folgen.« Zu Ken gewandt, sagte er: »Und wir werden selbstverständlich für den Transport sorgen, Sie können den Wagen also mit zurücknehmen.«

»Lassen Sie mich das mit ihm regeln«, erklärte Buck. »Ich bin gleich bei Ihnen.«

Ken schloss sein Fenster. »Sagen Sie nur ein Wort, Buck, und sie werden uns nie kriegen. Wenn Sie als Rayford Steele hineingehen, werden weder Sie noch Hattie herauskommen.«

Buck tat so, als würde er ein paar Dollarnoten herausholen. »Ich muss hineingehen«, erklärte er. »Wenn sie denken, ich sei Rayford und hätte den Braten gerochen, ist Hatties Leben keinen Penny mehr wert. Ich habe nicht vor, sie der Weltgemeinschaft zu überlassen.« Buck blickte zu dem Beamten, der auf dem Bürgersteig stand. »Ich muss gehen.«

»Ich bleibe in der Nähe«, versprach Ritz. »Wenn Sie nicht bald wieder herauskommen, werde ich hineingehen.«

»Ich bin versucht, direkt nach Bagdad zu fliegen und zu beweisen, dass Amanda nicht im Tigris begraben liegt. Was wird Carpathia tun, wenn ich dort auftauche? Behaupten, er hätte mich von den Toten auferweckt?«

»Sie wissen doch, wo Ihre Tochter sich aufhält, oder? Sie haben ein Versteck gefunden und Sie sollten sich ebenfalls dorthin flüchten. Bis Carpathia erfährt, dass Sie nicht in Denver aufgetaucht sind, sind Sie schon längst untergetaucht.«

»Es sieht mir nicht ähnlich, mich zu verstecken, Mac. Ich wusste, dass dieses Engagement bei Carpathia nur zeitlich begrenzt ist, aber es ist schon komisch, auf einmal Zielscheibe zu sein. Vielleicht wird keiner von uns die Wiederkehr Christi erleben, aber genau das ist seit der Entrückung mein Ziel gewesen. Also, was soll's?«

Mac schüttelte den Kopf.

Rayfords Telefon läutete. Ritz berichtete ihm, was passiert war.

»Oh nein!«, rief Rayford. »Sie hätten ihn nicht wieder dort hineingehen lassen sollen. Vielleicht entdecken sie erst, nachdem sie ihn getötet haben, dass ich es nicht bin. Holen Sie ihn da raus!«

»Er war nicht aufzuhalten, Rayford. Er glaubt, dass Hattie in Gefahr schwebt, wenn wir etwas tun, das sie misstrauisch macht. Glauben Sie mir, wenn er nicht in wenigen Minuten kommt, gehe ich hinein.«

»Diese Leute sind bewaffnet«, warnte Rayford. »Haben Sie auch eine Waffe?«

»Ja, aber sie werden doch nicht das Risiko eingehen, im Haus zu schießen, oder?«

»Warum nicht? Sie haben keine Skrupel. Welche Waffe haben Sie bei sich?«

»Buck weiß nichts davon, und ich habe sie auch noch nie benutzen müssen, aber ich trage immer eine Beretta bei mir, wenn ich für ihn fliege.«

Buck und der Beamte der Weltgemeinschaft traten vor die Empfangsdame. »Wenn Sie mir nur gesagt hätten, wer Sie sind, Captain Steele, und den richtigen Namen der Person, die Sie suchen, genannt hätten, dann hätte ich Ihnen sofort weiterhelfen können.«

Buck lächelte und zuckte die Achseln. Ein jüngerer Beamter trat ein. »Sie möchte Sie jetzt sehen«, erklärte er. »Dann werden wir ein wenig Papierkram erledigen und Sie beide nach Stapleton fahren.«

»Oh«, erwiderte Buck, »wissen Sie, wir sind gar nicht in Stapleton gelandet.«

Die Sicherheitsbeamten sahen sich an. »Ach nein?«

»Uns wurde gesagt, das Terrain zwischen Stapleton und hier sei schlimmer als zwischen hier und dem internationalen Flughafen von Denver, darum sind wir –«

»Ich dachte, der internationale Flughafen von Denver sei geschlossen.«

»Für zivile Flüge ist er tatsächlich geschlossen, nur eine kleine Landebahn ist noch offen«, erklärte Buck. »Wenn Sie uns hinbringen könnten, werden wir zurückfliegen.«

»Zurück wohin? Wir haben Ihnen Ihre Anweisungen noch nicht gegeben.«

»Ach so, ja. Ich weiß. Ich dachte nur, nach Neu-Babylon.«

»Hey«, sagte der jüngere Beamte. »Wenn der Flughafen von Denver tatsächlich geschlossen ist, wo haben Sie denn den Wagen her?«

»Ein Schalter war noch offen«, erklärte Buck. »Vermutlich für die militärischen Truppen der Weltgemeinschaft.«

Der ältere Sicherheitsbeamte sah die Empfangsdame an. »Sagen Sie ihr, dass wir auf dem Weg sind.«

Während die Empfangsdame zum Telefon griff, baten die Beamten Buck, ihnen den Flur entlang zu folgen. Sie betraten einen Raum, auf dem »Yamamoto« stand. Buck befürchtete, Hattie würde seinen Namen nennen, sobald sie ihn erblickte. Sie lag mit dem Gesicht zur Wand. Er konnte nicht sagen, ob sie schlief oder wach war.

»Sie wird erstaunt sein, ihren Captain zu sehen«, meinte Buck. »Früher hat sie mich ›Buck‹ genannt. Aber vor der Crew und den Passagieren sagte sie immer ›Captain Steele‹. Ja, bei der Pan-Con war sie Jahre lang meine Chefstewardess. Sie hat immer gute Arbeit geleistet.«

Der ältere Beamte legte ihr die Hand auf die Schulter. »Zeit zu gehen, meine Liebe.«

Hattie rollte sich herum. Sie wirkte verwirrt, blinzelte ins Licht. »Wohin gehen wir?«, fragte sie.

»Captain Steele ist hier, um Sie abzuholen, Madam. Er wird Sie nach Neu-Babylon zurückbringen.«

»Oh, hallo, Captain Steele«, meinte sie schläfrig. »Ich möchte nicht nach Neu-Babylon.«

»Ich befolge nur meine Anweisungen, Miss Durham«, erwiderte Buck. »Sie wissen ja darüber Bescheid.«

»Ich möchte aber nicht so weit fliegen«, widersprach sie.

»Wir werden die Reise in Etappen zurücklegen. Sie werden es schon schaffen.«

»Aber ich –«

»Kommen Sie, Madam«, warf der ältere Sicherheitsbeamte ein. »Wir müssen unseren Terminplan einhalten.«

Hattie setzte sich auf. Ihre Schwangerschaft war allmählich zu sehen. »Ich wäre Ihnen sehr dankbar, wenn Sie mich entschuldigen würden, während ich mich ankleide.«

Buck folgte den Sicherheitsbeamten in den Flur. Der Jüngere sagte: »Und womit sind Sie hergeflogen?«

»Ach, einer der kleineren Jets hat das Erdbeben überlebt.«

»Wie war der Flug von Bagdad?«, fragte der andere.

Buck meinte sich zu erinnern, dass Rayford ihm erzählt hatte, der Flughafen in Bagdad sei nicht zu benutzen. Erleichtert, dass sie nicht mehr nach dem Flugzeug gefragt hatten, überlegte er, ob er getestet werden sollte. »Wir sind von Neu-Babylon abgeflogen«, erklärte er. »Sie würden nicht glauben, wie schnell der Wiederaufbau voran geht.«

»Langer Flug?«

»Sehr lang. Aber natürlich haben wir alle paar Stunden Halt gemacht, um einen neuen Würdenträger an Bord zu nehmen.« Buck hatte keine Ahnung, wie viele, wann oder wo und er hoffte nur, sie würden nicht danach fragen.

»Und wie ist das so? Alle diese Schnösel im selben Flugzeug?«

»Ach, wie das halt so ist«, erwiderte Buck. »Piloten bleiben im Cockpit oder in ihren Quartieren. Wir haben mit den Passagieren nichts zu tun.«

Buck wusste, dass Ken Ritz sich mittlerweile Gedanken machen würde, weil er sich schon so lange im Gebäude aufhielt. Diese Kerle würden ihn und Hattie keinesfalls zum Flughafen bringen, egal, welches Lügenmärchen er ihnen erzählte. Er war erstaunt, dass sie ihm nicht bereits ein vergiftetes Getränk angeboten hatten. Offensichtlich hatten sie ihre Befehle, es sauber, ordentlich und ohne Aufsehen über die Bühne zu bringen. Es würde keine Zeugen geben.

Als der ältere Sicherheitsbeamte an Hatties Tür klopfte, erblickte Buck Ken mit einem der Hausmeister im Flur. Beide hielten einen

Besen in der Hand. Buck verwickelte die beiden Sicherheitsbeamten in ein Gespräch und hoffte, dass Ken bald verschwinden würde. Obwohl dieser wie der Hausmeister eine Klinikkappe trug, konnte er seine Gesichtszüge nicht verstecken.

»Was für ein Fahrzeug haben Sie denn für die Fahrt zum Flughafen?«, fragte Buck. »Irgendeines, das uns schneller durch dieses unebene Gelände bringt als der gemietete Sedan?«

»Eigentlich nicht. Einen Minivan. Leider mit Hinterradantrieb. Aber wir werden problemlos zum Flughafen kommen.«

»Wohin schicken die uns überhaupt?«, fragte Buck.

Der jüngere Mann zog ein Blatt aus seiner Tasche. »Ich werde Ihnen dies in wenigen Minuten in einem anderen Raum übergeben. Darin heißt es Washington/Dulles.«

Buck betrachtete den Mann. Eines wusste er mit Sicherheit: Es bestanden nicht einmal Pläne, den Flughafen *Dulles* in Washington wiederaufzubauen. Er war während des Krieges zerstört worden und das Erdbeben hatte auch *Reagan National* zerstört. Allerdings gab es in diesem Flughafen noch eine oder zwei Startbahnen, die in Betrieb waren, aber *Dulles* war ein Trümmerhaufen.

»Ich komme gleich«, rief Hattie durch die Tür. Der Sicherheitsbeamte seufzte.

»Was wollen Sie in dem anderen Raum besprechen?«, fragte Buck.

»Dort wird eine Einsatzbesprechung stattfinden. Wir geben Ihnen Ihre Anweisungen, sorgen dafür, dass Sie alles haben, was Sie brauchen, und dann fahren wir zum Flughafen.«

Buck gefiel die Vorstellung überhaupt nicht, in einen anderen Raum zu gehen. Er wünschte, er könnte mit Ritz sprechen. Buck konnte nicht sagen, ob die Sicherheitsbeamten der Weltgemeinschaft bewaffnet waren, aber es war anzunehmen. Er fragte sich, ob er bei dem Versuch, Hattie Durham zu retten, sterben würde.

Fortunato sollte nicht erfahren, dass er noch nicht in Denver gelandet war, für den Fall, dass die Sicherheitskräfte der Weltgemeinschaft seine Ankunft bereits gemeldet hatten. Falls Denver erfuhr, dass sich der richtige Rayford Steele noch in der Luft befand, wäre Buck entlarvt und weder er noch Hattie hätten eine Chance. Rayford stand mit seinem Flugzeug auf der Startbahn in Kansas und fühlte sich so hilflos wie noch nie in seinem Leben.

»Sie fliegen jetzt besser zurück, Mac. Fortunato denkt, Sie würden Freunde besuchen, oder?«

»Aber das tue ich doch!«

»Wie tritt er mit Ihnen in Verbindung?«

»Er lässt mich über den Tower rufen und dann schalten wir auf Frequenz 11, um privat miteinander zu sprechen.«

Rayford nickte. »Sichere Reise.«

»In Ordnung, Madam«, sagte der Sicherheitsbeamte durch Hatties Tür. »Jetzt wird es aber wirklich Zeit. Lassen Sie uns gehen.«

In Hatties Zimmer blieb es still. Die Beamten sahen sich an. Der ältere drückte die Türklinke herunter. Die Tür war verschlossen. Er fluchte. Beide rissen ihre Waffen aus den Halftern und klopften laut an die Tür. Sie befahlen Hattie herauszukommen. Andere Frauen steckten die Köpfe aus ihren Zimmern. Der jüngere Sicherheitsbeamte drohte ihnen mit seiner Waffe und sie zogen sich schleunigst zurück. Der Ältere gab vier Schüsse auf Hatties Tür ab. Die Frauen auf dem Flur schrien. Die Empfangsdame kann angerannt, doch als sie nur noch wenige Meter von ihnen entfernt war, gab der jüngere Beamte eine Salve auf sie ab. Sie stürzte zu Boden.

Der ältere Beamte stürmte in Hatties Zimmer, während der jüngere sich umdrehte, um ihm zu folgen. Buck befand sich zwischen ihnen. Er wünschte, er hätte Selbstverteidigung gelernt. Es musste doch eine Möglichkeit geben, wie man einen Mann, der einem ein Maschinengewehr vor die Nase hielt, abwehren konnte.

Da er nicht wusste, was er sonst tun sollte, schlug er ihm mit voller Wucht die Faust ins Gesicht. Er spürte, wie die Knorpel knackten, die Zähne splitterten und die Haut riss. Der Beamte war gerade in vollem Lauf, als Bucks Faust ihn traf, denn er knallte mit dem Hinterkopf auf den Boden.

Die Maschinenpistole schlitterte über den Marmorboden. Buck drehte sich um und rannte zum letzten Zimmer zu seiner Linken, wo noch kurz zuvor eine verängstigte Frau den Kopf zur Tür herausgesteckt hatte. Aus den Augenwinkeln heraus nahm er die wehenden Vorhänge in Hatties Zimmer, den zusammengekrümmten Körper der Empfangsdame und die auf dem Boden liegende Gestalt des Sicherheitsbeamten wahr.

Blut tropfte von Bucks Hand, während er rannte. Er blickte über die Schulter zurück und stürmte dann in das Zimmer am Ende des Flures. Eine schwangere Spanierin schrie auf. Er wusste, er sah schrecklich aus mit der Wunde an seiner Wange und der blutverschmierten Hand. Die zitternde Frau legte schützend ihre Hände vor die Augen.

»Schließen Sie die Tür ab und bleiben Sie unter dem Bett!«, befahl Buck. Zuerst rührte sie sich nicht. »Machen Sie schon, sonst werden Sie sterben!«

Buck öffnete das Fenster. Das Fliegengitter ließ sich nicht hochschieben. Mit voller Wucht trat Buck es ein, dann sprang er nach draußen. Er landete in einigen Büschen. Als er wieder auf die Beine kam, hörte er, wie die Zimmertür von Kugeln durchlöchert wurde. Die Frau hatte sich unter ihrem Bett versteckt. Er rannte an der Rückseite des Gebäudes entlang, an Hatties offenem Fenster vorbei. Buck sah, wie Ken ihr gerade in den Wagen half. Zwischen ihm und dem Sedan stand der Minivan der Weltgemeinschaft.

Buck hatte das Gefühl, alles wie in einem Traum zu erleben. Er war unfähig, sich schneller zu bewegen. Er machte den Fehler, während des Laufens die Luft anzuhalten, und schon bald schnappte er keuchend nach Luft und sein Herz klopfte zum Zerspringen. Als er sich dem Van näherte, warf er einen Blick über die Schulter. Die Sicherheitsbeamten sprangen gerade aus dem Fenster, durch das er entkommen war. Buck duckte sich hinter den Van, als die Kugeln in das Chassis eindrangen. Ken Ritz wartete bereits mit laufendem Motor. Buck konnte in Deckung bleiben und riskieren, getötet oder als Geisel genommen zu werden, oder er konnte alles aufs Spiel setzen und zum Wagen laufen.

Er begann zu rennen. Bei jedem Schritt fürchtete er, von einer Kugel getroffen zu werden. Hattie war auf dem Sitz oder dem Boden in Deckung gegangen und Ken war ebenfalls nicht zu sehen. Die Beifahrertür flog auf. Je weiter Buck rannte, desto verletzlicher fühlte er sich, aber er wagte nicht zurückzusehen.

Er hörte ein Geräusch, aber kein Gewehrfeuer. Das Geräusch war dumpfer als das eines Schusses. Die Tür des Van. Der Sicherheitsbeamte war in den Wagen gesprungen – und Buck befand sich noch 50 Meter vom Wagen entfernt.

Rayford wählte Bucks Nummer. Es meldete sich zwar niemand, aber Rayford wollte die Verbindung nicht unterbrechen. Falls ein Beamte der Weltgemeinschaft antwortete, würde Rayford ihm irgendetwas erzählen, bis er herausgefunden hatte, was er wissen wollte. Falls Buck sich meldete, würde Rayford verschlüsselt mit ihm sprechen, für den Fall, dass er von Menschen umgeben war, die nicht wissen sollten, wer da anrief. Es klingelte immer weiter.

Rayford hasste Hilflosigkeit und Unbeweglichkeit mehr als alles andere auf der Welt. Er hatte die Spielchen mit Nicolai Carpathia und der Weltgemeinschaft so satt. Ihre Scheinheiligkeit trieb ihn zum Wahnsinn. »Gott«, betete er leise, »lass mich endlich auch offen Carpathias Feind sein, bitte.«

Eine verängstigte Frauenstimme meldete sich. »Wer ist da?«, rief sie.

»Hattie? Sagen Sie nichts, hier spricht Rayford.«

»Rayford! Bucks Pilot hat mich zu Tode erschreckt, als er plötzlich vor meinem Fenster auftauchte. Aber er hat mir herausgeholfen! Wir warten auf Buck! Wir haben Angst, dass er vielleicht getötet wird!«

»Geben Sie mir das Telefon!« Rayford hörte eine aufgeregte Stimme im Hintergrund. Es war Ritz. »Ray, noch geht es ihm gut, aber jemand schießt auf ihn. Sobald er den Wagen erreicht, bin ich fort. Ich muss die Verbindung vielleicht unterbrechen.«

»Passen Sie gut auf sich auf!«, erwiderte Rayford.

Als er nur noch wenige Schritte vom Wagen entfernt war, hörte Buck plötzlich nichts mehr. Keine Schüsse, keinen Van. Er warf einen Blick zurück und sah, wie der Sicherheitsbeamte der Weltgemeinschaft aus dem Wagen kletterte. Er duckte sich hinter den Wagen und begann zu feuern. Buck hörte einen lauten Knall neben sich, als der rechte Hinterreifen des Sedan platzte. Er sprang auf die Tür zu, packte den Türgriff und versuchte, einen Fuß in den Wagen zu setzen. Die hintere Scheibe zersplitterte.

Buck bemühte sich, das Gleichgewicht zu behalten. Sein linker Fuß befand sich auf dem Trittbrett, sein rechter noch auf dem Bürgersteig. Mit der linken Hand hielt er sich am Fahrgestell fest, die rechte lag am Türgriff. Ken hatte sich über den Beifahrersitz gelegt, um sich vor den Kugeln zu schützen, und noch bevor Buck sich ganz in den Wagen ziehen konnte, trat Ken bereits das Gaspedal durch. Die Tür schwang auf, und um nicht hinausgeschleudert zu werden, musste sich Buck auf Kens Kopf setzen. Ken schrie auf, während der Wagen davonschoss. Buck versuchte, ebenfalls in Deckung zu bleiben, aber er musste von Kens verletztem Kopf herunter.

Ken ließ das Lenkrad los und wehrte sich mit beiden Händen gegen Buck. Schließlich konnte er sich befreien, setzte sich auf und riss das Lenkrad nach links, jedoch nicht mehr früh genug, um eine Kollision mit der Hausecke eines Gebäudes zu vermeiden. Der rechte Kotflügel wurde abgerissen. Ken gewann die Gewalt über den Wagen wieder zurück und versuchte, einige Entfernung zwischen sich und den Schützen zu bringen.

Aber der Wagen machte nicht mit. Weitere Kugeln verfehlten Ritz nur um Haaresbreite, und Buck sah, wie seine Haltung sich änderte. Ken war nun nicht mehr verängstigt, sondern schrecklich wütend.

»Jetzt reicht's!«, rief Ritz. »Das war das letzte Mal!«

Zu Bucks Entsetzen riss Ritz den Wagen herum und raste auf den Sicherheitsbeamten zu. Buck spähte über das Armaturenbrett, während Ritz seine 9 mm Automatikwaffe aus seinem Halfter zog und aus dem Fenster schoss.

Der Sicherheitsbeamte ging auf der anderen Seite des Van in Deckung. Buck rief Ken zu, er solle zum Flughafen fahren.

»Ausgeschlossen!«, erwiderte Ken. »Dieser Bursche gehört mir!«

Etwa 50 Meter vor dem Van stoppte er abrupt und sprang aus dem Wagen. Er duckte sich, die Beretta in beiden Händen haltend, und schoss.

Buck rief Ritz zu, er solle wieder einsteigen und zum Flughafen fahren, während der Sicherheitsbeamte sich umdrehte und zum Gebäude lief. Ritz gab noch drei weitere Schüsse ab. Eine Kugel traf den Mann in den Fuß. Sein Bein rutschte unter ihm weg und er fiel der Länge nach hin. »Ich werde dich töten, du, du –«

Buck sprang aus dem Wagen, rannte zu Ritz und zerrte ihn zurück. »Er ist bestimmt nicht allein!«, rief Buck. »Wir müssen verschwinden!«

Sie sprangen in den Wagen. Ken trat das Gaspedal durch und riss das Lenkrad herum. Eine Staubwolke wirbelte hinter ihnen auf, während sie über das von dem Erdbeben verwüstete Gelände nach Stapleton rasten.

»Wenn wir es schaffen, außer Sichtweite zu gelangen«, sagte Buck, »denken sie, wir würden zum internationalen Flughafen fahren. Warum hat er den Van nicht starten können?«

Ritz griff unter seinen Sitz und zog eine Verteilerkappe hervor. »Das könnte etwas damit zu tun haben«, erklärte er grinsend.

Der Wagen protestierte lautstark. Buck stützte sich mit der Hand am Dach ab, damit sein Kopf nicht dagegen schlug. Mit der anderen Hand griff er an Ritz vorbei und schnallte ihn an. Dann schnallte er sich selbst an. Dabei entdeckte er das Handy, dass zu seinen Füßen lag. Er hob es auf und sah, dass die Verbindung noch stand. »Hallo?«, fragte er.

»Buck! Ich bin es, Ray! Bist du in Sicherheit?«

»Wir sind auf dem Weg zum Flughafen! Wir fahren mit einem geplatzten Hinterreifen, aber wir dürfen auf keinen Fall anhalten.«

»Wir haben auch ein Leck im Benzintank!«, ergänzte Ritz. »Der Tank entleert sich ziemlich schnell!«

»Und wie geht es Hattie?«, fragte Rayford.

»Sie ist zu Tode erschreckt!«, erklärte Buck. Am liebsten hätte er auch sie angeschnallt, aber er wusste, in ihrem Zustand wäre das unmöglich, vor allem, da der Wagen so holperte. Sie lag auf dem Rücksitz, stützte sich mit den Füßen gegen die Tür ab und hatte eine Hand auf ihren Bauch gelegt. Sie war sehr blass.

»Halten Sie durch!«, rief Ritz ihr zu.

Buck entdeckte gerade noch ein tiefes Loch in der Straße, dem sie nicht ausweichen konnten. Ritz drosselte weder die Geschwindigkeit noch versuchte er anzuhalten. Er hielt das Gaspedal durchgedrückt und lenkte geradewegs auf die Mitte der Mulde zu. Buck wappnete sich innerlich und stemmte die Füße gegen den Boden. Er griff nach hinten, um zu versuchen, Hattie ein wenig vor der Wucht des Aufpralls zu schützen. Doch als der Wagen durch das Loch donnerte, wurde Hattie gegen die Rücklehne der Vordersitze geschleudert. Das Handy flog Buck aus der Hand, krachte gegen die Windschutzscheibe und landete auf dem Boden.

»Ruf mich an, wenn du kannst!«, rief Rayford und legte auf. Er ließ die Challenger 3 zum Ende der Startbahn rollen.

»Scuba an Albie«, sagte er. »Albie, hören Sie mich?«

»Sprechen Sie, Scuba.«

»Kehren Sie zur Basis zurück, und finden Sie heraus, was die wissen. Die Ware ist vorübergehend in Sicherheit, aber ich werde eine gute Geschichte brauchen, wenn ich auftauche.«

»Verstanden, Scuba. Überlegen Sie, ob ein Minot machbar ist.«

Rayford hielt inne. »Gute Idee, Albie. Werde ich tun. Brauche alles, was Sie mir so schnell wie möglich geben können.«

»Roger.«

Brillant, dachte Rayford. Vor einiger Zeit hatte er Mac von einem Zwischenfall erzählt, der sich ereignet hatte, als er in Minot, North Dakota, stationiert gewesen war. Sein Düsenjäger hatte nicht richtig funktioniert und er hatte einen Trainingsflug abbrechen müssen. Er würde Fortunato erzählen, er hätte Probleme mit der Challenger gehabt. Das würde Leon nicht überprüfen können. Mac würde alles bestätigen, was Rayford sagte. Das größte Problem würde sein, dass Leon bereits von dem Fiasko in Denver wusste, wenn Rayford zurückkehrte, und sicher vermutete, dass Rayford daran beteiligt war.

Was er brauchte, war Spielraum, um selbst am Leben zu bleiben. War Hattie Carpathia so wichtig, dass er Rayford so lange um sich duldete, bis er wusste, wo sie steckte? Rayford musste nach Bagdad zurückkehren, um herauszufinden, was aus Amanda geworden war. Es gab keine Garantie, dass Carpathia ihn zur Abschreckung für den Rest der *Tribulation Force* nicht töten lassen würde.

»Der Motor ist überhitzt!«, rief Ritz.

»Ich bin auch überhitzt!«, jammerte Hattie. Sie setzte sich auf und stützte sich mit einer Hand an den Kopfstützen des Vordersitzes ab. Ihr Gesicht war gerötet, ihre Stirn schweißnass.

»Wir haben keine Wahl, wir müssen weiter«, erklärte Buck. Ken versuchte, die heftigen Stöße des beschädigten Fahrzeugs abzufangen. Die Temperaturanzeige befand sich im roten Bereich, unter der Motorhaube quoll Dampf hervor, die Tankanzeige war beängstigend niedrig, und Buck entdeckte, dass Flammen aus dem geplatzten Rückreifen schlugen. »Wenn Sie anhalten, wird das Benzin auf die Flammen tröpfeln. Selbst wenn wir es bis zum Flughafen schaffen, achten Sie darauf, dass der Tank leer ist, bevor wir anhalten!«

»Und wenn der Reifen den Wagen nun trotzdem in Brand setzt?«, rief Hattie.

»Ich hoffe, Sie sind mit Gott im Reinen!«, erwiderte Ritz.

»Sie nehmen mir die Worte aus dem Mund!«, sagte Buck.

Während Rayford sich mit mehreren hundert Meilen pro Stunde Dallas näherte, fürchtete er, er könnte Mac in dem Hubschrauber überholen. Er musste den Zeitpunkt für seine Ankunft sorgfältig wählen. Kurze Zeit später hörte er, wie Fortunato Kontakt zu Mac aufnahm.

»Dallas Tower an Golf Charlie Niner Niner, over.«

»Hier spricht Golf Charlie. Sprechen Sie, Tower.«

»Schalten Sie auf andere Frequenz um, over.«

»Verstanden.«

Rayford schaltete ebenfalls auf Frequenz 11 um, um mitzuhören.

»Mac, hier spricht der Supreme Commander Fortunato.«

»Sprechen Sie, Sir.«

»Wo befinden Sie sich gerade?«

»Zwei Stunden westlich von Ihnen, Sir. Ich komme gerade von einem Besuch zurück.«

»Kommen Sie auf direktem Weg her?«

»Nein, Sir. Aber ich kann es einrichten.«

»Bitte. Es gab einen Zwischenfall nördlich von uns, können Sie folgen?«

»Was ist passiert?«

»Wir wissen es noch nicht genau. Wir müssen so zeitig wie möglich zurückfliegen.«

»Ich bin schon unterwegs, Sir.«

Buck betete, dass der Tank bald leer war, aber er wusste nicht, wie er Hattie ohne den Wagen über den aufgerissenen Boden schaffen sollte. Die Flammen leckten bereits an der hinteren Seite des Wagens und nur die Tatsache, dass Ken immer noch weiterfuhr, verhinderte eine Explosion.

Hattie saß dem Feuer am nächsten, und obwohl der Wagen hin- und herschlitterte, gelang es ihr, nach vorne zu den Männern zu klettern.

»Der Motor wird explodieren, bevor der Tank leer ist!«, rief Ken. »Wir werden vielleicht springen müssen!«

»Leichter gesagt als getan!«, erwiderte Hattie.

Buck hatte eine Idee. Er suchte sein Handy und gab einen Notfallcode ein. »Warnung an Stapleton Tower!«, rief er. »Kleines brennendes Fahrzeug nähert sich.« Der Motor knatterte und klopfte, der hintere Teil des Wagens stand in Flammen und Ken lenkte ihn über die letzte Erhebung zum hinteren Ende der Startbahn. Ein Feuerwehrlastzug stellte sich in Position.

»Halte den Wagen in Gang, Ken!«, sagte Buck.

Endlich starb der Motor ab. Ken nahm den Gang heraus und beide Männer griffen nach den Türgriffen. Hattie klammerte sich mit beiden Händen an Bucks Arm. Der Wagen rollte nur noch langsam, als der Feuerwehrwagen ihn erreichte und das Feuer mit Schaum erstickte. Ken sprang auf der einen Seite, Buck auf der anderen Seite heraus, Hattie im Schlepptau. Buck nahm Hattie kurzerhand auf die Arme und bahnte sich den Weg durch den Schaum. Die vergangenen Tage hatten ihn ziemlich geschwächt, und es fiel ihm schwer, mit dem zusätzlichen Gewicht mit Ken Schritt zu halten. Ken zog die Stufen des Learjet herunter und sagte Buck, er solle ihm Hattie reichen und an Bord gehen. Dann trug er sie zur anderen Seite, wo Buck ihr auf den Sitz half. Ken musste die Tür schließen. Die Triebwerke heulten auf und der Learjet rollte an.

Während sie sich bereits in die Lüfte erhoben, war die Löschmannschaft noch immer damit beschäftigt, das Feuer zu löschen. Sie starrte dem fliehenden Flugzeug hinterher.

Buck spreizte die Knie und ließ seine Hände herunterhängen. Seine Knöchel waren aufgeschürft. Er konnte die Bilder einfach nicht aus seinem Gedächtnis verbannen – die Empfangsdame, die tot vor ihm auf dem Boden lag, der Sicherheitsbeamte, der niedergeschossen wurde, und die zitternde Frau, wie sie ihre Tür verschloss.

»Ken, wenn die herausfinden, wer wir sind, dann werden wir nie wieder eine ruhige Minute haben und immer auf der Flucht sein.«

»Sie wollten doch um die Mittagszeit kommen«, sagte Hattie mit dünner Stimme.

»Was ist mit Ihrem Telefon passiert?«, fragte Buck. »Chloe und ich haben den ganzen Vormittag versucht, Sie zu erreichen.«

»Sie haben es mir weggenommen«, erklärte sie. »Sie sagten, sie müssten es an die Diagnostikabteilung oder so etwas geben.«

»Sind Sie gesund?«, fragte Buck. »Ich meine, abgesehen von Ihrem Zustand.«

»Ich habe mich schon besser gefühlt«, erwiderte sie. »Ich bin noch immer schwanger, falls Sie das meinen.«

»Das habe ich gemerkt, als ich Sie getragen habe.«

»Tut mir Leid.«

»Wir werden uns verstecken müssen«, erklärte Buck. »Sind Sie dazu bereit?«

»Wer ist denn sonst noch da?«

Buck sagte es ihr.

»Was ist mit medizinischer Versorgung?«

»Da habe ich schon so eine Idee«, erwiderte Buck. »Kein Versprechen, aber wir werden sehen, was wir tun können.«

Ken schien noch immer fassungslos. »Ich konnte es kaum glauben, dass der Hausmeister mich für Geld vor das Fenster geführt hat. Ich konnte direkt hineinschauen.«

»Als Sie sagten, Sie wären mit Buck zusammen«, erklärte Hattie, »musste ich Ihnen einfach vertrauen.«

»Wie um alles in der Welt haben Sie es geschafft zu fliehen, Buck?«, fragte Ken.

»Das frage ich mich selbst. Dieser Sicherheitsbeamte hat die Empfangsdame ermordet.«

Hattie wirkte betroffen. »Claire?«, fragte sie. »Claire Blackburn ist tot?«

»Ich kannte ihren Namen nicht«, entgegnete Buck, »aber ja, sie ist tot.«

»Das wollten sie auch mir antun«, meinte Hattie.

»Das sehen Sie ganz richtig«, bestätigte Ken.

»Ich werde bei euch bleiben, solange ihr mich haben wollt«, erklärte sie.

Buck nahm sein Telefon zur Hand, unterrichtete Rayford und Chloe von den Geschehnissen und wählte dann die Nummer von Dr. Floyd Charles in Kenosha.

Rayford erfand eine Geschichte, die seiner Meinung nach plausibel klang. Das einzige Problem war, er wusste, es würde nicht lange dauern, bis Buck als der Mann identifiziert sein würde, der sich für Rayford ausgegeben hatte.

18

Bevor Rayford nach Dallas zurückkehrte, wollte er noch versuchen herauszufinden, was Leon über die Vorfälle in Denver wusste oder zu wissen glaubte. Aber er konnte Mac nicht erreichen. War es möglich, dass Buck erkannt worden war? Niemand würde Rayford glauben, dass er bei Hatties Flucht seine Hand *nicht* im Spiel gehabt hatte, falls bekannt wurde, dass sein Schwiegersohn da gewesen war. Er wollte jedoch noch so lange auf freiem Fuß bleiben, bis er Amanda gefunden und ihren Namen rein gewaschen hatte.

Falls Tsion Recht hatte, standen die 144 000 Zeugen für eine bestimmte Zeit unter Gottes Schutz. Ihnen würde kein Leid geschehen. Doch Rayford gehörte nicht zu diesen Zeugen, obwohl er auch das Zeichen auf seiner Stirn hatte. Er vertraute Gott, dass er ihn beschützen würde.

Rayford hatte nichts von Mac gehört und konnte ihn auch nicht erreichen. Entweder konnte dieser sich nicht lange genug von Leon wegstehlen, um ihn anzurufen, oder irgendetwas stimmte nicht. Rayford musste etwas tun. Falls er die Mission abgebrochen hatte, wie er behaupten wollte, dann war es nur logisch, dass er mit Leon über Funk sprach, bevor er in Dallas wieder auftauchte.

Buck war erschüttert bei dem Gedanken, dass er vielleicht jemanden getötet hatte. Als Dr. Charles sie am Waukegan-Flughafen traf, bevor er ihnen nach Mount Prospect folgte, sprach Buck seine Ängste aus. »Ich muss wissen, wie schlimm dieser Sicherheitsbeamte verletzt ist.«

»Ich kenne jemanden im Unfallkrankenhaus der Weltgemeinschaft außerhalb von Littleton«, erwiderte Dr. Charles. »Ich kann es herausfinden.«

Nachdem Ken den Wagen in den Hof gelenkt hatte, blieb Dr. Charles noch in seinem Wagen sitzen und telefonierte. Chloe und Tsion wollten alles ganz genau wissen. Mit ihrem Stock konnte Chloe die Treppen bereits wieder recht gut bewältigen. Sie bestand darauf, dass Hattie das Bett im unteren Stockwerk bekam. Sie wirkte erschöpft. Ken und Tsion halfen ihr die Treppen hinauf und forderten sie auf, sie zu rufen, wenn sie geduscht hätte, damit sie ihr wieder hinunter helfen konnten.

Buck und Chloe hatten nun ein paar Minuten für sich. »Du hättest getötet werden können«, sagte sie.

»Es erstaunt mich, dass das nicht der Fall ist. Ich weiß, dass ich diesen Sicherheitsbeamten getötet habe. Er hatte gerade die Empfangsdame erschossen, und ich wusste, er würde mit uns dasselbe machen. Ich habe ganz instinktiv gehandelt. Wenn ich darüber nachgedacht hätte, hätte ich mich vielleicht nicht gerührt.«

»Du konntest doch gar nicht anders handeln, Buck. Aber du kannst einen Mann doch nicht mit einem Faustschlag töten, oder?«

»Ich hoffe nicht. Allerdings hatte er sich gerade umgedreht und kam auf mich zu, als ich ihn schlug. Ich übertreibe nicht, Liebes, aber ich glaube, ich hätte nicht fester zuschlagen können, wenn ich auf ihn zugelaufen wäre. Ich hatte das Gefühl, als würde sich meine Faust in seinen Kopf bohren. Er landete mit voller Wucht auf dem Hinterkopf. Es klang wie eine Bombenexplosion.«

»Es war Notwehr, Buck.«

»Ich weiß nicht, was ich tue, wenn ich herausfinde, dass er tot ist.«

»Die Frage ist doch, was wird die Weltgemeinschaft tun, wenn sie erfährt, dass du es warst?«

Ja, wie lange das wohl dauern würde? Der erste Sicherheitsbeamte würde ihn sehr gut beschreiben können, aber der war möglicherweise tot. Der andere Sicherheitsbeamte nahm an, er sei Rayford Steele. Er würde bei dieser Meinung bleiben, bis ihm jemand ein Bild von Rayford zeigte. Aber konnte er Buck beschreiben?

Buck ging zum Spiegel im Flur. Sein Gesicht war schmutzverschmiert, seine Wange bis fast zur Nase rot und blau. Sein Haar war durcheinander und dunkel von Schweiß. Er brauchte unbedingt eine Dusche. Aber wie hatte er in dieser Klinik ausgesehen? Wie würde der überlebende Sicherheitsbeamte ihn beschreiben?

»Charlie Tango an Dallas Tower, over.«

»Hier Tower, sprechen Sie, Charlie Tango.«

»Übermitteln Sie eine dringende Nachricht an den Supreme Commander der Weltgemeinschaft. Mission abgebrochen auf Grund mechanischen Defekts. Überprüfe Maschine, bevor ich zum Hauptquartier zurückkehre. Geschätzte Ankunftszeit etwa zwei Stunden, over.«

»Verstanden, Charlie Tango.«

Rayford landete auf einem offensichtlich verlassenen Flughafen östlich von Amarillo und wartete auf Leon Fortunatos Funkspruch.

Buck bemerkte, dass Dr. Charles, als er endlich hereinkam, seinem Blick auswich. Der Arzt hatte angeboten, Chloe, Ken und Hattie zu untersuchen, bevor er nach Kenosha zurückfuhr. Besonders besorgt zeigte er sich um Hattie und ihr Baby. Sie sollte auf jeden Fall ein paar Tage absolute Ruhe haben. Er erklärte den anderen, wie sie sie versorgen und auf welche Symptome sie achten sollten.

Der Arzt zog Kens Fäden und riet auch ihm, es ein paar Tage lang langsam angehen zu lassen.

»Was? Keine Schießereien mehr? Ich schätze, ich kann eine Zeit lang nicht für Buck arbeiten.«

Noch einmal versicherte der Doktor Chloe, dass die Zeit ihr Verbündeter sei. Ihr Arm- und Fußgips durfte zwar noch nicht abgenommen werden, aber er verschrieb ihr eine Therapie, die ihr helfen würde, schneller wieder auf die Beine zu kommen.

Buck wartete ab. Wenn Dr. Charles ihn vollkommen ignorierte, bedeutete das, dass er den Mann getötet hatte und der Doktor nicht wusste, wie er es ihm beibringen sollte. »Könnten Sie auch nach meiner Wange sehen?«, fragte Buck.

Wortlos kam Dr. Charles näher. Er nahm Bucks Gesicht in die Hände. »Das muss ich reinigen«, sagte er. »Es könnte eine Infektion geben, wenn wir es nicht mit ein wenig Alkohol behandeln.«

Die anderen verließen den Raum, während der Doktor Bucks Wunde versorgte. »Nach einer Dusche werden Sie sich schon besser fühlen«, versprach er.

»Ich werde mich besser fühlen, wenn Sie mir erzählen, was Sie herausgefunden haben. Sie haben sehr lange telefoniert.«

»Der Mann ist tot«, erklärte Dr. Charles.

Buck starrte ihn an.

»Ich glaube nicht, dass Sie eine Wahl hatten, Buck.«

»Sie werden mich suchen. Überall waren Kameras installiert.«

»Wenn Sie so ausgesehen haben wie jetzt im Augenblick, dann würden selbst Leute, die Sie kennen, Sie nicht erkannt haben.«

»Ich muss mich stellen.«

Dr. Charles trat einen Schritt zurück. »Wenn Sie einen feindlichen Soldaten während einer Schlacht getötet hätten, würden Sie sich dann auch stellen?«

»Ich wollte ihn nicht töten.«

»Aber wenn Sie ihn nicht getötet hätten, hätte er Sie erschossen. Er hat einen Menschen vor ihren Augen getötet. Sie wissen, dass er den Auftrag hatte, Sie und Hattie zu entführen.«

»Wie kann ein Faustschlag einen Menschen töten?«

Der Arzt legte ein Pflaster auf und setzte sich auf den Tisch. »Mein Kollege in Littleton hat mir erzählt, dass jeder der beiden Schläge – der ins Gesicht und der Aufprall auf dem Boden – der Grund dafür sein könnte. Aber beide zusammen machten das Ganze unvermeidlich. Der Sicherheitsbeamte erlitt ein schweres Gesichtstrauma, Knochen und Knorpel im Nasenbereich sind gebrochen und einige Knochensplitter sind in den Schädel eingedrungen. Beide Sehnerven wurden durchtrennt. Mehrere Zähne waren herausgebrochen und der Oberkiefer war gebrochen. Dieser Schaden allein hätte ihn töten können.«

»Hätten?«

»Mein Kollege neigt zu der Ansicht, dass der Aufprall auf dem Hinterkopf die Todesursache war. Dabei ist sein Schädel wie eine Eierschale gebrochen. Mehrere Knochensplitter sind ins Gehirn eingedrungen. Er war sofort tot.«

Buck ließ den Kopf hängen. Was für eine Art Soldat war er denn? Wie konnte er erwarten, in dieser kosmischen Schlacht gegen das Böse zu kämpfen, wenn er nicht bereit war, den Feind zu töten?

Der Doktor räumte seine Sachen weg. »Ich habe noch nie jemanden getroffen, der den Tod eines anderen Menschen verursacht und sich nicht eine ganze Zeit lang danach schlecht gefühlt hat«, sagte er. »Ich habe mit Eltern gesprochen, die jemanden getötet haben, um ihr eigenes Kind zu schützen, aber sie waren trotzdem erschüttert. Denken Sie darüber nach, wo Hattie und Sie jetzt wären, falls Sie nicht getan hätten, was Sie getan haben. Wo wären Sie denn?«

»Ich wäre im Himmel, Hattie in der Hölle.«

»Dann haben Sie ihr ein wenig Zeit verschafft.«

Endlich erhielt Rayford die Anweisung vom Tower in Dallas, sich eine halbe Stunde vor der Landung mit ihnen in Verbindung zu setzen. »Der Supreme Commander erwartet Ihre Ankunft.«

Er sagte ihnen, er würde sich bald auf den Weg machen. Eine halbe Stunde vor der Ankunft in Dallas meldete er sich über Funk beim Tower und 40 Minuten später ließ er die Challenger zu dem Hangar rollen, in dem auch die Condor 216 stand. Leon Fortunato erwartete ihn wutschnaubend. Mac McCullum stand hinter ihm und sah ihn bedeutungsvoll an. Rayford konnte es kaum erwarten, allein mit Mac zu sprechen.

»Was ist passiert, Captain Steele?«

»Die Maschine reagierte sehr schwerfällig, Commander, und es war ratsam, sie zu überprüfen. Ich konnte den Schaden beheben, war dann jedoch so weit hinter dem Zeitplan zurück, dass ich dachte, ich melde mich besser bei Ihnen.«

»Dann wissen Sie nicht, was passiert ist?«

»Mit dem Flugzeug? Nicht so richtig, aber es war instabil und –«

»Ich meine, was in Denver passiert ist!«

Rayford blickte Mac an, der fast unmerklich den Kopf schüttelte.

»In Denver?«

»Ich habe Ihnen doch gesagt, Commander«, wandte Mac ein, »ich habe ihn nicht erreichen können.«

»Folgen Sie mir«, forderte Fortunato Ray auf. Er führte Rayford und Mac zu einem Büro, wo er auf einem Computer ein Video und eine E-Mail von dem Büro der Weltgemeinschaft in Denver abrief. Die drei beugten sich über den Bildschirm, während Fortunato berichtete: »Wir wussten, dass Miss Durham nicht nach Neu-Babylon zurückkehren wollte, aber Seine Exzellenz war der Meinung, es sei nur zu ihrem Besten und dem Besten der weltweiten Sicherheit. Um seine Verlobte und ihr Kind zu schützen, beauftragten wir zwei Sicherheitsbeamte, sich mit Ihnen und ihr zu treffen und Ihnen Ihre Anweisungen zu übergeben. Oberste Priorität war, Miss Durham in Ihre Obhut zu übergeben, damit Sie sie in den Mittleren Osten bringen konnten. Die Beamten sollten sicherstellen, dass sie sich noch in Denver aufhält, wenn Sie ankommen.

Zwar hatten die Klinik und das Labor das Erdbeben relativ unbeschadet überstanden, doch wir waren der Meinung, dass das Überwachungssystem ausgefallen war. Der überlebende Sicherheitsbeamte hat das System jedoch noch einmal genau überprüft, für den Fall der Fälle, und tatsächlich ein Bild des Täters gefunden.«

»Des Täters?«

»Des Mannes, der sich für *Sie* ausgab.«

Rayford zog die Augenbrauen in die Höhe.

»Das waren Profis, Captain Steele.«

»Profis?«

»Es waren mindestens zwei. Vielleicht sogar noch mehr. Die Kameras vor dem Gebäude und in der Empfangshalle waren nicht in Betrieb. Aber an jedem Ende des Hauptflurs und in der Mitte waren ebenfalls Kameras installiert. Die einzige Kamera, die noch funktionierte, war die am hinteren Ende des Flurs. Sehen Sie nur: Fast immer wird der Betrüger durch einen der Sicherheitsbeamten abgeschirmt oder er steht mit dem Rücken zur Kamera. Die Aufzeichnung beginnt damit, dass der Täter und die beiden Sicherheitsbeamten vor Miss Durhams Tür stehen, während sie sich für die Reise ankleidet.«

Der Mann zwischen den beiden Sicherheitskräften war ganz eindeutig Buck, aber sein Gesicht war nicht zu erkennen. Sein Haar war wirr und er hatte eine Wunde an der Wange.

»Und jetzt passen Sie auf, meine Herren. Als der ältere Sicherheitsbeamte an Miss Durhams Tür klopft, wendet sich der andere ebenfalls der Tür zu, aber der Täter sieht den Flur entlang. Das ist das deutlichste Bild, das wir von seinem Gesicht haben.«

Wieder war Rayford erleichtert zu sehen, dass Buck auf dem Bild nicht deutlich zu erkennen war.

»Der ältere Sicherheitsbeamte ist der Meinung, der Täter sei durch zwei Hausmeister abgelenkt worden, die ganz deutlich auf dem Band zu sehen sind. Er wird später noch mit ihnen sprechen. Sehen Sie hier, ein paar Augenblicke später verliert er die Geduld mit Miss Durham. Er ruft ihr etwas zu und beide Beamte klopfen an die Tür. Hier fordert der jüngere Beamte die neugierigen Patienten auf, in ihre Zimmer zurückzukehren. Der Täter tritt ein paar Schritte zurück, als der ältere Sicherheitsbeamte die Tür aufbricht. Jetzt taucht die Empfangsdame auf. Während der jüngere Beamte abgelenkt ist, entwaffnet der Täter ihn irgendwie und sehen Sie? Sehen Sie die Schüsse? Er ermordet die Empfangsdame. Als der jüngere Sicherheitsbeamte versucht, ihn zu entwaffnen, schlägt er ihm das Ende des Gewehrkolbens so fest ins Gesicht, dass er tot ist, bevor er auf dem Boden aufschlägt.«

Mac und Rayford warfen sich bedeutungsvolle Blicke zu und beugten sich weiter vor, um sich das Video genauer anzusehen. Rayford fragte sich, ob Fortunato glaubte, genau wie Carpathia die Macht zu haben, die Menschen davon zu überzeugen, etwas gesehen zu haben, das gar nicht geschehen war. Das konnte er nicht durchgehen lassen.

»Ich sehe das aber ganz anders, Leon.«

Leon sah ihn scharf an. »Was sagen Sie?«

»Der junge Sicherheitsbeamte hat geschossen.« Fortunato ließ das Band zurücklaufen. »Sehen Sie?«, sagte Rayford. »Da! Er schießt. Der Täter tritt zurück. Der Beamte wirbelt herum und der Täter tritt vor, während der Beamte auf seiner Patronenhülse auszurutschen scheint. Sehen Sie? Er hat keinen Halt mehr, darum bringt der Schlag ihn zu Fall.«

Fortunato wirkte verärgert. Er ließ diese Szene noch ein paar Mal abspulen.

»Der Täter versucht nicht einmal, sich der Pistole zu bemächtigen.«

»Sagen Sie, was Sie wollen, meine Herren, aber dieser Mann hat die Empfangsdame und den Sicherheitsbeamten ermordet.«

»Den Sicherheitsbeamten?«, fragte Rayford. »Er wäre auch auf dem Hinterkopf aufgeschlagen, wenn er keinen Schlag erhalten hätte.«

»Wie auch immer«, fuhr Fortunato fort, »der Komplize hat Miss Durham aus dem Fenster geholt und sie zu dem Fluchtwagen geschickt. Als der Sicherheitsbeamte die Tür öffnete, hat der Komplize auf ihn geschossen.«

Das war natürlich wieder nicht das, was Rayford gehört hatte. »Wie kam es, dass er nicht getötet wurde?«

»Das wäre beinahe passiert. Er hat eine ernste Verletzung an der Ferse davongetragen.«

»Ich dachte, Sie hätten gesagt, er wäre in den Raum hereingekommen, als auf ihn geschossen wurde?«

»Das stimmt.«

»Aber wenn er in die Ferse geschossen wurde, hätte er doch aus dem Zimmer hinauslaufen müssen.«

Der Computer piepte und Fortunato bat einen Assistenten um Hilfe. »Es kommt eine Nachricht herein«, sagte er. »Holen Sie sie mir auf den Bildschirm.«

Der Assistent drückte ein paar Tasten und eine neue Botschaft des älteren Sicherheitsbeamten flimmerte über den Bildschirm. Sie lautete: »Fuß behandelt. Operation notwendig. Komplize war der zweite Hausmeister in der ersten Szene auf dem Band. Der richtige Hausmeister hatte eine Brieftasche voller Geld bei sich. Er sagt, der Komplize hätte ihn gezwungen, das Geld anzunehmen, damit es so aussah, als sei er bestochen worden. Er sagt, der Komplize hätte ihm das Messer an die Kehle gehalten, um an die Informationen zu kommen.«

Fortunatos Assistent ließ das Video zurückspulen bis zu der Stelle, an der die beiden Hausmeister den Flur betraten und auf die Kamera zueilten. Rayford, der Ritz nie kennen gelernt hatte, konnte nur erraten, welcher von beiden es war, weil er nur unzureichend wie ein Hausmeister gekleidet war. Das für einen Hausmeister einzig Typische war die Kappe und der Besen, die er offensichtlich von dem richtigen Hausmeister ausgeliehen hatte. Er trug westliche Kleidung.

»Er könnte aus der Gegend sein«, bemerkte Fortunato.

»Könnte sein«, bestätigte Rayford.

»Na ja, man muss kein Fachmann sein, um die für eine Gegend typische Kleidung zu erkennen.«

»Trotzdem, Commander, das ist ein wichtiges Indiz.«

»Ich kann kein Messer erkennen«, meinte Mac, als sich die beiden Gestalten der Kamera näherten. Ritz hatte seine Kappe tief in die Stirn gezogen. Rayford hielt die Luft an, als Ken nach dem Schirm seiner Kappe griff. Er hob sie hoch und setzte sie erneut auf den Kopf. Dabei war sein Gesicht deutlicher zu erkennen. Rayford und Mac sahen sich hinter Fortunatos Rücken an.

»Nachdem sie an dieser Kamera vorbeigegangen sind«, erklärte Fortunato, »bekam der Komplize die Information, die er brauchte, und rannte dem Hausmeister davon. Er verschwand mit Miss Durham und eröffnete das Feuer auf unsere Sicherheitsbeamten. Und diese Beamten sollten Miss Durham doch nur beschützen!«

Bequemerweise hatte der Sicherheitsbeamte Einzelheiten ausgelassen, die ihn wie einen Idioten hätten dastehen lassen. Bis jemand den Tatort genauestens untersuchen würde, hatte die Weltgemeinschaft nicht den Schatten eines Beweises, dass Rayford in die Sache verwickelt war.

»Sie wird Kontakt zu Ihnen aufnehmen«, erklärte Fortunato. »Das tut sie immer. Es wäre besser, wenn Sie bei dieser Geschichte nicht die Hände im Spiel hätten. Seine Exzellenz würde dies als Hochverrat betrachten und Sie mit dem Tod bestrafen.«

»Sie verdächtigen mich?«

»Ich bin noch zu keinen Schlussfolgerungen gekommen.«

»Und kehre ich nun als Verdächtiger oder als Pilot nach Neu-Babylon zurück?«

»Als Pilot natürlich.«

»Dann wollen Sie, dass ich die Condor 216 fliege?«

»Natürlich.«

Buck verbrachte mehr als drei Wochen damit, die Internet-Version des *Global Community Weekly* zu verfassen. Fast täglich sprach er mit Nicolai Carpathia. Hattie Durham wurde nicht erwähnt, aber Carpathia erinnerte ihn immer wieder daran, dass ihr gemeinsamer »Freund« Rabbi Tsion Ben-Judah von der Weltgemeinschaft beschützt werden würde, wann immer dieser beschloss, ins Heilige Land zurückzukehren. Buck sagte Tsion nichts von diesen Gesprächen, sondern wiederholte nur immer wieder seine Zusage, Tsion könne in einem Monat nach Israel zurückkehren.

Donny Moores kleines Haus war einfach ideal. Alle Häuser in der Nachbarschaft waren bei dem Erdbeben zerstört worden. Autos kamen praktisch nicht vorbei.

Ken Ritz, der nun vollkommen wiederhergestellt war, zog aus seiner kleinen Hütte auf dem Flugplatz von Palwaukee aus und verständigte sich mit Palatine und Waukegan von seiner kleinen Bude im Keller des Verstecks aus. Dr. Charles kam alle paar Tage vorbei, und wann immer sich die Möglichkeit ergab, setzte sich die *Tribulation Force* zusammen und hörte sich an, was Tsion zu sagen hatte.

Es war kein Zufall, dass sie sich an den Küchentisch kaum drei Meter von Hatties Krankenbett entfernt setzten. Häufig drehte sie sich zur Wand und tat so, als würde sie schlafen, aber Buck war davon überzeugt, dass sie jedes Wort verstand.

Sie achteten darauf, nichts gegen Carpathia zu sagen, da sie nicht wussten, was die Zukunft für Nicolai und Hattie bereithielt. Aber sie weinten miteinander, beteten zusammen, lachten, sangen, lasen in der Bibel und erzählten von ihren Erlebnissen. Dr. Charles war häufig bei ihnen zu Gast.

Fast bei jedem Treffen wiederholte Tsion den gesamten Plan der Erlösung. Entweder wurde er in Form einer ihrer Geschichten erläutert oder aber bei der Auslegung einer Bibelstelle. Hattie hatte viele Fragen, aber sie stellte sie nur Chloe.

Die Mitglieder der *Tribulation Force* hätten es gern gesehen, wenn Dr. Charles Mitglied bei ihnen geworden wäre, aber dieser lehnte ab, weil er befürchtete, dass häufigere Fahrten zu ihrem Haus die falschen Leute dorthin führen könnten. Ritz verbrachte viele Tage in dem unterirdischen Schutzraum, um alles für den Fall vorzubereiten, dass einer von ihnen oder sie alle dort Schutz würden suchen müssen. Sie hofften, es würde nicht so weit kommen.

Der Flug von Dallas nach Neu-Babylon mit den vielen Zwischenstopps, um Carpathias Botschafter aufzunehmen, verlief für Rayford sehr quälend. Er und Mac fürchteten beide, Fortunato könnte Mac den Auftrag geben, Rayford zu töten. Rayford fühlte sich sehr verletzlich, weil er annahm, Fortunato würde vermuten, dass er bei der Flucht von Hattie Durham doch seine Hände im Spiel gehabt hatte.

Die Abhöranlage, über die Rayford hören konnte, was in der Kabine gesprochen wurde, bot ihnen eine faszinierende Abwechslung auf dem langen Flug. Eines der Mikrofone war in der Nähe des Sitzes angebracht, auf dem normalerweise Nicolai Carpathia saß. Natürlich hatte auf diesem Flug Leon diesen Platz für sich in Anspruch genommen, was für Rayford sehr angenehm war. Er stellte fest, dass Leon es meisterhaft verstand, die Leute zu täuschen, fast so gut wie Nicolai.

Jeder Botschafter wurde mit viel Pomp an Bord willkommen geheißen und Fortunato schmeichelte sich sofort bei jedem von ihnen ein. Er wies die Crew an, sie zu bedienen, flüsterte vertraulich mit ihnen, schmeichelte ihnen, schenkte ihnen sein Vertrauen. Jeder von ihnen hörte Fortunatos Geschichte, wie er von Carpathia von den Toten auferweckt worden war. Rayford hatte den Eindruck, als seien alle tief beeindruckt, zumindest taten sie so. »Ich nehme an, Sie wissen, dass Sie einer der beiden Botschafter sind, die Seine Exzellenz am meisten schätzt«, vertraute Fortunato jedem Botschafter an.

Ihre Antworten waren alle irgendwie gleich. »Ich wusste es nicht mit absoluter Sicherheit, aber ich kann nicht sagen, dass es mich erstaunt. Ich habe das Regime Seiner Exzellenz immer tatkräftig unterstützt.«

»Das ist nicht unbemerkt geblieben«, erwiderte Fortunato darauf. »Er ist sehr dankbar, dass Sie die Ausbeutung des Meeres vorgeschlagen haben. Seine Exzellenz ist der Meinung, dass dies der ganzen Welt große Profite einbringen wird. Er bittet Sie, dass Ihre Region das Einkommen gleichmäßig mit der Regierung der Weltgemeinschaft teilt. Er wird dann den Anteil der Weltgemeinschaft an die Regionen weitergeben, die nicht so reich sind.«

Falls dies einen Botschafter zum Erblassen brachte, fuhr Fortunato fort: »Natürlich weiß seine Exzellenz, welche Bürde er Ihnen damit auferlegt. Aber Sie kennen doch sicher das alte Sprichwort: ›Wem viel gegeben ist, von dem wird auch viel verlangt.‹ Der Potentat ist der Meinung, dass Sie Ihr Land so hervorragend regiert haben, dass Sie zu den großen Wohltätern der Welt gezählt werden können. Als Gegenleistung hat er mir gestattet, Ihnen diese Liste und diese Pläne zu zeigen, als kleines Trostpflaster sozusagen.« Wenn Fortunato dann einige Papiere hervorholte, die, wie Rayford annahm, genaue Pläne irgendeines Bauwerks und eine Liste bestimmter Vergünstigungen enthielten, sagte er: »Seine Exzellenz der Potentat höchstpersönlich hat mich gebeten, Ihnen zu versichern, dass dieses Gebäude einer Person Ihrer Position und Stellung angemessen ist. Zwar wirkt es überaus prächtig, doch er hat mich gebeten, Ihnen persönlich zu versichern, dass er Sie einer solchen Unterbringung für wert erachtet. Sie erkennen sicherlich, dass Ihr neues Domizil, das innerhalb der kommenden sechs Monate erbaut und ausgestattet werden wird, Sie noch über Seine Exzellenz erheben wird, doch er besteht darauf, dass Sie seine Pläne nicht zurückweisen.«

Was immer Fortunato den Botschaftern zeigte, schien sie zu beeindrucken.

»Na ja«, antworteten sie gewöhnlich, »ich würde dies niemals für mich selbst erbitten, aber wenn Seine Exzellenz darauf besteht ...«

Doch sein wichtigstes Anliegen hob Fortunato sich für den Schluss auf. Bevor die Unterredung mit jedem König beendet war, fügte er noch hinzu: »Seine Exzellenz hat mich gebeten, noch eine delikate Angelegenheit anzusprechen, die unbedingt vertraulich behandelt werden muss. Kann ich auf Sie zählen?«

»Selbstverständlich!«

»Vielen Dank. Er hat sehr heikle Informationen über die Vorgehensweise des Enigma-Babylon-Einheitsglaubens bekommen. Keinesfalls möchte Seine Exzellenz Sie gegen den Pontifex einnehmen, aber er ist neugierig. Wie beurteilen Sie seine selbstsüchtige Vorgehensweise – nein, das klingt herabsetzend. Lassen Sie es mich anders ausdrücken. Noch einmal möchte ich betonen, dass wir Sie keinesfalls gegen ihn einnehmen wollen. Aber meine Frage lautet, teilen Sie die, sagen wir, ›Zurückhaltung‹ Seiner Exzellenz in Bezug auf die Unabhängigkeit des Pontifex von der Regierung der Weltgemeinschaft?«

Alle Könige drückten einstimmig ihren Unmut über Mathews Machenschaften aus. Jeder betrachtete ihn als Bedrohung. Einer sagte: »Wir leisten unseren Beitrag. Wir zahlen die Steuern. Wir sind Seiner Exzellenz gegenüber loyal. Doch Mathews nimmt nur. Er nimmt und nimmt und nimmt. Es ist nie genug. Ich für meinen Teil, und das können Sie Seiner Exzellenz auch mitteilen, würde es gern sehen, wenn Mathews aus dem Amt entfernt würde.«

»Dann möchte ich gern ein noch heikleres Thema ansprechen, wenn Sie gestatten.«

»Natürlich.«

»Falls es zu einem extremen Handlungsverlauf gegen die Person des Pontifex kommen sollte, könnte sich Seine Exzellenz auf Sie verlassen?«

»Sie meinen ...?«

»Sie verstehen.«

»Auf mich können Sie zählen.«

An dem Tag, bevor die Condor die Würdenträger in Neu-Babylon absetzen sollte, erhielt Mac eine Nachricht von Albie. »Ihre Lieferung ist früher angekommen und kann abgeholt werden.«

Rayford verbrachte fast eine Stunde damit, seine und Macs Zeit im Cockpit und ihre Pausen so zu planen, dass sie bei der Ankunft in Neu-Babylon so ausgeruht wie möglich waren. Rayford trug sich für die letzte Etappe der Reise ein. Mac würde schlafen und dann den Hubschrauber fertig machen können, damit sie die Lieferung abholen und Albie auszahlen konnten. In der Zwischenzeit würde Rayford in seinem Quartier im Schutzbunker schlafen. Bei Einbruch der Dunkelheit würden sich Rayford und Mac davonstehlen und mit dem Hubschrauber nach Tigris fliegen.

Es klappte beinahe alles so wie geplant. Allerdings hatte Rayford nicht einkalkuliert, dass David Hassid es kaum erwarten konnte, ihm alles zu berichten, was in ihrer Abwesenheit geschehen war. »Carpathia hat tatsächlich Raketen mit Richtung auf den Weltraum aufstellen lassen, um mögliche Meteoren abzuwehren.«

Rayford zuckte zusammen. »Er glaubt wirklich an die Prophezeiungen, dass Gott noch mehr Gerichte über die Erde hereinbrechen lassen wird?«

»Das würde er nie zugeben«, erklärte David. »Aber es sieht tatsächlich so aus, als hätte er Angst davor.«

Rayford dankte David und sagte diesem, er brauche nun ein wenig Ruhe. Auf dem Weg nach draußen erzählte Hassid ihm noch eine weitere Neuigkeit, und Rayford konnte sich nur mit Mühe zurückhalten, sich ins Internet einzuwählen. »In den vergangenen Tagen ist Carpathia außer sich gewesen«, berichtete David. »Er hat im Internet entdeckt, dass man eine Live-Kamera zur Klagemauer anklicken kann. Wohin er auch geht, hat er seinen Laptop bei sich und beobachtet die beiden Prediger an der Klagemauer. Er ist davon überzeugt, dass sie ihn direkt ansprechen, und das tun sie natürlich auch. Er ist furchtbar wütend. Zweimal habe ich gehört, wie er geschrien hat: ›Ich will sie tot sehen! Und zwar bald!‹«

»Das wird erst geschehen, wenn der richtige Zeitpunkt gekommen ist«, erwiderte Rayford.

»Das brauchen Sie mir nicht zu sagen«, erklärte David. »Ich lese Tsion Ben-Judahs Botschaften, so oft ich dazu komme.«

In allen zentralen Mitteilungsblättern im Internet hinterließ Rayford verschlüsselte Botschaften, um Amanda ausfindig zu machen. Sie waren vielleicht zu unverständlich, aber er wagte es nicht, sie noch klarer zu formulieren. Er war der festen Überzeugung, dass sie noch am Leben war, und wenn man ihm nicht das Gegenteil bewies, würde er an diesem Glauben festhalten. Wenn sie in der Lage wäre, sich mit ihm in Verbindung zu setzen, würde sie es tun, das wusste er. Manchmal hoffte er sogar, die unglaubliche Beschuldigung, sie würde für Carpathia arbeiten, sei wahr. Denn das würde bedeuten, dass sie mit Sicherheit noch am Leben war. Aber falls sie tatsächlich eine Verräterin war – nein, einen solchen Gedanken wollte er nicht an sich heranlassen. Er war der Meinung, dass sie sich nur aus dem einen Grund noch nicht mit ihm in Verbindung gesetzt hatte: weil sie nicht die Möglichkeit dazu hatte.

Rayford konnte es kaum erwarten zu beweisen, dass Amanda nicht mit dem Flugzeug im Tigris untergegangen war. Er wusste nicht genau, ob er überhaupt Schlaf finden würde. Und so war es dann auch tatsächlich. Er war hellwach und sah alle halbe Stunde auf die Uhr. 20 Minuten, bevor Mac kommen wollte, duschte Rayford, zog sich an und wählte sich ins Internet ein.

Die Kamera an der Klagemauer übertrug live aus Jerusalem. Die Prediger, von denen Rayford wusste, dass sie die beiden in der Offenbarung vorhergesagten Zeugen waren, predigten noch immer an der Klagemauer. Er konnte ihre verrauchten Sackleinenkleider beinahe riechen. Ihre dunklen, knochigen bloßen Füße und ihre dürren Hände vermittelten den Eindruck, als seien sie schon tausend Jahre alt. Sie trugen lange, raue Bärte, hatten dunkle, stechende Augen und langes, wirres Haar. Sie nannten sich Eli und Moishe und predigten mit Vollmacht und Autorität. Und mit großer Lautstärke.

Links auf der Videoübertragung war Eli zu sehen. Seine Botschaft war in Untertiteln auf dem Bildschirm zu lesen. Er sagte gerade: »Hütet euch, Männer von Jerusalem! Seit der Unterzeichnung des Paktes mit dem Bösen seid ihr nun schon ohne Wasser aus dem Himmel. Wenn ihr den Namen Jesu Christi, des Herrn und Erlösers, auch weiterhin lästert, werdet ihr erleben, wie euer Land austrocknet und eure Kehlen trocken werden. Jesus als den Messias zurückzuweisen ist so, als würdet ihr dem allmächtigen Gott ins Angesicht spucken. Er wird sich nicht spotten lassen.

Weh dem, der auf dem Thron dieser Erde sitzt. Sollte er es wagen, den versiegelten und gesalbten Zeugen Gottes, 12 000 aus jedem Stamm, im Wege zu stehen, wenn sie ihre Pilgerreise hierher machen, um sich auf ihren Dienst vorzubereiten, wird er dafür büßen müssen.«

An dieser Stelle übernahm Moishe. »Ja, jeder Versuch zu verhindern, dass Gott unter den Versiegelten wandelt, wird Pflanzen verwelken und sterben lassen. Der Regen wird in den Wolken hängen bleiben und euer Wasser – alles – wird sich in Blut verwandeln! Der Herr der

Heere hat geschworen: ›Wie ich es erdacht habe, so wird es geschehen; wie ich es plante, so wird es auch kommen.‹«

Rayford verspürte den Drang zu schreien. Er hoffte, dass Buck und Tsion dies sahen. Die beiden Zeugen warnten Carpathia, sich von denen der 144 000 Zeugen fern zu halten, die nach Israel kommen wollten. Kein Wunder, dass Nicolai vor Wut kochte. Bestimmt sah er sich selbst als denjenigen, der auf dem Thron der Erde saß.

Rayford wusste es zu schätzen, dass Mac nicht versuchte, ihn von seinem Vorhaben abzubringen. Er war noch nie entschlossener gewesen, eine Aufgabe zu Ende zu bringen, und lud zusammen mit Mac die Ausrüstung in den Hubschrauber für den kurzen Flug von Neu-Babylon zum Tigris. Rayford schnallte sich an und deutete in Richtung Bagdad. Als sie landeten, war der Himmel dunkel.

»Sie brauchen mir nicht zu helfen, das wissen Sie«, sagte Rayford. »Es macht mir nichts aus, wenn Sie einfach nur für mich aufpassen wollen.«

»Keine Chance, Bruder. Ich werde an Ihrer Seite sein.«

Sie luden die Taucherausrüstung an einem steilen Uferhang aus. Rayford legte seine Kleider ab, zog den Taucheranzug und die Flossen an und stülpte sich die Taucherbrille über den Kopf. Der Taucheranzug hätte kein Stück kleiner sein dürfen. »Habe ich Ihren bekommen?«, fragte er.

»Albie sagt, einer würde für alle Größen passen.«

»Na prima.«

Nachdem sie vollständig ausgestattet waren und sich auch ihre Sauerstoffflaschen auf den Rücken geschnallt hatten, marschierten sie zum Wasser. Sie spuckten auf ihre Tauchermasken, um sie vor dem Beschlagen zu schützen, und setzten sie auf.

»Ich bin fest davon überzeugt, dass sie nicht dort unten ist«, sagte Rayford.

»Ich weiß«, erwiderte Mac.

Sie überprüften die Ausrüstung des anderen, vor allem ihre Sauerstoffflaschen, steckten ihr Mundstück in den Mund und ließen sich in das kalte, schnell fließende Wasser gleiten.

Rayford konnte nur raten, wo die 747 in den Fluss gestürzt war. Zwar war er mit den Mitarbeitern der Pan-Con einer Meinung, dass das Flugzeug zu schwer war, um von der Strömung mitgerissen zu werden, jedoch konnte sie noch Dutzende Meter stromabwärts geglitten sein, bevor sie auf dem Grund aufsetzte. Da keine Wrackteile des Flugzeugs an die Oberfläche gekommen waren, war Rayford davon überzeugt, dass der Rumpf vorne und hinten Löcher hatte. Das war vermutlich der Grund dafür, dass die Maschine nicht wieder an die Wasseroberfläche gestiegen war.

Das Wasser war schlammig. Rayford war ein guter Taucher, fühlte sich aber ziemlich eingeengt, wenn er nur wenige Meter weit sehen konnte, trotz der starken Taschenlampe, die er an seiner Hand befestigt hatte. Mehr als drei Meter weit konnte er auch damit nicht sehen. Macs Licht war noch dunkler und verschwand plötzlich ganz.

Hatte Mac eine schlechte Ausrüstung oder hatte er seine Lampe aus irgendeinem Grund vielleicht abgeschaltet? Es machte keinen Sinn. Auf keinen Fall wollte Rayford seinen Partner aus den Augen verlieren. Sie würden viel zu viel Zeit damit verbringen, das Wrack zu suchen und hätten dann nicht mehr genügend Spielraum, es zu untersuchen.

Rayford sah aufgewirbelten Sand und erriet, was passiert war. Mac war von der Strömung mitgerissen worden. Er war so weit vor ihm, dass keiner mehr das Licht des anderen sehen konnte.

Rayford versuchte, nicht den selben Fehler zu machen. Je tiefer er ging, desto weniger Kraft würde die Strömung haben. Er ließ mehr Luft aus seinem Tauchergürtel und trat noch heftiger, um weiter nach unten zu kommen. Sein Blick hing am Ende seines Lichtstrahls. Vor ihm erschien ein schwaches, blinkendes Licht. Wie hatte Mac es geschafft, nicht weiter flußabwärts getrieben zu werden?

Während das blinkende Licht größer und stärker wurde, schwamm Rayford mit aller Macht auf dieses Licht zu. Er war sehr schnell und prallte plötzlich mit voller Wucht gegen Macs Sauerstoffflasche. Mac hakte Rayford mit einem Arm ein und hielt ihn fest. Mac hatte sich in einer Baumwurzel verfangen. Seine Tauchermaske war halb heruntergezogen und sein Mundstück aus dem Mund gerutscht. Da er sich mit einer Hand an der Baumwurzel festhielt und mit der anderen Rayford, konnte er sich nicht helfen.

Rayford klammerte sich an die Wurzel, so dass Mac ihn loslassen konnte. Mac nahm das Mundstück in den Mund und säuberte seine Tauchermaske. Sie konnten sich nicht verständigen, während sie beide gegen die Strömung ankämpften und sich an der Wurzel festhielten. Rayford betastete die Stelle an seinem Kopf, mit der er gegen Macs Sauerstoffflasche gestoßen war. Ein Stück Gummi war aus seiner Kappe gerissen und einige Haare hatte er ebenfalls eingebüßt.

Mac deutete mit dem Licht auf Rayfords Kopf und forderte ihn auf, sich zu ihm vorzubeugen. Rayford wusste nicht, was Mac entdeckt hatte, aber auf jeden Fall machte er ihm ein Zeichen, an die Oberfläche zu schwimmen. Rayford schüttelte den Kopf. Seine Wunde begann zu klopfen.

Mac stieß sich von der Wurzel ab und schwamm nach oben. Nur widerstrebend folgte Rayford. Bei dieser Strömung war er ohne Mac machtlos. Als Rayford aus dem Wasser auftauchte, sah er, wie Mac gerade an Land ging. Rayford schwamm zu ihm hin. Sie nahmen ihre Masken ab und das Mundstück heraus.

»Ich werde nicht versuchen, Ihnen diese ganze Sache auszureden, Ray. Aber ich sage Ihnen, wir werden zusammenarbeiten müssen. Sehen Sie, wie weit wir uns bereits vom Hubschrauber entfernt haben?« Rayford war erstaunt, als er ein ganzes Stück flussaufwärts die dunklen Umrisse des Hubschraubers erkannte.

»Wenn wir das Flugzeug nicht bald finden, bedeutet das, dass wir vielleicht schon daran vorbei sind. Die Lichter helfen nicht viel. Wir brauchen sehr viel Glück.«

»Wir müssen beten«, sagte Rayford.

»Und Sie müssen Ihren Kopf verarzten. Sie bluten.«

Rayford betastete wieder seinen Kopf und leuchtete auf seine Finger. Als er nur wenig Blut daran erkennen konnte, meinte er: »Das ist nichts Ernstes, Mac. Lassen Sie uns weitermachen.«

»Einen Versuch haben wir noch. Wir müssen dicht am Ufer bleiben, bis wir bereit sind, in der Mitte des Flusses zu suchen. Wenn wir erst mal dort draußen sind, werden wir zu schnell. Falls sich das Flugzeug tatsächlich dort befindet, könnten wir direkt darauf stoßen. Wenn es nicht da ist, müssen wir zum Ufer zurück. Ich werde Ihnen die Führung überlassen, Rayford. Sie folgen mir, solange wir am Flussufer entlangschwimmen. Sie geben das Zeichen, wenn es Zeit ist, sich in den Fluss hinauszuwagen.«

»Wie soll ich das denn wissen?«

»Sie sind doch derjenige, der betet.«

19

Es war kurz vor ein Uhr mittags in Mount Prospect. Tsion hatte den Morgen damit verbracht, eine weitere ausführliche Botschaft an die Gläubigen und Suchenden ins Internet einzugeben. Die Anzahl der Rückmeldungen auf seine Botschaften stieg noch immer. Er rief Buck, der gerade die Treppe hochkam.

»So«, sagte Buck, »ist es nun endlich langsamer geworden?«

»Ich wusste, dass Sie das sagen würden, Cameron«, erwiderte Tsion lächelnd. »Gegen vier Uhr heute Morgen kam eine Nachricht durch, der Server würde nun nicht mehr jede Antwort zählen, sondern nur noch alle 1000.«

Buck schüttelte den Kopf und starrte auf den Bildschirm. Alle ein oder zwei Sekunden wechselte die Zahl. »Tsion, das ist einfach unglaublich.«

»Es ist ein Wunder, Cameron. Ich bin beschämt und gleichzeitig fühle ich mich wie neu belebt. Gott erfüllt mich mit Liebe für jeden Menschen, der auf unserer Seite steht, und vor allem für die, die Fragen haben. Ich erinnere sie daran, dass man fast überall in unserem zentralen Mitteilungsblatt den Heilsplan Gottes finden kann. Das einzige Problem ist, dass die Eingabe jede Woche erneuert werden muss, da dies nicht unsere Homepage ist.«

Buck legte dem Rabbi die Hand auf die Schulter. »Es wird nicht mehr lange dauern, bis sich die Massen in Israel treffen. Ich bete, dass Gott Sie beschützt.«

»Ich fühle einen solchen Mut – der nicht in meiner eigenen Kraft begründet liegt, sondern sich auf die Verheißungen Gottes gründet – dass ich das Gefühl habe, ich könnte allein zum Tempelberg laufen, ohne dass mir etwas geschieht.«

»Ich werde nicht zulassen, dass Sie das versuchen, Tsion, aber vermutlich haben Sie Recht.«

»Hier, sehen Sie, Cameron.« Tsion klickte auf das Symbol, das ihn in die Live-Übertragung aus Israel führte. Sie sahen die beiden Zeugen an der Klagemauer. »Ich würde so gern noch einmal persönlich mit ihnen sprechen. Ich empfinde eine enge Seelenverwandtschaft mit ihnen, obwohl sie übernatürliche Wesen sind und von Gott kommen. Wir werden die Ewigkeit mit ihnen verbringen, die Geschichten der Wunder Gottes hören von Menschen, die dabei waren.«

Buck war fasziniert. Die beiden predigten, wann sie wollten, und schwiegen, wann es ihnen gefiel. Die Menschenmenge hielt Abstand. Jeder, der versuchte, ihnen etwas anzutun, stürzte entweder tot zu Boden oder wurde mit Feuer aus dem Mund der Zeugen verbrannt. Und doch hatten Buck und Tsion nur wenige Meter von ihnen entfernt gestanden. Nur ein Zaun hatte sie voneinander getrennt. Für Nichtchristen hatte es den Anschein, als würden sie in Rätseln sprechen, doch Buck konnte sie immer verstehen. Während er sie jetzt beobachtete, saß Eli in der hereinbrechenden Dunkelheit auf dem Boden, den Rücken an einen verlassenen Unterschlupf aus Stein gelehnt. Es sah so aus, als sei dieser früher von Soldaten benutzt worden. Die beiden schweren Eisentüren waren verschlossen und eine kleine vergitterte Öffnung diente als Fenster. Moishe stand mit dem Gesicht zum Zaun, der ihn von den Zuschauern trennte. Die Menschen hielten mindestens zehn Meter Abstand. Seine Füße waren gespreizt, die Arme hingen an der Seite herunter. Er rührte sich nicht. Man hatte den Eindruck, als blinzelte Moishe nicht einmal. Er sah aus wie eine Steinstatue, bis auf die Tatsache, dass seine Haare dann und wann im Wind wehten.

Eli verlagerte gelegentlich sein Gewicht. Er massierte seine Stirn, schien nachzudenken oder zu beten.

Tsion sah Buck an. »Sie tun, was ich tue. Wenn ich eine Pause brauche, klicke ich diese Homepage an und beobachte meine Brüder. Ich höre sie so gern predigen. Sie sind so mutig, so geradeheraus. Sie nehmen den Namen des Antichristen nicht in den Mund, aber sie warnen die Feinde des Messias vor dem, was kommen wird. Sie werden diejenigen der 144 000 Zeugen, die nach Jerusalem kommen werden, inspirieren. Wir werden uns an den Händen halten. Wir werden singen, beten, in der Bibel lesen. Wir werden motiviert werden, unerschrocken auszuziehen und die Gute Nachricht von Jesus Christus auf der ganzen Welt zu predigen. Die Felder sind reif für die Ernte. Wir haben die erste Gelegenheit verpasst, aber es ist trotzdem ein unaussprechliches Vorrecht, in dieser Zeit zu leben! Wir werden die Gelegenheit haben, noch Millionen von Menschen von der Liebe Gottes zu erzählen und sie zum Glauben an ihn zu führen. Und Gott wird uns eine Ernte schenken wie noch niemals zuvor.«

»Das sollten Sie Ihrer Gemeinde im Internet sagen.«

»Tatsächlich habe ich gerade den Schluss der heutigen Botschaft noch einmal durchgesehen. Jetzt müssen Sie sie unbedingt lesen.«

»Das werde ich mir nicht entgehen lassen!«

»Heute warne ich Gläubige und Nichtchristen, sich von Bäumen und Gras fern zu halten, bis das erste Posaunengericht vorüber ist.«

Buck sah ihn verwirrt an. »Und woher sollen wir wissen, dass es vorbei ist?«

»Es wird die wichtigste Nachricht seit dem Erdbeben sein. Wir müssen Ken und Floyd bitten, uns zu helfen, das Gras in der Nähe des Hauses zu entfernen und vielleicht einige Bäume zu beschneiden.«

»Dann nehmen Sie die Vorhersagen wörtlich?«, fragte Buck.

»Mein lieber Bruder, wenn die Bibel in Bildern spricht, dann kann man das auch erkennen. Wenn dort steht, dass alles Gras und ein Drittel aller Bäume in Flammen aufgehen werden, kann ich mir nicht vorstellen, wie das symbolisch gemeint sein kann. Ich weiß, dass einige Theologen dies anders sehen, aber auf Grund der Erfahrungen, die wir bislang gemacht haben, denke ich, dass wir die biblischen Aussagen wörtlich nehmen können. Für den Fall, dass unsere Bäume zu dem einen Drittel gehören, möchte ich sie aus dem Weg haben. Sie nicht?«

»Wo ist Donnys Spaten?«

Der Tigris war nicht besonders kalt, aber unangenehm. Rayford gebrauchte Muskeln, die er seit Jahren nicht mehr benutzt hatte. Sein Taucheranzug war viel zu eng und sein Kopf schmerzte. Mit aller Kraft musste er gegen die Strömung ankämpfen. Sein Puls schlug schneller, als er sollte, und er musste sich Mühe geben, seine Atmung zu regulieren. Er hatte Angst, seinen Sauerstoff zu schnell zu verbrauchen.

Er konnte Mac nicht zustimmen. Sie hatten vielleicht nur einen Versuch, aber wenn sie das Flugzeug in dieser Nacht nicht fänden, würde Rayford immer wieder kommen. Er würde Mac nicht bitten, ihn zu begleiten, obwohl er wusste, dass Mac ihn niemals im Stich lassen würde.

Rayford betete, während er Mac hinterherschwamm. Mac ließ ein wenig Luft aus seinem Gürtel und Rayford machte es ihm nach. Wenn Rayford oder Mac mehr als drei Meter schwammen, ohne sich an irgendetwas festhalten zu können, drohte die Strömung sie vom Ufer fortzuziehen.

Rayford hatte Mühe, auf gleicher Höhe mit Mac zu bleiben. »Bitte, Gott, hilf mir, dies zu Ende zu bringen. Zeig mir, dass sie nicht da ist und führe mich zu ihr. Falls sie sich in Gefahr befindet, hilf mir, sie zu retten.«

Mit aller Macht wehrte sich Rayford gegen die Möglichkeit, dass Carpathia die Wahrheit darüber gesagt hatte, wem Amandas Loyalität galt. Er wollte es nicht glauben, nicht eine Sekunde lang, aber der Gedanke beschäftigte ihn trotzdem.

Zwar befanden sich die Seelen der Leichen im Tigris entweder im Himmel oder in der Hölle, doch Rayford hatte das Gefühl, er müsste sie alle im Flugzeug lassen. Falls er überhaupt welche fand. War dieses Gefühl ein Signal von Gott, dass sie sich in der Nähe des Wracks befanden? Rayford überlegte, ob er Macs Schwimmflosse berühren sollte, aber er wartete noch.

Das Flugzeug musste mit großer Wucht auf dem Wasser aufgeschlagen sein. Alle Passagiere an Bord waren vermutlich sofort tot gewesen, denn sonst hätten sie sich abschnallen und durch die Löcher im Rumpf oder die Türen und Fenster, die sicherlich aufgesprungen waren, das Flugzeug verlassen können. Aber es waren keine Leichen an der Wasseroberfläche aufgetaucht.

Rayford war klar, dass die Flügel vermutlich abgerissen waren, wahrscheinlich auch der Schwanz. Diese Flugzeuge waren Wunder der Aerodynamik, aber sie waren nicht unzerstörbar. Er fürchtete sich davor, das Ergebnis eines solchen Aufpralls zu sehen.

Rayford war erstaunt, Mac einen knappen Meter vom Ufer entfernt zu sehen. Er hielt sich nicht fest. Offensichtlich waren sie tief genug, dass die Strömung nicht mehr so stark war. Mac hielt an und überprüfte seine Druckanzeige. Rayford tat es ihm nach und deutete mit den Daumen nach oben. Mac deutete auf seinen Kopf. Auch in dieser Hinsicht beruhigte Rayford ihn, obwohl er starke Schmerzen hatte.

Jetzt übernahm er die Führung. Sie waren nun etwa 20 Meter vom Grund entfernt. Rayford spürte, dass er bald finden würde, wonach er suchte. Er betete, dass er alles so vorfinden würde, wie er es sich erhoffte.

Je weiter sie in die Mitte des Flusses kamen, desto weniger Schlamm wirbelten sie durch ihre Bewegungen auf und ihre Lampen bekamen eine größere Reichweite. Rayford entdeckte etwas und forderte Mac auf anzuhalten. Obwohl die Strömung nicht mehr so stark war, mussten sie gegenrudern, um nicht abgetrieben zu werden. Beide Lampen waren nun auf die Stelle gerichtet, auf die Rayford gezeigt hatte. Vor ihnen lag der riesige, vollkommen intakte Flügel einer 747. Rayford rang um Fassung.

Er leuchtete die Umgebung ab. Nicht weit entfernt entdeckte er den linken Flügel. Abgesehen von einem Riss, der von den Klappen bis zu der Stelle führte, an der er mit der Maschine verbunden gewesen war, war er noch vollkommen intakt. Rayford schätzte, dass sie als Nächstes den Schwanz finden würden. Zeugen hatten gesagt, das Flugzeug sei mit der Nase zuerst in den Fluss eingetaucht, was bedeutete, dass der hintere Teil mit solcher Wucht auf dem Wasser aufgeschlagen war, dass der Schwanz sicher abgerissen worden oder abgebrochen war.

Rayford bewegte sich nur langsam weiter. Er hielt sich in der Mitte der beiden Stellen, an denen er die Flügel gefunden hatte. Mac packte Rayford gerade noch rechtzeitig am Knöchel, dass er nicht gegen das abgerissene Ende der Maschine stieß.

Die Maschine selbst musste ein Stückchen weiter vorn liegen. Rayford schwamm ein paar Meter weiter und richtete sich auf, so dass er beinahe auf dem Grund des Flusses stand. Als eine seiner Taucherflossen den Grund berührte, bemerkte er, wie weich der Boden war und wie gefährlich es wäre, wenn man darin einsinken würde.

Buck war an der Reihe, Hattie zu füttern. Sie war so schwach geworden, dass sie sich kaum noch bewegen konnte. Dr. Charles war auf dem Weg zu ihrer Unterkunft.

Buck sprach leise auf sie ein, während er ihr Suppe einflößte. »Hattie, wir alle lieben Sie und Ihr Baby. Wir möchten nur das Beste für Sie. Sie haben gehört, was Dr. Ben-Judah lehrt. Oft haben Sie ihm zugehört, wenn er von der Liebe Gottes sprach und davon, was er für uns getan hat. Und Sie wissen auch, was vorhergesagt worden und was bereits passiert ist. Sie können nicht leugnen, dass die Prophezeiungen in der Bibel vom Tag des großen Massenverschwindens an bis heute erfüllt worden sind. Das, was in der Bibel steht, stimmt also alles. Was ist denn noch nötig, um Sie zu überzeugen? So schlimm diese Zeiten auch sind, Gott macht klar, dass es nur eine Möglichkeit gibt. Entweder stehen Sie auf seiner Seite oder auf der Seite des Bösen. Warten Sie nicht ab, bis Sie oder Ihr Baby in einem der bevorstehenden Gerichte getötet werden. Ich weiß, das klingt hart, aber so ist es nun einmal.«

Hattie presste die Lippen aufeinander und verweigerte den nächsten Löffel Suppe. »Ich brauche gar nicht mehr überzeugt zu werden, Buck«, flüsterte sie.

Chloe kam angehumpelt. »Soll ich Tsion holen?«

Buck schüttelte den Kopf und hielt seinen Blick auf Hattie gerichtet. Er beugte sich weiter vor, um sie verstehen zu können. »Ich weiß, dass das alles wahr sein muss«, brachte sie mühsam heraus. »Wenn ich noch mehr überzeugt werden müsste, wäre ich der größte Skeptiker in der Geschichte.«

Chloe strich Hattie die Haare aus der Stirn und steckte ihre Strähnen fest. »Ich glaube, sie hat Fieber, Buck.«

»Bröckle ihr doch eine Schlaftablette in die Suppe.«

Hattie schien zu einzuschlafen, aber Buck machte sich Sorgen. Was, wenn sie jetzt sterben würde, wo sie so dicht vor einer Entscheidung für Christus stand? »Hattie, wenn Sie wissen, dass es wahr ist, wenn Sie glauben, dann brauchen Sie Gottes Geschenk doch nur anzunehmen. Sagen Sie ihm einfach, dass Sie ein Sünder sind und seine Vergebung brauchen. Tun Sie es, Hattie. Tun Sie es jetzt.«

Sie schien Mühe zu haben, ihre Augen aufzumachen. Ihre Lippen öffneten sich und schlossen sich sofort wieder. Sie hielt die Luft an, um zu sprechen, sagte aber nichts. Schließlich begann sie zu flüstern. »Ich möchte es, Buck. Wirklich. Aber Sie wissen ja nicht, was ich getan habe.«

»Das ist doch egal, Hattie. Auch die Menschen, die von Jesus bei seiner ersten Wiederkunft mitgenommen wurden, sind nur fehlerhafte Menschen, die durch seine Gnade gerettet wurden. Niemand ist vollkommen. Wir alle haben schreckliche Dinge getan.«

»Aber nicht so schlimme wie ich«, sagte sie.

»Gott möchte Ihnen vergeben.«

Chloe kam mit einem Löffel voll aufgelöstem Tylenol zurück und rührte es in die Suppe. Buck wartete und betete im Stillen. »Hattie«, sagte er leise, »Sie müssen noch mehr Suppe essen. Wir haben Medizin für Sie hinein getan.«

Tränen rollten Hattie über die Wangen und ihre Augen schlossen sich. »Lassen Sie mich doch einfach sterben«, flehte sie.

»Nein!«, widersprach Chloe. »Du hast versprochen, die Patin meines Babys zu werden.«

»Dafür möchtest du bestimmt nicht jemanden wie mich haben«, erwiderte Hattie.

»Du wirst nicht sterben«, sagte Chloe. »Du bist meine Freundin und ich möchte dich als Schwester haben.«

»Ich bin zu alt, um deine Schwester zu werden.«

»Zu spät. Du kannst nicht mehr zurück.«

Buck gelang es, ihr noch ein wenig Suppe einzuflößen. »Sie wollen Jesus doch als Herrn und Retter in ihr Leben aufnehmen, oder?«, flüsterte er, die Lippen dicht an ihrem Ohr.

Er wartete lange auf ihre Antwort. »Das will ich, aber ich glaube nicht, dass er *mich* will.«

»Das tut er«, versicherte Chloe. »Hattie, bitte. Du weißt, dass wir dir die Wahrheit sagen. Derselbe Gott, der jahrhundertealte Prophezeiungen erfüllt, liebt dich. Sag nicht nein zu ihm.«

»Ich sage nicht nein zu ihm. Er sagt nein zu mir.«

Chloe zog an Hatties Handgelenk. Buck sah sie erstaunt an. »Hilf mir, sie aufzusetzen, Buck.«

»Chloe! Das kann sie nicht.«

»Sie muss in der Lage sein, zu denken und zuzuhören, Buck. Wir können sie nicht einfach gehen lassen.«

Buck nahm Hatties anderes Handgelenk und gemeinsam richteten sie sie auf. Hattie legte die Finger an ihre Schläfen und stöhnte.

»Hör mir zu«, sagte Chloe. »In der Bibel steht, dass Gott nicht möchte, dass auch nur ein Mensch verloren geht. Bist du der einzige Mensch in der Geschichte, der etwas so Schlimmes gemacht hat, dass der Gott des Universums dir nicht vergeben kann? Wenn Gott nur kleine Vergehen vergibt, dann besteht für keinen von uns Hoffnung. Was immer du getan hast, Gott ist wie der Vater des verlorenen Sohnes. Er sucht den Horizont ab. Er wartet mit geöffneten Armen auf dich.«

Hattie wiegte sich hin und her und schüttelte den Kopf. »Ich habe ganz schreckliche Dinge getan.«

Buck blickte Chloe hilflos an.

Es war schlimmer, als Rayford erwartet hatte. Vor ihm lag der riesige Rumpf der Maschine. Die Nase und ein Viertel seiner Länge hatte sich in einem Winkel von 45 Grad in den Schlamm des Tigris gegraben. Das Fahrgestell war abgerissen. Rayford fürchtete sich vor dem, was er und Mac zu sehen bekommen würden. Alles in dem Flugzeug, von der Ausrüstung bis zum Gepäck, von den Sitzen über Tische und Handys bis hin zu den Passagieren würde in einem riesigen Haufen vorne im Flugzeug liegen. Ein Aufprall, der so stark war, dass sogar das Fahrgestell abgerissen wurde, würde einem jeden Passagier sofort das Genick brechen. Die Sitze würden samt den Passagieren aus dem Boden gerissen und durch das Flugzeug geschleudert worden sein. Alles, was befestigt gewesen war, würde sich losgerissen haben und ebenfalls nach vorne geschleudert worden sein.

Rayford wünschte, er wüsste wenigstens, auf welchem Platz Amanda gesessen hatte, damit er nicht alle Sitze überprüfen musste, um sie zu finden. Wo sollte er beginnen? Rayford deutete auf das herausragende Schwanzende und Mac folgte ihm. Sie schwammen in das Flugzeug hinein.

Rayford hielt sich an der Ecke eines offenen Fensters fest, um von der Strömung nicht mitgerissen zu werden. Er leuchtete mit seiner Lampe die Kabine aus und seine schlimmsten Befürchtungen bestätigten sich. Im hinteren Teil des Flugzeuges fand Rayford nur bloße Böden, Wände und Decken. Alles andere war nach vorne geschleudert worden.

Er und Mac hielten sich an den Fenstern fest, während sie sich durch die Kabine kämpften. Die hinteren Toiletten, die Gepäckstücke, Wände und Gepäckfächer lagen auf allem anderen.

Hattie ließ den Kopf hängen. Buck befürchtete, dass sie sie vielleicht zu sehr bedrängten. Doch er würde sich niemals vergeben können, wenn ihr etwas zustieße und er nicht jede Gelegenheit zum Gespräch wahrgenommen hätte.

»Soll ich Gott sagen, was ich getan habe?«, keuchte Hattie.

»Er weiß es bereits«, versicherte Chloe. »Wenn es dir hilft, dann sag es ihm.«

»Ich möchte es nicht laut aussprechen«, sagte Hattie. »Es geht um mehr als um Affären mit Männern. Auch der Wunsch nach einer Abtreibung ist nicht das Schlimmste.«

»Aber du hast sie doch nicht durchgeführt«, wandte Chloe ein.

»Gott kann alles vergeben«, sagte Buck. »Glauben Sie mir, ich weiß es.«

Hattie saß kopfschüttelnd im Bett. Buck war erleichtert, als er den Wagen des Doktors vorfahren hörte. Floyd untersuchte Hattie und half ihr, sich hinzulegen. Er fragte, welche Medikamente sie ihr gegeben hatten und Buck und Chloe erzählten ihm von dem Schlafmittel. »Sie braucht mehr«, erklärte er. »Ihre Temperatur ist noch höher als vor ein paar Stunden. Sie wird bald ins Delirium fallen. Ich muss die Ursache für das Fieber herausfinden.«

»Wie schlimm ist es?«

»Ich bin nicht sehr optimistisch.«

Hattie stöhnte, bemühte sich zu sprechen. Dr. Charles hielt einen Finger hoch, um Buck und Chloe fernzuhalten. »Ihr und Tsion solltet vielleicht jetzt für sie beten«, sagte er.

Rayford fragte sich, ob es klug war, mit einer offenen Wunde durch Hunderte von Leichen zu schwimmen. Aber andererseits, falls sich die

Wunde infizieren sollte, so war das bestimmt schon geschehen. Fieberhaft begann er zusammen mit Mac, die Trümmer beiseite zu räumen. Sie schlugen ein Loch in die Fläche zwischen zwei Fenstern und stießen alle Trümmerstücke nach draußen.

Als sie an ein ungewöhnlich schweres Brett kamen, schwamm Rayford darunter und drückte es noch oben. Schnell erkannte er, warum es so schwer war. Es war die Wand, an der sich der Platz der Flugbegleiterin befand. Sie saß noch angeschnallt auf ihrem Sitz, die Hände zu Fäusten geballt, mit aufgerissenen Augen. Ihr langes Haar schwebte im Wasser. Vorsichtig räumten die Männer das Brett beiseite. Rayford bemerkte, dass die Batterie von Macs Lampe zur Neige ging.

Dieses Brett hatte die Leichen vor den Fischen geschützt. Rayford fragte sich, was nun aus ihnen werden würde. Er leuchtete mit seiner Lampe die übereinander liegenden Sitze. Alle waren noch angeschnallt. Jeder Sitz schien belegt zu sein. Vermutlich hatte keines der Opfer lange gelitten.

Mac schüttelte seine Lampe und das Licht wurde wieder heller. Er richtete den Strahl auf die übereinander liegenden Sitze mit den angeschnallten Passagieren, berührte Rayford an der Schulter und schüttelte den Kopf, als wollte er sagen, dass sie nicht weitermachen sollten. Rayford konnte ihm das nicht übel nehmen, aber andererseits konnte er jetzt auch nicht aufgeben. Er wusste zweifelsfrei, dass diese Suche ihm endlich Aufschluss darüber geben würde, was mit Amanda geschehen war. Er musste diese grausige Arbeit durchführen, um selbst Frieden zu finden.

Rayford deutete auf Mac und dann nach oben. Dann zeigte er auf die Leichen und schlug sich auf die Brust, um anzudeuten, dass Mac gehen sollte, er würde es allein erledigen.

Mac schüttelte langsam den Kopf. Aber er blieb. Sie begannen, die noch angeschnallten Leichen beiseite zu räumen.

Buck half Chloe ins obere Stockwerk, wo sie sich mit Tsion zusammensetzten, um für Hattie zu beten. Als sie damit fertig waren, zeigte Tsion ihnen, dass Carpathia sein Konkurrent im Internet geworden war. »Anscheinend ist er eifersüchtig auf die Reaktionen«, erklärte Tsion traurig. »Seht euch das an.«

Carpathia hatte eine Reihe kurzer Botschaften an die Menschen gerichtet. In jeder wurden die Fortschritte des Wiederaufbaus gepriesen. Die Menschen wurden darin ermutigt, ihre Hingabe an den Enigma-Babylon-Einheitsglauben zu zeigen. In einigen Botschaften wurde das

Versprechen der Weltgemeinschaft wiederholt, Rabbi Ben-Judah vor den Zeloten zu beschützen, sollte er sich entschließen, in sein Heimatland zurückzukehren.

»Sehen Sie nur, was ich als Antwort darauf geschrieben habe«, sagte Ben-Judah.

Buck sah auf den Bildschirm. Tsion hatte geschrieben: »Potentat Carpathia: Ich nehme Ihr Angebot des persönlichen Schutzes dankbar an und gratuliere Ihnen, dass Sie dadurch zum Werkzeug des einen, lebendigen Gottes werden. Er hat versprochen, die Seinen in dieser Zeit zu versiegeln und zu beschützen, uns, die wir den Auftrag haben, der Welt sein Wort zu verkündigen. Wir sind dankbar, dass er ganz offensichtlich Sie zu unserem Beschützer erwählt hat, und wir fragen uns, was Sie dabei empfinden. Im Namen Jesu Christi, des Messias und unseres Herrn und Erlösers, Rabbi Tsion Ben-Judah im Exil.«

»Jetzt wird es nicht mehr lange dauern, Tsion«, sagte Buck.

»Ich hoffe nur, dass ich mitkommen kann«, warf Chloe ein.

»Ich dachte, das sei keine Frage«, wunderte sich Buck.

»Ich habe an Hattie gedacht«, erklärte sie. »Ich kann sie nur zurücklassen, wenn sie auch gesund ist.«

Sie gingen wieder hinunter. Hattie schlief, aber ihr Atem kam mühsam, ihr Gesicht war gerötet, ihre Stirn feucht. Chloe tupfte ihr Gesicht mit einem feuchten Tuch ab. Dr. Charles stand an der Hintertür und sah durch das Fliegengitter hinaus.

»Können Sie heute Abend bei uns bleiben?«, fragte Buck.

»Ich wünschte, ich könnte es. Vor allem wünschte ich, ich könnte Hattie ins Krankenhaus mitnehmen. Aber sie ist so leicht zu erkennen, dass wir nicht weit kommen würden. Nach unserer Aktion in Minneapolis traut man mir nicht mehr so richtig. Mehr und mehr werde ich beobachtet.«

»Wenn Sie gehen müssen, dann sollten Sie das auch tun.«

»Sehen Sie sich den Himmel an«, sagte der Doktor.

Buck kam näher und sah hinaus. Die Sonne stand noch immer hoch am Himmel, aber am Horizont zogen dunkle Wolken auf.

»Großartig«, meinte Buck. »Was wird nur aus den Furchen, die wir Straßen nennen, wenn es jetzt auch noch regnet?«

»Ich sehe besser noch einmal nach Hattie, bevor ich fahre.«

»Wie haben Sie es geschafft, dass sie schläft?«

»Das Fieber hat ihr den Rest gegeben. Ich habe ihr noch mehr Tylenol eingeflößt, um das Fieber zu senken, aber achten Sie bitte darauf, dass sie auch genügend Flüssigkeit zu sich nimmt.«

Buck antwortete nicht. Er beobachtete den Himmel.

»Buck?«

Er drehte sich um. »Ja.«

»Sie stöhnte und sprach über etwas, weswegen sie sich schuldig fühlt.«

»Ich weiß.«

»Ach ja?«

»Wir haben ihr noch einmal nahe gelegt, den entscheidenden Schritt zu Christus zu tun, und sie sagte, sie sei nicht würdig. Sie hätte schlimme Dinge getan, und sie könne nicht akzeptieren, dass Gott sie trotzdem liebt.«

»Hat sie Ihnen erzählt, was sie getan hat?«

»Nein.«

»Dann sollte ich es wohl auch nicht tun.«

»Wenn es etwas ist, das ich Ihrer Meinung nach wissen sollte, dann sagen Sie es.«

»Es ist verrückt.«

»Mich kann im Augenblick gar nichts mehr erschüttern.«

»Sie hat schreckliche Schuldgefühle wegen Amanda und Bruce Barnes. Amanda ist doch die Frau von Chloes Vater, nicht?«

»Ja, und von Bruce habe ich Ihnen ja erzählt. Was ist mit ihnen?«

»Sie weinte und hat mir erzählt, sie und Amanda hätten zusammen von Boston nach Bagdad fliegen wollen. Als Hattie Amanda erzählte, sie hätte ihre Pläne geändert und wollte nun nach Denver fliegen, bestand Amanda darauf, sie zu begleiten. Immer wieder beteuerte Hattie: ›Amanda wusste, dass ich keine Verwandten in Denver hatte. Sie glaubte zu wissen, was ich vorhatte. Und sie hatte Recht.‹ Sie sagte mir, Amanda hätte ihre Reservierung nach Bagdad tatsächlich storniert und war auf dem Weg zum Schalter, um ein Ticket nach Denver für Hatties Maschine zu kaufen. Hattie bat sie inständig, das nicht zu tun. Sie konnte Amanda nur davon abhalten, indem sie schwor, sie würde nicht fliegen, falls Amanda versuchte, sie zu begleiten. Amanda ließ sie versprechen, dass sie nichts Dummes in Denver unternehmen würde. Hattie wusste, dass sie eine Abtreibung meinte. Sie versprach Amanda, es nicht zu tun.«

»Warum hat sie dann solche Schuldgefühle?«

»Sie sagt, Amanda hätte daraufhin ihren ursprünglichen Flug nach Bagdad nehmen wollen, der sei dann aber ausverkauft gewesen. Amanda hatte jedoch keine Lust, sich auf die Warteliste setzen zu lassen, und hätte Hattie sehr gern auf ihrem Flug nach Westen begleitet.

Hattie hatte abgelehnt. Sie glaubt, Amanda sei dann doch in das Flugzeug nach Bagdad gestiegen. Immer und immer wieder sagte sie, auch sie hätte in diesem Flugzeug sitzen sollen, und sie wünschte, es wäre so gewesen. Ich erklärte ihr, sie solle so etwas nicht sagen, worauf sie erwiderte: ›Warum habe ich Amanda nur nicht mitkommen lassen? Dann wäre sie jetzt noch am Leben.‹«

»Sie haben meinen Schwiegervater oder Amanda noch nicht kennen gelernt, Floyd, aber Rayford glaubt nicht, dass Amanda in diesem Flugzeug saß. Wir wissen nicht, ob sie an Bord gegangen ist.«

»Aber wenn sie nicht an Bord dieses Flugzeugs saß und Hattie nicht begleitet hat, wo ist sie dann? Hunderttausende sind bei dem Erdbeben ums Leben gekommen. Denken Sie nicht, dass Sie mittlerweile etwas von ihr gehört hätten, wenn sie überlebt hätte?«

Buck beobachtete die sich zusammenballenden Wolken. »Ich weiß es nicht«, erwiderte er. »Es ist wahrscheinlich, dass sie, wenn sie nicht tot ist, zumindest verletzt ist. Vielleicht kann sie wie Chloe keinen Kontakt zu uns aufnehmen.«

»Vielleicht. Äh, Buck, da waren noch ein paar andere Dinge.«

»Nur raus damit.«

»Hattie sagte, sie wüsste etwas über Amanda.«

Buck erstarrte. War es möglich? Er versuchte, die Fassung zu behalten. »Und was weiß sie?«

»Ein Geheimnis, das sie hätte verraten sollen, nun aber nicht mehr verraten kann.«

Buck fürchtete zu wissen, worum es sich handelte. »Sie sagten, da sei noch etwas anderes?«

Jetzt wirkte der Doktor nervös. »Ich würde das gern dem Delirium zuschreiben«, sagte er.

»Schießen Sie los.«

»Ich habe eine Blutprobe genommen und werde sie auf Lebensmittelvergiftung untersuchen. Ich habe die Befürchtung, dass meine Kollegen in Denver sie vor dem geplanten Schlag vergiftet haben. Ich habe sie gefragt, was sie dort gegessen hat, und sie hat sofort verstanden, worauf ich anspielte. Sie wirkte entsetzt. Ich half ihr, sich hinzulegen. Sie packte mich am Hemd und zog mich zu sich herunter. ›Wenn Nicolai mich vergiftet hat‹, sagte sie, ›dann bin ich sein zweites Opfer.‹ Ich fragte sie, was sie meinte. Sie antwortete: ›Bruce Barnes. Nicolai ließ ihn in Übersee vergiften. Er hat es bis in die Vereinigten Staaten geschafft, bevor er ins Krankenhaus gebracht wurde. Alle denken, er sei während der Bombardierung ums Leben gekommen, und vielleicht war das auch so. Aber wenn er nicht schon tot war, dann wäre er gestorben, auch wenn das Krankenhaus nicht bombardiert worden wäre. Und ich wusste davon und habe niemandem etwas gesagt.‹«

Buck war erschüttert. »Ich wünschte nur, Sie hätten Bruce kennen gelernt«, murmelte er.

»Es wäre mir eine Ehre gewesen. Sie können sich Klarheit in Bezug auf seine Todesursache verschaffen, das wissen Sie sicher. Für eine Autopsie ist es noch nicht zu spät.«

»Das würde ihn auch nicht zurückbringen«, erklärte Buck. »Aber allein das Wissen gibt mir Grund …«

»Einen Grund?«

»Zumindest einen Vorwand, Nicolai Carpathia zu ermorden.«

20

Obwohl im Wasser die Dinge beinahe genauso schwerelos waren wie im Weltraum, war das Beiseiteräumen der Trümmer und der Sitze mit den angeschnallten Passagieren eine gruselige Angelegenheit. Rayfords Lampe wurde schwächer und sein Sauerstoffvorrat ging zur Neige. Seine Kopfwunde schmerzte und ihm war schwindlig. Er vermutete, dass es Mac ähnlich erging, aber keiner von beiden machte Anstalten, die Suche abzubrechen.

Rayford hatte damit gerechnet, dass es ihm sehr schwer fallen würde, diese Suche durchzuführen, die Leichen anzufassen, doch eine tiefe Vorahnung machte sich in ihm breit. Was für ein makabres Geschäft! Die Opfer waren aufgedunsen, schrecklich entstellt, hatten die Hände zu Fäusten geballt. Ihr Haar bewegte sich mit den Bewegungen des Wassers. Bei den meisten waren Augen und Mund geöffnet, die Gesichter schwarz, rot oder purpurrot.

Rayford empfand ein undefinierbares Gefühl der Dringlichkeit. Mac klopfte ihm auf die Schulter, deutete auf seine Sauerstoffanzeige und hielt zehn Finger hoch. Rayford versuchte, schneller zu arbeiten, doch da sie noch kaum ein Drittel der Leichname überprüft hatten, war es aussichtslos. Er würde einen weiteren Tauchgang mit einem neuen Sauerstofftank unternehmen müssen. Fünf Minuten blieben ihm noch.

Sie kamen nun an eine intakte Mittelreihe. Sie war zum Cockpit des Flugzeugs ausgerichtet wie alle anderen auch, war aber nach vorn gekippt. In seinem immer schwächer werdenden Licht konnte er nur die Hinterköpfe von fünf Passagieren und die Fersen von zehn Füßen erkennen. Sieben davon hatten ihre Schuhe verloren. Er schätzte, dass diese Reihe mindestens acht Meter nach vorn geschoben worden war. Er bedeutete Mac, die Armlehne eines Sitzes zu packen, während er den anderen nahm. Mac hielt einen Finger hoch, als sei dies ihre letzte Aktion, bevor sie auftauchten. Rayford nickte.

Als sie versuchten, die Reihe hochzuziehen, verfing sie sich in irgendetwas und sie mussten sie abstellen und es noch einmal versuchen. Mac war etwas schneller als Rayford, doch als Rayford dann zog, schafften sie es, sie umzudrehen. Die fünf Leichname ruhten nun auf ihrem Rücken. Rayford beleuchtete mit seiner Lampe das von Panik erfüllte Gesicht eines älteren Mannes in einem dreiteiligen Anzug. Die aufgedunsene Hand des Mannes trieb im Wasser vor Rayfords Gesicht. Sanft schob er sie zur Seite und richtete seinen Strahl auf den nächsten Passagier. Die Augen der Dame standen offen, ihr Gesichtsausdruck spiegelte das Entsetzen wider, das sie empfunden haben musste. Der Hals und ihr Gesicht waren verfärbt und geschwollen, aber ihre Arme trieben nicht im Wasser wie die der anderen. Offensichtlich hatte sie sich den Riemen ihrer Laptoptasche über den Arm gehängt. Dann hatte sie ihre Finger verschränkt und die Hände zwischen die Knie gepresst.

Rayford erkannte die Ohrringe, das Halsband, die Jacke. Er wollte nur noch sterben. Er konnte seinen Blick nicht von ihren Augen wenden. Die Iris hatte alle Farbe verloren. Dieses Bild würde er sein Leben lang nicht mehr vergessen. Mac eilte zu ihm und packte ihn am Oberarm. Rayford spürte sein sanftes Ziehen. Wie betäubt drehte er sich zu Mac um.

Dieser tippte drängend an Rayfords Sauerstoffflasche. Rayford ließ sich treiben, ihm war alles egal. Er wollte sich nicht bewegen. Plötzlich spürte er, dass sein Herz heftig klopfte. Bald schon würde er keinen Sauerstoff mehr haben. Mac sollte das nicht erfahren. Er war versucht, so viel Wasser in seinen Lungen aufzunehmen, dass er mit der geliebten Frau vereint war.

Aber es war sinnlos. Er hätte wissen müssen, dass Macs Sauerstoffvorrat langsamer zur Neige ging als seiner. Mac löste Amandas Finger und legte sich den Riemen des Computers über den Kopf, so dass er hinter seinem Sauerstoffgerät hing.

Rayford spürte Mac hinter sich. Er hatte ihm die Arme in die Achselhöhlen geschoben. Rayford wollte sich gegen ihn wehren, aber Mac hatte etwas Derartiges offensichtlich bereits vermutet. Beim ersten Anzeichen von Widerstand zog Mac Rayfords Arme zurück und schwamm entschlossen mit ihm durch den Rumpf des Wracks. Langsam und kontrolliert tauchten sie auf.

Rayford hatte jeglichen Lebenswillen verloren. Als sie an die Wasseroberfläche kamen, spuckte er sein Mundstück aus. Sein Schluchzen ließ sich nun nicht mehr unterdrücken. Er stieß einen gequälten Schrei aus, der die Nacht zerriss und seinen Schmerz widerspiegelte. Mac sprach beruhigend auf ihn ein, aber Rayford hörte nicht zu. Nur mit

Mühe gelang es ihm, Rayford zum Ufer zu ziehen. Während Rayfords Lungen gierig den Sauerstoff in sich aufnahmen, fühlte er sich wie betäubt. Er fragte sich, ob er überhaupt schwimmen konnte, selbst wenn er es wollte. Aber er wollte auch nicht. Mac, der sich damit abmühte, ihn ans Ufer zu zerren, tat ihm Leid.

Rayford schrie immer weiter. Der Klang seiner Schreie erschreckte ihn selbst, aber er konnte einfach nicht aufhören. Mac riss sich seine Tauchermaske vom Gesicht, spuckte sein Mundstück aus und griff dann nach Rayfords Tauchermaske. Danach nahm er ihm die Sauerstoffflasche ab und legte sie beiseite. Rayford rollte sich auf den Rücken und blieb reglos liegen.

Mac zog Rayfords Kapuze ab und entdeckte Blut im Inneren seines Taucheranzugs. Er hockte sich vor Rayford hin und atmete tief durch. Rayford beobachtete ihn wie ein Raubtier, wartete darauf, dass er entspannte, zurücktrat in der Annahme, dass alles vorüber sei.

Aber es war nicht vorbei. Rayford hatte wirklich geglaubt, wirklich gefühlt, dass Amanda überlebt hatte und er wieder mit ihr vereint sein würde. In den vergangenen zwei Jahren hatte er sehr viel durchgemacht, aber er hatte auch viel Gnade erlebt, so dass er es hatte ertragen können. Aber nicht jetzt. Er wollte es nicht einmal. Gott bitten, ihm die Kraft zu geben, die Situation zu ertragen? Ohne Amanda konnte er nicht noch weitere fünf Jahre ertragen.

Mac erhob sich und zog seinen Tauchanzug aus. Langsam hob Rayford die Knie und grub seine Fersen tief in den Sand. Er drückte so fest, dass er die Anspannung in seinen Achillessehnen spürte, als der Stoß ihn über den Rand des Abhanges trug. Rayford erlebte den Sturz wie in Zeitlupe. Er spürte das kalte Wasser auf seinem Gesicht, als er kopfüber ins Wasser fiel. Er hörte Mac fluchen und rufen: »Oh nein, das machen Sie nicht!«

Mac würde zuerst seine Sauerstoffflasche ablegen müssen, bevor er ihm nachspringen konnte. Rayford hoffte nur, er könnte ihm in der Dunkelheit entkommen oder er würde das Glück haben, dass Mac auf ihn sprang und er das Bewusstsein verlor. Sein Körper sank nach unten und wurde dann wieder nach oben getrieben. Er rührte keinen Finger und hoffte, der Tigris würde ihn für immer verschlucken. Doch irgendwie konnte er sich nicht dazu bringen, das Wasser einzuatmen, das ihn töten würde.

Er spürte den Aufprall und hörte, wie Mac neben ihm im Wasser landete. Macs Hände berührten ihn, als er mit den Füßen zuerst an ihm vorbeiglitt. Rayford brachte nicht die Energie auf, sich zu wehren. Im tiefsten Inneren seines Herzens empfand er plötzlich Mitleid mit Mac. Dieser hatte das nicht verdient. Es war nicht fair, ihn so schwer arbeiten zu lassen. Auf dem Rückweg zum Ufer half Rayford mit, um Mac zu zeigen, dass er kooperierte. Als er sich wieder auf den Sand zog, fiel er auf die Knie und drückte seine Wange in den Sand.

»Im Augenblick habe ich keine Antworten für Sie, Ray. Hören Sie mir nur zu. Wenn Sie heute Abend in diesem Fluss sterben wollen, müssen Sie mich schon mitnehmen. Haben Sie das verstanden?«

Rayford nickte kläglich.

Ohne ein weiteres Wort zu sagen, zog Mac Rayford auf die Beine. Er untersuchte Rayfords Wunde mit den Fingern, zog ihm die Flossen aus, legte sie zusammen mit der Taucherbrille auf sein Sauerstoffgerät und reichte sie Rayford. Danach hob er seine Ausrüstung auf und brachte sie zum Hubschrauber. Dann half er Rayford wie einem kleinen Jungen aus seinem Tauchanzug und warf ihm ein Handtuch zu. Beide zogen sich trockene Sachen an.

Plötzlich hatte Rayford das Gefühl, als würde sein verletzter Kopf mit Steinen beworfen. Er legte schützend die Hände über den Kopf und beugte sich vor, doch nun spürte er dieselben scharfen Stiche an seinen Armen, seinem Hals und seinem Rücken. Hatte er es zu weit getrieben? War es doch eine Dummheit gewesen, mit einer offenen Wunde zu tauchen? Als er sich aufrichtete, sah er, wie Mac zum Hubschrauber rannte.

»Steigen Sie ein, Ray! Es hagelt!«

Buck hatte Gewitter immer geliebt. Zumindest bevor er den »Zorn des Lammes« durchlebte. Zu Hause in Tucson hatte er als Junge immer vor dem Fenster gesessen und das seltene Naturschauspiel beobachtet. Seit der Entrückung war ihm das Wetter jedoch irgendwie unheimlich.

Dr. Charles gab ihnen Anweisungen, wie sie Hattie pflegen sollten, und machte sich schleunigst auf den Weg nach Kenosha. Während es draußen immer dunkler wurde, suchte Chloe zusätzliche Decken für die schlafende Hattie. Tsion und Buck schlossen in der Zwischenzeit die Fenster.

»Ich werde nur ein halbes Risiko eingehen«, sagte Tsion. »Ich werde meinen Computer über Batterie laufen lassen, bis das Gewitter vorbei ist. Aber ich werde ihn an der Telefonleitung angeschlossen lassen.«

Buck lachte. »Wenigstens einmal kann ich den brillanten Gelehrten korrigieren«, sagte er. »Sie vergessen, dass wir unseren Strom über einen Diesel betriebenen Generator beziehen. Und es ist unwahrscheinlich, dass das Gewitter ihn beschädigt. Ihre Telefonleitung dagegen ist mit dem Dachfirst verbunden, dem höchsten Punkt hier. Wenn Sie einen Blitzeinschlag fürchten, dann unterbrechen Sie besser die Telefonverbindung und schließen den Computer wieder an den Strom an.«

»Ich schätze, ich habe wirklich keine Ahnung von Elektrik«, meinte Tsion kopfschüttelnd. »Eigentlich ist es so, dass ich ein paar Stunden lang auch gar nicht mit dem Internet verbunden sein muss.« Er ging nach oben.

Buck und Chloe setzten sich nebeneinander auf das Fußende von Hatties Bett. »Sie schläft zu viel«, bemerkte Chloe. »Und sie ist so blass.«

Buck war in Gedanken bei den dunklen Geheimnissen, die Hattie so belasteten. Was würde Rayford von der Möglichkeit halten, dass Bruce vergiftet worden war? Rayford hatte erzählt, wie friedlich Bruce gewirkt hatte im Vergleich zu den anderen Opfern der Bombardierung. Die Ärzte hatten keine Erklärung gefunden für die Krankheit, die er aus der Dritten Welt mitgebracht hatte. Wer wäre je auf den Gedanken gekommen, dass Carpathia dahinter gesteckt hatte?

Auch beschäftigte ihn noch immer die Tatsache, dass er den Sicherheitsbeamten der Weltgemeinschaft getötet hatte. Das Video war immer und immer wieder von den Nachrichtensendern gezeigt worden. Er konnte es nicht ertragen, es noch einmal anzusehen, obwohl Chloe behauptete, darauf würde deutlich, dass er keine Wahl gehabt hätte. »Sonst wären noch mehr Menschen gestorben, Buck«, beruhigte sie ihn. »Und einer davon wärst du gewesen.«

Das stimmte. Er kam zu keiner anderen Schlussfolgerung. Warum konnte er nicht endlich zur Ruhe kommen? Er war kein kampfesfreudiger Mensch. Und doch kämpfte er im Augenblick an vorderster Front.

Buck nahm Chloes Hand und zog sie an sich. Sie legte ihre Wange an seine Brust und er strich ihr die Haare aus dem verletzten Gesicht. Ihr Auge war noch immer zugeschwollen und schrecklich verfärbt, aber es schien besser zu werden. Er drückte ihr die Lippen auf die Stirn und flüsterte sie: »Ich liebe dich von ganzem Herzen.«

Buck sah zu Hattie hinüber. Sie hatte sich schon eine Stunde lang nicht mehr gerührt.

Und dann begann es zu hageln.

Buck und Chloe erhoben sich und beobachteten durch das Fenster, wie die kleinen Eiskugeln in den Garten prasselten. Tsion kam nach unten geeilt. »Du meine Güte! Seht euch das an!«

Der Himmel wurde schwarz und die Hagelkörner immer dicker. Sie waren jetzt nur geringfügig kleiner als Golfbälle und prasselten auf das Dach, gegen die Dachrinne, auf den Range Rover. Der Strom fiel aus. Bevor Tsion protestieren konnte, beruhigte Buck ihn. »Der Hagel hat nur das Kabel abgetrennt. Das ist schnell repariert.«

Noch während sie zusahen, leuchtete der Himmel plötzlich auf. Aber das war kein Blitz. Die Hagelkörner, zumindest die Hälfte von ihnen, standen in Flammen!

»Oh, meine Lieben!«, rief Tsion. »Ihr wisst, was das ist, nicht? Wir wollen Hatties Bett vom Fenster wegschieben, nur für den Fall! Der Engel des ersten Posaunengerichts wirft Hagel und Feuer auf die Erde.«

Rayford und Mac hatten ihre Taucherausrüstung in der Nähe des Hubschraubers auf dem Boden liegen gelassen. Während der Hagel gegen die Plexiglasscheibe prasselte, fühlte sich Rayford, als würde er in einer Popcornmaschine sitzen. Die Hagelkörner wurden größer. Sie prallten von den Sauerstoffflaschen ab und knallten gegen den Hubschrauber. Mac ließ den Motor an und setzte die Rotoren in Gang, aber er hatte nicht vor, davonzufliegen. Er würde die Taucherausrüstung nicht zurücklassen, außerdem vertrugen sich Hubschrauber und Hagelschauer nicht.

»Ich weiß, Sie wollen das gar nicht hören, Ray«, rief er über den Lärm hinweg, »aber Sie müssen das Wrack und den Leichnam Ihrer Frau da lassen, wo sie liegen. Das gefällt mir genauso wenig wie Ihnen, und ich verstehe es auch nicht, aber ich bin fest davon überzeugt, dass Gott Ihnen die Kraft geben wird, mit der Situation fertig zu werden. Schütteln Sie nicht den Kopf. Ich weiß, dass sie Ihnen alles bedeutet hat. Aber Gott hat Sie aus einem ganz bestimmten Grund hier zurückgelassen. Ich brauche Sie. Ihre Tochter und Ihr Schwiegersohn brauchen Sie. Der Rabbi, von dem Sie mir so viel erzählt haben, braucht Sie auch. Ich will damit nur sagen, treffen Sie nie eine Entscheidung, wenn Ihre Gefühle so durcheinander sind. Wir werden das gemeinsam durchstehen.«

Rayford schämte sich vor sich selbst, aber alles, was Mac, der erst vor kurzem zum Glauben gekommen war, sagte, klang wie so viele leere Plattitüden. Es mochte stimmen oder nicht, es war nicht, was er hören wollte. »Sagen Sie mir die Wahrheit, Mac. Haben Sie auf ihrer Stirn nach dem Zeichen gesucht?«

Mac kräuselte die Lippen und antwortete nicht.

»Sie haben, nicht wahr?«, drängte Rayford.

»Ja, ich habe nachgesehen.«

»Und es war nicht da, nicht?«

»Nein, es war nicht da.«

»Und was soll ich jetzt davon halten?«

»Woher soll ich das wissen, Ray? Ich bin erst seit dem Erdbeben Christ. Ich weiß gar nicht, ob Sie vorher überhaupt ein Zeichen hatten.«

»Das hatte ich vielleicht!«

»Möglicherweise, aber hat Dr. Ben-Judah nicht später darüber geschrieben, wie die Gläubigen anfingen, das Zeichen an der Stirn der anderen zu erkennen? Das war nach dem Erdbeben. Wenn sie während des Erdbebens gestorben sind, dann hätten auch sie das Zeichen nicht. Und selbst wenn sie es vorher gehabt hatten, woher wissen wir, dass es noch da ist, wenn wir gestorben sind?«

»Falls Amanda kein Christ war, hat sie vermutlich tatsächlich für Carpathia gearbeitet«, meinte Rayford angewidert. »Mac, ich glaube nicht, dass ich das ertragen könnte.«

»Denken Sie an David«, entgegnete Mac. »Er wird von uns Führung und Leitung erwarten und für mich ist das alles noch neuer als für ihn.«

Als zu den Hagelkörnern noch herabstürzende Feuerpfeile kamen, starrte Rayford fasziniert nach draußen. Mac sagte nur immer und immer wieder: »Wow! Das sieht ja aus wie ein Feuerwerk!«

Riesige Hagelkörner klatschten in den Fluss und wurden flussabwärts getrieben. Sie sammelten sich am Ufer und machten den Sand weiß wie Schnee. Schnee in der Wüste. Die brennenden Pfeile zischten, wenn sie auf dem Wasser aufschlugen. Dasselbe Geräusch machten sie, wenn sie auf die Hagelkörner am Ufer trafen. Lange glühten sie nach.

Die Lichter des Hubschraubers erleuchteten einen Bereich von etwa sechs Metern vor ihnen. Mac schnallte plötzlich seinen Sicherheitsgurt los und beugte sich vor. »Was ist das, Ray? Es regnet, aber der Regen ist rot! Sehen Sie sich das an! Die ganzen Hagelkörner!«

»Das ist Blut«, erklärte Rayford und ein ungewohnter Friede machte sich auf einmal in ihm breit. Er nahm ihm nicht seine Trauer oder sein Entsetzen über die Wahrheit über Amanda. Aber dieser Schauer, dieser Schauer von Feuer, Eis und Blut, erinnerte ihn wieder neu daran, dass Gott treu ist. Er hält seine Versprechen. Da unsere Wege nicht seine Wege sind, werden wir ihn auf dieser Welt nie verstehen können.

Rayford erinnerte sich wieder daran, dass er auf der Seite der Armee stand, die diesen Krieg bereits gewonnen hatte.

Tsion eilte zur Rückseite des Hauses und beobachtete, wie die Flammen die Hagelkörner zum Schmelzen brachten und das Gras in Brand steckten. Es brannte einen kurzen Augenblick, dann wurde das Feuer von den übrigen Hagelkörnern gelöscht. Der gesamte Garten war schwarz. Feuerbälle fielen in die Bäume am Rande des Gartens. Alle auf einmal standen sie plötzlich in Flammen, doch das Feuer erstarb genauso schnell, wie es entstanden war.

»Und da kommt das Blut«, rief Tsion. Hattie fuhr hoch. Sie starrte zum Fenster hinaus, während sich das Blut vom Himmel über die Erde ergoss. Sie wollte sich ins Bett knien, um noch weiter sehen zu können. Der gepflasterte Hof war nass von dem geschmolzenen Hagel und nun rot von Blut.

Blitze zuckten über den Himmel und Donner grollte. Tennisballgroße Hagelkörner trommelten auf das Dach, rollten herunter und fielen in den Garten. Tsion rief: »Preist den Herrn, Gott, den Allmächtigen, den Schöpfer des Himmels und der Erde! Was ihr vor euch seht, ist ein Bild aus Jesaja, Kapitel 1, Vers 18: ›Wären eure Sünden auch rot wie Scharlach, sie sollen weiß werden wie Schnee. Wären sie rot wie Purpur, sie sollen weiß werden wie Wolle.‹«

»Hast du es gesehen, Hattie?«, fragte Chloe.

Hattie wandte sich ab und Buck sah ihre Tränen. Sie nickte, wirkte aber ein wenig benommen. Buck half ihr, sich wieder hinzulegen, und schon bald war sie erneut eingeschlafen.

Schließlich verzogen sich die Wolken und die Sonne schien wieder. Die Folgen der Ereignisse wurden deutlich. Die Rinde an den Bäumen war geschwärzt, die Blätter verbrannt. Die Hagelkörner schmolzen und das Blut sickerte in den Boden. Und schließlich wurde auch das verbrannte Gras sichtbar.

»In der Bibel steht, dass ein Drittel der Bäume und alles grüne Gras auf der Welt verbrannt werden würden«, sagte Tsion. »Ich kann es kaum erwarten, bis wir wieder Strom haben, um zu hören, wie Carpathias Nachrichtenmacher das hier erklären.«

Buck war bewegt von dem klaren Eingreifen Gottes. Er wünschte sich nichts sehnlicher, als dass Hattie gesund würde, damit sie die Wahrheit erkennen könnte. Ob Bruce Barnes von Nicolai Carpathia nun vergiftet worden war oder durch die ersten Bomben des Dritten Weltkrieges sein Leben verloren hatte, war eigentlich nicht so wichtig.

Aber falls Hattie Durham Informationen über Amanda hatte, die das bestätigen oder dementieren konnten, was Tsion in Bruce Barnes' Computeraufzeichnungen gefunden hatte, dann wollte Buck es hören.

Mac sprang aus dem Hubschrauber. Rayford blieb wie erstarrt sitzen und zitterte. Da es in diesem Teil der Welt nichts Grünes gab, das von dem Feuer in Brand gesetzt werden konnte, war das Feuer vom Hagel erstickt worden. Das Ergebnis war die kälteste Nacht in der Geschichte der irakischen Wüste.

»Bleiben Sie drin«, sagte Mac. »Ich werde die Sachen holen.«

Rayford griff nach dem Türgriff. »Das ist schon in Ordnung, ich helfe Ihnen.«

»Nein! Ich meine es ernst. Lassen Sie mich das machen.«

Rayford hätte es nur ungern zugegeben, aber er war dankbar. Er blieb im Hubschrauber sitzen, während Mac sich durch die schmelzenden Hagelkörner arbeitete. Er verstaute die Taucherausrüstung hinter den Sitzen. Als er wieder einstieg, trug er Amandas Computer bei sich.

»Was soll das, Mac? Diese Geräte sind nicht wasserdicht.«

»Das stimmt«, erwiderte Mac. »Der Bildschirm ist hinüber, die Solarzellen ruiniert und das Keyboard wird auch nicht mehr funktionieren, ebenso das Motherboard. Das Wasser macht alles kaputt, bis auf die Festplatte. Sie ist wasserdicht. Experten können sie wieder einbauen und alle Dateien kopieren, die Sie haben wollen.«

»Ich rechne nicht mit irgendwelchen Überraschungen.«

»Es tut mir Leid, so offen mit Ihnen sprechen zu müssen, Rayford«, sagte Mac, »aber Sie haben auch nicht erwartet, Ihre Frau im Tigris zu finden. Wenn ich Sie wäre, würde ich nach Beweisen suchen, die ganz eindeutig belegen, dass Amanda genau die Person war, für die Sie sie gehalten haben.«

Rayford war unsicher. »Es würde jemand machen müssen, den ich kenne, David Hassid zum Beispiel oder jemand anderes, dem ich vertrauen kann.«

»Da bleiben nur David und ich.«

»Wenn es schlechte Nachrichten sind, könnte ich nicht ertragen, dass es ein Fremder vor mir entdeckt. Warum machen Sie es nicht, Mac? In der Zwischenzeit möchte ich nicht einmal darüber nachdenken. Wenn ich das tue, würde ich geradewegs zu Carpathia marschieren und von ihm verlangen, er solle bei jedem, mit dem er über sie gesprochen hat, Amandas Namen reinwaschen.«

»Das können Sie nicht tun, Ray.«

»Ich könnte vielleicht nicht anders, wenn ich allein Zugang zu diesem Computer hätte. Darum tun Sie es für mich und geben Sie mir die Ergebnisse.«

»Ich bin kein Experte, Ray. Wie wäre es, wenn ich David überwache oder mir von ihm helfen lasse? Wir werden uns keine einzige Datei ansehen. Wir werden nur kopieren, was auf der Festplatte ist.«

Nicolai Carpathia kündigte eine Verzögerung der Reise auf Grund der »seltsamen Naturphänomene« und seiner Auswirkungen auf den Flughafen-Wiederaufbau an. Dic Abreise nach Israel rückte für die in Chicago verbliebenen Mitglieder der *Tribulation Force* immer näher. Buck war erstaunt über die Fortschritte, die Chloe machte. Floyd Charles nahm ihr den Gips ab und innerhalb weniger Tage wurden die verkümmerten Muskeln wieder kräftiger. Vermutlich würde ein dauerhafter Restschmerz zurückbleiben und auch ihr Gesicht würde nie mehr so aussehen wie früher. Aber in Bucks Augen war sie nie schöner gewesen. Ihr wichtigstes Gesprächsthema war ihre Reise nach Israel und die Massenveranstaltung der Zeugen.

Die ersten 25 000 Zeugen würden sich mit Tsion im Teddy-Kollek-Stadion treffen. Die anderen würden sich an verschiedenen Orten im Heiligen Land zusammenfinden und die Veranstaltung im Fernsehen mitverfolgen. Tsion erzählte Buck, er habe vor, Moishe und Eli ins Stadion einzuladen.

Nach dem Ausgießen von Feuer, Hagel und Blut blieben nur noch wenige Skeptiker übrig. Es gab keine Unklarheiten mehr in Bezug auf den Krieg. Die Welt ergriff Partei.

Rayfords Kopf verheilte schnell, seine Trauer jedoch blieb. Seine Tage verbrachte er mit Trauern, Beten, Bibellesen und der Beschäftigung mit den Botschaften von Tsion im Internet. Auch hielt er Tag für Tag per E-Mail-Verbindung mit Buck und Chloe.

Außerdem lenkte er sich ab, indem er Flugrouten erstellte und mit David Hassid und Mac über den Glauben sprach. Während der ersten Tage waren ihre Rollen vertauscht. Mac half Rayford über die schlimmste Phase der Trauer hinweg. Rayford musste zugeben, dass Gott ihm genügend Kraft für jeden Tag gab. Keine zusätzliche Kraft, die er in die Zukunft investieren konnte, aber genügend Kraft für jeden Tag.

Knapp einen Monat nach dem Abend, an dem Rayford Amandas Leiche entdeckt hatte, überreichte David Hassid ihm eine Diskette mit allen Dateien, die sie auf Amandas Computer gefunden hatten. »Sie sind alle verschlüsselt und daher ohne Code nicht zugänglich«, erklärte David ihm.

In Carpathias und Fortunatos Gegenwart war Rayford sehr still, sogar wenn sie ihn aufforderten, sie hierhin und dorthin zu fliegen. Er glaubte, dass er vielleicht langweilig für sie geworden war. Und das war gut so. Bis Gott ihn von seinem Auftrag entband, würde er es einfach ertragen.

Er war erstaunt zu sehen, welche Fortschritte der Wiederaufbau der Welt machte. Carpathia hatte Truppen eingesetzt, die Straßen bauten, Flughäfen, Städte, Handelswege, einfach alles. Das Gleichgewicht von Handel, Reisen und Regierung hatte sich in den Mittleren Osten, Irak, Neu-Babylon, in die neue Hauptstadt der Welt verlagert.

Menschen auf der ganzen Welt wollten auf einmal Gott kennen lernen. Ihre Anfragen überschwemmten regelrecht das Internet. Tsion, Chloe und Buck korrespondierten Tag und Nacht mit Menschen, die zum Glauben gekommen waren. Außerdem machten sie Pläne für das große Ereignis im Heiligen Land.

Hatties Gesundheitszustand besserte sich nicht. Dr. Charles überlegte, wo er sie eventuell unterbringen könnte, aber schließlich sagte er Buck, es gäbe keine andere Möglichkeit, sie müsse da bleiben, wo sie sich gerade befand, während Buck und die anderen sich in Israel aufhielten. Er würde sich in dieser Zeit um sie kümmern. Zwar wäre es für beide riskant, und sie müsste auch gelegentlich länger allein bleiben, als er es eigentlich für richtig hielt, aber es war das Beste, das er tun konnte.

Buck und Chloe beteten jeden Tag für Hattie. Chloe vertraute Buck an: »Das Einzige, was mich davon abhalten kann, euch nach Israel zu begleiten, ist, dass Hattie Christus noch nicht als Herrn und Erlöser angenommen hat. In diesem Zustand kann ich sie eigentlich nicht allein lassen.«

Buck hatte auch noch andere Gründe dafür, dass er sich wünschte, sie möge wieder zu Kräften kommen. Ihre Erlösung war natürlich das Wichtigste, aber er musste Dinge wissen, die nur sie ihm sagen konnte.

Auf Grund eigener Beobachtungen und der Hilfe von David Hassid konnte Rayford erkennen, wie wütend Carpathia auf Tsion Ben-Judah, die beiden Zeugen, die bevorstehende Massenveranstaltung und vor allem über das zunehmend stärkere Interesse an Christus war.

Carpathia war immer motiviert und diszipliniert gewesen, aber jetzt wurde klar, dass er sich auf einer Mission befand. Seine Augen funkelten, sein Gesicht war angespannt. Jeden Morgen stand er früh auf und arbeitete bis spät in die Nacht hinein. Rayford hoffte, dass er einen Arbeitskoller bekommen würde. *Deine Zeit kommt noch,* dachte Rayford, *und ich hoffe nur, dass Gott mich den Abzug drücken lässt.*

Zwei Tage vor der geplanten Abreise ins Heilige Land wurde Buck durch das Piepen seines Computers geweckt. Rayfords Nachricht lautete: »Es geht weiter! Stellt das Fernsehgerät an. Das wird etwas werden!«

Buck schlich sich auf Zehenspitzen nach unten und stellte das Fernsehgerät an. Sobald er gesehen hatte, was vorging, weckte er alle im Haus, abgesehen von Hattie. »In Neu-Babylon ist es schon beinahe Mittag«, erklärte er Chloe, Tsion und Ken, »und ich habe gerade eine Nachricht von Rayford erhalten. Kommt mit.«

Die Nachrichtensprecher berichteten, was Astronomen erst zwei Stunden zuvor entdeckt hatten – einen Kometen, der sich auf Kollisionskurs mit der Erde befand. Die Wissenschaftler der Weltgemeinschaft analysierten die Daten von hastig abgeschossenen Sonden, die das Objekt umkreisten. Ihrer Meinung nach sei »Meteor« das falsche Wort für die Felsformation, die vermutlich aus Kalk oder vielleicht auch aus Sandstein bestand.

Bilder von den Sonden zeigten ein unregelmäßig geformtes Objekt. Der Nachrichtensprecher berichtete: »Meine Damen und Herren, ich fordere Sie auf, sich mit diesem Problem auseinanderzusetzen. Dieses Objekt wird in Kürze in die Erdatmosphäre eintreten. Die Wissenschaftler haben seine Beschaffenheit noch nicht bestimmen können, aber falls es – wie es den Anschein hat – nicht dieselbe Dichte besitzt wie Granit, wird es durch die Reibung beim Eintritt in die Erdatmosphäre in Flammen aufgehen.

Wenn es erst einmal der Erdanziehungskraft ausgesetzt ist, wird sich seine Geschwindigkeit auf elf Meter pro Sekunde erhöhen. Wie Sie auf diesen Bildern erkennen können, ist das Objekt riesengroß. Doch erst wenn Sie seine Größe richtig einschätzen, werden Sie die möglichen Zerstörungen ermessen können, die es anrichten wird, wenn es auf der Erde aufschlägt. Die Astronomen der Weltgemeinschaft schätzen, dass es die Masse den Appalachen-Gebirges besitzt. Es könnte die Erde zerteilen oder sie sogar aus ihrer Umlaufbahn schleudern.

Die *Global Community*-Weltraumbehörde schätzt den Zeitpunkt der Kollision auf etwa neun Uhr US-amerikanischer Zeit. Im bestmöglichen Fall wird das Objekt mitten im Atlantischen Ozean einschlagen. Flutwellen werden an den Küsten zu beiden Seiten des Atlantiks erwartet, die sich bis auf 50 Meilen ins Landesinnere ergießen werden. Die Küstengebiete werden bereits evakuiert. Die Mannschaften auf den Schiffen werden von Hubschraubern geholt, obwohl nicht genau bekannt ist, wie viele rechtzeitig in Sicherheit gebracht werden können. Experten sind einhellig der Meinung, dass die Auswirkungen des Einschlages auf die Meeresvegetation unermesslich sein wird.

Seine Exzellenz, Potentat Nicolai Carpathia, hat in einem Statement versichert, dass seine Leute nicht früher über dieses Phänomen Bescheid wussten. Der Potentat schlug zwar vor, das Objekt noch im Weltraum durch Nuklearraketen zu zerstören, doch er wurde gewarnt, dass die Schäden, die Fragmente anrichten könnten, unvorhersehbar seien, vor allem angesichts der Tatsache, dass der herunterstürzende Berg allem Anschein nach im Meer aufschlagen wird.«

Die Mitglieder der *Tribulation Force* setzten sich an ihre Computer, um die Nachricht zu verbreiten, dass dies das in Offenbarung, Kapitel 8, Vers 8 und 9 vohergesagte zweite Posaunengericht sei. »Werden wir wie herausragende Hellseher dastehen, wenn die Ereignisse uns Recht geben?«, schrieb Tsion. »Wird es die Mächtigen schockieren, feststellen zu müssen, dass ein Drittel der Fische im Meer sterben, ein Drittel der Schiffe sinken und die Flutwellen Verwüstung über die ganze Erde bringen werden? Oder werden die Würdenträger dieses Ereignis wieder anders interpretieren, um es so aussehen zu lassen, als hätte die Bibel Unrecht? Lassen Sie sich nicht zum Narren halten! Zögern Sie nicht! Jetzt ist die Zeit gekommen! Jetzt ist der Tag der Rettung. Kommen Sie zu Christus, bevor es zu spät ist. Die Situation wird sich noch verschlimmern. Wir alle sind beim ersten Mal zurückgelassen worden. Bleiben Sie nicht auch beim zweiten Mal hier.«

Das Militär der Weltgemeinschaft schickte mit Kameras bestückte Flugzeuge in die Luft, um das spektakulärste Ereignis der Geschichte zu filmen. Der mehr als 1 000 Quadratmeilen große Berg, der, wie man schließlich herausfand, zum größten Teil aus Schwefel bestand, stand nach dem Eintritt in die Erdatmosphäre in Flammen. Er verfinsterte die Sonne, fegte Wolken aus dem Weg und zog Stürme von der Stärke eines Hurrikans hinter sich her. Als er schließlich auf der Wasseroberfläche aufschlug, spritzten kilometerhohe Fontänen auf, die einige der Flugzeuge der Weltgemeinschaft vom Himmel holten. Diejenigen, die in der Lage waren, das Ereignis tatsächlich im Film festzuhalten, brachten faszinierendes Filmmaterial mit zurück. Wochenlang wurden von den Fernsehsendern auf der ganzen Welt rund um die Uhr die unglaublichsten Bilder gesendet.

Die Schäden im Inland waren so gravierend, dass Reisen beinahe unmöglich wurde. Die Veranstaltung der jüdischen Zeugen in Israel musste um zehn Wochen verschoben werden.

Die beiden Zeugen an der Klagemauer predigten weiter und drohten, die Dürre, die seit der Unterzeichnung des Vertrages zwischen Israel und dem Antichristen im Heiligen Land herrschte, würde andauern. Sie sagten Flüsse von Blut als Vergeltung gegen jede Bedrohung der versiegelten Evangelisten Gottes vorher. Und dann flehten sie Gott an, es sieben Minuten lang nur auf den Tempelberg regnen zu lassen, als Zeichen der Macht Gottes. Aus einem wolkenlosen Himmel fiel warmer Regen, der den Staub in Schlamm verwandelte und die Israeliten aus ihren Häusern rennen ließ. Sie hoben die Hände und Gesichter und streckten die Zunge heraus. Sie lachten und sangen und tanzten und freuten sich über das, was dieses Wunder für ihre Ernte bedeuten würde. Doch sieben Minuten später hörte der Regen auf, der Schlamm wurde wieder zu Staub und vom Wind davongetragen.

»Weh euch, die ihr den einen, wahren Gott verspottet!«, riefen Eli und Moishe. »Zur gegebenen Zeit, wenn Gott zulässt, dass wir getötet werden und uns dann wieder an seine Seite holt, sollt ihr keine Macht mehr über uns oder über die haben, die Gott berufen hat, seinen Namen auf der ganzen Welt zu verkündigen!«

Rayford tat das Mitgefühl, das Chloe, Buck und Tsion ihm wegen Amandas Tod entgegenbrachten, sehr gut. Doch wenn er anfing, ihre Tugenden zu preisen, antworteten sie zurückhaltend. War es möglich, dass sie von Carpathias Verleumdungen gehört hatten? Bestimmt kannten und liebten sie Amanda genug, um zu wissen, dass sie unschuldig war.

Endlich kam der Tag, an dem Rayford von Buck eine lange Nachricht bekam. Sie endete mit den Worten: »Unser Patient hat sich endlich so weit erholt, dass er in der Lage ist, beunruhigende Geheimnisse preiszugeben, die ihn daran gehindert haben, mit dem Schöpfer ins Reine zu kommen. Wir können nur persönlich darüber sprechen, und darum bitten wir dich dringend, so bald wie möglich eine persönliche Begegnung herbeizuführen.«

Rayford fühlte sich so schlecht wie noch nie in seinem Leben. Was konnte diese Nachricht anderes bedeuten, als dass Hattie etwas zu den

Beschuldigungen gegen Amanda gesagt hatte? Wenn Hattie diese Beschuldigungen nicht als unbegründet abtun konnte, dann wollte Rayford dieses persönliche Treffen so lange wie möglich verschieben.

Kurz vor der bereits verschobenen Abreise der Mitglieder der *Tribulation Force* nach Israel entdeckte die Weltraumbehörde der Weltgemeinschaft erneut eine Bedrohung aus dem Weltall. Dieses Objekt hatte dieselbe Größe wie der brennende Berg, jedoch die Konsistenz von verrottetem Holz. Carpathia, dem sehr daran gelegen war, die Aufmerksamkeit von Christus und Tsion Ben-Judah wieder auf sich selbst zu lenken, schwor, es vom Himmel zu schießen.

Mit großem Aufsehen wurde über den Abschuss einer riesigen Boden-Luft-Rakete mit nuklearem Sprengkopf berichtet, die diese neue Bedrohung auslöschen sollte. Während die ganze Welt zusah, zerteilte sich der flammende Meteor, der in der Bibel »Wermut« genannt wurde, in Milliarden von Teilen, noch bevor die Rakete ihn erreichte. Stundenlang fielen die einzelnen Partikelchen vom Himmel und landeten in einem Drittel der Quellen, Brunnen und Flüsse der Erde. Sie verwandelten das Wasser in bitteres Gift. Tausende würden sterben, wenn sie es tranken.

Wieder einmal verkündete Carpathia seine Entscheidung, die Veranstaltung in Israel zu verschieben. Aber Tsion Ben-Judah wollte davon nichts hören. Er schrieb im zentralen Mitteilungsblatt im Internet seine Antwort und forderte die 144 000 Zeugen auf, so zahlreich wie möglich in der kommenden Woche nach Israel zu kommen.

»Mr. Carpathia«, schrieb er, wobei er ganz bewusst seinen Titel wegließ, »wir werden wie geplant nach Israel reisen, mit oder ohne Ihre Billigung, Erlaubnis oder den versprochenen Schutz. Die Herrlichkeit des Herrn wird unser Schutz sein.«

Die verschlüsselten Dateien auf Amandas Festplatte stellten sich als umfangreiche Korrespondenz zwischen ihr und Carpathia heraus. So sehr Rayford es einerseits fürchtete, so groß wurde sein Wunsch, diese Dateien zu entschlüsseln. Tsion hatte ihm von Donnys Programm berichtet, mit dem er das Material auf Bruces Computer entschlüsselt hatte. Falls Rayford nach Israel kommen konnte, während die anderen Mitglieder der *Tribulation Force* sich dort aufhielten, würde er dieses hässliche Geheimnis vielleicht endlich ergründen können.

Würden seine Tochter und sein Schwiegersohn ihn nicht beruhigen, wenn sie es könnten? Mit jedem Tag ging es ihm schlechter. Er war davon überzeugt, dass seine Lieben, ungeachtet der Wahrheit oder dessen, was er sagen konnte, um sie zu überzeugen, schwankend waren. Er hatte sie nicht offen nach ihrer Meinung gefragt. Das brauchte er nicht. Wenn sie noch immer hinter ihm standen – und der Erinnerung an seine Frau – würde er das wissen.

Rayford war davon überzeugt, dass er Amandas Namen nur reinwaschen konnte, wenn er ihre Dateien entschlüsselte, aber er kannte auch das Risiko. Er würde sich der Wahrheit stellen müssen. Wollte er die Wahrheit trotzdem wissen? Je mehr er darüber betete, desto größer wurde seine Überzeugung, dass er die Wahrheit nicht zu fürchten hatte.

Doch was er erfahren würde, würde seine Stellung innerhalb der *Tribulation Force* beeinträchtigen. Falls die Frau, mit der er viele Monate seines Leben geteilt hatte, ihn zum Narren gehalten hatte, wem konnte er dann noch trauen? Falls er tatsächlich so wenig Menschenkenntnis besaß, was konnte er dann der Sache noch nützen? Die Zweifel nagten an ihm. Wie auch immer, er musste die Wahrheit herausfinden.

Am Morgen vor dem Beginn der meist diskutierten Massenveranstaltung in der Welt sprach Rayford Nicolai Carpathia in dessen Büro an.

»Eure Exzellenz«, begann er. Es war ihm sehr schwer gefallen, um dieses Gespräch zu ersuchen. »Ich nehme an, McCullum und ich sollen Sie morgen nach Israel fliegen.«

»Fangen Sie gar nicht erst davon an, Captain Steele. Diese Menschen kommen gegen meinen ausdrücklichen Wunsch zusammen, darum habe ich nicht vor, diese Veranstaltung noch mit meiner Gegenwart zu sanktionieren.«

»Aber Ihre Zusage, den Rabbi zu schützen –«

»Aha, das haben Sie sich also gemerkt?«

»Sie wissen, wo ich stehe.«

»Und Sie wissen auch, dass ich Ihnen sage, wohin Sie fliegen sollen, nicht umgekehrt. Denken Sie nicht, dass ich Ihnen früh genug Bescheid gesagt hätte, wenn ich morgen nach Israel reisen wollte?«

»Dann haben also diejenigen, die sich fragen, ob Sie Angst vor dem Gelehrten haben, der –«

»Angst!«

»– sich im Internet gegen Sie gestellt und Sie vor einem internationalen Publikum einen Betrüger genannt hat –«

»Sie versuchen, mich zu ködern, Captain Steele«, erwiderte Carpathia lächelnd.

»Offen gesagt, ich glaube, Sie fürchten sich davor, dass Sie in Israel von den beiden Zeugen und Ben-Judah vielleicht angeprangert werden.«

»Von den beiden Zeugen? Wenn die nicht aufhören mit ihrer schwarzen Magie, der Dürre und dem Blut, werden sie sich vor mir zu verantworten haben.«

»Die beiden Männer behaupten, Sie könnten ihnen vor der festgesetzten Zeit nichts tun.«

»*Ich* werde den Zeitpunkt festlegen.«

»Und doch wurde Israel vor dem Erdbeben und den Meteoren beschützt –«

»Sie glauben, die Zeugen seien dafür verantwortlich?«

»Ich glaube, dass *Gott* dafür verantwortlich ist.«

»Sagen Sie mir, Captain Steele. Glauben Sie immer noch, dass ein Mann, der nachweislich einen Toten ins Leben zurückgerufen hat, der Antichrist sein kann?«

Rayford zögerte. Er wünschte, Tsion wäre jetzt bei ihm. »Der Feind ist dafür bekannt, dass er Wunder imitiert«, sagte er. »Stellen Sie sich das Publikum in Israel vor, wenn Sie so etwas tun würden. Das sind Menschen des Glaubens, die zusammenkommen, um neu motiviert zu werden. Wenn Sie Gott sind, wenn Sie vielleicht tatsächlich der Messias sind, wären diese Menschen dann nicht begeistert, Sie kennen zu lernen?«

Carpathia starrte Rayford an. Forschend sah er ihm in die Augen. Rayford glaubte an Gott. Er war fest davon überzeugt, dass Nicolai ungeachtet seiner Macht, ungeachtet seiner Absichten vor den 144 000 Zeugen, die das Siegel des allmächtigen Gottes auf ihrer Stirn trugen, ohnmächtig sein würde.

»Wenn Sie meinen«, erwiderte Carpathia vorsichtig, »dass der Potentat der Weltgemeinschaft diesen Gästen ein unvergleichliches, herzliches Willkommen bieten sollte, dann könnten Sie Recht haben.«

Rayford hatte nichts dergleichen gesagt, aber Carpathia hörte sowieso nur das, was er hören wollte. »Vielen Dank«, erwiderte Rayford.

»Captain Steele, arbeiten Sie den Flugplan aus.«

Die Bestseller:
Finale – Band 1 und 2

In einem einzigen Augenblick verschwinden auf der ganzen Welt Millionen von Menschen. Die verwirrten Zurückgelassenen suchen nach rationalen oder irrationalen Erklärungen für dieses Verschwinden. Doch die dunkelsten Tage stehen der Menschheit noch bevor …

Der Antichrist hat die Welt unterworfen. Kriege, Hungersnöte, Plagen und Naturkatastrophen bedrängen jene Unglücklichen, die auf der Erde zurückbleiben mussten. Nur jeder Vierte wird dieses dunkle Zeitalter überleben. Am schlimmsten trifft es die Feinde des Antichristen. Doch Rayford Steele und seine drei Mitstreiter Cameron Williams, Bruce Barnes und Chloe Steele sind bereit, dieses Wagnis einzugehen …

Tim LaHaye & Jerry B. Jenkins
Finale – Band 1
Pb., 360 Seiten
Bestell-Nr. 657 139

Finale – Band 2
Pb., 336 Seiten
Bestell-Nr. 657 214

Die Fortsetzung:
Nicolai (Finale – Band 3)

Der Dritte Weltkrieg ist ausgebrochen und stürzt die Erde in einen Strudel von Tod und Chaos. Der charismatische Weltregent Nicolai Carpathia erscheint als der ersehnte Retter. Doch die Mitglieder der *Tribulation Force* wissen, dass Nicolai selbst hinter den dramatischen Ereignissen steht.
Obwohl sie immer stärkerer Unterdrückung ausgesetzt sind, gelingt es den Christen, Rayford als Informanten in die höchste Ebene einzuschleusen und Einblick in Nicolais Pläne zu gewinnen. Wird es ihm gelingen, den Untergang abzuwenden?

Tim LaHaye & Jerry B. Jenkins
Nicolai
(Finale – Band 3)
Pb., 304 Seiten
Bestell-Nr. 657 217